THE PUPPET SHOW

M. W. 크레이븐 ◆ 김해온 옮김

퍼핏 쇼

위즈덤하우스

한국 독자 여러분께

　한국의 독자 여러분, 안녕하세요. 《퍼핏 쇼》를 선택해주셔서 고맙습니다. 포와 틸리, 그리고 이들의 팀이 한국까지 건너갔다는 게 너무 기쁘고, 제가 사는 컴브리아의 아름다운 배경을 무대로 펼쳐지는 이들의 이야기를 여러분이 재미있게 읽어주시면 좋겠습니다. 컴브리아는 영국 북서부에 있는 넓은 카운티로 스코틀랜드와 접해 있는데, 말문이 막힐 만큼 근사하고 그림 같은 장소들이 있는 지역이죠. 산과 호수, 해변, 습지, 무어(영국에 흔히 보이는 황무지 ― 옮긴이)가 있는 곳입니다. 비어트릭스 포터(《피터 래빗》의 작가 ― 옮긴이)와 윌리엄 워즈워스가 이 카운티에 관해 그렇게 많은 글을 쓴 것도 놀랄 일이 아니죠. 두 사람은 책과 시에서 저만큼 사람을 많이 죽이지는 않았겠지만…….

　《퍼핏 쇼》는 '워싱턴 포와 틸리 브래드쇼' 시리즈의 첫 작품으로, 영국의 그 어느 곳보다 컴브리아에 환상열석이 더 많다는 사실을 알게 된 게 집필의 계기가 되었죠. 컴브리아에는 환상열석이 63개 있는데, 그중에는 빅토리아 시대에 놓은 간선철도가 관통해 지나가는 곳도 있답니다! 게다가 헨지며 선돌이며 고분까지 합하면 그 수가 무려 천 개가 넘습니다. 연쇄살인범이 시신을 숨길 곳이 아주 많은 거죠…….

　저는 보호관찰관으로 일하다가 2015년에 퇴직하면서 전업 작가로 일하기 시작했습니다. 보호관찰관이 되기 전에도 여러 일을 했는데, 그중에는 (축구팀 '뉴캐슬 유나이티드 FC'의 홈구장인) 세인트제임스파크의 안내 요원, 경호원, 뱀 사육자 등이 있죠. 그보다 더 전에는 군인이었어요. 열여섯에 입대했죠. 저는 늘 책을 좋아했고 (게다가 다른 무엇보다 우선 독자예요─쓰는 것보다 읽는 게 훨씬 많으니까요!) 항상 책을 쓰고 싶어 했습니다. 실제로 책을 출간한 것만으로도 꿈을 이룬 것인데, 한국에 계신 독자 여러분들이 그 책을 읽게 된다니, 정말이지 믿어지지 않네요.

끝으로, 많이많이 감사드리며, 이 책과 함께 좋은 시간 보내시기 바랍니다.

좋은 일들이 함께하기를

2023년 3월

마이크

아내 조앤에게 그리고 돌아가신 어머니
수전 에이비슨 크레이븐에게 바칩니다.
두 사람이 없었으면 이 책은 나오지 못했을 것입니다.

차례

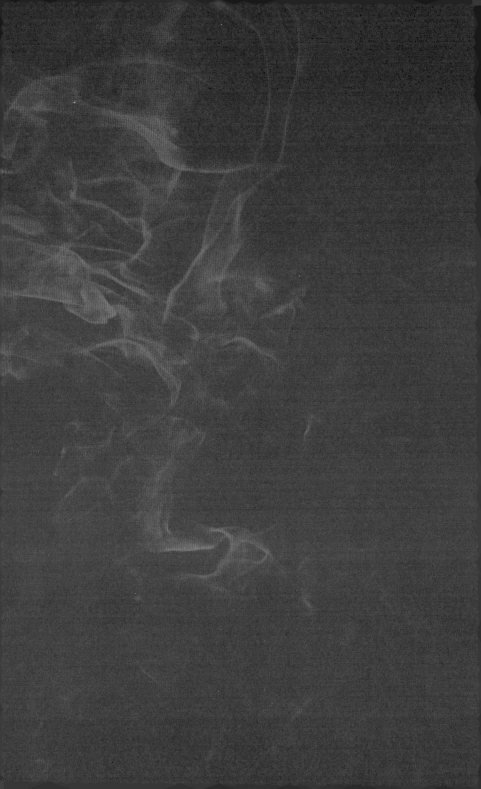

이멀레이션 Immolation

1. 종교 제물로 바치려고 죽이는 일.

2. 특히, 불로 죽이는 일.

일러두기

• 본문의 각주는 모두 옮긴이가 독자의 이해를 돕기 위해 붙인 것이다.

◌

그 환상열석*은 수천 년을 품은 평온한 장소다. 그 거석들은 말 없는 파수꾼이다. 움직이지 않는 관찰자다. 화강암 표면이 아침 이슬로 반짝거린다. 그것들은 천 번이 넘는 겨울을 견뎠고, 비록 풍화되었을지언정 세월에도 계절에도 혹은 인간에게도 결코 굴하지 않았다.

환상열석 한가운데 흐릿한 그림자들에 둘러싸인 채 웬 노인이 서 있다. 얼굴은 무척이나 쭈글쭈글하고, 벗어지고 얼룩덜룩한 머리 주변에는 지저분한 허연 머리카락이 길게 늘어져 있다. 노인은 송장처럼 여위었고 수척한 뼈대는 마구 떨린다. 고개는 푹 꺾이고 어깨는 구부정하다.

노인은 벌거벗었고 죽기 직전이다.

튼튼한 줄이 그를 철제 대들보에 고정하고 있다. 줄이 그의 피부를 꽉 조인다. 노인은 상관하지 않는다. 이미 고문당할 만큼 당했기에.

노인은 쇼크 상태이고 이제 더는 고통을 느낄 수 없으리라 생각한다.

———

• 환상열석stone circle: 원형으로 배치된 거대한 돌. 주로 유럽 서북부, 특히 영국과 아일랜드, 프랑스 북서부 등에서 많이 발견되며, 대개 신석기 후기에서 청동기 초기에 나타났다.

그건 틀린 생각이다.

"날 봐." 노인을 고문하는 자가 단조로운 목소리로 말한다.

노인은 휘발유 냄새가 진동하는 찐득찐득한 물질로 범벅되어 있다. 고개를 들어 자기 앞에 있는 두건 쓴 이를 바라본다.

고문자가 미국제 지포 라이터를 든다.

그러자 두려움이 고개를 든다. 불에 반응하는 원초적인 두려움. 노인은 무슨 일이 벌어질지도 알고 그것을 멈출 수 없다는 것도 안다. 호흡이 얕고 불규칙해진다.

지포 라이터가 노인의 눈으로 올라온다. 노인은 라이터에 깃든 단순한 아름다움을 본다. 완벽한 곡선, 정밀한 기술. 한 세기를 거치는 동안에도 변하지 않은 디자인. 찰칵, 하며 뚜껑이 열린다. 엄지를 문지르자 바퀴가 돌아가며 부싯돌에 부딪힌다. 불꽃이 마구 일어나며 불이 솟는다.

고문자가 지포 라이터를 내려 불이 아래를 향하게 한다. 촉진제에 불이 붙는다. 굶주린 불길이 확 타오르더니 노인의 팔을 타고 내려간다.

즉각적으로 고통이 일어난다. 마치 혈액이 산으로 뒤바뀐 것 같다. 두 눈은 공포로 휘둥그레지고 근육이란 근육은 다 경직된다. 두 손은 주먹을 움켜쥔다. 비명을 지르려고 하지만 소리가 바깥으로 나오려다 목에서 막힌다. 피가 목으로 꿀럭꿀럭 넘어가 소리도 못 내는 딱한 신세다.

살이 뜨거운 오븐 속 고기처럼 지글거린다. 혈액과 지방과 수분이 팔을 타고 흘러내리다 손가락 끝에서 똑똑 떨어진다.

시야가 어둠에 삼켜진다. 고통이 멀어진다. 호흡이 더는 급하게 내달리지 않는다.

노인은 죽는다. 촉진제가 다 타버리고 한참 뒤에도 불이 그의 지방을 연료 삼아 계속 탈 줄은 알지 못한다. 그의 가슴에 새겨진 상처가 불길에 타며 일그러지는 모습을 보지 못한다.

그러든 말든 그 일은 벌어진다.

1

일주일 뒤.

틸리 브래드쇼는 풀어야 할 문제가 하나 있었다. 브래드쇼는 문제를 좋아하지 않았다. 불확실성을 잘 못 견디는 그녀는 문제와 마주치면 불안해졌다.

브래드쇼는 자기가 발견한 것을 이야기할 사람이 있는지 주위를 둘러보았지만 중범죄분석섹션SCAS* 사무실은 텅 비어 있었다. 손목시계를 확인하니 자정이 가까웠다. 또 열여섯 시간을 내리 일하고 말았다. 브래드쇼는 어머니에게 문자를 보내, 전화하지 않아서 미안하다고 사과했다.

그녀는 다시 화면으로 주의를 돌렸다. 그게 오류가 아니라는 것을 알았지만 이런 결과가 나올 때 사람들은 그녀가 세 번은 확인했으리라 기대할 터였다. 그녀는 프로그램을 한 번 더 돌렸다.

브래드쇼는 과일차를 준비한 다음 진행 상태 표시를 보며 얼마나

---

* SCAS(Serious Crime Analysis Section): 국가범죄수사국에서 중범죄분석을 주로 담당하는 부서.

더 기다려야 하는지 헤아렸다. 15분. 브래드쇼는 개인 노트북을 펴고 헤드폰을 머리에 얹은 뒤 '돌아옴'이라고 타이핑했다. 몇 초도 안 되어 그녀는 멀티플레이어 온라인 롤플레잉 게임 〈드래건로어〉에 푹 빠져들었다.

배경에서는 그녀가 짠 프로그램이 데이터를 처리하고 있었다. 브래드쇼는 사무실 컴퓨터는 한 번도 쳐다보지 않았다.

그녀에게 실수란 없었다.

15분 뒤 영국 국가범죄수사국NCA** 로고가 사라지더니 앞서와 같은 결과가 나타났다. 브래드쇼는 '잠수'라고 타이핑한 뒤 게임에서 로그아웃했다.

두 가지 가능성이 있었다. 결과가 정확하거나, 아니면 수학적으로 있을 법하지 않은 우연이 발생했거나. 처음 그 결과를 봤을 때 그게 우연히 일어날 확률을 계산해보니 수백만 분의 일이 나왔다. 누군가 질문할 때를 대비해 브래드쇼는 자기가 만든 프로그램에 이 수학 문제를 대입해 돌려보았다. 결과가 떠서 보니, 그녀가 허용한 오차 범위 내였다. 자기가 짠 프로그램을 자기 컴퓨터로 돌린 것보다 자기 머리가 답을 더 빨리 찾아냈다는 걸 발견하고도 브래드쇼는 웃지 않았다.

•• NCA(National Crime Agency): 영국 내무부 산하의 법률집행기관으로 미국의 FBI와 비슷한 수사기관.

틸리 브래드쇼는 이제 어떻게 해야 할지 확신이 없었다. 상사인 스테퍼니 플린 경위는 보통 그녀에게 잘 대해주지만, 경위 집에 전화하기 적절한 시간에 관해 담소를 나눈 게 고작 일주일 전이었다. 경위는 정말 중요할 때만 전화하라고 했다. 하지만…… 뭐가 중요한지를 결정하는 사람이 플린 경위인 마당에 그녀에게 물어보지도 않고 그걸 어떻게 알 수 있겠는가? 너무 헷갈렸다.

틸리 브래드쇼는 차라리 그게 수학 문제였으면 싶었다. 수학은 이해할 수 있다. 플린 경위는 아니었다. 브래드쇼는 입술을 깨물더니 결정을 내렸다.

브래드쇼는 자기가 발견한 것을 되짚으며 뭐라고 말할지 연습했다.

그녀가 발견한 것은 중범죄분석섹션의 최근 목표물, 즉 언론에서 '이멀레이션 맨'이라고 부르는 남자와 연관되어 있었다. 그가 누구든―언론에서는 그 사람이 남자일 거라고 일찍부터 가정했다―60대와 70대 남자를 좋아하지 않는 것으로 보였다. 사실 그는 그들을 어찌나 증오하는지, 불로 태워버렸다.

틸리 브래드쇼가 연구하던 것은 세 번째이자 가장 최근에 희생된 피해자의 데이터였다. 중범죄분석섹션은 두 번째로 피해자가 발생한 뒤에 사건에 합류했다. 섹션은 연쇄살인범과 연쇄강간범이 나타나면 이를 인식하는 일뿐 아니라, 복잡하거나 일견 동기가 없어 보이는 살인 사건을 수사하는 경찰에게 분석 자료를 제공하는 일을 맡았다. 이멀레이션 맨은 확실히 섹션의 담당 사건 점검 항목에 모두 부합했다.

시신이 시신처럼 보이지도 않을 만큼 불에 타서 훼손되었기 때문에 컴브리아 카운티의 상급수사관은 부검을 지시하는 데서 그치지 않았다. 중범죄분석섹션에도 자문했던 것이다. 부검 후 섹션은 시신을 다중단층촬영 기기로 찍어보았다. 다중단층촬영은 정교한 의료 검사 기법으로, 엑스선과 액체 염료로 몸의 3차원 영상을 찍는 방법이었다. 원래는 살아 있는 사람들에게 썼지만 죽은 이들에게도 똑같이 효과적이었다.

중범죄분석섹션은 다중단층촬영 기기를 자체적으로 보유할 만한 재원이 없었지만―법률 집행 조직 중에 그런 곳은 없었다―적절한 상황에서는 그것을 이용할 수 있도록 계약되어 있었다. 이멀레이션맨이 살인 장소나 납치 장소에 아무런 미세 증거를 남기지 않았기 때문에, 상급수사관은 무엇이건 시도해보려 했다.

브래드쇼는 심호흡을 한 번 하고서 플린 경위에게 전화했다.

전화벨이 다섯 번 울린 뒤 상대가 전화를 받았다. 몽롱한 목소리가 대답했다. "여보세요?"

브래드쇼는 손목시계를 보고 자정이 지났다는 점을 확인한 뒤 말했다. "편히 주무셨어요, 플린 경위님. 좀 어떠세요?" 플린 경위는 브래드쇼에게 근무시간 이후 언제 전화해도 괜찮은지 이야기했을 뿐 아니라 동료들에게 예의 바르게 행동하라고도 강력히 권했다.

"틸리, 왜 전화했죠?" 플린이 툴툴거렸다.

"사건에 관해 말씀드릴 게 있어서요, 플린 경위님."

플린이 한숨을 내쉬었다. "그냥 스테퍼니라고 부를 수 없나요, 틸리? 아니면 스테프라고 하든지. 그것도 아니면 보스라고 하든지요.

사실 런던에서 그리 멀지도 않으니까 '거브.'도 괜찮아요."

"물론입니다, 스테퍼니 플린 경위님."

"아니, 내 말은 그냥…… 아유, 됐어요."

틸리 브래드쇼는 플린이 말을 끝낼 때까지 기다렸다가 말했다. "제가 발견한 걸 말씀드려도 될까요?"

플린이 신음했다. "지금 몇 시죠?"

"자정에서 13분 지났습니다."

"얘기해봐요. 뭐가 그렇게 중요해서 아침까지 기다리면 안 되는 거죠?"

플린은 브래드쇼의 말에 귀 기울이더니 몇 가지 질문을 던진 뒤 전화를 끊었다. 틸리 브래드쇼는 의자에 편히 앉아 웃음 지었다. 전화하기를 잘한 것이다. 플린 경위가 그렇다고 했다.

플린은 반 시간도 안 되어 사무실에 나왔다. 금발 머리가 뒤엉켜 있었다. 화장도 하지 않았다. 브래드쇼도 화장은 하지 않았지만 그건 자기가 원해서 그런 것이었다. 브래드쇼는 화장이 바보 같다고 생각했다.

브래드쇼는 자판을 좀 두드려 단면 사진을 몇 개 띄웠다. "전부 몸통이에요."

• governor를 줄여서 부르는 말. 런던 쪽에서는 '보스' 대신 이 표현을 즐겨 쓴다.

그런 다음 다중단층촬영에서 뭐가 나왔는지 설명했다. "이 방법을 쓰면 부검에서 놓칠 가능성이 있는 상처나 골절을 발견할 수 있습니다. 특히 피해자가 심하게 화상을 입은 경우에 유용하죠."

플린은 이런 것들을 다 알고 있었지만 브래드쇼가 이야기를 끝내도록 두었다. 틸리 브래드쇼는 자기 페이스에 맞춰서 정보를 내놓았고, 누가 닦달해도 소용이 없었다.

"단면들을 봐도 별다른 걸 알 수는 없습니다, 플린 경위님. 하지만 이걸 보세요." 브래드쇼가 합성 영상을 위쪽에서 불러왔다.

"도대체 뭐가……?" 플린이 화면을 뚫어져라 보며 물었다.

"상처예요. 엄청나게 많죠." 브래드쇼가 대답했다.

"그러니까 부검에서, 무작위로 난 이 수많은 상처를 놓쳤다는 건가요?"

브래드쇼가 고개를 저었다. "저도 그렇게 생각했어요." 그녀가 버튼을 누르자 피해자의 흉부에 난 상처들의 3차원 영상이 나타났다. 프로그램은 언뜻 보기에 무작위로 난 듯한 베인 상처들을 정렬했다. 이윽고 상처들이 합쳐졌다.

두 사람은 완성된 영상을 빤히 보았다. 거기에는 무작위라고 할 만한 점이 전혀 없었다.

"이제 어떻게 하죠, 플린 경위님?"

플린이 잠시 가만히 있다가 대답했다. "왜 아직 집에 안 갔는지 어머니한테 말씀드렸나요?"

"문자 보냈습니다."

"그럼, 하나 더 보내요. 오늘 밤엔 집에 안 갈 거라고."

틸리 브래드쇼는 휴대전화 화면을 두드리기 시작했다. "무슨 일이라고 할까요?"

"부장님을 잠자리에서 불러내야 한다고 해요."

2

워싱턴 포는 메쌓기* 한 돌담을 수리하면서 하루를 즐겁게 보냈다. 그것은 컴브리아로 돌아온 뒤 그가 새로 터득한 몇 가지 기술 중하나였다. 뼈 빠지는 작업이었지만 하루 일을 끝내고 보상으로 파이한 덩어리를 먹으며 맥주를 한잔하면 힘든 만큼 더 달콤했다. 그는 작업 도구와 여분의 돌 몇 덩이를 사륜 바이크의 트레일러에 싣고, 휘파람을 불어 스프링어 스패니얼인 '에드거'를 부른 뒤 자신의 농장으로 출발했다. 오늘은 바깥쪽 경계 담장에서 작업했기에 집까지는 1.5킬로미터 이상 가야 했다. 집은 울퉁불퉁한 돌로 지은 건물로 허드윅 농장이라고 불렸다. 돌아가려면 15분쯤 걸릴 터였다.

봄철의 해가 낮게 걸려 있었고 저녁에 내린 이슬로 야생화 히스와풀이 반짝거렸다. 새들이 영역을 지키거나 짝짓기를 하려고 노래했고 공기에는 일찍 핀 꽃들의 향기가 감돌았다. 포는 바이크를 운전하면서 심호흡을 했다.

여기에 익숙해질 수 있으리라.

———

• 돌 사이에 모르타르 등을 쓰지 않고 맞물려 쌓아 올리는 방법.

그는 재빨리 샤워를 하고 걸어서 호텔에 갈 작정이었지만, 집에 가까워질수록 느긋하게 욕조에 몸을 담그고 좋은 책이나 읽자는 생각이 점점 매력적으로 느껴졌다.

포는 마지막 언덕을 올라 바이크를 세웠다. 누군가 그의 집 야외 탁자 옆에 앉아 있었다.

그는 늘 가지고 다니는 캔버스 가방을 열고 쌍안경을 꺼냈다. 혼자 있는 그 형상에 초점을 맞췄다. 확실치는 않았지만 그 모습은 여자로 보였다. 그는 배율을 높이더니 긴 금발 머리의 형상을 알아보고 씁쓸하게 웃음 지었다.

그래……. 드디어 그를 찾은 것이다.

그는 쌍안경을 도로 가방에 넣고 자신의 옛 경사를 만나러 언덕을 내려갔다.

"오랜만이네, 스테프. 어인 일로 이 먼 북쪽까지 행차하셨어?" 포가 말했다. 배반의 털짐승 에드거가 오랫동안 연락이 끊겼던 친구를 만난 듯 난리를 피웠다.

"포, 턱수염 멋진데." 플린이 인사했다.

포가 다가가며 턱을 긁적거렸다. 매일 면도하던 습관도 이제 지난 일이었다. "내가 수다에 젬병인 거 알잖아, 스테프."

플린이 고개를 끄덕였다. "여기 찾기 힘들던데." 그녀는 바지 정장 차림이었다. 감청색에 가는 세로줄 무늬, 게다가 그 정도로 군살이 없으면서도 탄력 있어 보이는 것을 보면 무술 훈련을 계속한 게 틀림없었다. 플린에게서 자신을 잘 다스리는 사람다운 자신감이 배어 나왔다. 탁자에는 파일과 독서용 안경이 접힌 채 놓여 있었다. 포가 도착하기 전에 일하고 있었던 모양이었다.

"못 찾을 정도로 힘들진 않았잖아." 포가 대답했다. 그는 웃지 않았다. "내가 뭘 해주면 되지, 플린 경사?"

"이제 경위야. 그렇다고 달라질 건 눈곱만큼도 없지만."

포가 눈썹을 추켜올렸다. "내가 맡았던 자리?"

플린이 끄덕였다.

"탤벗이 허가했다니 의외네." 탤벗은 포가 중범죄분석섹션에서 경위로 일할 당시 부장을 맡았던 인물이었다. 그는 쪼잔한 남자로, '그일'을 포뿐만 아니라 플린 탓으로도 돌렸다. 어쩌면 플린을 더 탓했을지도 몰랐다. 포는 떠났지만 플린은 남았으니.

"지금은 에드워드 밴 질이 부장이야. 탤벗도 무사하진 못했거든."

"잘됐군. 그 양반 괜찮지." 포가 만족한 듯 그르렁댔다. 밴 질이 북서지역특별부서에 있을 때 두 사람은 한 대테러 사건에서 긴밀하게 협력했다. 7월 21일 폭탄 테러범들이 레이크 구역에서 훈련했기 때문에,* 컴브리아 지역 경찰들은 정보 프로필 작성에서 핵심 인력이었다. 포에게 중범죄분석섹션에 지원하라고 한 사람도 밴 질이었다.

"그럼 핸슨은?"

---

* 2005년 7월 7일 런던 폭탄 테러 이후 2주 뒤인 21일에 시도된 폭탄 테러.

"지금도 차장이야."

"아쉽네." 포가 말했다. 핸슨은 술수에 능란한 남자였으니 그가 어떻게든 위기를 모면했다는 사실을 알고도 포는 놀라지 않았다. 보통은 판단 착오로 일어난 참사 때문에 상급 관리자가 퇴출되면 바로 아래 있던 사람이 그 자리를 맡는다. 핸슨이 승급하지 못한 것을 보면 그도 완전히 무사하지는 못했다는 뜻이었다.

포는 핸슨이 자신을 정직시키면서 히죽거리던 모습이 아직도 눈에 선했다. 포는 그 뒤로 NCA 사람과는 일절 연락하지 않고 지냈다. 새 주소도 남기지 않았고 휴대전화도 해지했으며, 그가 아는 한 컴브리아의 어떤 데이터베이스에도 올라가 있지 않았다.

플린이 굳이 그를 추적해 찾아온 사실에서 그의 거취가 드디어 정해졌다는 것을 알 수 있었다. 핸슨이 아직 자리를 지키고 있기에 포는 좋은 소식일 리가 없다고 예상했다. 아무래도 좋았다. 그는 몇 달 전에 마음을 정리했으니. 플린이 이제는 그가 NCA 직원이 아니라고 말한다 해도 상관없었다. 플린이 만약 핸슨이 그를 기소할 수를 기어이 찾아냈다는 걸 전하러 온 거라면, 그에 맞게 대처하는 수밖에 없을 터였다.

사자使者를 죽여봐야 의미가 없었다. 그는 플린도 딱히 오고 싶어서 온 것은 아니리라 여겼다. "한잔할래? 난 마실 건데." 그는 대답을 기다리지 않고 집으로 들어갔다. 그러고는 문을 닫았다.

5분 뒤 그는 철제 에스프레소 기기와 끓인 물 한 주전자를 들고 나왔다. 그는 머그잔 두 개를 채웠다. "여전히 블랙이야?"

플린이 고개를 끄덕이더니 커피를 홀짝였다. 플린은 웃음 지으며 좋다는 뜻으로 머그잔을 들어 올렸다.

"어떻게 찾았어?" 포는 진지한 얼굴이었다. 이제 그에게는 사생활 보호가 무척 중요한 문제였다.

"당신이 컴브리아로 돌아올 거고 대강 어디쯤에 살지 밴 질이 알고 있었거든. 채석장 일꾼들이 허허벌판에 있는 오래된 양치기 농장에 누가 살고 있다고 해줬고. 그 사람들 그동안 당신이 여기 손보는 걸 지켜보고 있었어." 플린은 어디를 손본 거냐는 듯 두리번거렸다.

허드윅 농장은 땅에서 솟아 자라난 듯한 모습이었다. 벽은 다듬지 않은 돌로 ― 누구든 한 사람이 들어서 옮기기에는 너무 커다란 돌로 ― 만들어졌고 집을 둘러싼 오래된 무어˙에 온전히 녹아들었다. 납작하고 흉한 모양새에, 200년간 냉동되어 전혀 변하지 않은 것처럼 보였다. 포는 그곳이 무척 맘에 들었다.

플린이 말했다. "여기서 두어 시간 정도 기다리면서 ―"

"원하는 게 뭐야?"

플린이 서류 가방에 손을 넣더니 두툼한 파일을 하나 꺼냈다. 펼치지는 않았다. "이멀레이션 맨 얘기는 들어봤겠지?"

포가 고개를 쳐들었다. 그 말이 나올 줄은 몰랐다.

˙ 무어moor/moorland: 영국에서 흔히 보이는 황무지로, 대개 고원지대이고 풀과 히스 정도만 자란다.

물론 포는 이멀레이션 맨 이야기를 들어보았다. 샙 펠(Fell, 고원이라는 뜻—옮긴이)에서조차 이멀레이션 맨은 뉴스거리였다. 그는 컴브리아에 있는 여러 환상열석 중 몇 곳에서 사람들을 불태워 죽이고 있었다. 이제까지 피해자가 셋이었다. 포가 듣지 못한 피해자가 또 나오지 않았다면. 언론에서 이런저런 추측을 내놓기는 했지만, 이목을 끌기 위한 장치와 사실을 구분할 줄 알면 건질 만한 점도 있었다.

컴브리아 카운티에 최초의 연쇄살인범이 등장한 것이었다.

컴브리아 경찰청을 돕기 위해 중범죄분석섹션이 합류했다고 해도, 포는 정직 상태였다. NCA의 내사뿐 아니라 독립경찰민원조사위원회의 조사도 받게 될 터였다. 포가 어떤 수사에서든 도움이 되기야 할 테지만 그를 대체할 사람이 없지는 않았다. 섹션은 그가 없이도 돌아가고 있었다.

그런데 플린은 대체 거기서 뭘 하고 있는 것일까?

"밴 질 부장이 당신을 복직시켰어. 이 사건을 맡아줬으면 한대. 내 직속 경사가 되는 거야."

포는 마스크를 쓴 듯한 얼굴이었지만 머릿속은 컴퓨터보다 빠르게 돌아갔다. 말이 되지 않았다. 플린은 신임 경위였고, 옛 상사가 자기 밑에 들어와서 그저 거기 있는 것만으로도 자기 권위를 무너뜨리는 상황은 결단코 바라지 않을 터였다. 플린은 포와 알고 지낸 지 오래되었고 그가 권위에 어떻게 반응하는지도 알았다. 그런데 왜 그런 일에 끼려고 할까?

명령을 받았으니까.

포는 플린이 독립경찰민원조사위원회 조사를 언급하지 않은 걸 보고 그 건이 아직 진행 중이라고 짐작했다. 그는 일어나서 머그잔을 치웠다. "관심 없어."

플린은 그의 대답에 놀라는 듯 보였다. 포는 왜인지 알 수 없었다. NCA는 이미 그에게서 손을 뗐는데.

"이 파일에 뭐가 있는지 보고 싶지 않아?" 플린이 물었다.

"알 게 뭐야." 그는 이제 섹션이 그립지 않았다. 컴브리아 고원에서 느리게 돌아가는 생활에 익숙해지는 데 한참 걸리기는 했으나 포는 그것을 포기하고 싶지 않았다. 플린이 그를 해임하거나 체포하려고 온 게 아니라면 그로서는 무슨 말에도 흥미가 없었다. 연쇄살인범을 잡는 일은 이제 그에게 삶의 일부가 아니었다.

"알겠어." 플린이 일어섰다. 키가 큰 그녀는 포와 눈높이가 같았다. "그럼 여기 두 군데 서명해." 플린은 서류 가방에서 얇은 파일을 꺼내더니 그에게 건넸다.

"이게 뭔데?"

"밴 질 부장이 당신 복직시켰다는 얘기 들은 거 맞지?"

고개를 끄덕이며, 포가 문서를 읽었다.

아.

"그리고 이제 공식적으로 근무 중인 경찰관으로 돌아갔으니까 복귀 명령을 거부하면 해직 사유가 된다는 건 알겠지? 하지만 절차를 다 거치는 대신, 당신이 지금 사직서를 내면 받아 와도 된다고 들었거든. 내가 인사과에 멋대로 얘기해서 이 서류를 준비하라고 했지."

포는 한 장짜리 서류를 살펴보았다. 아래쪽에 서명하면 더는 경찰관이 아니게 된다. 이 순간을 기다린 시간이 짧지 않았지만 막상 작별하려니 생각만큼 쉽지 않았다. 정말로 서명한다면 지난 1년 반에 끝을 고하게 될 것이다. 새 출발을 할 수 있었다.

그러나 다시는 경찰 신분증을 소지하지 못하리라.

그는 에드거를 흘끗 보았다. 에드거는 마지막 남은 오후의 햇볕을 흠뻑 빨아들이고 있었다. 주변의 땅은 대부분 포의 소유였다. 이걸 모두 포기할 마음이 있는가?

포는 펜을 받아 들고 아래쪽에 서명을 휘갈겼다. 그러고는 플린에게 넘겨, 그가 그저 '꺼져'라고 쓰지 않았는지 확인할 수 있게 했다. 엄포를 놓았는데 통하지 않자 플린은 이제 어떻게 해야 좋을지 알 수 없는 듯 보였다. 이것은 계획 밖이었다. 포는 머그잔과 커피를 챙겨 안으로 들어갔다. 잠시 후 다시 밖으로 나왔다. 플린은 그대로 있었다.

"왜 그래, 스테프?"

"지금 뭐 하는 거야, 포? 당신 경찰 일 좋아했잖아. 뭐가 달라진 건데?"

그는 이 말을 무시했다. 이미 결정을 내렸으니 그저 플린이 떠나기만 바랄 따름이었다. "다른 서류는 어디 있어?"

"뭐라고?"

"내가 서명해야 할 게 두 개라며. 사직서에는 서명했으니까 사직서가 두 개가 아니라면 아직 하나가 남았다는 거잖아."

플린은 다시 업무 모드로 돌아갔다. 파일을 열더니 다음 서류를 꺼냈다. 처음 서류보다 조금 도톰하고 위쪽에 NCA 인장이 찍혀 있었다.

플린은 암기한 대사를 외웠다. 포 자신도 쓰던 대사였다. "워싱턴 포, 이 서류를 읽고 하단에 서명해 내용을 전달받았다는 걸 확인해주기 바랍니다." 플린은 두꺼운 종이 뭉치를 그에게 건넸다.

포는 첫 장을 힐끔 보았다.

그것은 오스만 경고였다.

이런 제기랄……

3

누군가 심각하고 긴급한 위기에 처했다는 정보를 입수하면 경찰은 당사자에게 이를 경고할 의무가 있다. 오스만 경고는 그 의무를 이행하는 공식 절차였다. 피해자가 될 가능성이 있는 당사자는 경찰이 제안하는 보호조치를 검토하고, 그게 마음에 들지 않으면 스스로 조치를 취할 수 있었다.

포는 첫 장을 훑어보았지만 죄다 거들먹거리는 헛소리뿐이었다. 그가 무엇 때문에 위험하다는 건지는 밝히지 않은 것이다. "이게 다 뭐야, 스테프?"

"당신이 현직 경찰관이어야만 말해줄 수 있어, 포." 플린이 그가 서명한 사직서를 내밀었다. 그는 받지 않았다.

"포, 나 좀 봐."

플린이 그의 눈을 응시했고 그는 거기에서 거짓의 흔적을 전혀 볼 수 없었다.

"날 믿어. 당신 이 파일에 있는 내용 봐야 돼. 마음에 안 들면 언제라도 핸슨한테 이메일로 사직하겠다고 하면 되고." 플린은 사직서를 그에게 돌려주었다.

포가 고개를 끄덕이고 서류를 찢었다.

"좋아." 플린이 말했다.

그녀가 번들거리는 사진을 몇 장 건넸다. 범죄 현장 사진이었다.

"이거 알아보겠어?"

포가 사진을 훑어보았다. 그것은 시신 사진들이었다. 검게 타 숯이 돼버린, 인간인지도 거의 식별할 수 없는 시신. 극심한 열에 노출됐을 때 주로 액체로 구성된 물질이 으레 그렇듯, 시신은 쭈그러들어 있었다. 시신은 포가 아침마다 화목 난로에서 제거하는 숯과 질감이나 무게가 똑같을 것처럼 보였다. 포는 그 이미지에서 남은 열이 느껴지는 듯했다.

"여기 어딘지 알겠어?" 플린이 물었다.

포는 대답하지 않았다. 그는 사진을 넘기며 참조할 만한 걸 찾아보았다. 마지막 사진은 현장 전체를 찍은 컷이었다. 그는 환상열석을 알아보았다. "여긴 롱 메그와 그 딸들*인데. 이건…….." 그는 첫 장을 가리켰다. "……분명 보수당 의원 마이클 제임스겠고. 세 번째 피해자였지."

"맞아. 환상열석 가운데서 말뚝에 묶인 채 연소촉진제를 뒤집어쓰고 불에 탔어. 90퍼센트가 넘게 타버렸지. 다른 건 아는 거 없어?"

"기사에서 읽은 게 다야. 범행 장소 때문에 경찰 쪽에서 놀랐을 것

• 롱 메그와 그 딸들Long Meg and Her Daughters: 영국 컴브리아 펜리스에 있는 신석기시대 환상열석. 59개의 거석으로 형성되어 있다.

같은데. 다른 두 건에 비해서 그렇게 외진 데가 아니잖아."

"곳곳에 배치한 감시망을 범인이 모조리 빠져나간 것에 비하면 그렇게 놀라지도 않았지."

포가 끄덕였다. 이멀레이션 맨은 범행을 저지를 때마다 전과 다른 환상열석을 골랐다. 언론이 그런 이름을 붙인 것도 그 때문이었다. 이멀레이션은 불에 태워 제물로 바친다는 뜻이고, 다른 동기가 떠오르지 않자 언론에서는 그것을 덥석 물었다. 포는 경찰에서 근방의 환상열석을 전부 감시했으리라 예상했다. 하지만 아닐 수도 있었다……. 컴브리아에는 환상열석이 많이 있었으니. 고분이며 헨지며 선돌까지 합하면 감시해야 할 목록이 500개에 육박했다. 최소한의 인원을 배치하더라도 거의 2천 명에 달하는 경찰을 동원해야 할 터였다. 컴브리아는 현재 경찰이 천 명을 겨우 넘겼다. 제한된 인원을 어디에 배치할지 신중하게 선택하는 수밖에 없었을 것이다.

포는 다시 사진을 건넸다. 소름 끼치는 사진이기는 하지만 그것으로는 플린이 이 먼 길을 온 이유를 알 수 없었다. "이게 나랑 무슨 상관인지 아직 모르겠는걸?"

플린은 질문을 무시했다. "섹션은 두 번째 피해자가 발생한 뒤 사건에 합류했어. 상급수사관이 프로필을 받고 싶어 했거든."

그럴 만한 일이었다. 섹션의 전문 분야가 그것이었으니까.

"그래서 우린 프로필을 만들었지. 쓸 만한 게 아무것도 없었어. 나이대나 인종 같은 평범한 것들뿐이었지." 플린이 말을 이었다.

포는 프로필을 만들면 도움이 될 수 있지만 그것이 전방위적인 수사의 일부분으로 기능할 때만 그렇다는 것을 알았다. 포는 프로필 때문에 이런 얘기를 하는 것은 아니라고 짐작했다.

"다중단층촬영이라는 거 들어봤어?"

"그래." 거짓말이었다.

"몸 전체를 촬영하는 게 아니라 몸을 아주 얇은 조각으로 나눠서 촬영하는 방법이야. 비용이 많이 들기는 하지만 때로는 일반적인 사법 해부에서 놓친 생전 상처나 사후 상처가 드러날 때가 있어."

포는 늘 '그게 어떻게 작동하는지 알아야 하는' 유형이 아니라 '그게 뭘 할 수 있는지 알아야 하는' 유형이었다. 플린이 그게 가능하다고 하면 가능한 일이리라.

"부검에서는 아무것도 안 나왔지만 다중단층촬영에서 이게 나왔어." 플린이 다른 사진들을 꺼내서 탁자 위에 놓았다. 무작위로 보이는 베인 상처들을 컴퓨터로 처리한 영상이었다.

"세 번째 피해자 몸에서 나온 건가?" 그가 물었다.

플린이 끄덕였다. "몸통에서. 범인이 벌이는 일 하나하나가 충격을 극대화하려고 한 거야."

이멀레이션 맨은 사디스트였다. 근사한 프로필이 없어도 그 정도는 알 수 있었다. 포는 플린이 넘기는 사진을 하나하나 살펴보았다. 거의 스무 장에 달했으나 그가 헉 하고 숨을 삼키게 한 것은 마지막 장이었다.

상처 부위를 모두 합한 이미지였다. 무작위로 보이던 베인 상처들이 컴퓨터 처리로 하나가 되어 원래 의도한 그림을 만들어냈다. 포는 입이 떨어지지 않았다. "뭐야?" 그가 꺽꺽거렸다.

플린이 어깨를 으쓱했다. "우린 당신이 말해줄 줄 알았는데."

두 사람은 마지막 사진을 빤히 보았다.

이멀레이션 맨은 피해자의 가슴에 두 단어를 새겨 넣었다.

"워싱턴 포."

4

포는 털썩 주저앉았다. 피가 얼굴에서 빠져나갔다. 관자놀이의 정맥이 두근거리기 시작했다.

그는 컴퓨터로 처리된 자기 이름 모양을 응시했다. 더구나 그것은 이름만이 아니었다. 그 위에 숫자 5가 새겨져 있었다.

좋지 않은데……. 전혀 좋지 않아.

"우린 범인이 왜 당신 이름을 피해자 가슴에 새겨 넣어야 한다고 생각했느냐에 주목하고 있어."

"그럼 범인이 이런 짓을 한 게 처음이야? 언론에 정보를 차단한 게 아니고?"

"그래. 처음 피해자와 두 번째 피해자도 나중에 다중단층촬영기에 돌려봤지만 아무것도 안 나왔어."

"숫자 5는?" 그럴듯한 설명은 오직 하나뿐이었고 포도 플린이 거기에 동의하리라는 걸 알았다. 그래서 오스만 경고를 발동한 것이었다.

"우린 당신이 다섯 번째 피해자로 점찍혔다고 보고 있어."

포는 마지막 사진을 집어 들었다. 이밀레이션 맨은 5라는 숫자를 만들려고 어설프게 시도하다가 곡선 부위를 포기해버렸다. 글자 부분은 모두 직선이었다.

그것이 컴퓨터로 처리한 영상이기는 했지만 포는 상처가 외과용 수술칼로 낸 것이라기에는 너무 거칠다는 점을 알아보았다. 작업용 칼이나 그와 비슷한 도구라는 데 돈이라도 걸 수 있었다. 글자가 다중단층촬영으로 드러났다는 사실에서 두 가지를 알 수 있었다. 죽기 전에 낸 상처라는 것—그렇지 않았더라면 부검에서 발견했을 테니까. 그리고 상처가 깊다는 것—얕은 상처였다면 타는 동안 다 사라졌을 테니까. 피해자는 죽기 직전 몇 분간 분명 생지옥을 겪었으리라.

"왜 나지?" 포가 말했다. 그는 경찰로 일하는 동안 적을 많이 만들기는 했지만 이렇게 맛이 간 자와 얽힌 적은 없었다.

플린이 어깨를 으쓱했다. "당신도 상상이 가겠지만 그런 질문을 한 게 당신이 처음은 아니야."

"아까 신문에서 본 것밖에 모른다고 한 건 거짓말이 아니었어."

"당신이 컴브리아 경찰관으로 일할 때 피해자들 중 누구와도 공식적으로 접촉한 적이 없다는 건 우리도 알아. *비공식으로라도* 접촉한 일은 없는 거겠지?"

"내가 아는 한은." 포가 집과 주변의 땅을 가리켰다. "요즘에는 여기 일에 시간을 거의 다 뺏기거든."

"그럴 거라고 짐작했어. 우리도 당신이 피해자들과 연결고리가 있다고는 생각 안 해. 연결고리는 살인범과 이어져 있을 거야."

"내가 이멀레이션 맨을 안다고 생각해?"

"그자가 당신을 알거나, 아니면 당신이란 존재를 안다고는 생각하지. 당신이 그자를 알 거라고 생각하진 않아."

포는 이것이 앞으로 수없이 하게 될 논의와 회의의 출발점이라는 것을, 그가 바라든 바라지 않든 이미 개입되었다는 것을 알았다. 어떤 역할을 맡을지는 아직 미지수였지만.

"첫인상은?" 플린이 물었다.

포는 베인 상처들을 다시 살펴보았다. 지저분한 숫자 5를 빼면, 마흔두 개였다. '워싱턴 포'라고 쓰려고 낸 마흔두 개의 상처. 마흔두 번의 서로 다른 격통의 흔적. "피해자가 내 이름이 밥이었기를 바랐을 거라는 거 말고는, 아무것도."

"업무에 복귀해줘." 플린이 말했다. 그녀는 포가 지금 집이라고 부르는 황량한 고원을 둘러보았다. "인간 세상으로 돌아와줘."

포가 일어섰다. 사직하겠다는 생각은 이미 싹 사라졌다. 중요한 것은 하나뿐이었다. 이멀레이션 맨이 저 어딘가에서 네 번째 피해자를 고르고 있다는 것. 다시 마음 편히 있고 싶다면 놈이 다섯에 도달하기 전에 놈을 찾아야만 했다.

"누구 차로 가는 거야?" 그가 물었다.

5

컴브리아에서 벗어나기가 무섭게 땅이 평탄해지더니 M6 고속도로가 활주로처럼 곧게 펼쳐졌다. 봄이 여름 과대망상에 빠져 있었고, 포는 저도 모르게 플린 차의 에어컨을 세게 틀었다. 등허리에 땀이 고였다. 열기와는 거의 상관없는 땀이었다.

불안한 침묵이 두 사람을 숨 막히게 했다. 포가 에드거를 가장 가까이 사는 이웃에게 맡겼을 때 플린은 빳빳하게 각 잡힌 정장을 벗고 좀 더 일상적인 청바지와 스웨터로 갈아입었지만, 편안한 옷차림에도 불구하고 도로를 응시하면서 손가락으로 긴 머리카락을 빙글빙글 돌리고 있었다.

"승급 축하해." 포가 말했다.

플린이 고개를 돌렸다. "당신 자리를 바란 건 아니야. 그건 알지?"

"알아. 그리고 내 생각일 뿐이지만 당신은 아주 훌륭한 경위가 될 거야."

포는 비꼬는 게 아니었다. 플린이 긴장을 풀며 말했다. "고마워. 그렇지만 당신이 정직당하는 건 내가 상상하던 승급 장면은 아니었어."

"위에서도 뾰족한 수가 없었잖아."

"당신을 정직시킨 건 그랬을지도 모르지. 하지만 그런 실수는 누구라도 할 수 있다고." 플린이 말했다.

"아무렴 어때. 그 실수가 아니었으면 그 일도 일어나지 않았으리라는 건 당신도 알잖아, 스테프."

플린은 둘의 마지막 사건을 이야기하는 것이었다. *그의* 마지막 사건. 템스 밸리 지역에서 한 미치광이가 두 여성을 납치해 죽인 뒤, 열네 살 난 뮤리엘 브리스토라는 여자아이가 실종되었다. 섹션은 처음부터 수사에 합류했다. 범인 프로필과 범죄 지도를 완성했으나 지리적 프로필을 작성한 뒤에야 유력한 용의자인 페이턴 윌리엄스에 다다를 수 있었다. 그는 한 하원의원의 보좌관이었다. 모든 게 맞아떨어졌다. 그는 스토킹 전과가 있었고, 여자아이가 납치될 때마다 사건 지역에 있었으며, 연애에 한두 번 실패한 것이 아니었다.

포는 그를 체포해 신문하고 싶었지만 정보부장 탤벗이 이를 거부했다. 총선이 가까웠고 선거 전前 기간이었기에, 하원의원의 보좌관을 접전 지역구에서 체포하면 선거 부정으로 간주될 소지가 있었다. 적어도 탤벗 눈에는 그럴 수 있다고 보였다. "확실한 걸 찾아오게." 포가 들은 말이었다. 그러는 동안 탤벗은 본인이 해당 하원의원에게 이일을 통지하겠다고 포에게 말했다. 그의 보좌진 한 명을 수사 중이라고 알리겠다는 이야기였다. 포는 제발 그러지 말라고 부탁했다.

탤벗은 그의 말을 무시했다. 하원의원은 보좌관을 해임했다.

그리고 해임하는 이유를 말했다.

포는 격분했다. 페이턴 윌리엄스는 이제 뮤리엘 브리스토가 있는 곳에 얼씬도 하지 않을 것이다. 그렇게 이목이 집중되어 있는 상황에서는. 그 아이가 아직 살아 있다고 해도 오래 버티지는 못할 터였다. 아이는 수분 부족으로 죽을 것이었다.

포는 불편한 일을 다른 사람에게 떠넘기는 유형의 경찰이 아니었다. 그는 직접 아이 가족에게 찾아갔다. 그 집에 가기 전에 그는 가족 연락담당관의 사건 개요를 인쇄했다. 수사 진행 상황을 심하게 윤색한 보고서였다. 브리스토 부부에게 자기가 할 수 있는 일이 뭔지 설명한 뒤, 포는 찬찬히 살펴보라며 서류를 건넸다.

그리고 그날 지옥이 펼쳐졌다.

포가 실수를 저지른 것이었다. 어마어마한 실수를. 그는 가족 연락담당관의 사건 개요뿐 아니라, 자기 파일에 넣을 최신 사건 개요까지 인쇄했던 것이다. 그 서류는 윤색하지 않은 정보였다. 거기에는 그가 의심하고 좌절한 내용이 모조리 담겨 있었다.

엉뚱한 보고서가 엉뚱한 파일에 담겨 전달되었고…… 브리스토 부부는 페이턴 윌리엄스에 관한 정보를 모두 읽고 말았다.

뒤늦게, 윌리엄스가 뮤리엘 브리스토의 아버지에게 붙잡혀 고문당하다 뮤리엘이 있는 장소를 털어놓은 뒤에, 그리고 뮤리엘이 안전하게 집으로 돌아온 지 한참 지난 뒤에야, 브리스토 부부가 어떻게 페이턴 윌리엄스에 관해 알게 되었느냐는 의문이 제기되었다.

금세 실책이 발각되었다. 포의 생각이 처음부터 맞았고 죄 없는 소녀가 집으로 돌아갔는데도 불구하고 포는 즉각 정직되었다. 몇 주 후 페이턴 윌리엄스는 고문의 상처 때문에 죽어버렸다.

플린이 허드윅 농장에 나타나기 전까지 포는 NCA 사람과 일절 만나지 않았다.

"당신, 아무한테도 인사 한마디 없이 사라졌어." 플린이 말했다.

포는 살짝 죄책감을 느꼈다. 정직되었을 때 그는 자신을 응원하는 문자와 음성 메시지를 전부 무시했다. 한 남자가 고문당했고 그것은 그의 책임이었다. 그는 그걸 받아들이고 사는 법을 터득해야 했다. 포는 컴브리아에 있던 집으로 돌아갔다. 선의로 자신에게 연락하는 동료들에게서 멀어졌다. 세상에서 달아났다. 오로지 어두운 생각만을 벗 삼은 채.

플린이 말을 이었다. "우리끼리 하는 얘긴데, 밴 질 말로는 독립경찰민원조사위원회에서 '입증 불충분'으로 평결하기가 쉬울 거래. 가족 파일에 엉뚱한 보고서를 넣은 사람이 절대적으로 당신이라는 걸 입증할 수 없다고."

그렇게 생각한들 그게 포에게 위안이 되지는 않았다. 어쩌면 그는 수도승 같은 생활에 익숙해지고 있었던 것일까? 그는 사건 파일을 펴고 섹션에서 이멀레이션 맨에 대해 수집한 정보를 전부 읽기 시작했다.

6

삼중 살인에 자료도 방대했지만 사건 파일에 익숙한 포는 중요한 내용이 어디에 있는지 찾을 수 있었다. 그는 상급수사관이 첫 사건 현장을 수사 초기에 묘사한 내용부터 살펴보았다.

그것은 첫인상이 담겨 있었기에 가장 유용한 정보일 때가 종종 있었다. 나중에 추가한 보고는 계산하고 판단해서 덧붙인 것이었다.

상급수사관은 이언 갬블이라는 총경이었다. 보통 이 정도로 큰 건은 주요사건팀에서 맡지만 이번에는 그들이 다른 사건을 수사하고 있어서 형사과 수장이기도 한 갬블이 몸소 사건을 담당하기로 했다. 컴브리아에 쏟아지는 언론의 관심을 감안하면 현명한 처사였다.

갬블은 포가 그를 알던 시절에는 경위였다. 비록 상상력은 부족할지 모르지만 수사를 빈틈없이 진행하는 경찰이었다. 바로 그가 첫 범행 현장에서, 명백한 휘발유 냄새에 섞인 화학물질의 냄새를 알아차렸다. 그의 의혹은 타당한 것으로 드러났다. 이멀레이션 맨은 직접 제조한 연소촉진제를 썼던 것이다. 시신들이 숯이 될 정도로 타버린 것도 놀랄 일이 아니었다.

플린이 말했다. "무시무시하지 않아? 듣자 하니 잘게 자른 스티로폼 조각을 용해되지 않을 때까지 휘발유에 섞기만 하면 된다던데. 기술지원팀 얘기로는 그러면 젤리 같은 흰색 물질이 되는데 얼마나 뜨겁게 타버리는지 지방이 녹을 정도래. 그렇게 되면 몸 자체가 연료로 작용해서 살과 뼈가 모조리 녹을 때까지 탄다더라고."

"하느님 맙소사." 포가 속삭였다. 그는 경찰이 되기 전에 스코틀랜드 보병연대 블랙 워치에서 3년간 복무했고, 백린탄으로 훈련도 받았다. 그는 이 사건에서 백린탄을 썼을 때와 비슷한 상황이 벌어졌으리라 상상했다. 그것은 한번 몸에 붙으면 떼어낼 수가 없다. 바랄 수 있는 최선은 살이 떨어져버리는 것이다. 안 그러면 끝까지 탄다.

첫 피해자는 넉 달 전에 살해되었다. 그레이엄 러셀은 40년 전 컴브리아 지역의 한 쓰레기 신문사에서 일하기 시작했으나 곧 주류 언론으로 자리를 옮겼다. 거기에서 그는 레비슨 청문회* 당시 신랄하게 비판받은 유력 타블로이드지의 편집장까지 올라갔다. 그는 이와 관련해 어떤 일에도 직접 연루된 것으로 드러나지 않았으나, 그럼에도 막대한 연금을 받고 은퇴해 컴브리아로 돌아왔다. 이멀레이션 맨은 러셀의 사유지에서 그를 납치했다. 몸싸움을 한 흔적은 없었고, 얼마 후 그는 케직 인근의 캐슬리그 환상열석 한가운데서 발견되었다. 그는 깡그리 타버렸을 뿐 아니라 고문도 당했다.

포는 초기 수사 과정을 따라가며 인상을 썼다. "터널 시야인가?" 그

---

* 2011년 한 신문사가 휴대전화를 해킹하고 경찰에 뇌물을 공여했다는 의혹이 제기되어 이를 조사한 청문회.

가 플린에게 물었다. 경험이 적은 상급수사관은 이따금 있지도 않은 것을 보기도 하는데, 갬블은 하급 경관과는 거리가 멀었지만 살인 사건 수사를 담당한 지가 꽤 오래되기도 했다.

"그런 것 같아. 그쪽에서는 당연히 아니라고 하지만. 그래도 갬블 총경은 첫 살인이 레비슨 청문회 사건의 보복 범행이라고 꽤나 확신하는 걸로 보였어."

한 달이 지나 조 로웰의 시신이 발견되고 나서야 TIE 조사*에서 전화 해킹 피해자들에게 초점을 맞추지 않게 되었다. 로웰은 신문업에 관련된 적이 없었다. 7대에 걸쳐 컴브리아 남부 지역에서 농사를 지은 지주 가문 출신이었던 것이다. 로웰가는 그 지역에서 줄곧 신뢰와 인기를 누렸다. 조 로웰은 가문의 저택인 로웰 홀에서 납치되었다. 아들이 그와 함께 살고 있었는데도 그가 실종되었다는 신고는 들어오지 않았다. 그의 시신은 컴브리아 남부의 브로턴-인-퍼니스 인근 스윈사이드 환상열석 가운데서 발견되었다.

그 결과 수사는 더욱 진지해졌다. 레비슨 청문회 관련설은 싹 지워졌고—사건 파일을 개정해야 할 정도로—처음부터 추적 중이던 방향, 즉 연쇄살인범 수사로 초점이 바뀌었다.

포는 파일에서 환상열석 관련 내용을 찾았다. 살인범이 환상열석

---

* 추적Trace, 면담Interview, 제거Eliminate를 활용한 조사로, 살인 사건 등 주요 범죄의 수사에 시행된다.

과 연관이 있는 것으로 보이므로 갬블이 자료를 최대한 많이 수집했을 터였다.

컴브리아는 영국에서 환상열석, 선돌, 헨지, 거석, 고분이 가장 밀집된 지역이었다. 이것들은 제각각 다른 형태였고 초기 신석기부터 청동기에 이르기까지 넓은 기간을 아울렀다. 어떤 것은 타원형이었고 어떤 것은 원형이었으며, 어떤 돌은 분홍색 화강암인 반면 어떤 돌은 점판암이었다. 소수는 안쪽에 더 작은 돌들이 원형으로 서 있었다. 대다수는 그렇지 않았다. 갬블은 학자들을 불러서 이 돌들이 무슨 목적으로 만들어졌는지 팀에 설명하게 했지만 이는 아무 도움도 되지 않았다. 장례식과 관련한 것이라는 설부터 통상로라는 설, 달 주기와 천문의 배치와 밀접하게 관련되어 있다는 설까지 다양했다.

학계에서 유일하게 동의하는 한 가지는 환상열석의 역사를 통틀어 그것이 희생 제의를 위해 쓰인 적은 없다는 점이었다.

포는 생각했다. 물론, 오늘 벌어진 일이 내일의 역사가 되는 법이라고…….

7

포는 세 번째로 일어난 살인 사건—두 주 전에 포의 이름이 가슴에 새겨진 채 죽은 사우스 레이크스 지방 행정구 의원 마이클 제임스—에 관해 읽다가 어떤 문서를 보더니 큰 소리로 웃고 말았다. 사건을 맡은 경사 중 한 사람이 작성한 글인데, 그는 범죄 현장에서 나는 냄새에 '장기瘴氣/miasmatic quality'가 있다는 표현을 쓰고도 아무 탈 없이 지나갈 수 있는 유일한 인물이었다.

그는 어릿광대 같은 남자였지만 포가 이제까지 만난 이들 중 가장 똑똑한 사람이기도 했다. 〈커넥트 포〉* 같은 게임에서 고작 세 차례만에 이길 수 있는 사람. 이름은 킬리언 리드로, 포가 컴브리아 지역에서 사귄 유일한 친구이기도 했다. 두 사람은 10대 초에 만나 그 후로 줄곧 친하게 지냈다. 포는 컴브리아에 돌아온 뒤 그에게 연락하지 않았다는 데 조금 죄책감이 일었다. 자기 문제에 너무 골몰해 있느라

---

* 두 사람이 각자 다른 색을 고른 뒤, 번갈아 가며 가로 일곱 줄, 세로 여섯 줄의 판을 아래쪽에서부터 채워서 둘 중 한 사람이 먼저 네 개의 점이 직선이 되게 (가로선이든 세로선이든 대각선이든) 만들면 이긴다. 세 번 만에 이긴다는 것은 실제로는 있을 수 없는 일이다. 혼자서 판을 채워도 네 번은 넣어야 이길 수 있기 때문이다.

그럴 생각이 나지 않았던 것이다. 그렇기는 해도, 그와 리드는 오랜 세월 알고 지냈고 함께한 일이 너무 많기 때문에 정말로 소원해질 수는 없었다. 포는 플린의 휴대전화를 빌려 사전 앱을 열었다. 그는 사전에 miasmatic을 입력했다. '유기물이 분해되면서 나오는 유독한 기체'라는 의미였다. 그는 자기처럼 어쩔 수 없이 사전을 찾아본 사람이 몇이나 될지 궁금했다. 과연 리드다웠다. 상급자가 자신을 바보로 느끼게 만들어서 놀리는 방식이. 아직도 경사인 게 당연했다.

두 남자가 다시 같이 일할 거라면 상황이 좀 나아질 터였다. 포는 파일의 남은 부분을 읽어나갔다.

두 번째 피해자가 발견된 뒤 중범죄분석섹션이 사건에 합류했고, 그 뒤로 플린의 이름이 보고서에 나타나기 시작했다. 이번 사건에도 언론이 달려들어 범인에게 이름을 붙이려고 다퉜다. 결국―이런 일에서 언론이 늘 그렇듯이―타블로이드 신문들이 '이멀레이션 맨'이라는 이름으로 승리했다.

포는 전체를 훑어본 뒤 파일을 뒷좌석에 두었다. 눈을 감고 목을 돌렸다. 곧 파일을 다시 읽으며 서류 하나하나를 샅샅이 볼 터였다. 머리에 각인하면서. 처음에는 그저 자기가 다뤄야 할 사건이 어떤 분위기를 풍기는지 맛만 보면 되었다. 중범죄분석섹션은 사건 초반에 호출되는 일이 거의 없었기 때문에 이미 끝난 사건처럼 파일을 검토하는 것이 한 가지 중요한 기술이었다. 그들은 단지 증거를 보는 데서 그치지 않고, 수사팀에서 저지른 실수도 찾아야 했다.

플린은 그가 다 읽은 것을 알아차리고 말했다. "의견은?"

49

포는 이것이 시험이라는 걸 알았다. 그는 1년 동안 떨어져 있었다―플린과 밴 질은 그가 여전히 적격한지 알아야 했다.

"환상열석과 태워 죽이는 쪽은 추적해봐야 아마 막다른 길만 나올 거야. 그건 범인에게는 뭔가 의미가 있겠지만 우리로서는 놈을 잡기 전에는 알 수 없을 테니까. 범인은 자기가 바라는 게 뭔지 잘 알고 있지만, 현실이 환상과 맞아떨어지지 않을 때는 얼마든지 바꿀 수도 있어."

"왜 그렇게 생각해?"

"처음 피해자는 고문당했지만 나머지는 아니었어. 무슨 이유에선지 범인이 예상한 결과가 나오지 않은 거지. 그래서 놈은 그만뒀어."

"마이클 제임스는 가슴에 당신 이름이 새겨져 있었잖아. 내가 보기에는 고문 같은데."

"아니, 놈은 아직 우리가 모르는 이유로 그런 거야. 그것 때문에 생긴 고통은 부수적인 거지. 그레이엄 러셀이 받은 고통은 의도된 거였어."

플린이 계속하라고 고개를 끄덕였다.

"피해자들은 전부 같은 나이대이고 다들 부유해. 서로 알고 지냈다는 증거는 찾지 못했고."

"범인이 무작위로 고른다고 생각해?"

포는 그렇게 보지 않았지만 아직 왜 그런지는 말할 준비가 되지 않았다. 정보가 더 필요했다. "놈은 우리가 그렇게 생각하길 바라고 있어."

플린은 고개만 끄덕일 뿐 아무 말도 하지 않았다.

"피해자 중 아무도 실종 신고가 들어오지 않았다고?" 포가 물었다.

"맞아. 다들 집에서 떨어져 있을 만한 그럴듯한 이유가 있었던 걸로 보여. 그들이 죽은 뒤에야, 실종 신고가 들어오지 않게 하려고 이 멀레이션 맨이 얼마나 공을 들였는지 알게 됐지."

"어떻게 공을 들였는데?" 포는 그 내용이 파일에 있는 걸 알았지만 때로는 사실을 해석한 이야기를 듣는 게 더 도움이 됐다.

"그레이엄 러셀의 자동차와 여권이 한 페리의 승선 기록에 남았고, 가족들은 그가 프랑스에서 휴가를 보내고 있다는 이메일 몇 통을 받았어. 조 로웰은 노픽에서 친구들과 같이 있다면서 사냥철이 끝날 때까지 빨간다리자고새를 잡을 거라고 가족들한테 문자를 보냈고. 마이클 제임스는 혼자 살았으니까 실종된 게 곧바로 드러나지 않았을 테지만, 그런데도 컴퓨터 기록에 보면 스코틀랜드 섬들에 맞춤 생산 위스키를 맛보러 다닐 계획을 짜고 있었어."

"그래서 누구 하나 정확히 언제 납치됐는지 알 수가 없다는 건가?"

"맞아, 정확히는 몰라."

포는 그게 무엇을 뜻하는지 생각하다가, 그것이 자기가 이미 아는 걸 확증해준다고 결론 지었다. 즉, 이멀레이션 맨이 치밀하다는 것을. 그는 이것을 플린에게 말했다.

"어째서? 범죄 현장이 엉망진창인데."

포는 고개를 흔들었다. 플린은 아직도 그를 시험하고 있었다. "범인은 현장을 자기 뜻대로 통제하고 있어. 즉흥적으로 한 게 전혀 없어. 필요한 건 전부 가지고 갔고. 납치 장소나 살해 장소에 물리적인 증거도 남기지 않았는데, 증거 전이가 불가피하고 그 어느 때보다 증거 수집 기술이 발달했다는 걸 감안하면 그건 대단한 일이야. 세 번째 범행 때는 곳곳의 환상열석에 감시 인원도 꽤나 배치했을 텐데?"

"대부분이 나갔지. 롱 메그에 있던 인원들이 막 철수했을 때 사건이 벌어졌어."

"그렇다면 감시 체제도 꿰고 있다는 거군." 포가 말했다.

"다른 건?"

"통과인가?"

플린이 웃었다. "다른 건 없어?"

"있지. 파일에 빠진 게 있던데. 제어 필터 말이야, 상급수사관이 언론에 새어나가지 않게 막은 정보가 있을 텐데. 그게 뭐야?"

"어떻게 알았어?"

"이멀레이션 맨은 사디스트는 아닐지 모르지만 사디스트처럼 행동하고 있어. 시신을 성적으로 훼손하지 않고 내버려뒀을 리가 없지."

플린이 뒷좌석에 있는 자기 서류 가방을 가리켰다. "거기 파일이 하나 더 있어."

포가 뒤로 몸을 뻗어 파일을 꺼냈다. '기밀'이라고 찍혀 있고, 누군가 '갬블 총경 허가 없이는 공유 불가'라고 적어놓았다. 포는 열어보지 않았다.

"절개 시기라는 거 들어봤어, 포?"

포는 고개를 저었다. 들어본 적이 없었다.

"원래 국민보건서비스에서 붙인 이름이야. 1년 중 특정 시기, 보통은 여름방학 때를 가리켜. 그때 여자아이들을—어리게는 두 달 된애까지—영국에서 데리고 나가. 해외에 있는 친척을 방문한다는 명목으로. 실제로 애들이 겪는 일은 여성생식기 훼손이지. 돌아올 때까지 회복할 수 있도록 긴 여름방학 때 가는 거야."

포는 여성생식기 절개에 대해 조금 알았다. 그것은 여자아이 생식기에서 일부분을 제거해 아이가 성적 쾌락을 경험할 수 없게 하는 혐오스러운 관습이었다. 그렇게 하면 아이들이 충실하고 순결한 상태를 지킬 수 있다고들 했다. 실제로 그 일의 피해자들은 평생 고통과 건강 문제로 고생해야 했다. 어떤 문화권에서는 여전히 상처를 가시로 봉합했다.

포는 플린이 이 이야기를 왜 하는지 알 것 같았다. "피해자들을 거세하는 건가?"

"엄밀히 말하면 아니야. 알뿐 아니라 고기까지 잘라냈거든. 깔끔하게 마취 없이."

"트로피로 챙기는 거군." 포가 말했다. 연쇄살인범 중 상당수는 피해자의 신체 일부분을 보관했다.

"사실 그건 아니야. 파일을 열어봐."

포는 그 말대로 했다가 거의 점심을 올릴 뻔했다. 첫 사진을 보니 피해자의 비명 소리가 왜 들리지 않았는지 알 수 있었다.

재갈이 물려 있었던 것이다.

근접 촬영으로 찍힌 사진에는 그레이엄 러셀의 입이 나와 있었다. 입안에 그의 생식기가 있었다. 다음 몇 장은 음경, 고환, 음낭을—아직 서로 연결된 채로—입에서 빼낸 뒤 찍은 사진이었다. 한쪽은 불에 노출되어 시커멓게 탄 반면 반대쪽은 놀랄 정도로 분홍색에 멀쩡

한 상태였다. 포는 나머지 사진을 휙휙 넘겨 보며 거의 비슷비슷하다는 걸 알았다.

그런데 그가 다섯 번째 피해자가 될 거라는 말인가? 불에 타 죽는 정도로는 부족하다는 건가. 포는 다리를 꼬았다.

"놈이 당신 가까이에 얼씬하기 전에 우리가 잡을 거야, 포."

8

영국 남부 햄프셔의 중심부, 옛 브램실 경찰대학 구내에는 폭슬리 홀이 있다. 대학은 이미 마지막 강의를 끝냈을지 몰라도 폭슬리 홀은 여전히 중범죄분석섹션의 본부였다.

그 건물은 사람들의 이목을 피해 어둠 속에서 일하는 단체가 쓰는 곳이라기엔 놀랄 만큼 이색적이었다. 높기보다는 옆으로 길었고 지붕이 비스듬한데 거의 바닥에 닿을 만큼 내려와 있어서, 중범죄분석섹션이 마치 버려진 피자헛에서 일하는 것처럼 보였다.

플린은 그날 밤 집에 돌아갔다. 포는 호텔에 투숙했다.

그는 자다 깨다를 반복했다. 악몽이 돌아온 것이다. 예전에 일할 때는 죽은 자들이 늘 포와 함께했다. 꿈에 찾아와 평온함을 깨뜨렸다. 포가 햄프셔에 돌아오니 옛 상처들이 다시 벌어졌다. 페이턴 윌리엄스는 그런 짓을 저지르기는 했지만 죽어 마땅하지는 않았다. 초기 심리에서 포는 브리스토가 윌리엄스에게 가한 상처들 사진을 보았다. 윌리엄스는 치아가 펜치로 잡아 뽑히고, 손가락이 전부 나선골절을 입고, 비장에 구멍이 뚫려 결국 죽음에 이르렀다. 포는 밤에 제대로 잠자기까지 여섯 달이 필요했다.

그런데 이제 악몽이 돌아온 것이다. 어쩌면 애초에 사라진 게 아니었을지도 몰랐다…….

아침 8시가 되자 포는 마치 공식 방문객처럼 폭슬리 홀에 안내를 받아 들어가야 했다. 지루한 얼굴의 접수대 여직원이 보스를 보더니 아첨하는 표정을 지었다. 그녀는 플린에게 우편물을 건네고는 포를 무례하게 쳐다보았다.

"당신 누구?" 포가 마주 쏘아보며 물었다. 그가 비록 청바지 차림에 산사람처럼 보일지 몰라도 섹션에 다시 경사가 생겼다는 것을 그 여직원도 곧 알게 될 터였다.

접수 직원은 대답하라는 명령을 듣기 전에는 대답할 마음이 없는 것처럼 보였다. 고용률이 높은 지역에서는 이것이 문제였다. 아무도 자기 업무를 진지하게 받아들이지 않았다. 고작해야 용돈벌이에 지나지 않는 것이다.

"나라면 대답할 거야, 다이앤." 플린이 방금 건네받은 편지들을 뒤적이며 말했다. "이쪽은 포 경사. 당신한테 얌전히 당해줄 거라고는 생각하지 않는 게 좋을걸."

다이앤은 대답 대신 그냥 히죽거리더니 말했다. "핸슨 차장님이 경위님 사무실에서 기다리고 계세요."

"그래?" 플린이 한숨을 내쉬었다. "당신은 피해 있는 게 좋을 거야, 포. 그 양반 부장 자리를 차지하지 못한 게 아직도 당신 탓이라고 생각하거든."

핸슨은 자기 결점을 자기 책임으로 받아들인 적이 없었다. 승급되지 않은 것도 다른 누군가의 잘못이거나 아니면 자기를 적대시하는 거대한 음모 때문이라고 여겼다. 그가 페이턴 윌리엄스 사건 때 탤벗을 지지했다는 사실은 아무래도 좋았다. "얼마든지." 포가 대답했다.

플린이 다이앤을 쳐다보았다. "가서 포 경사한테 커피 한잔 가져다줘. 그럼 평생 당신 친구가 되어줄 거야."

포와 다이앤은 서로 쳐다보았다. 둘 다 그 말을 안 믿었지만, 포는 이렇게 일찍부터 싸움을 하고 싶은 기분이 아니었다. 플린은 핸슨을 보러 들어갔고 다이앤은 개방형 사무실을 지나 부엌 쪽으로 그를 데리고 갔다. 다이앤이 필터 커피를 따라주는 동안 포는 자기가 관리하던 사무실을 훑어보았다.

예전과는 달랐다. 그가 경위였을 때는 사람들이 그날 어디에 앉고 싶어 하느냐에 따라 탁자를 배치했는데, 사내 정치 때문에 사무실 배치가 끝도 없이 바뀌었다. 그때 그는 그것이 플린에게 거슬리는 일이었다는 걸 알았지만, 개입하지는 않았다. 플린이 질서를 바랐다면 경사의 갈매기무늬 계급장을 이용할 수 있었을 테니.

그러나 이제 경위의 별무늬 계급장을 단 플린은 관리자로서 자신의 권한을 이용하기로 한 것이었다. 몇몇은 그도 알아보았지만 대부분 그가 모르는 분석관들이 둥글게 자리했고, 그 안에 사무실의 중추가 있었다. 그곳이 바퀴의 중심축으로 기능하면서, 서로 다른 사무실과 전문가 그룹이 바큇살을 형성했다. 닭장 같은 상자형 사무실은 아니었지만 딱히 그와 다르지도 않았다. 낮은 소음이 들렸다―웅얼거리는 통화 소리며 키보드 두드리는 소리, 종이 넘기는 소리. 이른 아침인데도 책상에서 아침을 먹는 사람이 없었다. 그것도 플린을 부글부글 끓게 만든 또 한 가지 일이었다―일하러 출근해서는 30분 동안 오트밀을 끓이는 것.

중범죄분석섹션이 요즘 전문적이고 효율적으로 일하는지는 몰라도, 포가 보기에 그곳은 부재중 이메일만큼이나 매력이 없었다. 어쩔 수 없이 거기에서 일해야 한다면 그는 한 시간도 안 되어 '쓰벌'이라는 말을 쉼표처럼 쓰게 될 터였다.

적어도 예전에 그가 붙여놓은 커다란 영국 지도는 아직 그대로 있었다. 포는 다가가 지도를 훑어보았다. 지도는 벽을 장악하고 있었다. 서로 다른 색의 매직펜이 마치 기상 예보처럼 표시되어, 다양한 범죄가 포착된 위치를 가리켰다. 똑같은 색이 사용된 경우 두 범죄가 서로 연결되어 있을지 모른다는 증거가 충분하다는 뜻이었다. 분석가들은 지역 경찰에서 보낸 범죄 보고와 언론을 쉴 새 없이 살피며 패턴과 변칙을 찾아냈다. 중범죄분석섹션의 임무 중 하나는 늑대가 나타났다고 외치는 것이었다―패턴을 보고, 연쇄강간범이나 연쇄살인범이 있을지도 모른다고 경찰에게 알리는 일. 대부분은 틀린 경고였지만.

가끔 맞을 때도 있었다.

컴브리아 지역에 빨간색 매직펜이 세 군데 표시되어 있었다. 이멀레이션 맨이 열심히 추적당하고 있다는 뜻이었다.

보스와 같이 들어온 이가 누군지 사람들이 알아차리기 시작하면서 사무실에 침묵이 물결처럼 퍼져나갔다. 포는 자기 이름을 속삭이는 소리를 들었다. 그는 무시했다. 이목이 자기에게 집중되는 걸 무척이나 싫어했지만 자기를 모르는 이가 없다는 것은 알고 있었다. 칼라일 영안실의 차가운 침대에서 잠들어 있는 남자의 가슴에 그의 이름이 새겨져 있기 때문만이 아니라, 그가 예전에 이곳을 이끌던 방식 때문이기도 했다.

그리고 그가 떠난 방식 때문이기도 했다. 그걸 잊어서는 안 됐다.

침묵을 깨뜨린 것은 벽을 뚫고 나온 고함이었다. 소리는 예전 그의 사무실, 엄밀히 말해 이제는 플린의 사무실에서 나왔다. 포는 그쪽으로 다가갔다.

비록 대부분은 불분명한 외침이었지만, 포는 자기 이름이 한 번씩 언급되는 걸 들었다. 그는 문을 열고 가만히 들어갔다.

핸슨이 플린의 책상에 몸을 기대고 있었다. 그는 양손 주먹을 쥔 채 책상을 내리누르고 있었다.

"내 말 못 들었나, 플린. 부장님이 뭐라고 했든 상관없어. 자네는 그자를 복직시키지 말았어야 한다고."

플린이 이를 차분하게 받았다. "정확하게 말씀드리자면 제가 아니라 밴 질 부장님이 복직시키셨죠."

핸슨이 일어섰다. "자네한테 실망이야, 플린."

포가 헛기침을 했다.

핸슨이 돌아섰다. "포, 플린 경위와 같이 왔는지는 몰랐는데."

"안녕하십니까." 포가 말했다.

핸슨은 그가 내민 손을 무시했다.

포는 차장이 자신을 경멸한다는 사실에 신경 쓰여야 한다는 걸 알았지만, 알 바 아니라고 생각하는 쪽이 훨씬 쉬웠다. 누군가 자기 목이 달아날까 신경 쓰지 않으면, 권력자들도 자기 힘이 얼마나 보잘것없는지 금세 깨닫게 마련이었다.

"웃을 테면 웃으라고, 포. 밴 질 부장이 자네를 재임명한 건 실수야. 자네는 또 말아먹을 거고, 부장은 전임 부장과 똑같이 사라질 거야." 핸슨이 플린을 향했다. "그리고 부장이 가고 나면 여기도 한바탕 쓸고 지나갈 거야, 플린 경위."

차장은 그 말을 끝으로 사무실에서 나갔다. 형식적인 제스처의 왕답게, 유혹을 참지 못해 문을 쾅 하고 닫으며.

플린은 인사과와 회의 일정을 잡아두었다. 포가 공식적으로 복직하는 게 일러질수록 둘 다 컴브리아로 더 일찍 돌아갈 수 있었다. 인사과 선임이 섹션 건물로 오고 있었다. 두 사람은 작은 회의실에 앉아 기다렸다.

기다리는 동안 포는 자기의 예전 사무실을 플린이 어떻게 바꾸었는지 살펴보았다. 아까 슬며시 들어오기 전에 그는 플린의 이름이 들어간, 윤이 반지르르한 황동 명패를 알아차렸다. 예전에 포는 A4 용지에 관등 성명을 매직펜으로 적어놓았다. 그가 제대로 기억한다면 파란색이었다.

그가 일하던 혼란스러운 분위기가 차분하고 정돈된 분위기로 대체되었다. 《블랙스톤 경찰 매뉴얼》들이 선반에 꽂혀 있었다. 오른쪽 끝에는 많이 펼쳐본 흔적이 있는 《상급수사관 안내서》가 있었다. 포도 그 포켓북이 있었지만—형사라면 누구나 그렇듯—한 번 읽고 나서 버렸다. 그 책은 유용하기는 했지만 특별한 게 없었다. 상급수사관이 논리적이고 철저하게 수사를 이끌도록 안내하는 내용이었다. 문제는 다들 범죄를 똑같은 방식으로 수사하게 된다는 것인데, 포도 기준이 있어야 한다는 점에는 동의했지만 이 책으로 '비범한' 살인범을 잡기는 무리였다.

그는 사무실의 다른 부분을 둘러보았다. 모두 지극히 사무적이었다. 개인적인 것은 아무것도 눈에 띄지 않았다.

그가 중범죄분석섹션에서 일할 당시에 '책상 위 비우기 정책'은 다른 사람들에게나 적용되는 것이었다. 플린의 책상은 예상한 대로 깔끔했다. 컴퓨터 한 대와 겉장이 깨끗한 메모패드 하나. NCA 로고가 새겨진 컵에는 펜과 연필이 꽂혀 있었다.

플린의 전화벨이 울렸다. 그녀는 스피커폰 기능을 누른 뒤 전화를 받았다. 다이앤이 말했다. "인사과 애슐리 배럿 씨 오셨습니다."

"고마워. 들어오시라고 해." 플린이 말했다.

웃으며 들어오는 배럿은 정장 차림에 갈색 가죽 서류 가방을 들고 있었다. 키가 크고 마른 남자였다. 그는 회의 탁자 앞에 앉았다.

"단도직입적이라 미안한데요, 애시. 좀 서두를 수 없을까요? 컴브리아로 돌아가야 해서요." 플린이 말했다.

그는 끄덕이며 포를 흘긋 보더니 서류 가방에서 문서를 몇 개 꺼냈다. 그것을 포 앞에 놓았다. 가볍게 헛기침을 하더니 준비한 대사를 읊었다. 거의 무의식 상태로 말하는 것 같았다. "포 경사도 알다시피,

정직은 과오가 확정되지 않은 중립적인 상태로 간주되고 그 상태를 유지하는 게 타당한지를 결정하는 것은 조직의 몫입니다. 어제 에드워드 밴 질 부장이, 독립경찰민원조사위원회 조사는 아직 남았지만 내사가 끝났으니 당신을 복직시켜야 한다고 결정했습니다." 배럿이 서류를 뒤적였다. 포에게 한 장짜리 서류를 넘기며 그가 말했다. "이건 확인서입니다. 아래 서명해 주시겠습니까?"

포는 서명했다. 수표에는 결코 쓰지 않을 엉성한, 업무용 서명을 쓰는 것은 꽤 오랜만이었다. 묘하게 편안한 느낌이었다. 그는 서류를 미끄러뜨려 건넸다.

책상 위 전화가 울리자 플린이 일어나서 전화를 받았다. 플린이 낮은 목소리로 말하는 동안 배럿은 상담이나 IT 시스템 재교육 같은 지원을 받고 싶은지 묻느라 바빴다. 포는 전부 아니라고 대답했다. 두 사람 다 예상한 대로였다.

두툼한 인사과 규정집의 점검 항목을 하나 더 끝냈으니, 배럿은 이제 좋은 소식으로 전환했다. 그는 서류 가방에서 포가 장사 밑천이라고 여기는 것들을 하나하나 꺼냈다. 먼저 업무용 휴대전화로, 암호화된 블랙베리를 건넸다. 배럿은 포에게 필요할지 모를 업무용 연락처가 미리 프로그램되어 있다는 점과 포의 온라인 일정표가 거기에 동기화되어 있다는 점을 설명했다. 포의 온라인 일지에 접속할 권한이 있는 사람이라면 누구나 거기에서 약속을 잡을 수 있다는 뜻이었다. 포는 방법을 알아내자마자 그 기능을 꺼 놓아야겠다고 생각했다. 블랙베리는 인터넷이 활성화되어 있었다. 즉, 웹을 탐색하고 보안 이메일과 문자 메시지를 받을 수 있었다. 심지어 발신 통화도 할 수 있었다.

"블랙베리에는 '프로텍트' 앱이 설치되어 작동되고 있습니다." 배 럿이 말했다.

포가 멍한 얼굴로 그를 쳐다보았다.

"웹에서 그 위치를 추적할 수 있다는 뜻이에요."

"절 감시하시는 겁니까?"

"핸슨 차장 지시라서 말이죠."

포는 블랙베리를 주머니에 넣었다. 그 기능도 나중에 끌 작정이었다.

배럿은 포의 경찰 신분증과 NCA 신분증이 담긴 작은 검은색 가죽 지갑을 주었다.

포는 아무렇지 않게 지갑을 열어 신분증을 확인한 다음 안주머니 에 넣었다. 다시 온전해진 기분이었다.

업무에 복귀할 때가 되었다.

그는 플린을 흘끗 쳐다보았다. 수화기 건너편에 누가 있는지는 몰 라도 플린은 그 사람의 말을 들으며 인상을 쓰고 있었다.

"당신이 떠난 뒤로 플린 경사가 섹션의 임시 경위직으로 승급했습 니다. 밴 질 부장은 이 상태가 유지될 거라고 분명하게 말했고요. 당 신이 복직되는 조건은 경사라는 직위로 업무에 복귀하는 겁니다. 즉, 플린 경위의 부하가 되는 거죠."

"문제없습니다." 포가 말했다.

플린이 수화기를 내려놓고 포를 보았다. 얼굴이 납빛이었다. "또 다른 사건이야."

9

"어디야?"

"언덕 하이킹하던 사람이 코커마우스라는 동네 근처 어딘가에서 우연히 발견했다는데. 알아?"

포가 끄덕였다. 그곳은 컴브리아 서부의 작은 시장 마을이었다. 그는 이멀레이션 맨이 벌써 범행 수법을 바꿨다는 사실에 놀랐다. "확실해?"

플린은 그렇다고 말한 뒤 왜 그러냐고 물었다.

"코커마우스 근처에는 환상열석이 없거든. 내가 아는 한은 그렇다는 거지만."

플린이 메모패드를 확인했다. "코커마우스. 그게 상급수사관이 한 말이야."

포가 일어섰다. "그럼 가보자고." 사태가 심각해지고 있었다. 네 번째 피해자가 막 발견되었다면 이제 그가 컨베이어 벨트의 다음 순서라는 뜻이었다.

배럿이 말했다. "원래는 먼저 나한테 재교육을 받고 나서 일을 시작해야 하는데……." 그는 두 사람의 시선에 말을 흐렸다. "……이런 상황이라면 기다려도 괜찮겠죠."

"잘 생각하셨네요. 분석가도 한 명 데려가고 싶은데. 이것저것 두루 잘할 수 있는 사람으로. 어디서 시작해야 할지 생각난 게 있는데 데이터 마이닝을 많이 해야 할 것 같아. 가장 뛰어난 사람이 누구지?" 포가 말했다.

플린이 주저하며 얼굴을 붉혔다. "조너선 피어스."

"그 사람이 최고 맞지?"

"그게, 공식적으로는 틸리 브래드쇼가 최고야. 어느 누구보다 능력이 뛰어나지. 그 수많은 데이터에서 당신 이름을 발견한 것도 그 친구야."

포는 이름을 본 것 같았다. "근데 뭐가 문제야?"

"특별 인원이거든. 사무실 밖으로 나가질 않으려고 해."

포가 웃었다. "플린 경위, 당신한테 필요한 건 경사야……."

10

포는 개방형 사무실로 성큼성큼 나가 틸리 브래드쇼를 큰 소리로 불렀다. 작고 마른 여자가 일어섰다. 수줍어하는 책벌레, 전형적인 닭장형 사무실 거주자로 보였다. 그녀는 누가 자기를 불렀는지 보고 입을 삐죽 내밀더니 도로 자리에 앉았다.

포가 몸을 돌려 배럿에게 말했다. "잠깐 여기 계실 수 있습니까, 애시? 도움이 좀 필요할지 모르겠네요."

포는 경사로 일하는 걸 무척이나 좋아했다. 돌아보면 그는 임시 경위직을 맡지 말았어야 했다. 경위 자리에서는 그가 편안하게 받아들일 수 있는 것보다 관리자 역할을 더 많이 해야 했다. 그는 경사로 일을 잘했고, 돌아가는 모양을 보아하니 중범죄분석섹션이 경사 없이 지낸 기간이 너무 긴 듯했다…….

"브래드쇼 양, 지금 내 사무실로."

브래드쇼는 구부정한 자세로 경사 사무실로 걸어갔다. 최근까지 플린의 사무실이었기에 무서울 정도로 깔끔했다. 포는 책상 앞에 앉았다.

브래드쇼는 들어와서 방문을 닫지 않았지만 그건 괜찮았다. 섹션은 새로운 업무 방식에 주의를 기울이는 편이 좋을 터였다. 그가 책상 앞에 놓인 의자를 가리키자 브래드쇼는 의자 끄트머리에 걸터앉았다.

포는 그녀를 살펴보았다. 경사 직무의 90퍼센트는 인력 관리였다. 브래드쇼는 화장을 하지 않았고, 금색 테의 해리 포터 스타일 안경 안쪽으로 근시인 잿빛 눈동자가 보였다. 피부는 물고기 배처럼 창백했다. 밝은색 티셔츠 앞에는 여자들로만 구성된 영화 〈고스트버스터즈〉 리메이크 로고가 붙어 있었다. 캔버스 재질의 바지는 카키색에 커다란 옆 주머니가 붙어 있었다. 카고 바지라고들 하지, 포가 생각했다. 손가락은 길고 가늘었다. 손톱은 밑동까지 물어뜯어 놓았다. 아까 반항하듯 군 것에 비해 지금은 불안해 보였다.

"내가 누군지 알아요?"

브래드쇼가 끄덕였다. "이름은 워싱턴 포. 마흔 살이고 컴브리아 켄들 출생입니다. 컴브리아 경찰청에서 중범죄분석섹션으로 전근했고, 당신이 저지른 실수 때문에 한 용의자가 고문당하다가 죽었다는 이야기가 있습니다. 독립경찰민원조사위원회에서 조사받는 중이고요. 정직 상태입니다."

포는 그녀를 빤히 쳐다봤다. 그의 조롱 레이더는 아무 정보도 울리지 않았다. 브래드쇼는 진지했다. 이것이 그녀가 말하는 방식이었다. "틀려요. 지금부터." 그는 말하며 시계를 확인했다. "5분 전에, 워싱턴 포 *경사가* 됐으니까. 그리고 이제부터 내가 뭔가 지시하면 당신은 그대로 하는 겁니다. 알겠어요?"

"스테퍼니 플린 경위님이 저더러 본인이 시키는 것만 하라고 하셨습니다.”

“그랬나요?”

“그랬습니다, 워싱턴 포 경사님.”

“포라고 해도 돼요.”

“그랬습니다, 포.”

“내 말은 포 경사라고…… 아니…… 부르고 싶은 대로 불러요.” 포는 호칭 문제로 무의미하게 논의할 기력이 없다는 걸 깨달았다. “그럼 플린 경위는 왜 그렇게 말한 거죠?”

“가끔 사람들이 저한테 장난을 치거든요. 제가 하면 안 되는 일을 하라고 해요.” 브래드쇼가 대답하며 안경을 다시 콧잔등 위로 밀어 올리더니 삐죽 튀어나온 성긴 갈색 머리카락을 귀 뒤로 넘겼다.

반짝하는 깨달음이 시나브로 포에게 찾아왔다. “그렇군요. 하지만 이제 내가 신임 경사니까 당신은 내 지시에 따라야 돼요.”

브래드쇼는 그를 빤히 보았다.

결국 포가 말했다. “여기서 기다려요.”

그는 플린의 사무실로 들어갔다. 플린은 배럿과 이야기하고 있었다. “엄청 빠른데.” 플린이 말했다.

포는 플린이 웃음을 참고 있었다는 데 내기를 걸 수도 있었다.

“내 방에 잠깐 들러서 브래드쇼 양한테 내 지시도 따르라고 좀 말해줄 수 있어?”

“그럼.” 플린이 포를 따라 그의 사무실로 들어갔다.

“틸리, 이쪽은 워싱턴 포라고 하고 우리 새 경사예요.”

"포라고 부르라고 하던데요." 그녀가 대답했다.

플린이 흘끗 보자, 포는 어쩔 거냐는 식으로 어깨를 으쓱했다.

"뭐 아무튼, 이제부터는 포가 시키는 것도 해야 돼요. 알겠죠?"

브래드쇼가 끄덕였다.

"다른 사람은 말고요, 틸리." 플린은 이 말을 덧붙이고 방에서 나갔다.

"이제 그 문제는 해결됐으니까, 틸리, 집에 가서 가방을 싸 가지고 한 시간 뒤에 여기서 나랑 플린 경위랑 만납시다." 포가 말했다. "며칠 간 자동차 여행을 갈 거예요."

"그럴 수 없습니다." 브래드쇼가 즉각 대답했다.

포가 한숨 쉬었다. "기다려요."

잠시 후 포는 NCA 표준 고용계약서를 들고 돌아왔다. 그는 책상 위로 서류를 밀었다.

"그런 내용이 어디 있는지 보여줘봐요. 내 눈에는 '시간외근무를 하거나 사무실에서 떨어져 일해야 할 때가 있을 수 있다'는 단락밖에 안 보이네요."

브래드쇼는 서류를 보지 않았다.

포가 말을 이었다. "틸리 브래드쇼가 면제라는 내용은 확실히 안 보이는군요."

브래드쇼가 눈을 감고 말했다. "3항, 둘째 단락, 7조에 보면 자율 복지가―제 경우 사무실에서 떨어져서 근무하지 않는 것이―일정 기간 이상 지속되어 자리를 잡았다면 고용계약의 조건으로 효력이 있다고 간주될 수 있습니다. 법률적 정의는 '관습과 관행'입니다." 그녀는 눈을 뜨고 그를 바라보았다.

포는 인사 규정이 모호하게 기억났다. 누군가 어떤 일을 오랫동안 했다면 그것이 비록 고용계약 내용과 정면으로 모순되더라도 업무의 일부로 간주될 수 있다는 내용이었다. 멍청하게 들리겠지만 사람들은 그 규정을 근거로 고용법원에서 금전적으로 보상을 받기도 했다.

포는 입을 떡 벌리고 브래드쇼를 응시했다. "고용안내서를 외운 건가요?"

브래드쇼가 얼굴을 찌푸렸다. "서명할 때 읽었습니다."

"그게 언제죠?"

"11개월 14일 전요."

포가 다시 일어났다. "여기서 기다려요."

그는 플린의 사무실로 돌아갔다.

"조너선 피어스라면 며칠쯤 사무실 밖에 나가는 건 기꺼이 할 거야." 플린이 말했다.

포는 그렇게 쉽게 포기할 마음이 없었다. "저 친구 정상이야?"

"문제는 없어. 온실 속 화초처럼 자라서 때때로 이용당하기는 해. 말을 문자 그대로 받아들이고 들은 말을 다 믿는 경향이 있지. 난 힘 닿는 만큼 틸리를 주시하고 있어. 다루는 법만 터득하면 틸리는 가장 중요한 자산이 되어줄 거야."

"하지만 현장에 나갈 준비는 안 됐다는 거야?"

"아이큐가 200에 가깝지만 아마 계란도 삶을 줄 모를―"

"애시, 법적으로 저 친구를 데리고 나가면 안 되는 이유가 있습니까?” 포가 물었다.

“브래드쇼 씨가 관습과 관행을 주장한다면, 우리가 변호해서 이길 겁니다.”

포가 그를 쳐다보았다. 그가 기다린 것은 그렇다 혹은 아니다 하는 대답이었다.

“아니요, 고용법엔 그 사람을 보호해줄 내용이 없습니다.”

“그럼 됐군요. 그리고 작년 이맘때는 나도 계란 삶을 줄 몰랐어.” 포가 말했다.

포는 사무실로 돌아가서 자리에 앉았다. 그는 양손 손가락을 모아 뽀족하게 세우고 몸을 앞으로 내밀어 브래드쇼를 마주 보았다. 그는 전날 플린이 자기에게 써먹은 방법을 시도하려고 했다. 브래드쇼가 허세를 부릴 기분이 아니기를 바랐다. “둘 중 하나를 골라요. 하나, 집에 돌아가서 컴브리아의 봄에 맞게 가방을 꾸린다. 둘, 당장 사직서를 제출한다.”

브래드쇼는 아까보다 더 긴장되어 보였다.

내가 뭔가 놓치고 있는데. 포가 생각했다. “뭐가 문제죠, 틸리? 어째서 사무실을 나갈 수 없다는 건가요?”

결국 브래드쇼는 일어났다. 두 눈에 눈물이 글썽거렸다. 그녀는 뒤도 돌아보지 않고 쿵쿵거리며 사무실에서 나갔다.

포가 지켜보고 있자니 브래드쇼는 자기 책상으로 돌아갔다. 워크스테이션 앞에 털썩 주저앉았다. 헤드폰을 쓰더니 타이핑을 하기 시작했다.

포가 브래드쇼의 자리로 갔다. 어쩌면 브래드쇼는 긴급 상황이라는 점을 이해하지 못하는지 몰랐다.

"브래드쇼 양, 플린 경위 말로는 여기서 당신이 최고라던데요. 컴브리아에 같이 좀 가줘야겠어요. 책상 앞에서는 나한테 아무 도움도 안 됩니다."

"헐. 제가 지금 뭘 한다고 생각하세요?"

건방져 보이는 한 젊은 남자가 무례하게 웃었다. 포는 엉겅퀴도 말려 죽일 법한 시선을 던졌다. 그는 브래드쇼가 구글 검색창에 쓴 글자를 읽었다. 컴브리아 봄에 맞게 짐 싸는 법.

"지금 장난하는 거죠?" 포가 말했다.

브래드쇼가 그를 올려다보았다. 장난이 아니라는 게 분명했다.

그녀의 사무 공간에는 개인적인 물품이 전혀 없었다. 그가 떠난 뒤로 플린이 사무실을 정돈하기는 했지만, 다들 자기 작업 공간을 어느 정도는 사적인 장소로 만들었다. '세계 최고의 아빠'라고 쓰인 머그컵, 배우자와 아이 사진을 넣은 싸구려 액자, 야한 사진이 담긴 달력. 브래드쇼 자리는 텅 비어 있었다.

"이 책상으로 이제 막 옮긴 건가요, 틸리?"

브래드쇼는 혼란스러워 보였다. "아뇨. 거의 12개월 됐는데요, 포."

"그럼 물건은 다 어디 있죠?"

"무슨 물건요?"

"있잖아요, 머그컵, 말랑말랑한 인형, 특이한 펜. 다시 말해서, 당신 잡동사니들 어디 있냐고요."

"아, 전에는 이것저것 가져왔는데 사람들이 장난으로 가져가더라고요. 한 번도 돌려받진 못했지만요."

포의 심장이 쿵 하고 내려앉았다. "저기, 그냥 며칠 어디 갈 때처럼 챙겨요. 갈아입을 옷이랑, 세면도구, 그런 거 말이에요. 그리고 연쇄 살인범 잡는 데 필요한 장비도 다 챙기고요." 그가 말했다. "그리고 서둘러요. 네 번째 살인이 일어났으니까."

"제가 얼마나 곤란한지도 모르시면서." 브래드쇼가 중얼거렸다.

한 시간 뒤, 포는 알았다.

브래드쇼가 짐을 꾸리러 떠나고 난 뒤―브래드쇼에게 차가 없고 평소에 어머니가 그녀를 데려다주고 태우러 오기 때문에, 택시 부르는 걸 플린이 허가해야 했다―접수대 직원 다이앤이 다가왔다. 그녀는 웃고 있었고, 포는 이미 그게 나쁜 신호라는 걸 알아챘다.

"전화 왔는데요. 사무실로 연결해 드릴게요."

"포 경사입니다." 포가 수화기를 들고 말했다. 이름에 다시 직함을 붙이려니 이상한 기분이었다. "어떻게 도와드릴까요?"

"안녕하세요, 포 경사님. 머틸다 어머니예요."

잠시 침묵이 이어지다 포가 말을 꺼냈다. "죄송하지만 전화 제대로 거신 거 맞나요? 제가 아는 사람 중에 머틸다는 없는데요."

"틸리라는 이름으로 알고 계실 거예요. 틸리 브래드쇼요. 제 딸이 방금 전화해서는 가방 싸러 집에 갔는데 텐트를 못 찾겠다고 하더군요. 저더러 조퇴하고 사 오라는 거예요. 게다가 통조림 제품이랑 깡통

따개도 필요하다고 하고요. 전부 그쪽 사무실로 가지고 오라던데요. 그 애를 엄청 흥분시키셨어요, 포 경사님."

"텐트랑…… 통조림이라……. 죄송합니다, 브래드쇼 부인. 따님이 무슨 말을 하는지 저로서는 도통 모르겠네요. 따님도 다른 팀원들이 랑 같은 호텔에 묵을 거거든요. 저는 그게 당연하다고 생각했는데요."

"아, 이제 좀 이해가 가네요. 그런데 컴브리아에는 애당초 왜 가는 거죠? 들어보니 지독한 곳인 거 같던데요."

"저기, 저도 거기 출신인데요!" 그가 항의했다.

"저런, 죄송해요. 하지만 정말 지독하게 황량한 것 같더군요."

포는 "그야 쓰벌 정말 그러니까요" 하고 대답하고 싶었지만 생각을 고쳐먹었다. 대신 이렇게 말했다. "컴브리아입니다. 바그다드가 아니 라고요, 브래드쇼 부인. 따님은 살인 사건 수사를 도울 겁니다."

"그럼 위험하진 않나요?"

"이멀레이션 맨이 호텔을 통째로 불태우기로 마음먹기 전에는 안 전합니다."

"그럴 가능성이 많은가요?"

"아니요, 농담이었습니다." 포가 말했다. 적어도 그는 브래드쇼가 대인 기술을 어디에서 배웠는지는 알게 되었다. "틸리는 완벽하게 안 전할 겁니다. 분석 지원만 하려고 가는 거니까요. 호텔 밖으로 나가기 나 할지도 의문이네요."

이 말에 브래드쇼 부인 마음이 진정된 듯했다.

"좋아요, 허락할게요. 대신 한 가지 조건이 있어요."

포는 입술을 깨물며 냉소적인 대답을 참아야 했다. 브래드쇼가 허락을 못 받을까 봐 걱정한 것이로군, 하고 생각했다. 그녀는 의도적으로 이상하게 군 게 아니었다. "말씀하시죠."

"그 애가 매일 밤 집에 전화하는 거예요."

상황을 생각하면 그렇게 부조리한 요구는 아닌 듯했다. "좋습니다." 그가 말했다.

"자, 이제 머틸다에 대해 알아둬야 할 게 몇 가지 있답니다, 포 경사님."

"듣고 있습니다."

"음, 무엇보다 그 애가 훌륭한 여자이자 경이로운 딸이라는 걸 이해하셔야 해요. 더 나은 딸을 바랄 수는 없을 거예요."

"하지만……."

"하지만 그 애는 심하게 온실 같은 환경에서 자랐어요. 바깥에서 놀아야 할 나이에 대학에 있었거든요. 열여섯에 옥스퍼드에서 첫 학위를 땄죠."

포가 휘파람을 불었다.

"그리고 거기 계속 남아서 석사학위 하나와 박사학위 두 개를 땄어요. 하나는 컴퓨터고 하나는 수학인지 뭔지 그래요. 나한테는 너무 어려운 얘기라서. 우리는 그 애가 옥스퍼드에서 평생을 보낼 거라고 짐작했어요. 줄줄이 연구비를 받으면서요. 사람들이 그 애한테 돈을 마구 뿌리고 있었거든요."

"그런데 어떻게……?"

"그런데 어떻게 국가범죄수사국에서 일하게 되었느냐고요? 나도 경사님만큼이나 알 수가 없네요. 하지만 내 짐작으로는 걔 아버지한 테서 물려받은 제멋대로인 기질이랑 관련이 있는 거 같아요. 어느 날 밤에 대학에서 집에 돌아와서는 일자리에 지원했다고 하는 거예요. 우리가 못 하게 할 줄 알고 어디 지원했는지 말을 안 하더군요."

"왜 못 하게 하시는데요?"

"그 애 만나 보셨잖아요, 포 경사님. 머틸다는 머리가 비상해요. 한 세대에 한 명 나오는 아이라고, 그 애가 열세 살일 때 찾아온 교수님 중 한 분이 그러셨죠. 그 이면을 보면, 그 애는 한 번도 현실 세계에서 살아본 적이 없기 때문에 경사님이나 내가 당연하게 여기는 인생의 기술을 개발하질 못했어요. 아마도 그 애 뇌의 우선순위와 연관이 있지 않았을까 싶네요. 그 애는 사회적 상황에 부딪히면 극도로 어려워하고 그것 때문에 과거에도 문제를 겪었죠."

점점 명확해졌다. 어쩌면 플린 말이 맞을지 몰랐다. 브래드쇼는 그 일에 적임자가 아닐지도 몰랐다. 포가 브래드쇼 부인에게 걱정하지 말라고, 따님이 집에 차 마시러 돌아갈 거라고 말하려고 하는데, 브래드쇼가 문으로 걸어 들어왔다. 그녀는 여전히 무서워하는 모습이었지만 다른 것도 보였다. 긴장하면서도 흥분된 분위기가 흘러넘쳤다. 이제 간다는 것을 알고 나니 어서 출발하고 싶어서 견딜 수가 없는 것 같았다. 브래드쇼는 자기 책상으로 다가가 장비를 싸기 시작했다.

"제가 보살피겠습니다, 브래드쇼 부인. 약속드리죠." 포가 말하고 전화를 끊었다.

포가 틸리에게 다가가 도와주려는 참에, 때마침 아까 무례하게 웃은 남자가 거기 모인 직원들을 웃기려 하고 있었다. 남자는 포가 자기 옆에 서 있는 걸 알아차리지 못하고 일어서서 말했다. "자자, 여러분, 우리 저능아 양이 자동차 여행을 떠난다네요."

두어 사람이 킥킥거렸다. 대부분은 이미 포를 보았고, 고약한 상황이 다가오면 그걸 인지할 줄 알았다.

브래드쇼의 눈에서 반짝이던 흥분이 푸시식 꺼졌다. 뺨이 빨개졌고 시선이 바닥으로 향했다. 포는 아무 개성도 없는 브래드쇼의 작업 공간을 흘끗 보고, 모든 게 착착 맞아떨어지는 걸 느꼈다.

브래드쇼는 사내 괴롭힘의 표적이었다.

누가 반응하기도 전에 포는 성큼성큼 세 걸음을 걸어 '웃고 있는 남자'를 의자에서 끌어냈다. 남자의 재킷 뒷부분을 잡은 포는 그를 사무실 벽까지 끌고 가 그의 머리를 벽에 힘껏 처박았다.

"이름!" 포가 소리쳤다.

묵묵부답.

"이름!"

"조, 조, 조너선이요." 남자가 더듬거렸다. 얼굴은 공포로 뒤덮였다.

"애슐리 배럿! 플린 경위님! 좀 나와보시죠!"

플린이 달려 나왔다. 인사과의 배럿도 따라 나왔다.

"플린 경위님이 들으실 수 있게 다시 말하도록."

벗어날 길을 찾는 조너선의 두 눈이 슬롯머신처럼 빙글빙글 돌았다. 그의 목을 쥔 포의 손아귀는 기계를 고정하는 바이스처럼 단단했다. 포는 그를 풀어주지 않은 채 고개를 돌려 거기 있는 모두에게 말했다. "여러분 대부분 날 처음 보죠. 난 워싱턴 포 경사입니다. 다들 내가 약자를 괴롭히는 인간들을 절대 용납하지 않는다는 걸 알아두는 게 좋을 겁니다."

그것은 사실이었다. 그는 용납하지 않았다. 이름도 이상한 데다 어머니도 없고 아버지도 완전히 괴짜라는, 이 치명적인 삼중주 덕분에 그는 학교에서 단골로 괴롭힘을 당했다. 오래지 않아, 포는 살아남으려면 자기를 괴롭히는 녀석이 누가 됐건 그놈도 대가를 치러야 한다는 걸 놈에게 알게 하는 수밖에 없다는 것을 깨쳤다. 괴롭히는 애들은 포가 맞서 싸운다는 것을, 그가 물러서지도 않고 싸움을 멈추지도 않는다는 것을 알게 되었다. 포와 싸움을 시작하면 둘 중 하나가 의식을 잃을 때까지 계속할 준비가 되어 있어야 했다. 머지않아 다들 포를 멀찍이 피해 다니기 시작했다.

"그러니까 여기 여러분의 친구 조녀선을 잘 봐둬요. 이 사무실에 발 딛는 마지막이 될 테니까."

전원이 입을 쩍 벌리고 쳐다보았다.

"혹시 내 행동이 불공평하다고 생각하는 사람 있습니까?"

아무도 없는 듯 보였다. 있다고 해도 말하지 않을 만큼은 똑똑한 듯했다.

"다들 조녀선이 자기 동료를 뭐라고 불렀는지 들었습니까?"

다들 들은 것 같았다.

포가 한 사람을 가리켰다. "당신, 이름이 뭐죠?"

"젠요."

"조너선이 뭐라고 했죠, 젠?"

"틸리를 저능아라고 했습니다, 써sir."

"나도 당신과 다를 거 없는 월급쟁이일 뿐이에요, 젠. '써'는 빼요."
포는 플린과 배럿에게 고개를 돌렸다. "충분한가요?"

플린이 배럿을 보더니 말했다. "내가 보기에는요. 애시?"

배럿은 잠시 침묵했다. "포 경사가 폭행을 하지 않았더라면 더—"

"이 친구가 펜을 들고 있었거든요." 포가 끼어들었다. "그걸 무기로
쓸 줄 알았죠."

"그렇다면 충분합니다. 조너선 피어스, 중대한 과실, 괴롭힘, 불쾌
한 언행으로 당신을 정식으로 정직 처분합니다. 신분증을 나에게 건
네면, 징계 위원회 일정을 잡겠습니다. 그때 당신은 틀림없이 NCA에
서 공식적으로 해직될 겁니다."

"하, 하, 하지만 다들 그렇게 부르는걸요." 조너선이 말했다.

다들 숨을 날카롭게 들이쉬는 소리가 거의 들리는 듯했다. 조너선은
방금 대죄를 저지르고 말았다. 자기 살자고 동료들을 배신한 것이다.

포가 말했다. "여기 또 중대한 과실을 저지른 사람이 있습니까?"

아무도 움직이지 않았다. 두어 명이 죄의식을 느끼는 듯했지만 누
구 하나 자결할 마음이 있어 보이지는 않았다.

"없어요? 그럼 당신뿐인 것 같군, 조너선." 포가 말했다. 포는 몸을
그에게 바싹 기울이고 속삭였다. "내 친구 틸리에게 뭔가 보복이 가
해졌다는 얘기를 들으면, 너를 추적해서 네 좆같은 손가락을 비틀어

뽑아버릴 거다. 알아들어? 알아들었으면 끄덕여."

조녀선이 끄덕였다.

"좋아. 이제 꺼져버려." 그가 놓아주자, 조녀선은 바닥으로 풀썩 미끄러졌다.

브래드쇼를 돌아보며 그가 말했다. "텐트는 필요 없어요, 틸리. 플린 경위님이랑 호텔에 묵을 테니까. 다른 건 다 챙겼어요?"

브래드쇼가 겨우 끄덕였다.

"근데 뭘 기다려요? 가서 연쇄살인범 잡읍시다."

11

포는 세 사람이 교대로 운전하리라 가정했다. 브래드쇼가 화장실에 가야겠다고 해서 그들은 체셔에 있는 휴게소에 들렀다. 포가 브래드쇼에게 열쇠를 던지면서 나머지는 그녀더러 운전하라고 하자 그녀는 운전면허증이 없다고 했다.

그는 잠시 생각했다. "그럼 대체 왜 이제까지 조수석에 앉아 있었던 거죠? 비운전자는 뒷좌석에 앉는 거라고요."

브래드쇼가 팔짱을 끼었다. "저는 언제나 조수석에 앉아요. 통계상 가장 안전하다고요."

플린은 논쟁이 시작되기도 전에 뒷좌석에 들어가 앉아 그것을 끝내버렸다. "난 어차피 뒷좌석이 좋아, 포." 그녀가 설명했다.

브래드쇼는 포가 차를 M6 고속도로로 몰고 나가는 동안 자동차 안전에 관해 계속 연설했다. 포는 진출로가 끝나기도 전에 귀를 닫았다.

그는 틸리 브래드쇼 같은 사람은 난생처음이었다. 브래드쇼는 사회에서 통용되는 기초적인 규범을 전혀 이해하지 못하는 듯했다. 뇌와 입 사이에는 필터가 아예 없는 것 같았고, 생각하는 그대로 말을 내뱉었다. 비언어적 소통에도 아예 혹은 거의 무지했다. 눈을 마주치지 않으려고 하거나, 반대로 눈을 떼지 않으려고 했다. 브래드쇼가 포의 이름을 불렀는데 포가 이를 무시하면 그녀는 그가 대답할 때까지 마냥 불러댔다.

얼마 후 세 사람은 침묵에 빠져들었다.

포는 룸미러를 슬쩍 보았다. 플린이 자고 있었다. "부탁 하나 해도 돼요, 틸리?" 그는 상의 주머니에 손을 넣어 블랙베리를 틸리에게 건넸다. "여기 온라인 일지인지 뭔지랑 무슨 추적 앱이 있어요. 그거 기능 끌 수 있어요?"

"네, 포."

브래드쇼는 전화기를 받지 않고 가만히 있었다.

"꺼줄래요?"

그녀는 주저했다. "그래야 되나요?"

"그래요." 그가 거짓말을 했다.

브래드쇼가 끄덕이더니 블랙베리를 조작하기 시작했다.

"하지만 플린 경위가 물어보면 대답하지 마요." 그가 덧붙였다.

"섹션에서 일하는 거 마음에 들어요, 틸리?" 틸리가 블랙베리를 그에게 돌려주고 5분이 지났을 때 포가 물었다.

"아 네, 그럼요." 대답하는 브래드쇼의 얼굴이 밝아졌다. "굉장해요. 이론 수학을 현실에 적용해볼 기회는 쉽게 찾을 수 없거든요."

"그야 물론이죠." 포가 웃음기 없이 대답했다. 틸리 브래드쇼가 정말로 웃은 것은 이번이 처음이었다. 그러자 얼굴이 전혀 달라졌다.

두 사람은 섹션에서 일하는 것에 관해 대화를 나눈 뒤 브래드쇼가 옥스퍼드에 있던 때로 넘어갔다. 일방적인 대화였다. 포는 그녀가 무슨 소리를 하는지 당최 알아들을 수 없었다. 공식에 숫자 대신 글자가 나오는 순간 수학은 포에게서 멀어졌다. 그러나 플린 말이 옳았다는 점은 분명했다. 브래드쇼는 물건이었다. 프로파일링에 필요한 심층 지식을 모두 갖추었을 뿐 아니라, 맞춤 해법이 필요할 때면 언제든지 그것을 고안할 수 있다는 진정한 강점까지 있었다. 플린은 포의 이름이 새겨진 베인 상처들을 재배치한 것이 바로 그녀가 짠 프로그램이었다고 알려주었다. 포는 브래드쇼에게 고맙다고 했다. 덕분에 그의 목숨을 건진 것 같다고.

틸리는 얼굴을 붉혔다.

"왜 그렇게 불러요 워싱턴, 포?" 틸리가 얼마 후에 말했다. 그녀는 자기가 한 말을 되짚어보더니 수줍게 웃음 지었다. 그러고는 다시 말했다. "포, 이름이 워싱턴인 이유가 뭐예요?"

"몰라요. 다른 거 물어봐요." 포가 대답했다.

"왜 아무도 당신을 좋아하지 않나요?" 틸리가 물었다.

포가 그녀를 흘끗 보았다. 틸리는 무례하게 구는 게 아니었다. 잡담이라는 개념을 이해하지 못하는 듯했다. 뭔가 물어볼 때는 답을 알고 싶기 때문이었다. "이야, 돌려 말하는 법이 없군요?"

"죄송해요, 포." 틸리가 웅얼거렸다. "스테퍼니 플린 경위는 저더러 대인 기술을 익혀야 한다고 하세요."

"괜찮아요, 틸리. 솔직히 그 정직함이 신선하네요." 포가 대형 트럭을 앞지르느라 시선을 앞에 두고 말했다. "게다가 내가 그렇게 인기가 없는 줄 몰랐으니까요."

"그건 맞아요. 저스틴 핸슨 정보부 차장과 플린 경위가 당신 이야기 하는 걸 들었거든요."

"핸슨 차장은 자기가 승급하지 못한 게 내 탓이라고 생각하죠."

"왜 그러는데요, 포?"

"내가 페이턴 윌리엄스를 수사하는 걸 달가워하지 않던 사람이 많았어요, 틸리. 그자는 하원의원의 보좌관이었고, 핸슨 차장을 비롯한 여러 상급 관리자들이 스캔들이 일어날까 봐 벌벌 떨었죠. 애초에 그 양반들이 내 말을 제대로 들었더라면 페이턴 윌리엄스는 죽지 않았을걸요."

"아, 저는 저스틴 핸슨 차장이 그다지 맘에 들진 않아요. 야비한 사람 같아요."

"제대로 봤어요. 아무튼 그 말을 오늘 아침에 듣진 못했을 텐데요. 나도 두 사람 말하는 게 안 들렸는데 틸리는 나보다 플린 경위 사무실에서 더 떨어져 있었잖아요." 포가 말했다.

"오늘 아침이 아니에요. 회의실 B에서 저스틴 핸슨 차장과 스테퍼니 플린 경위, 에드워드 밴 질 부장과 함께 있으면서 제가 다중단층 촬영 데이터를 보여주고 있을 때였어요. 얼마 후에는 다들 제가 거기 없는 것처럼 말하던걸요."

포는 아무 말도 하지 않았다. 그는 다시 룸미러를 슬쩍 보았다. 플린이 깨어 있었다. 눈이 빨갛고 뻑뻑해 보였다. 차에서 자는 건 언제든 침대에서 자는 것만큼 만족스럽지 않았다.

브래드쇼가 자리에서 고개를 돌리더니 말했다. "포를 좋아하지 않으시죠, 플린 경위님?"

"무슨 소리를 하는 거예요, 틸리!" 플린이 외쳤다. 그녀는 걱정스러워 보였다. "당연히 좋아하지."

"아, 저는 에드워드 밴 질 부장이 중범죄분석섹션에 포가 필요한 이유가 '연쇄살인범에 관해서라면 백과사전적 지식이 있기 때문'이라고 했을 때 경위님이 '하지만 꼴통이 되지 않는 방법에 관해서라면 현미경적 지식밖에 없죠'라고 하길래, 포를 좋아하지 않아서 그런 거라고 생각했는데요?"

포가 어찌나 세게 웃음을 터뜨렸는지 뜨거운 커피가 콧구멍으로 뿜어져 나왔다.

"틸리!" 플린이 당혹하며 말했다.

"네?"

"사적인 대화는 절대 인용하면 안 돼요."

"아."

"방금 한 말은 좋은 얘기가 아니었어요. 우리 둘 모두에게요." 플린이 말했다.

브래드쇼의 아랫입술이 떨리기 시작하자 포가 끼어들었다. "걱정 마요, 틸리. 인기는 생각만큼 중요한 게 아니니까."

브래드쇼가 웃음 지었다. "잘됐네요. 저를 좋아하는 사람도 아무도 없거든요."

포가 고개를 돌려 그녀가 농담을 하는지 살펴보았다. 농담이 아니었다.

브래드쇼는 고개를 돌려 창밖을 내다보았다. 대화는 그걸로 끝이었다.

포는 거울로 플린을 흘긋 보았다. 당황해서 얼굴이 빨갛게 달아올라 있었다. 그는 윙크를 해 나쁜 감정이 없다는 걸 보여주었다. 머틸다 브래드쇼가 마음에 들기 시작했다.

남은 여정은 별일 없이 지나갔고 그들은 저녁 7시가 막 지났을 때 샙 웰스 호텔에 도착했다.

플린과 브래드쇼가 체크인을 하는 동안 포는 우편물을 챙겼다. 호텔이 그의 공식 주소지는 아니었지만, 우편배달부가 거친 고원을 걸어서 허드윅 농장까지 와주기를 기대하기는 무리였고, 호텔 쪽도 접수대에서 그의 우편물을 받아주겠다고 한 터였다.

우편물은 아주 적었다. 그것이 조용하게 사는 장점 중 한 가지였다. 쓰레기 우편물을 거의 안 받는다는 것.

플린이 접수대로 그를 찾아왔다.

"정리됐어?"

"그래." 플린이 한숨을 내쉬었다. "틸리가 비상구에 가까운 방을 얻고 싶어 해서 방 배치를 좀 바꾸기는 해야 했지만 이젠 틸리도 만족한 것 같아. 뭐 좀 먹고 오늘은 일찍 쉬라고 했어."

"그럼 가서 네 번째 피해자를 보자고."

세 번째 살인 현장인 롱 메그와 그 딸들, 첫 번째 살인 현장인 캐슬리그는 영국 전체에서 시각적으로 가장 인상적인 선사시대 유물이었다. 두 곳은 세계적으로 알려진 환상열석이었다. 컴브리아에는 다른 신석기시대 환상열석도 무수히 많았는데, 그중에는 너무 작아서 공중에서만 식별할 수 있는 곳도 있었다.

포가 아는 한 코커마우스 근처에는 환상열석이 없었다. 그는 경찰이든 이멀레이션 맨이든 있지도 않은 열석을 본 적은 없으리라 생각했다. 컴브리아 지역의 고원에는 대부분 자연적으로 발생한 돌출 암석과 돌 구조물이 있었는데, 그중 하나의 안쪽에 서 있으면 수천 년 전에 한 석기시대 문명이 그것들을 전략적으로 배치한 것이라는 상상이 그리 이상하게 느껴지지 않았다.

그러나 포가 틀렸다.

코커마우스 근처에는 환상열석이 있었다.

포는 점점 좁아지는 도로를 따라 운전하며 길을 찾았다. 배슨스웨이트 호수 끄트머리에 붙은 아주 작은 마을 덥워스에서 오른쪽으로 꺾어진 지 5분이 지나자, 파란색 불빛이 번쩍거리면서 그들이 갈 길을 안내했다.

포는 길게 늘어선 경찰차들 끝에 주차했다. 한 제복 경관이 클립보드를 들고 출입구에 서 있었다.

그는 두 사람의 신분증을 보여달라고 하더니, 포의 이름을 기록하면서 희한한 표정을 지었다.

"저 위에 환상열석이 있습니까?" 포가 물었다.

제복 경관이 끄덕였다. "엘바 플레인입니다. 신석기시대 도끼 무역 이랑 관련이 있다고들 하던데요." 아무것도 없는 벌판에서 저지선을 지키는 임무를 맡고 있으면 휴대전화로 검색하는 것 외에는 할 일이 거의 없었다.

"여기가 외부 저지선이구요?" 포가 확인차 물었다.

"넵." 경관이 대답했다. "내부 저지선은 저 위에 있습니다." 그는 경사가 가파르고 바람이 거센 언덕 쪽을 가리켰다. 포에게는 아무것도 보이지 않았지만 목소리는 들렸다.

두 사람은 언덕을 오르다가 아래로 내려가던 제복 경관을 한 명 더 마주쳤고, 그는 거의 다 왔다고 말해주었다. 두 사람은 현장이 보일 때까지 계속 걸어 올라갔다.

환상열석은 엘바 언덕의 남쪽 경사면을 따라 계단식으로 형성된 평지에 있었다. 인공조명이 그곳을 뒤덮었다. 열다섯 개의 잿빛 돌이 직경 약 40미터의 원을 형성했다. 가장 큰 돌도 바닥에서 1미터가 채 되지 않았다. 다른 돌은 겨우 보일 정도였다.

사람들이 북적거렸다.

과학수사대원들이 흰색 감식 작업복을 머리끝에서 발끝까지 착용하고 조직적인 혼돈 속에서 오갔다. 어떤 이는 바닥에 무릎을 꿇고 작업했고, 어떤 이는 한가운데 세워진 증거물 텐트 주변에 집중했다.

내부 저지선은 환상열석 둘레를 파란색과 흰색 경찰 테이프가 감싸도록 배치되었다. 포와 플린은 클립보드를 든 또 다른 경관에게 자신들을 소개했다.

"보스가 곧 나오실 겁니다. 허가 없이는 들여보낼 수 없습니다." 제복 순경이 말했다.

포는 끄덕였다. 범죄 현장 관리가 잘된다는 건 보통 좋은 상급수사관이 있다는 뜻이었다. 이언 갬블은 불가능할 것 같은 사건을 무너뜨릴 반짝이는 영감은 없을지 모르지만 자기 강점을 살려서 일할 줄 알았다. 게다가 그러면 안 될 게 뭔가? 살인 사건의 99퍼센트는 철저하고 체계적인 수사로 해결되었다.

플린이 그를 마주 보았다. "들어가서 뭔가 얻을 게 있어? 준비되면 사진으로 볼 수 있을 텐데."

"괜찮으면 난 잠깐 보고 올게. 직접 느껴보고 싶거든."

플린은 고개를 끄덕였다.

흰색 작업복을 입은 사람 중 하나가 고개를 들고 그들을 보았다. 그는 대화를 중단하고 두 사람에게 다가왔다. 저지선에서 나오자마자 마스크를 벗었다. 상급수사관 이언 갬블이었다. 그는 손을 내밀어 포와 악수했다.

"다시 만나서 반갑군, 포. 지난번 피해자의 가슴에 자네 이름이 새겨진 이유에 대해 뭔가 생각한 게 있나?"

포는 고개를 저었다. 격식도 잡담도 없이. 오로지 업무.

"됐네. 그건 나중에 얘기해도 되니까. 한번 보겠나?" 갬블이 말했다.

"그냥 첫인상이 어떤지 보고 싶습니다."

"그러게." 그는 말하고서 장비 상자 옆에 서 있던 남자를 향했다. 그러고는 소리쳤다. "보일! 포 경사한테 감식복 가져다줘."

포의 이름이 들리자 감식복을 입고 있던 다른 남자가 마스크를 벗었다.

킬리언 리드였다.

언덕 전체가 다 들릴 만한 목소리로 리드가 말했다. "동료들에게 오해받고, 관리자들에게 무시당하고, 다른 모두에게 별 볼 일 없게 여겨지는ㅡ자, 신사 숙녀 여러분, 워싱턴 포를 소개합니다."

포가 얼굴을 붉혔다.

그의 친구가 껑충껑충 뛰어와 저지선을 뛰어넘으며 캠블이 인상을 찌푸리게 만들더니, 포가 내민 손을 아프도록 꽉 쥐었다.

"이제야 알겠네." 리드가 활짝 웃으며 말했다. "응급상황이 있을 때만 널 볼 수 있는 거구나. 그런 거냐, 포? 뭣 같네."

포가 어깨를 으쓱했다. "킬리언." 밀린 이야기를 나누는 건 나중에 해도 됐다.

리드가 플린을 향하더니 말했다. "그래, 어떻게 친구도 없는 이 괴짜를 알게 됐죠?"

포는 두 사람을 서로에게 소개했다. "플린 경위, 이쪽은 내 친구 킬리언 리드야. 주요사건팀 경사였지."

"아직 주요사건팀 경사라고. 다들 샙 웰스에 머무르겠네? 언제 하룻밤 거기 방 잡아서 한잔하면 되겠다."

"최고의 밤이 되겠군요." 플린이 뻣뻣하게 말했다.

포는 그건 미뤄도 괜찮다고 생각했다. "그래, 저기엔 뭐가 있습니까?" 이것은 갬블에게 한 말이었다. 리드가 경찰에서 그의 유일한 친구일지는 모르지만 그곳은 여전히 갬블의 범죄 현장이었다.

"9의 법칙 아나?"

포는 끄덕였다. 그것은 화상의 정도를 의학적으로 평가하는 방법이었다. 머리와 팔은 각각 9퍼센트를 차지했고, 다리와 몸통 앞뒤는 각각 18퍼센트를 차지했다. 그걸 다 합하면 99퍼센트가 되었다. 남은 1퍼센트는 생식기였다.

갬블이 말했다. "음, 범인 녀석이 점점 발전하고 있네. 첫 피해자는 고문을 가장 심하게 당하기는 했지만 다리와 등에만 화상이 있었지. 정면에는 별로 없었고 팔은 건드리지도 않았어. 두 번째 피해자 때는 화상 범위가 늘어났고, 세 번째에는 거의 90퍼센트에 다다랐네."

"이번에는요?"

"가서 직접 보게."

보일이 가져다준 감식복으로 포가 갈아입는 동안, 갬블은 교차 오염을 피하기 위해 자기가 입고 있던 옷을 다른 것으로 바꿔 입었다. 플린은 굳이 보려고 하지 않아서 ─ 세 번째로 피해자가 나왔을 때 현장을 봤기에 ─ 리드와 그 자리에 남았다. 포는 저지선 안으로 들어가도 된다는 허가를 받고, 갬블을 따라 핵심 증거가 밟히지 않도록 과학수사대가 설치한 발판을 딛고 건너갔다.

가장 먼저 그를 때린 것은 냄새였다. 텐트에서 5미터쯤 떨어졌을 때 악취가 그를 압도했다.

포는 불에 탄 인체가 돼지고기 같은 냄새가 난다는 전설을 들어보았다. 틀린 말이다. 인간의 살만 타면 그럴지도 모르지만 불에 타 죽는 사람들은 도축된 동물처럼 가공되지 않는다. 피를 뽑지도 않고 내부 장기를 제거하지도 않는다. 소화관에는 음식이 가득하고 대변도 몸에 남아 있다.

타는 것은 무엇이건 독특하고 지독한 냄새를 풍긴다.

혈액에는 철이 많고, 포는 그 희미한 금속성 냄새를 맡을 수 있었다. 그게 가장 좋은 냄새였다. 근육은 지방과 다르게 타고 내부 장기도 혈액과 다르게 타는데, 내장이 타는 냄새는 그 무엇과도 견줄 수 없다. 이것이 합해진 냄새는 진하고 들큼하고 역겨웠다. 화룡점정으로 도저히 놓칠 수 없이 분명한 휘발유 냄새가 더해졌다.

이 냄새가 포의 코 안쪽과 목구멍 안쪽에 코팅되었다. 포는 그 냄새를 며칠간 맡고 맛보게 될 터였다. 그는 구역질을 했고 거의 토할 뻔했지만 겨우겨우 억누를 수 있었다.

갬블은 그가 들어가도록 텐트 입구를 옆으로 걷어주었다. 포는 안으로 들어갔다. 내무부 법의학자가 아직 작업 중이었다.

시신은 모로 누워 있는데 부자연스러운 자세로 뒤틀려 있었다. 안구는 터진 뒤에 말라버렸고, 입은 비명을 지르다 죽은 것처럼 벌어져 있었다. 포가 알기로 열은 시신에 기이하게 작용하게 마련이었고, 입은 사후에 벌어졌을 가능성도 얼마든지 있었다. 두 손은 다 타서 뭉뚝해졌고 나중에 분명 확인이 될 테지만 포는 피해자의 '1퍼센트'가 사라졌으리라 확신했다. 시신은 빛깔이나 질감이 거친 검은색 가죽 같았다. 마치 용암에 담갔다가 용광로에서 말린 것처럼 보였다. 발바닥만 빼고. 발바닥은 충격적일 정도로 분홍색이었다.

법의학자가 고개를 들고 앓는 소리를 하듯 인사했다.

포가 물었다. "똑같은 연소촉진제가 사용됐다고 보십니까?"

"확실하네." 그가 말했다. 그는 나이가 많고 마른 남자였다. 감식 복장이 열기구처럼 부풀어 있었다. 그가 피해자의 대퇴부를 가리켰다. "갈라진 거 보이나? 웨스트 플로리다 대학교에서 이걸 몇 년째 연구 중인데, 피부 바깥 표면이 구워져서 먼저 벗겨진다는 걸 알아냈네. 더 두꺼운 피부 안쪽이 수축하고 갈라지려면 5분이 걸리는데, 가공하지 않은 휘발유만으로는 1~2분밖에 타지 않으니까 추가로 연료가 공급됐다는 뜻이지."

포는 웨스트 플로리다 대학교에서 왜 그런 걸 연구하고 있었는지 알고 싶지 않았다. 그 연구를 어떻게 했는지는 더더욱 알고 싶지 않았다. 하지만 그 주에서 사형수를 상당히 많이 처형하기는 했다…….

"그리고 여기를 보면." 법의학자가 허벅지와 엉덩이, 허리를 가리키며 말했다. "지방이 모조리 녹아버렸어. 인간 지방은 좋은 연료이기는 하지만 뭔가 심지로 작용할 게 필요하지. 이 남자는 발가벗었으니 옷은 아니었다는 걸 알 수 있어. 부검을 해보면 더 알게 되겠지만, 불길이 잦아들려고 할 때마다 범인이 촉진제를 더 부었을 거라고 추측하네."

"얼마나 걸립니까?"

"죽기까지?"

포는 고개를 저었다. "이렇게 되기까지요."

"다섯에서 일곱 시간일 거라고 보네. 근육이 수축되고 쭈그러들어서 이런 기이한 자세가 된 건데, 그러려면 시간이 걸리지."

"그럼 발바닥은요?"

"줄곧 서 있었어. 땅이 보호해준 거지." 법의학자는 하던 일로 돌아갔다.

갬블이 말했다. "보이지는 않지만 시신 아래쪽에 작은 구멍이 나 있네. 똑바로 선 자세로 꼬챙이에 묶인 거지. 범행을 시작한 뒤로 바꾼 수법 중 하나가 피해자를 꼬챙이에 묶는 거네."

"철제 꼬챙이였겠군요. 목제는 15분이면 무너져버렸을 테니." 포가 말했다.

갬블은 아무 말도 하지 않았지만 포도 그가 그 정도는 이미 알아냈으리라 보았다.

"왜 이번 시신이 다른 시신보다 더 많이 탔는지 알 것 같습니다. 오늘 종일 여기 계셨겠죠?" 포가 말했다.

갬블이 끄덕였다. "오전 10시부터."

"그렇다면 도로에서는 아무것도 안 보인다는 건 모르실 겁니다. 거기선 현장 라이트 불빛만 겨우 보이죠. 환상열석은 언덕에 거의 올라오기 전에는 안 보이는데, 이 도로는 주로 골프 코스를 오가는 사람들이 이용하는 길입니다. 클럽 하우스를 떠나는 사람들은 대부분 이쪽에서 멀어져서 코커마우스로 돌아갈 겁니다."

"그러니까 놈에게 시간이 더 있었던 거로군." 갬블이 말했다.

포가 끄덕였다. "그리고 놈이 클럽 하우스 식당의 마지막 주문 때까지 기다렸다면 목격될 위험이 거의 없었다고 봐야 할 겁니다."

"도움이 되는 얘기군."

포는 어떻게 도움이 되는지 알 수 없었다. 이멀레이션 맨이 조심스럽다는 것은 다 아는 사실이었다.

"이르긴 하지만 의견 없나?" 갬블이 물었다.

"웨스트 플로리다 대학교에서 바비큐 먹으러 오라고 초청하면 절대로 안 가겠다는 것뿐입니다."

갬블은 끄덕였지만 웃지는 않았다.

그들은 텐트와 내부 저지선에서 나가 플린과 리드와 다시 합류했다. 포는 갑갑한 감식 복장에서 벗어나서 좋았다.

"포 경사가 사건과 연관되어 있다는 점에 관해서는 언론에 한마디도 공개하지 않았네, 플린 경위. 자기가 범인이라고 주장하는 자가 나타나면 그가 진범인지 아닌지 걸러낼 추가적인 필터로 그 사실을 이용할 수 있다는 데 국장님도 동의했네. 극비 정보니 아무 문서에도 기록하지 말게." 갬블이 말했다.

"타당한 얘기네요." 플린이 끄덕이며 말했다. "그리고 저는 저희가 공식 수사에서 거리를 둬야 한다고 생각합니다. 포를 완전히 배제하는 거죠. 저희는 이제부터 호텔에서 일하면 됩니다."

갬블이 고개를 끄덕였다. 포는 플린이 먼저 그렇게 제안한 것에 갬블이 안심했다는 느낌을 받았다.

"그리고 리드 경사가 포 경사와 마음이 맞는 것 같으니, 연락담당관을 하면 되겠군. 우선 그쪽에 파견하기로 하지. 자네들한테 필요한 게 있으면 뭐든 그 친구가 지원할 거네. 분석 지원도 좋지만, 섹션에서 다중단층촬영으로 발견한 이름 쪽을 맡아줄 수 있겠나? 포가 어떻게 연관되는지 알아내보게. 매일 마무리하기 전에 정보를 교환하기로 하지. 보고할 게 없다는 보고라도. 어떤가?"

"완벽하네요." 플린이 말했다.

다시 한번 악수를 한 다음, 포와 플린은 자동차로 돌아갔다.

사람들 귀에 들리지 않는 거리에 다다르자마자 플린이 포를 보며 말했다. "그건 대체 뭐였지?"

"연락담당 말이야?"

"그래. 그거." 플린은 화가 난 목소리였다. "날 못 믿는 건가?"

포가 어깨를 으쓱했다. "당신을 못 믿는 게 아니야, 스테프. 나지."

12

샙 웰스는 과거가 있는 호텔이었다. 허드윅 농장만큼이나 고립된 그곳은 좁디좁은 도로를 따라 1.5킬로미터가량 달려야 겨우 도착할 수 있었다. 제2차 세계대전 중에는 그 고립된 위치 덕분에 연합군에게 유용하게 쓰이기도 했다. 론즈데일 백작에게서 그곳을 징발하여 15번 포로수용소로 개조했던 것이다. 그곳은 200명에 달하는 포로, 주로 독일 장교들을 수용했고 수용소 지도자는 한때 메리 여왕의 친척인 독일 왕자가 맡기도 했다.

남북 간선 철도가 가까이로 지나갔을 뿐 아니라 열차가 있어 수용소 탈출이 용이했기 때문에 보안이 철저했다. 호텔 주변에는 철조망 담장을 이중으로 설치했고 감시탑 덕분에 감시병들이 강력한 탐조등으로 모든 각도에서 볼 수 있었다. 콘크리트로 만든 감시탑 밑동은 어디를 봐야 하는지 알면 여전히 볼 수 있었다. 포는 알았다. 호텔을 구석구석 알았기 때문이다. 그의 자동차가 항상 거기 주차되어 있었고, 인터넷에 접속해야 할 때면 그곳에서 무료 와이파이를 이용했으며, 적어도 한 주에 두 번은 그곳 식당에서 밥을 먹었다.

이튿날 아침 호텔로 출발하기 전에 포는 에드거를 토머스 흄에게 맡겼다. 흄은 지난해 포에게 농장과 주변 땅을 판 농부였다. 두 사람은 친구가 되어 이따금 상대의 부탁을 들어주었다. 포는 흄이 양 떼를 풀어 자기 땅에서 풀을 뜯게 해주었고 메쌓기 돌담 작업도 조금 도와주었다—주로 기술적인 면보다 근육이 필요할 때—흄은 포가 멀리 나가야 할 때 에드거를 돌봐주었다.

보통 그는 호텔까지 약 3킬로미터를 걸어서 갔지만 그날 아침에는 사륜 바이크를 탔다. 접수대에서 매번 자기를 보고 웃어주는 뉴질랜드 아가씨에게 우편물을 받은 다음, 플린과 브래드쇼를 찾으러 갔다.

두 사람이 아침을 막 마친 터라 포는 커피를 마셨다. 플린은 그날도 각 잡힌 정장 차림이었는데 이번에는 검은색이었다. 브래드쇼는 똑같은 카고 바지와 운동화를 착용했지만 티셔츠는 달랐다. 거기에는 흐릿해진 인크레더블 헐크 그림이 있고 '날 화나게 하지 마'라는 글자가 쓰여 있었다. 그는 플린이 그것을 허락한 게 놀라웠다. 하지만 생각해보면 놀랄 일도 아니었다. 관리의 기술이란 불필요한 싸움을 피하는 게 관건이었으니까.

5분 뒤에 킬리언 리드가 합석했다. 플린은 짜증스러워하며 인상을 썼지만 그와 악수했다. 리드는 네 번째 피해자에 관해 새로운 소식을 전했다. 아직 피해자의 신원은 알아내지 못했지만 시신을 회수해서 부검 준비를 하고 있다고 했다. 갬블은 섹션이 다중단층촬영을 할 생각인지 알고 싶어 했다. 플린은 할 거라고 말했다.

플린은 그들이 일하는 동안 작은 회의실을 이용할 수 있게 조치해놓았다. 포는 본청 수사팀과 떨어져서 일하게 되어 흡족했다. 그는 컴브리아에서 인기 경찰이었던 적이 단 한 번도 없었다. 바른말을 하는 성향 탓에 기껏해야 사람들이 그를 그냥 참아주는 정도였고, NCA에서 정직되었을 때 예전 동료들이 고소해했다는 것을 그도 알았다. 포는 상관하지 않았지만, 지금 자기들이 하는 일이 적대감 때문에 방해받기를 바라지도 않았다.

그들은 1층의 가든 룸에 있었다. 호텔이 오래되고 웅장한 것에 비해 그 방은 현대적이고 시설도 잘 갖춰져 있었다. 플린은 필요한 것보다 더 큰 방을 골랐다. 그러면 그곳을 여러 공간으로 분리할 수 있기 때문이었다. 그들은 30분 동안 브래드쇼의 장비를 세팅하고 탁자를 배치하여 회의 공간과 돌아다닐 공간을 확보했다. 벽에 핀이나 접착 점토를 써도 된다는 허가를 받지 못해서 플린이 추가로 화이트보드와 플립 차트를 요청했다.

수사본부는 주요 사건 수사의 심장이었고 포는 익숙한 흥분이 느껴졌다. 새로운 수사본부를 만드는 작업에는 뭔가 들뜨는 면이 있었다. 머지않아 그곳은 단서와 의문, 그들이 아는 것과 알려 하는 것으로 가득해질 터였다.

이번에는 전에 포가 참여한 수사와는 상황이 달라질 것이었다. 칼턴 홀에 있는 공식 수사본부에서 갬블 총경은 수많은 인원을 움직이고 있을 터였다. 사무실 관리자, 작업 수행 관리자, 문서 읽기 담당자, 색인 작업 담당자, 증거 관리자, 탐문수사 일정 관리자, 정보 공개 관리자, 파일 준비 담당자 들.

샙 웰스에는 오로지 그들 넷뿐이었다. 해방감이 느껴졌다.

브래드쇼가 컴퓨터를 연결하자, 그들은 일을 시작했다.

플린이 시동을 걸었다. "왜 포의 이름이 마이클 제임스의 가슴에 새겨져 있었는지부터 알아보면 어떨까 해. 동의하지 않는 사람?"

포는 모두에게 말할 기회를 주었다. 아무도 말하지 않았다.

그가 손을 들었다. "그냥 생각인데."

다들 그를 쳐다보았다.

"적어도 지금은 그게 연막이라고 가정하는 편이 좋을 것 같아. 난 피해자 중 단 한 명도 모르고, 갬블 총경이 내 예전 사건들을 샅샅이 뒤지면서 혹시 내가 감방에 넣은 자들 중에 연쇄살인범 프로필에 맞는 자가 있는지 확인할 거라고 봐. 우리가 뭘 더 보탤 수 있을까?"

플린이 말했다. "그럼 생각해둔 다른 수사 방침이 있다는 얘기겠지?"

포가 끄덕였다. "아직 답이 안 나온, 훨씬 더 중요한 의문이 있어."

"그게 뭔데?" 리드가 물었다.

"첫 피해자와 두 번째 피해자 사이에는 공백이 꽤 길었는데, 그다음부터는 왜 간격이 그렇게 짧아졌을까?"

플린은 살짝 짜증스러운 표정이었고 포는 그 이유를 알았다. 경험에 따르면—그리고 통계도 뒷받침하는바—연쇄살인범들은 처음에는 천천히 범행을 저지르다가 점점 속도를 냈다.

일장 연설을 듣기 전에 그가 말을 이었다. "당신이 연쇄살인범에 관해 강의하려고 하는 거 알아. 첫 살인 후에 살인 욕구가 충족되지만 시간이 지날수록 그렇게 충족된 상태에 머무르는 기간이 짧아진다는 얘기. 맞아?"

플린이 끄덕였다.

"그리고 피해자들 중 누구도 서로 아는 사이가 아니었다는 것도 맞고?"

이번에는 리드가 대답했다. "수사에서는 피해자들 사이의 연결고리를 찾지 못했어. 물론 네 번째 피해자에 관해서는 말할 수 없지만. 아직 신원이 밝혀지지 않았으니까."

"그래서 요지가 뭐야, 포?" 플린이 물었다.

"내 요지는, 스테프, 당신이 컴브리아를 잘 모르는 사람들과 비슷하게 생각한다는 거야. 여기는 영국에서 셋째로 넓은 카운티지만 인구 밀도가 낮다고."

"그래서 그게 어떻다는 거지……?"

"통계상 그 사람들이 서로 몰랐을 가능성이 적다는 얘기지."

플린과 리드는 그를 빤히 보았다. 브래드쇼는 '통계'라는 단어를 출발 신호 삼아 키보드를 두드리기 시작했다.

"난 여기 출신이고 리드도 그래. 우리 둘 다 여기 사람들이 서로서로 다 아는 것처럼 보인다는 걸 알지."

"그걸로는 좀 약한데." 플린이 말했다.

"그건 그래." 포도 동의했다.

"하지만 피해자들이 전부 같은 나이대에 같은 사회경제적 그룹에 속한다는 걸 감안하면, 그 사람들이 서로 몰랐을 가능성은 더더욱 낮아져. 여기는 나이츠브리지˙가 아니라고. 컴브리아의 몇몇 지역은 체코 공화국보다도 GDP가 낮아. 여기에 백만장자가 몇 명이나 있다고 생각해?"

브래드쇼가 키보드를 두드리는 소리만 들렸다.

"하지만 그 사람들이 서로 몰랐다는 건 확실해. 아님 당신은 우리가 전부 뭔가를 놓쳤다는 거야?"

포가 어깨를 으쓱했다. "비슷해. 하지만 내가 처음에 말한 요점과 연관되어 있지. 첫 피해자와 두 번째 피해자 사이에 그렇게 공백이 긴 이유가 뭐였는가?"

포는 기다렸다.

"만약 그 사람들이 서로 알기는 했지만 그걸 숨기려고 다 같이 노력했다면 어떨까? 그리고 자기들이 하나하나 노려지고 있다는 걸 그들이 알았다면? 자기들만 아는 패턴이 있는 거지. 자, 그레이엄 러셀이 살해됐어, 그래서 뭐? 그는 전국에 있는 살인 피해자들과 소아성애 피해자들 휴대전화를 해킹하는 일을 감독한 인물이었어. 그에게 해를 끼치려고 하는 사람 명단은 보나 마나 어마어마하게 길었겠지. 그리고 지금 사건 파일에 뭐라고 되어 있든 간에, 바로 그게 갬블이 처음에 택한 수사 노선이었다는 건 우리도 알아. 내가 맞는다면, 그들다 그냥 러셀이 운이 나빴다고 치부했을 수 있어. 하지만 두 번째 피

• 런던 중심부에 있는 주거지 겸 상업 지구.

해자가 똑같은 방식으로 살해되고 나니까 그들 중 낙관적인 쪽도 무슨 일이 벌어지는지 알았을 거야. 이멀레이션 맨은 이제 천천히 진행할 이유가 없어졌지. 아니, 명단을 따라가고 있다면 당연히 서둘러야겠지."

플린이 인상을 찌푸렸다. "자기들이 표적이라는 걸 알았다면 왜 경찰에 가지 않은 거지?"

"갈 수가 없었겠죠. 포 말대로라면 외부에 발설해서는 안 되는 일로 연결되어 있을지 모르니까요." 리드가 말했다.

"그리고 그들이 다 부유하다는 걸 감안하면 뭔가 불법적인 일이라는 게 거의 확실해." 포가 덧붙였다.

"하지만 우린 그들이 언제 납치됐는지 정확히 모르잖아. 누구 한 명이 죽기 전에 다 잡혀갔을 수도 있어." 플린이 말했다.

완벽한 설은 없는 법이지, 포가 생각했다.

"3.6퍼센트예요." 브래드쇼가 컴퓨터에서 고개를 들고 말했다.

다들 그녀를 빤히 보았다.

"제가 방금 짠 프로그램을 돌려서, 1제곱킬로미터에 73.4명이 거주하는 카운티에 사는 그 사회 집단에 속한 세 사람이 서로 모를 확률을 계산했는데, 3.6퍼센트예요. 몇몇 변수에 따라서 낮게는 2퍼센트까지 가고 높게는 3.9퍼센트까지 가지만, 적용된 수학은 확실해요."

리드가 입을 쩍 벌리고 쳐다보았다. "프로그램을 짰다고요?" 그는 손목시계를 봤다. "5분도 안 돼서?"

브래드쇼가 끄덕였다. "어렵지 않았어요, 리드 경사님. 이미 있던 툴을 응용했을 뿐이에요."

포가 일어섰다. "그럼 결정된 거네. 틸리와 수학과는 논쟁할 수 없지."

브래드쇼가 포에게 수줍은, 고마워하는 눈길을 던졌다.

"그럼 일 좀 해봅시다." 플린이 말했다.

열두 시간 뒤, 그들은 모두 기분이 더러웠다.

그들은 피해자들이 서로 알고 있었을지 모른다는 것을 암시하는 아주 사소한 힌트조차 찾지 못했다. 피해자들은 같은 골프 클럽에 다니지도 않았고, 같은 자선단체 이사회에 소속되지도 않았으며, 같은 음식점에서 밥을 먹은 적이 드물게 몇 번 있기는 했지만 시간대가 서로 달랐다. 브래드쇼가 피해자들의 슈퍼마켓 고객 카드 정보를 뽑아냈지만, 그들은 같은 가게에서 장을 보지 않았다. 리드가 갬블에게 전화해 피해자들 이웃과 친구를 다시 탐문해 뭔가 놓친 게 있는지 확인하겠다는 약속을 받았지만, 포의 가설은 통하지 않는 듯 보였다.

설상가상으로 그들이 빌린 방도 기대를 벗어났다. 시도 때도 없이 방해받는 통에 벽에 기밀 정보나 노골적인 자료는 아무것도 붙일 수가 없었다. 차와 커피가 배달되었고, 이벤트 매니저가 그들에게 필요한 게 없나 확인하러 들락거렸으며, 세 번은 투숙객들이 식당인 줄 알고 방에 들어오기도 했다. 한 멍청이는 두 번이나 그랬다.

그리하여 결국 그들은 그 방이 보안상 안전하지 않아 설치한 걸 모두 떼어내고 짐을 꾸렸다.

그날은 모든 걸 펼쳐놓고 마주 앉은 첫날일 뿐이었지만, 의기소침

한 분위기는 손에 잡힐 듯했다.

문 두드리는 소리가 들리더니 이벤트 매니저가 고개를 들이밀었다. "방해하지 말라고 하신 건 알지만, 저녁 식사 메뉴 가져다드리지 않아도 되는지 확인만 해도 될까요? 식당이 곧 닫아서요."

"제안 하나 해도 될까?" 매니저가 나간 뒤 포가 물었다. "내일은 내 집에서 일하면 어때? 아래층은 막힌 데 없이 트여 있고 이 방하고 크기도 비슷해. 난 벽에 뭐 붙이면 안 된다는 규칙도 없고, 거기가 여기보다는 보안도 나을 테고. 게다가 어차피 난 별일 없으면 거기 있을 거니까."

"잘 모르겠는데, 포. 당신 다음 피해자로 점찍혔잖아. 기억 안 나?"

"그럼 날마다 호텔까지 오고 가지 않아도 되는 편이 더 나은 거 아닌가. 누가 날 잡아가려고 한다면 나 혼자 무어에 있을 때일 텐데."

플린이 생각하는 동안 잠시 침묵이 흘렀다. "틸리? 거기서도 신호 잡힐까요?"

"안 잡히면 인터넷이 필요한 기기를 제 전화에 테더링할게요."

"거길 어떻게 가지? 한 번 정도는 기꺼이 터덜거리면서 걸어갔지만 날마다 그럴 맘은 없는데." 플린이 물었다.

"두 사람한테 내 사륜 바이크 맡기고 갈게. 가져올 물건은 다 트레일러에 실으면 돼."

"나는 어쩌라고?" 리드가 물었다.

"너? 넌 쓰벌 걸으면 돼." 포가 말했다.

리드가 활짝 웃었다.

다들 플린을 보며 결정을 기다렸다. "뭐, 시도할 가치는 있겠죠. 오늘은 엉망이었어요."

13

포는 에드거를 찾은 다음 사륜 바이크를 호텔에 돌려놓았다. 고원을 가로질러 허드윅 농장까지 걸어가니 기분 전환이 되었다. 희미해지는 빛에 모든 것이 짙은 붉은빛으로 물들었다. 에드거는 토끼 한 마리를 뒤쫓아 달려가더니 곧 경중경중 뛰어왔다. 포는 에드거가 토끼한테 접근한다 해도 녀석을 어떻게 해야 좋을지 알기나 할지 의심스러웠다.

포는 간단한 저녁을 준비했다. 치즈와 피클 샌드위치, 감자칩 한 봉지와 진한 차 한 잔. 그날은 성공적이지 않았을지 모르지만 포는 자기 생각이 옳다고 확신했다. 이멀레이션 맨은 나이와 부유함만으로 피해자를 고르는 게 아니었다. 포는 마음속으로 생각을 정리했다. 자기가 맞았기를 바랐다. 아니라면, 저 어딘가에 치밀하고 법의학 지식도 갖춘 데다 기술적으로도 능숙하면서, 사람들을 거세하고 불태워 죽이기를 좋아하는 연쇄살인범이 있다는 뜻이었다.

그리고 그가 다음 차례였다.

누군가 한밤중에 농장에 접근하면 에드거가 늑대처럼 울겠지만 포는 거기 산 이후 처음으로 문을 잠그고 창의 덧문도 닫았다. 놀랍게도 그는 푹 잤다. 악몽 하나 없이.

포는 일어나자마자 그날도 찬란한 봄날이 되리라는 걸 알았다. 그는 달걀을 삶고 에드거를 산책시킨 뒤 팀원들이 오기를 기다렸다. 리드가 길옆에서 걸어오더니 먼저 도착했다. 플린과 브래드쇼는 얼마 후 사륜 바이크를 타고 도착했다.

브래드쇼가 에드거를 보더니 기뻐서 소리쳤다.

"개가 있다는 말은 안 했잖아요, 포!" 그녀가 깍깍거렸다. 10분간 일은 뒷전이었고, 브래드쇼와 에드거는 절친이 되었다. 언제나 관심을 갈구하는 스패니얼 에드거는 브래드쇼에게 곧장 달려가 침과 개털로 범벅을 만들어줬다. 브래드쇼는 새된 소리로 웃었고 개가 도망칠까 겁이 난다는 듯 목을 꼭 끌어안았다. 포가 에드거 주라고 틸리에게 간식을 건네자 둘의 우정은 더욱 단단해졌다.

"명심해요, 틸리. 녀석이 자기 립스틱 보여주거든 건드리지 마요." 리드가 말하며 포에게 윙크했다.

브래드쇼는 에드거의 목에 머리를 파묻었다. "너 립스틱 없지, 그치, 에드거? 정말 웃긴다, 리드 경사님. 네 남근 말하는 거겠지."

리드가 경악해서 입을 쩍 벌리자 다들 한바탕 웃었고, 플린이 상황을 정리했다. "에드거랑은 나중에 놀아요, 틸리. 우리 서둘러야 해요."

포가 창문을 모조리 열어둔 터라 봄의 햇빛이 방으로 쏟아져 들어왔다. 허드윅 농장의 1층은 네모나기만 할 뿐 그럴싸하게 구분된 공간이나 틈 따위는 없었다. 창문은 정면에 두 개가 있고 뒤쪽에는 하나도 없었으며 문은 하나였다. 포가 설명하기로 옛날 겨울에 날씨가 험했을 때 양치기는 위층에서 자고 양들은 지금 그들이 있는 방에서 지냈다고 한다. 양들을 추위에서 보호하면서 동시에 양들로 집을 따뜻하게 만들었던 것이다. 벽은 안쪽이나 바깥쪽이나 똑같아서, 거칠게 채석한 돌이 드러나 있었다. 천장에 늘어선 보는 낡고 튼튼했고 한 세기 동안 연기를 쐬어 시커멨다. 화목 난로가 방에서 가장 두드러져 보였다. 안에 땔감이 들어 있었지만 아직 불을 피우지 않은 상태였다. 따뜻한 날이었지만 포는 나중에 불을 땔 생각이었다. 그걸로 물을 데우기 때문이었다.

포가 탁자 가운데에 커피포트를 놓자 그들은 업무에 착수했다. 지금 수사 방향을 정한 사람이 포였기에 플린은 먼저 포가 이끌도록 했다.

"다들 기본으로 돌아가죠. 이 남자들이 어떤 시점에는 서로 알고 지냈다고 가정해봅시다. 그 사실을 그동안 숨겼을지 모르지만, 그게 우리 형사들이 하는 일이잖아요. 알아내는 것."

브래드쇼가 손을 들었다.

포가 기다렸지만 그녀는 아무 말도 안 했다. 포는 당황하여 그녀를 쳐다보다가, 1년 전까지만 해도 브래드쇼가 평생 교실과 강의실에서 지냈다는 것을 떠올렸다. "틸리, 손 들지 않아도 돼요. 할 말이 뭐예요?"

"저는 형사가 아니에요, 포. 국가범죄수사국 직원이기는 하지만 당신이나, 리드 경사님이나, 스테퍼니 플린 경위님처럼 체포 권한은 없어요."

"에……. 알려줘서 고마워요, 틸리. 좋은 정보군요."

브래드쇼가 끄덕였다.

다음 네 시간 동안 그들은 그레이엄 러셀, 조 로웰, 마이클 제임스의 삶 그리고 죽음을 파고들었다. 정오가 되자 리드에게 전화가 왔다.

"네 번째 피해자 이름이 나왔어요. 클레멘트 오언스. 예순일곱. 은퇴한 변호사고. 민간 부문에서 일하면서 금융 업계를 대변했답니다. 부유하다는 걸 빼면 나머지 피해자들과 눈에 띄는 연결 지점은 없고요. 곧 다른 정보도 나올 거예요."

플린이 휴식 시간을 선언했다. 다들 배가 고파졌는데 플린이 가져온 샌드위치가 있었다. 포는 바깥에서 먹자고 했다.

포는 컴브리아에서 겨울에 느끼는 혹독한 아름다움을 좋아했지만 이제 섐에서 산 지도 1년이 넘고 보니 봄이 가장 마음에 드는 계절이라고 말할 자격이 생긴 듯했다. 어디에나 보이는 양 떼를 빼면 겨울에는 이 고원에서 생명을 찾아보기가 어려웠다. 눈길이 닿는 곳이면 어디에나 혹독하고 색깔 없는 풍경이 끝도 없이 펼쳐졌다. 봄은 부활처럼 보였다. 날은 길어졌고, 잠자던 식물들이 따뜻해지는 땅을 뚫고 녹색 싹을 내밀었으며 히스들이 꽃을 피웠다. 지의류와 이끼로 가득한 이색적인 정원이 살아났다. 맹렬하고 얼음 같던 바람이 따스해지고 향기로운 산들바람으로 바뀌었다. 새들은 둥지를 틀었고 동물들은 번식했으며 공기 중에는 낙관적인 분위기가 다시금 감돌았다. 한 해 중 컴브리아 시골 생활의 아름다움과 느린 속도를 음미하게 되는 시기였다.

플린이 전화를 걸러 가고 브래드쇼가 에드거를 따라 샙고원 여기저기를 뛰어다니는 동안, 포는 리드를 보고 말했다. "다시 보니 반갑다, 킬리언. 얼마 만이지?"

"5년이야." 리드가 햄과 계란 샌드위치를 입에 잔뜩 물고 툴툴거렸다.

"5년이라고? 그럴 리가. 지난번에 봤을 때가—"

"내 어머니 장례식이었지." 리드가 나무라듯 말했다.

포의 뺨이 확 달아올랐다. 리드의 어머니는 운동신경질환을 오랫동안 앓다가 죽었다. 그의 말이 맞았다. 포가 그를 마지막으로 본 것은 장례식에서였다.

"미안하다, 친구." 그가 말했지만 리드는 손을 흔들어 일축했다. "아버지는 어떠셔?" 포가 물었다.

"너도 알잖아, 포. 아버지는 어머니가 은퇴해야 한다고 하니까 은퇴하신 것뿐이야. 아직도 랭커셔에 있는 한 마구간에서 일을 봐주셔. 돈이나 받는지 모르겠다만, 시간 때우려고 하시는 거지. 그러지 않을 때는 불가에서 졸거나 경마 책을 읽거나 그래."

리드의 아버지는 경주마를 전문으로 다루던, 아주 존경받는 수의사였다. 어린 시절에 포는 조지 리드의 동물병원에 들르는 걸 무척 좋아했다. 그곳에는 늘 관심을 퍼부을 동물들이 있었다.

"네 아버진 어떠셔?" 리드가 빙긋 웃으며 말했다. "아직도 비트족이신가?"

포도 웃었다. 그다지 틀린 이야기는 아니었다. 그의 아버지는 여행이 삶의 낙이었고 영국으로 돌아올 때가 드물었다. 유일하게 한 장소에서 오래 지낸 시기가 포를 기르던 때였다. 포의 어머니는 밋밋한 생활을 어떻게 해야 할지 몰라 포가 아직 갓난쟁이일 때 둘을 버리고 떠났다. 아버지는 일시적으로나마 방랑벽을 희생하고 혼자 포를 키웠다. 포가 블랙 위치에 입대하기가 무섭게 아버지는 다시 떠나버렸다. 두 사람은 이메일로 연락을 주고받았으나 거의 3년 동안 보지 못했다. 포가 아는 한 아버지는 브라질의 어딘가에 있었다. 아버지가 뭘 하는지도 포는 전혀 몰랐다. 열대우림 깊은 곳에 있을 수도 있고 공직에 출마했을 수도 있고, 사실상 알 길이 없었다. 아버지는 그를 몹시 사랑했지만 '전통적인' 부모라고 할 만한 사람이었던 적이 한 번도 없었다.

포의 어머니는 포가 정직된 지 몇 주 뒤에 뺑소니 사고로 죽었다. 포는 어머니가 화장된 지 5주 뒤에 아버지가 이메일을 보냈을 때에야 그 사실을 알았다. 포는 어머니의 죽음에 슬퍼했으나, 다른 누군가의 죽음에 슬퍼할 때와 마찬가지였고 그 일을 마음에 담아두지도 않았다. 어머니는 오래전에 아들보다는 자신의 욕구를 우선시하겠다고 선택한 사람이었다.

"만나는 사람 있냐?" 리드가 물었다.

포가 고개를 저었다. 그는 늘 관계를 형성하기가 힘들었다. 섹션 본부인 햄프셔에 있던 당시 몇 여자와 만나기도 했지만 몇 주 이상 지속된 적은 없었다. 심리치료사라면 버림받을지 모른다는 두려움이 깊이 뿌리내린 탓이라고 말할지 모르겠지만, 포는 틀린 말이라고 했으리라. 그는 버림받는 게 두렵지 않았다. 여태껏 그가 안 것이라고는 그것뿐이었으니…….

"넌?" 포가 물었다.

"오래가질 않네."

"흠, 우리 참 로맨틱한 놈들 아니냐?" 포가 웃었다.

플린이 전화를 끊고 돌아왔다. "밴 질 부장이랑 통화했어. 필요한 만큼 여기 있으라네. 우리가 새로 잡은 방향을 얘기했더니 파볼 만하다던데."

플린은 자리에 앉아 자기가 마실 커피를 따르더니 샌드위치를 집었다. 피곤해 보이는 모습에서 포는 수사가 그녀를 갉아먹고 있다는 걸 알았다. 뭐 하나 말이 되는 게 없었을 뿐 아니라ㅡ특히 포와의 연관성은ㅡ중범죄분석섹션은 원래 의문을 제기하기보다 그 답을 찾는 역할이었다.

태양은 찬란했고 풍광은 여느 때처럼 숨이 멎을 듯했다. 울퉁불퉁한 지면, 나무 없는 언덕과 뾰족한 바위들이 사방팔방으로 한없이 펼쳐졌다. 에드거는 플린에게 부스러기 좀 달라고 졸랐지만, 개에게 점심을 거의 다 줘버린 브래드쇼와 달리 플린은 슬픈 눈망울의 강아지 연기에 넘어가지 않았다. 에드거는 간식 시간이 끝났다는 걸 깨닫자 어딘가로 가버렸고 얼마 안 있어 꽥 소리가 들렸다. 마도요 한 마리가 깜짝 놀라 공중으로 날아올랐다. 에드거가 다시 나타나며 만족스러운 모습을 보였다.

"새들 좀 가만둬, 에드거!" 에드거가 바닥에 있는 둥지를 찾아내기 전에 포가 소리쳤다. 녀석이 새끼 새들을 입에 가득 물고 브래드쇼에게 돌아오는 것만은 피하고 싶었다. 에드거는 마지못해 농장으로 돌아왔다.

플린이 상의에서 부스러기를 털었다. 그녀는 거기 처음 왔을 때 입고 있던 것과 같은 옷, 가느다란 줄무늬가 있는 정장 차림이었다. 브래드쇼는 평소처럼 카고 바지와 티셔츠 차림이었다. 리드는 흠잡을 데 없이 입고 있었다. 그는 언제나 멋쟁이였고 절대 되는대로 입지 않았다. 같이 놀던 때조차 리드는 정장을 입었고, 포는 옷을 대강 입는 자기를 그가 부담이자 망신거리로 여겼으리라 짐작했다. 포는 여전히 어제 입던 옷을 입고 있었다. 그 생각을 하니 떠올랐다—우편물이 아직 개봉되지 않은 채 주머니에 있었다는 것이.

그는 우편물을 가져다가 슥슥 넘겨 보았다. 가스 업체가 새로 가스통을 배달할 날짜가 변경되었다고 알리는 편지, 우물 펌프 공급자가 보증 기간이 만료되었다고 알리는 편지. 갱신하고 싶으면 한 달에 6파운드였다. 포는 갱신하고 싶지 않았다.

마지막 봉투는 평범한 갈색이었다. 그의 이름이 앞면에 인쇄되어 있었고 그 지역 소인이 찍혀 있었다. 그는 덮개에 칼을 밀어넣어 찢었다. 내용물을 흔들어 꺼냈다.

그것은 엽서였다. 커피 컵이 있는 일반적인 그림이었다. 컵 위쪽의 거품은 시간이 남아도는 누군가가 일종의 디자인으로 만들어놓았다. 라테 아트라고들 하는 거라고, 포는 생각했다. 컴브리아가 아니라 런던에서나 하는 것이라고.

그는 엽서를 뒤집었다. 그가 자기도 모르게 헉 소리를 낸 게 틀림없었다. 플린, 리드, 브래드쇼 모두가 고개를 돌려 그를 빤히 쳐다봤다.

"무슨 일이야, 포?" 플린이 물었다.

그는 엽서를 뒤집어 뒤쪽에 뭐가 쓰여 있는지 다들 볼 수 있게 했다. 부호 하나와 단어 두 개였다.

14

"도대체 뭐지?" 플린이 중얼거렸다. 그녀는 고개를 돌려 포를 응시했다. "이게 뭐야?"

포는 엽서에서 눈을 떼지 않았다. "나도 당최 모르겠는데." 그가 겨우 뱉은 말이었다.

나머지 두 사람도 모르는 게 분명했다. 들리는 것이라고는 에드거가 어딘가에서 발견한 뼈를 물어뜯는 소리뿐이었다. 아무도 에드거가 그걸 어디서 얻었는지 알고 싶어 하지 않았다.

"게다가 저 뒤집힌 물음표는 또 대체 뭐고?" 플린이 덧붙였다. 플린이 투명한 증거물 봉지 안에 엽서와 봉투를 넣는 동안 리드는 갬블에게 전화해 보고했다. 갬블은 사람을 보내 증거물을 연구실로 전달하겠다고 약속했지만, 아무도 희망을 품지 않았다. 이멀레이션 맨은 혼란스러운 범죄 현장에서도 실수를 저지르지 않았다. 서두르지도 않을 때 실수할 가능성은 희박했다.

브래드쇼는 증거물 봉지 양쪽 면을 스캔해 전자 사본을 만들었다. 그녀는 자기 태블릿을 거의 10분간 응시하면서 이따금 화면을 건드리고 손가락을 벌려 뭔가를 확대하기도 했다. 그러더니 인상을 쓰며 혼자 웅얼거렸다.

"왜 그래요, 틸리?" 플린이 물었다.

"안에 들어가야겠어요." 그녀가 대답했다. 브래드쇼는 말없이 일어 났다. 세 사람이 그녀를 따라 들어가보니 브래드쇼는 노트북을 펴놓은 상태였다. 뭔가를 검색하고 있었다. 그녀는 포에게 말했다. "벽에 걸 수 있는 흰색 시트 있나요, 포?"

시트는 있었고 다행히도 깨끗했다. 리드는 포를 도와 시트를 벽에 걸었고 브래드쇼는 가지고 온 프로젝터를 설치했다.

브래드쇼는 준비가 되었다. 그녀는 걸려 있는 시트에 빛을 쏘았다. 구글 웹사이트에 접속해 '퍼컨테이션 포인트percontation point'라고 입력했다. 아무 일도 안 일어나자 브래드쇼는 속도가 느려서 미안하다고 했다.

그림이 하나 나타났다. 같은 부호였다. 좌우로 뒤집힌 물음표. ⸮

그 아래에 정의가 나와 있었다.

> 퍼컨테이션 포인트. 때때로 스나크(비꼼) 혹은 아이러니 부호라고 불리는 이것은 잘 알려지지 않은 기호로 문장이 수사의문문으로, 아이러니로, 혹은 비꼼으로 받아들여져야 한다는 것을 표시한다. 문장에 또 다른 의미가 숨어 있다는 것을 나타내기도 한다.

"틸리, 지금 뭘 하려고ㅡ" 플린이 말했다.

"얘기하게 내버려둬요, 보스. 난 알 것 같은데." 포가 말했다.

브래드쇼가 고마워하는 눈으로 포를 보았다. "고마워요, 포. 제가 말하려는 요지는요, 스테퍼니 플린 경위님, 이렇게 하면." 브래드쇼는 프로젝터의 초점이 어긋나게 조작했다. "퍼컨테이션 포인트가 어떻게 보이죠?"

포는 눈을 가늘게 떴지만 이미 답을 알고 있었다. 그는 플린에게도 그게 보이는지 보려고 그녀를 지켜보았다.

"숫자 5처럼 보이네요." 플린이 말했다.

브래드쇼가 흥분해서 끄덕였다. "우리는 범인이 마이클 제임스의 가슴에 숫자 5를 새겨 넣었다고 가정했지만, 만약 그게 그저 아포페니아에 불과하다면, 그러니까—"

"아포페니아가 뭔지는 알아요, 틸리." 플린이 말했다.

"패턴이 없는 데서도 패턴을 보는 거죠." 브래드쇼는 그러거나 말거나 문장을 끝맺었다. "만약 우리가 숫자를 찾도록 조건화되어 있었기 때문에 숫자 5를 본 것이라면요? 그리고 제 프로그램은 확률을 기반으로 작동해요. 퍼컨테이션 포인트는 인식하지 못했을 테니까 가장 가까운 걸 집어넣었을 거예요."

"숫자 5." 포가 말했다.

"맞아요, 포. 숫자 5는 프로그램의 참조점들에 가장 가까웠을 거예요. 그다음으로 가까운 건 영문자 S였을 거고요."

"원래 상처를 확인해볼 방법은 전혀 없을까요?" 포가 물었다.

"있어요, 포. 아직 제 노트북에 데이터가 있거든요."

브래드쇼가 키보드를 몇 번 누르자 포의 이름이 3차원 이미지로 벽에 나타났다. 그의 이름이 가장 명확하게 나온 이미지였다. 각자 서로 다른 슬라이드에서 문자들을 조합해서 보기에 가장 좋게 만든 것이었다.

"부호를 분리할 수 있나요?" 포가 물었다. 그는 마음속에서 숫자 5를 이미 지워버렸다.

브래드쇼는 좀 더 기기를 조작했다. 그 부호에 해당하는 이미지는 50개였는데, 각각 서로 다른 깊이에서 찍힌 것이었다. 브래드쇼는 그것들을 가장 얕은 이미지부터 슬라이드쇼에 넣었다. 살이 타면서 훼손된 탓에 처음 몇 장은 숫자 5처럼 보였다. 점점 더 깊은 곳의 이미지가 나타날수록 상처도 더 또렷해졌다. 마지막 몇 장은 전혀 또렷하지 않고 가슴뼈에 좀 긁힌 자국이 난 것에 불과했다. 브래드쇼는 몇 장 앞으로 되돌렸다.

"거기요. 그거예요." 리드가 말했다.

브래드쇼가 슬라이드쇼를 멈췄다.

그들은 화면을 응시했다. 그들이 전에 숫자 5의 바닥 부분이라고 가정한 것은 사실 좀 작기는 하지만 분리되어 있는 상처였다. 이멀레이션 맨은 퍼컨테이션 포인트의 구부러진 부분 아래쪽에 단 한 차례 찌른 상처를 내어 점을 표현했다. 아마도 찌른 다음 비틀어서 깊이와 선명도를 더했으리라. 불에 타면서 살이 찢어지자 바닥에 난 상처는 가장 쉬운 길을 따라서 퍼컨테이션 포인트의 밑부분과 합해졌다. 다중단층촬영의 최상층 이미지들은 숫자 5처럼 보였지만, 아래쪽 이미지들은 분명 그렇게 보이지 않았다. 이것이 완벽한 설명은 아니었지만, 포는 이멀레이션 맨이 버둥거리면서 비명을 지르는 희생자의 가슴에 우아하고 모호한 기호를 새기려고 하면서 그저 최선을 다한 결과가 그렇게 된 게 아닐까 짐작했다.

그리고 다들 그걸 놓치자 놈은 엽서를 보내 후속 조치를 취한 것이다.

이것이 옳다면—포는 그렇다고 생각했다—포는 다섯 번째 피해자로 점찍힌 게 아니었다. 그건 좋은 소식이었다. 나쁜 소식은 이멀레이션 맨이 포가 어디 사는지 안다는 사실이었다.

그가 말했다. "뭐, 보스, 보스는 몰라도 난 돈을 걸어야 한다면 그게 결국 숫자 5가 아니라는 데 걸겠어. 그건 퍼포레이션 포인트였어."

"퍼컨테이션 포인트요." 브래드쇼가 정정했다.

"동감이야. 아니라기에는 지나친 우연의 일치야." 플린이 말했다.

포는 흥분으로 오싹했다. 브래드쇼는 퍼컨테이션 포인트의 용법 중 하나가 문장에 또 다른 층이나 의미가 있다고 알리는 것이라고 했다. 그는 증거물 봉지를 집어 들었다. "다들 우리가 첫 메시지를 알아듣지 못해서 이걸 보낸 거라고 생각해요?"

플린이 잠시 생각했다. "달리 생각할 건더기가 없는데."

"처음 두 피해자 몸에 아무것도 없는 건 확실하고?" 포가 물었다.

"없어. 나중에 다시 확인해봤어." 리드가 답했다.

"섹션은 두 번째 피해자가 발생한 뒤에, 그리고 부검이 끝난 다음에 호출되었고?"

플린이 끄덕였다.

"그렇다면 섹션에 보내는 메시지가 있다면, 첫 피해자보다는 세 번째 피해자의 시신을 사용했다고 봐도 좋겠지.”

“논리적으로 거기에 반박하기는 무리겠지.” 플린이 말했다. “이제 어떻게 하지?”

“마이클 제임스의 가슴을 다시 봐야 할 것 같아. 하이라이트만 볼 게 아니라 슬라이드라는 슬라이드는 모조리. 하지만 이번에는 수평 적 사고 바지를 입고 보는 거지.”

브래드쇼가 손을 들었다.

“*비유적인 수평적 사고 바지.*” 포가 숨도 안 쉬고 말했다. 브래드쇼 가 손을 내렸다.

브래드쇼는 포의 이름이 들어간 3차원 이미지를 화면에 띄웠고, 다 들 그것을 톺아보았다. 리드가 말했다. “이거 말고는 없나요, 틸리?”

앞서 했듯이 브래드쇼는 슬라이드를 하나하나 보여주었다. 마지막 슬라이드는 깊은 곳을 찍은 것으로, 워싱턴 포라는 글자를 만드는 데 쓰인 상처의 단편들이었다. 이것들은 상처가 아주 깊이 나서 갈비뼈 까지 닿았다. 다른 상처들은 그렇게 깊지 않았다. 다른 이미지를 모두 봐도 아무것도 새로운 게 나오지 않자, 브래드쇼는 다시 첫 이미지를 띄웠다.

5분 동안 그들은 포의 벽에 영사된 이미지를 흡수하면서 아무 말 도 하지 않았다. 틸리는 시트 한 장에 담을 수 있는 한 서로 다른 이미 지를 최대한 많이 띄웠다.

“의견 없어요?” 플린이 물었다.

포는 어찌나 힘을 주고 쳐다봤는지 시야가 흐릿해질 지경이었다.

퍼컨테이션 포인트와 마찬가지로, 가장 위쪽 이미지들이 불에 가장 많이 훼손되었다. 더 깊은 곳에 난 상처의 이미지에 비해 상처 가장 자리가 예리하지 않았다.

브래드쇼가 다른 이미지를 더 띄웠다. 새로운 이미지들은 이제까지 보던 것들과 달랐다. 불이 그 정도로 깊이 파고들지 못해서, 이 이미지에 난 상처들은 좀 더 날카로웠다. 가늘고 또렷했다.

포가 몸을 앞으로 내밀며 눈을 가늘게 뜨고 그중 하나를 보며 말했다. "나만 그런 건가, 아니면 글자가 다르게 보이는 건가?"

브래드쇼가 먼저 반응했다. "맞아요, 포! 글자들 기울기가 일정하지 않아요. 간격도 그렇고요." 브래드쇼는 어딘가에서 레이저 포인터를 꺼내더니 시트에 쏘았다. "제가 사법 필적 감정을 공부했는데, 워싱턴 Washington에서 두 번째, 세 번째, 그리고 네 번째 글자와 포 Poe에서 첫 번째 글자가 왼손으로 쓰인 것 같아요. 글자 간격을 봐도 그 글자들이 먼저 쓰인 뒤에 오른손으로 나머지 글자를 새긴 것 같고요."

포가 말했다. "스테프? 당신이 대장이잖아. 어떻게 생각해?"

플린이 일어나서 임시 화면으로 다가갔다. 손으로 네 글자를 따라 움직였다. 그녀는 고개를 돌리고 말했다. "두 사람 다 맞는다고 생각해. 그 네 글자는 다른 것 같고 뭔가 의미가 있다고 봐. 그런데 아쉽게도 아무 도움도 안 되네."

15

포는 기가 죽었다. 플린이 설명하기를 기다렸다.

"애너그램이야." 플린이 말했다.

포는 단어 퍼즐에 늘 젬병이었다. 분석적 사고보다 수평적 사고에 능했기 때문이다. 리드는 포보다 더했는데, 그렇게 어휘가 풍부한 사람으로서는 놀랄 만한 일이었다. 브래드쇼는 아마 고차원 방정식을 풀면서 동시에 애너그램도 풀 수 있을 터였다.

하지만 그런 그조차 네 글자 문제라면 그럴듯하게 근접할 수 있었다.

플린은 그가 생각할 시간을 주지 않았다. "섑Shap이야. 그래서 그 네 글자를 다르게 한 거야. 여기 있는 워싱턴 포라고 확실하게 알려주려고."

포는 즉시 기가 다시 살아났다. 그는 플린이 모르는 것을 알았다. 그와 리드가 시선을 주고받았다. 그가 말했다. "당신 자기 이름으로 구글에 검색해봤어, 스테프?"

플린이 살짝 얼굴을 붉히더니 아니라고 했다.

아니긴, 해봤잖아. 다들 그래. 포가 생각했다.

포는 '사람들이 어떻게 생각하느냐에 추호도 개의치 않는' 유형이었는데도 자기 이름을 검색해보았다. 페이턴 윌리엄스가 죽었을 때,

그리고 누군가가—거의 확실히 핸슨 차장이었겠지만—포의 이름을 언론에 흘렸을 때 언론에서는 그를 자경단원으로 불렀고 포는 한동안 인터넷에서 떨어져 지냈다. 사실 그로서는 쉬운 일이었다. 그때 그는 정직되어 허드윅 농장에서 살았는데 거기서는 시간을 죽이려고 인터넷을 떠도는 게, 불가능했기 때문이다. 하지만 호기심이란 우스운 것이다. 어느 날 저녁 샙 웰스 호텔의 바에 앉아 무료 와이파이를 이용하다가, 포는 자기 이름을 구글에 입력했다. 난생처음이었다.

결과는 경악스러웠다. 그를 향해 던져진 독설은 기괴했다. 페이턴 윌리엄스는 두 여자를 납치해 살해했고 세 번째를 거의 죽일 뻔했는데, 어떤 사람들 눈에는 포가 나쁜 놈이었다. 쥐뿔도 모르는 사안에 대해 확고한 의견이 있는 게 부정적인 일로 간주되던, 좋았던 옛날이 떠올랐다. 이제 사람들에게 사실은 중요하지 않았다. 포퓰리즘과 거짓 뉴스가 인구의 절반을 머리 빈 인터넷 트롤로 만들어버린 듯했다.

하지만…… 그가 구글에서 검색하면서 알게 된 또 한 가지는 그와 동명이인인 사람이 꼭 한 사람뿐이라는 점이었다. 1876년에 사망한 조지아 출신의 미국 정치가.

그는 동명이인이 더 있으리라 확신했지만, 이멀레이션 맨이 누구를 가리키는지 갬블이 알아내는 데 포의 이름과 장소까지 필요할지는 의심스러웠다. 컴브리아에서 일하는 형사들이라면—그중 일부는 그가 몇 년간 같이 일하기도 했고—'아, 그 워싱턴 포. 이제 샙이라는 것까지 드러났으니 정확히 누굴 말하는지 알겠네' 하고 빈정거리는 게 상상이 갔다.

그는 워싱턴 포가 자기밖에 없다고 설명했지만 플린은 그다지 납득하지 않는 듯했다.

"우연이라기엔 지나쳐. 그리고 이멀레이션 맨이 인터넷에 당신 이름이 하나뿐이라는 걸 꼭 안다는 법도 없고."

포가 어깨를 으쓱했다. "난 파볼 만하다고 봐. 정말 놈이 확실히 나를 찾으라는 뜻으로 셉을 메시지에 넣은 거라면, 그것도 괜찮겠지. 하지만 확인해본다고 손해볼 건 없잖아." 그는 플린이 옳은 결정을 내리기를 기다렸다. 플린은 실망시키지 않았다.

플린은 고개를 끄덕이더니 리드를 보았다. "이건 우리 연락담당관이 맡을 일이 아닐까 싶은데요. 컴브리아 정보 시스템에 접속할 수 있어요? 최근에 여기서 이상한 일이 벌어진 적 없는지 찾아봐요."

"예를 들면요?"

"'그이보거'야. 보면 뭔지 알 거야." 포가 끼어들었다.

"그냥 이상해 보이는 거. 알았어, 켄들 서에 가서 '슬루스'* 확인해볼게."

슬루스는 컴브리아 경찰청 정보 시스템이다. 어떤 정보든, 그게 범죄 행위 관련이든 아니든 거기에 기록되어 있을 터였다. 리드는 갬블에게 전화해 현재 상황을 알리겠다고도 했다.

리드가 떠난 뒤 포는 브래드쇼에게 말했다. "틸리, 리드가 없는 동

─────

- 슬루스 Sleuth: 원뜻은 형사나 탐정을 좀 더 일상적으로 가리키는 말.

안 팔 수 있는 만큼 좀 파볼래요?"

"저 호텔에 돌아가도 돼요, 포? 거기 와이파이가 더 잘 잡혀요."

"내가 태워다 줄게요, 혹시…… 그러니까 혹시 사륜 바이크 타는 법 배우고 싶은 거 아니면요."

브래드쇼가 들뜬 얼굴로 플린을 쳐다봤다. "그래도 되나요, 스테퍼니 플린 경위님? 제발요. 제발."

"그래도 돼?" 플린이 포에게 물었다.

"합리적이잖아. 우리 여기 얼마나 있어야 할지도 모르는데 다들 기동력을 갖춰야지."

"해봐요, 틸리." 플린이 말했다. 그녀는 포를 보더니 덧붙였다. "어머니한테만 얘기하지 마요."

20분 동안 포는 사륜 바이크를 어떻게 운전하는지 시범을 보여주었다. 컴퓨터 게임으로 해본 걸 빼면 브래드쇼는 운전 경험이라고는 전무했지만 운전하기 쉬운 사륜 바이크라 금방 파악했다. 포는 시동을 켜고 끄는 법, 브레이크를 떼는 법, 기어를 넣는 법을 보여주었다. 속도 조절 레버는 오른쪽에 있고, 나머지는 어딘가에 바퀴가 빠져서 꼼짝 못 하게 되지 않으면 된다고 설명했다. 브래드쇼는 내내 소리 내 웃거나 웃음을 머금고 있었다.

5분 동안 포의 감독하에 몰아본 뒤 브래드쇼는 혼자서 운전할 정도로 능숙해졌다.

두 사람은 대학 가려고 집 떠나는 딸이라도 보내는 양 브래드쇼를 지켜보았다.

"차도 조심하고요!" 포가 외쳤다. A6 도로를 건너는 때가 유일하게 차도를 달리는 순간일 터였다. 엄밀히 말하면 거기 건너는 데도 면허가 필요했다. 그는 플린을 언뜻 보며 그녀가 이 사실을 깨닫지 못했기를 바랐다.

브래드쇼는 뒤도 돌아보지 않고 손을 흔들었다.

팀 절반이 일하러 떠나고 그들이 보고할 때까지는 할 일도 없어서, 플린과 포는 에드거를 데리고 산보하러 갔다. 오후가 반쯤 지나고 있었고 조금은 일에 진전이 있다는 느낌이 들었다. 날씨는 전날과 같았지만 왠지 모르게 더 밝아 보였다. 기분이 감각에 영향을 미치는 걸 보면 재미있었다.

플린이 포에게 허드윅 농장에 관해, 어쩌다가 거기 살게 되었는지 물었다.

"실은 운이 좀 좋았어. 아파트 팔고 나서 곧바로 뭔가 사고 싶었는데 곧 잘릴 거라고 생각하다 보니 최대한 싼 걸 사야 했거든. 켄들 의회 사무실에 가서 주택 자금 마련하는 데 지원 좀 받을 수 있는지 알아보려고 줄을 섰는데, 우연히 한 농부 뒤에 서게 된 거야. 농부가 접수대에 있는 딱한 여자한테 엄청 퍼붓고 있더라고. 그래서 그 양반을 진정시키고 맥주나 한잔하러 데려갔지. 농부 말이, 자기가 셉 펠에 꽤 넓은 땅을 소유하고 있는데—지금 우리가 있는 고원이지—의회 세무과의 한 돈벌레가 허드윅 농장이 한때 양치기들의 거주지였으니, 비록 그게 200년도 더 지난 일이었다 해도 의회에서 세금을 걷을 수 있다고 정했다는 거야. 그러고는 아무 얘기도 없이 우편으로 납세 고

지서를 보낸 거지." 포가 대답했다.

플린이 고개를 돌려 멀리 있는 농장 건물을 바라보았다. "건물은 얼마 안 크잖아. 왜 그냥 안 냈대?"

"크기는 작을지 몰라도 켄들 근처라서 높은 과세 구간이거든. 등급 II로 등록된 구조물이라서 철거도 할 수 없었고."

"그래서 당신이 사겠다고 했어?"

"그날 오후에 거래를 했지. 건물과 땅 전체 비용을 현금으로 치렀어. 20에이커 넓이(약 2만 5000평 ─옮긴이)의 황량하고 적막한 땅. 수천 파운드를 들여서 믿을 만한 발전기를 구하고, 업자를 고용해서 지하수를 파고 펌프를 달았지. 한 곳에는 정화조도 묻었고. 듣자 하니 2년에 한 번 비워야 한다더라고. 내 지출은 발전기 연료비랑, 가스비, 자동차 유지비가 다야. 한 달에 200파운드도 안 돼."

"그런데 이제 진짜 현실로 돌아왔네."

"그런데 이제 진짜 현실로 돌아왔지. 독립경찰민원조사위원회 조사가 아직 진행 중이니까 그리 오래 머무르지 않을지도 몰라."

플린은 아무 말 하지 않았다. 그녀가 해줄 수 있는 위로의 말 따위는 없었고, 포는 그녀가 사탕발림하려고 하지 않아서 고마웠다.

일주일 전이었다면 그는 해직되는 걸 반겼을 터였다. 그랬다면 인생의 한 부분에 완전히 마침표가 찍혔을 테지만, 이제 다시 주머니에 경찰 신분증이 들어 있는 지금 그는 경찰관 일을 그만둘 준비가 되었는지 더는 확신이 없었다. '경찰 모드'로 전환하기가 맥 빠질 만큼 쉬웠던 것이다. 그래도 한 가지는 확실했다. 허드윅 농장이 그의 집이라는 것. 그는 절대 이사하지 않을 작정이었다. 그는 그 땅이 좋았고 혼자 지내는 것이 너무 마음에 들었다. 앞으로 어떤 일이 벌어지든 이 고립된 양치기 거처는 그의 일부로 남을 터였다.

플린의 휴대전화가 울렸다. 그녀는 전화를 받더니 말했다. "틸리였어. 아무것도 못 찾았대."

망할.

브래드쇼가 아무것도 찾지 못했다면 리드도 찾을 가능성이 낮았다.

포와 플린은 허드윅 농장으로 돌아갔다. 그들과 같은 시각에 브래드쇼도 도착했다. 사륜 바이크가 미끄러지며 멈추더니 그녀가 활짝 웃으며 뛰어내렸다. 브래드쇼는 들떠서 숨이 가빴고 포는 처음에 그녀가 결국 뭔가 발견했다고 생각했으나 그저 운전의 즐거움 때문이라는 걸 깨달았다. 브래드쇼는 에드거에게 펄쩍 뛰어가 다섯 살 난 아이가 끌어낼 수 있는 교활함을 총동원하여, 호텔 부엌에서 얻어 온 게 틀림없는 고기 조각을 몰래 주었다. 그러고는 순진한 얼굴로 포를 쳐다보았다.

한 시간 뒤에 리드가 나타났다. *사륜 바이크 하나 더 장만해야겠네,* 포가 생각했다. 리드는 그날 몇 킬로미터는 걸었다.

"뭣 좀 있어요?" 플린이 물었다.

"확실한 건 없네요. 몇 년간 의심스러운 죽음도 없었고, 이멀레이션 맨과 연결될 만큼 이상한 것도 안 보여요."

포는 그 뒤에 '하지만'이 붙으리라는 걸 감지했다.

"하지만, 근데 이 말 꺼내기도 꺼려지네요, 사무실 나서면서 혹시나 해서 사람들한테 마지막으로 인사를 건넸거든요."

"그랬더니?" 포가 물었다.

"그랬더니 셉에 사는 어떤 사람이 톨룬드 맨이 여기서 발견됐다는 걸 상기시키더라고요."

포는 말문이 막혔다. 역사 수업에서 배운 기억이 완벽하다고는 할 수 없었지만 그런 그도 2500년 묵은 미라인 톨룬드 맨 시신이 컴브리아가 아닌 덴마크에서 발견되었다는 사실은 알았다. 학창 시절 그의 머리에 남은 기이한 사실들 중 하나가 그것이었다. 그것과, 다축 방적기가 산업혁명과 연관되어 있다는 사실.

"진짜 톨룬드 맨은 당연히 아니고요. 12개월 전에 신원 미상의 남자가 근처의 한 소금 저장고에 묻혀 있는 게 발견됐어요. 소금 때문에 말라비틀어져서 거의 껍질만 남았지만 완벽하게 보존된 상태였죠. 사건을 맡았던 경찰들이 그 별명을 붙여줬는데 그게 그대로 굳어버린 거예요. 처음부터 끝까지 완전히 개판이었어요. 중장비에 탄 인부가 버킷으로 시신을 퍼 올렸는데, 웬 삐져나온 손이 보인다는 동료의 말을 듣고 정신 줄을 놓은 거예요. 그 바람에 인부는 버킷에 들어있던 걸 동료한테 다 쏟아버렸고, 동료는 심장마비로 죽고 말았죠."

포는 처음 듣는 얘기였지만, 들어봤어야 할 이유가 있나? 지난 1년 반 동안 거의 은둔자와 다름없었는데. "시신은 누구였대?"

"아직도 신원 확인이 안 됐어. 눈에 띄는 부상도 없었고, 법의관도 아마 자연사일 거라고 봤거든. 우세한 설은 자기 집 진입로에 뿌릴 소금을 훔치려다가—의회에서 소금과 모래를 바깥에 저장해두던 때 그런 일이 자주 일어났거든—쓰러졌고, 그 자리에서 죽었거나 얼어 죽었다는 거야. 시신은 눈에 파묻혔고, 인부는 소금을 퍼서 트럭에 실을 때 시신이 있는 걸 알아차리지 못한 거지."

"제설차가 소금 살포할 때 시신이 기계에 걸렸을 텐데?"

"꼭 그렇진 않아. 시신이 발견된 게 하든데일 소금 저장고거든. M6 고속도로 39번 분기점에 있는 그 멍청하게 생긴 건물."

포는 그 건물을 잘 알았다. 그것은 허드윅 농장에서 고작 몇 킬로미터 떨어진 곳에 있었다. 돔 형태였는데 포는 처음 그걸 보고 대공방어 시설의 일종일 거라 짐작했다. 그게 지극히 일상적인 용도의 건물이라는 걸 알고는 실망했던 일이 기억났다.

리드가 말을 이었다. "아무튼 영국고속도로공사가 그 저장고를 꽉 채워놓기로 의회와 계약이 돼 있어. 의회에서 소규모 저장고들을 폐쇄했을 때 거기 있던 소금을 대부분 하든데일 저장고로 옮겼지. 톨룬드 맨은 아마 좀 작은 외곽 저장고에서 소금을 훔치다가 죽은 다음, 의회 트럭에 실려 그냥 하든데일 저장고로 옮겨졌을 거야. 이번 겨울이 그렇게 혹독하지 않았으면 시신이 발견될 정도로 소금이 고갈되지는 않았겠지."

"자연사인 건 확실하고요?" 플린이 물었다.

"법의관 말로는요."

"현장에서 죽은 남자는요?"

"듣자 하니 걸어 다니는 시한폭탄이었다던데요. 중장비 운전하던 머저리는 잘리기 전에 알아서 사직했지만, 범죄 혐의는 없었어요."

"시신은 왜 신원이 드러나지 않은 거죠? 누군가 실종 신고를 했을 텐데요."

"신분증도 없었고, 소금 때문에 법의관도 죽은 지 얼마나 됐는지 확실히 알 수가 없었다더라고요." 리드가 대답했다. 그는 안주머니에서 메모장을 꺼냈다. "공식 보고에는 죽었을 때 아마 40대 초반이었을 거라고 돼 있지만 죽은 지 한참 지났을 수도 있어요."

"더구나 그땐 지금만큼 실종 사건을 정교하게 다루질 않았지." 포가 말했다.

"두말하면 잔소리."

브래드쇼는 아까부터 컴퓨터를 만지느라 바빴다. 톨룬드 맨이 사건과 무관해 보이기는 해도, 자기가 사랑하는 인터넷이 자기를 실망시켰다는 점에 기분이 상했다.

포는 브래드쇼가 연결한 프린터가 윙 소리를 내며 움직이는 소리를 들었다. 브래드쇼는 인쇄한 걸 가져다가 각자에게 한 장씩 나눠주었다. 그것은 《웨스트모어랜드 가제트》의 기사였다. 〈하든데일 소금 저장고서 신원 미상의 시신 발견 뒤 한 남자 사망.〉 기사는 잡지사에서 아는 것들을 요약한 글이었다. 리드가 말해준 것보다 부실했고 대부분은 추측이었다.

그들은 말없이 읽어 내려갔다.

포는 법의관 보고를 보았다. 내용인즉, 신원 미상의 시신이 그 정도로 건조되려면 적어도 3년은 소금에 묻혀 있었어야 하고, 입고 있던 옷차림으로 미루어 30년 이상은 거기 있었을 수가 없다는 것이었다. 그가 입고 있던 상의가 1980년대 중반 이후에 나온 물건이었기 때문이다.

그러나 포는 그렇게 애매모호한 사망 시간을 받아들일 마음이 없었다. 지금과 같은 상황에서, 그런 일이 벌어지는 시점에서는. 또 다른 한 가지 요인을 감안했을 때는.

"이 남자야. 이멀레이션 맨이 우리한테 가리키는 게 이 남자라고." 그가 말했다.

그의 발언에 다들 침묵으로 답했다.

"계속해봐." 플린이 말했다.

"그가 입고 있던 상의. 딱히 비싼 게 아니었어. 오랜 세월 입고 또 입을 만한 옷은 분명 아니지." 포가 설명했다.

플린이 끄덕였다.

"그걸 보면 죽은 지 3년보다는 30년 쪽에 가깝다는 걸 알 수 있어. 동의해?"

이번에도 플린은 끄덕였다. "그럴 수도 있겠지. 그래서 그게 뭐?"

"그래, 포, 네가 아는 걸 다른 학우들에게도 좀 알려달라고." 리드가 말했다.

"그게 왜 중요한지 이야기하죠, 보스." 포가 대답했다. "이 소위 톨룬드 맨이라는 남자가 지금까지 살아 있었다면 이멀레이션 맨의 다른 피해자들과 같은 나이대에 속했을 거야……."

16

"에이. 그건 아니라고 봐, 포. 우연이지." 리드가 말하고는 지지해 달라는 듯 둘러봤다. "어떻게 우연이 아닐 수가 있냐?"

"나도 리드 경사 말에 동의해. 이게 어떻게 연관되는지 내 눈엔 안 보여, 포. 날짜가 당신이 생각한 대로라고 해도, 그나마도 상당 부분 추측이지만, 그 남자가 자연사했다는 걸 잊으면 안 되지." 플린이 말했다.

포는 최선의 상황에서도 우연의 일치를 쉽게 인정하지 않았는지라 그리 쉽게 우연이라고 치부해버릴 마음이 없었다. 여기는 섑이었다. 인구 1200명. 섑에서는 아무 일도 벌어지지 않았다. 퍼컨테이션 포인트는 톨룬드 맨을 암시하는 게 틀림없었다. 아니면 최소한 더 조사해볼 필요는 있었다. 정돈되지 않은 매듭과 해명되지 않은 사실은 그에게 꽤나 거슬리는 것이었다.

그가 수긍했다. "타당한 얘기야. 하지만 지금 마땅히 추적할 단서도 없으니까 이쪽을 좀 더 파보는 것도 괜찮을 것 같아. 뭐가 나오는지 보는 거지. 어때?"

플린은 끄덕였지만 포는 그녀가 아직도 그리 납득하지 않았다는 걸 알 수 있었다. "그쪽으로도 보겠지만 다른 쪽을 다 무시하지는 않는 게 좋겠어."

"제가 뭘 하면 좋을까요?" 리드가 물으며 일어나서 몸을 뻗었다. "파일 뒤지는 건 할 수 있어요. 시스템에 있을 테니까요."

"네 차 있는 데까지 사륜 바이크 타고 가, 킬리언." 포가 말했다.

리드가 다시 떠난 뒤 브래드쇼는 노트북을 열었지만 아무것도 입력하지 않았다. "MPB 데이터베이스 확인해도 될까요, 포?"

"젠장, 잊어버리고 있었네요, 틸리. 얼른 해봐요." 포가 대답했다.

NCA가 2013년에 설립되었을 때 그 하부 조직으로 들어온 기관 중 하나인 영국 실종수사국MPB은 실종자 전원의 연락을 담당하고 신원 미상의 시신을 조사하는 곳이었다. 톨룬드 맨도 거기에 등록되어 있을 터였다.

"얼마나 걸려요, 틸리?" 매달 신원 미상의 시신이 열다섯 구씩 등록되는 상황이고 어느 때건 데이터베이스에 천 명 이상이 올라가 있었기에, 찾으려면 시간이 걸릴지도 몰랐다. 시신마다 ID 숫자를 부여했고, 신원 확인에 도움이 될 기본 정보가 공개되었다.

"찾았어요, 포. 사건 번호 16-004528. 자료 인쇄할게요." 틸리가 대답했다. 프린터가 두 장짜리 문서를 뱉어냈다. 브래드쇼가 그것을 포에게 가져다주었다.

사진은 없었다. 실종 사건들은 이미지가 없는 경우가 많았다. 열차에 뛰어들어 자살하는 건의 일정 퍼센트는 결코 신원 확인이 안 됐다. 시신을 알아볼 수가 없어서였다. 자연에 너무 오래 노출되어 있다가 해변으로 밀려오는 시신은 그보다 더 많았다. 이따금 화가를 고용해서 살아 있었을 때 어떤 모습이었을지 상상도를 그리게 하기도 했지만, 톨룬드 맨은 말라붙은 건지 미라가 된 건지 석화된 건지 그도 아니면 뭐든 소금에 오랫동안 묻혀 있었던 사람을 가리키는 상태가 되었고, 포는 그의 사진을 붙이거나 그의 몸에서 수분이 모조리 빠져나가기 전에 어떤 모습이었을지 추측하려고 하는 일 자체가 유용할지 의심스러웠다.

서류에 있는 내용은 대부분 포가 이미 신문 기사에서 본 것이었다. 보통 데이터베이스 자료에는 대략적인 나이와 키, 체격, 추정 사망 시간 같은 세부 정보도 올라가 있었다. 그가 들고 있는 페이지에는 그런 항목에 전부 '미상'이라고 표시되어 있었다. 머리 색은 갈색이라고 되어 있었다. 입고 있던 옷도 등록되어 있었지만 눈에 띄는 건 아니었다. 누군가 펄쩍 뛰면서 소리치게 할 만한 것은 확실히 아니었다. "이거 짐이잖아! 그 친구 실크해트에 녹색 망토 차림으로 다녔다고!"

등록된 소유물은 없었다.

브래드쇼가 데이터베이스에 접속해 비공개 정보도 찾았지만 그것도 별 도움은 안 되었다. NCA에서만 볼 수 있는 페이지에 사진이 하나 있기는 했지만 인간 사진이라기보다는 공포 영화의 소도구 사진처럼 보였다. 포는 그를 알아보리라 기대하지 않았다.

"언제가 됐든 시신을 보기는 해야 할 것 같은데." 포가 말했다.

플린이 그를 쳐다봤다.

포가 어깨를 으쓱했다. "달리 방법이 없을 수도 있어. 이게 연관돼 있다면 아마 사고가 아니었을 거라고. 시신을 그 무슨 기계인지에 넣어봐야 할 거야. 실제로 어떤 일이 벌어졌는지 알아보게."

"다중단층촬영?"

"그거 말이야."

"그 검사가 얼마나 비싼지 알기나 해?" 플린이 물었다.

포도 알아야 한다는 건 알았다. 자기가 섹션을 관리하던 때가 그리 오래전 일도 아니었다. 그는 고개를 저었다.

"병원에 예약을 해야 돼. 그리고 법적으로 봐도, 죽은 사람 촬영하자고 산 사람 일정을 미룰 수도 없어. 고문 의사, 방사선 촬영기사, 그외에 다른 의료진도 다 초과근무수당을 지급해야 하고. 밤이니까."

포는 비용을 신경 쓰지 않았다. 필요하다면 자기가 부담할 작정이었다.

"비용이 대략 2만……." 플린이 말했다.

그러지 않을 수도…….

"게다가 우리 검사 비용을 망상에 날릴 생각은 없다고."

"망상은 아니지. 연결돼 있을 게 분명하다니까." 포가 중얼거렸다. 플린 입장에서 보면 그 스스로도 자기 말이 궁색하게 들렸다.

"사실과 의견과 추측이 어떻게 다른지 구분해야 한다고 장광설을 내뱉던 사람은 당신 아닌가. 이건 추측이야, 포. 그 이상은 아니야. 그리고 난 추측에 돈을 낭비할 수가 없다고." 플린이 쏘아붙였다.

그는 "내 말을 나한테 인용하지 마"라고 말하고 싶었지만 입을 다물었다. 부하가 열을 올리면 그걸 식히는 것도 경위의 임무 중 하나라는 걸 그도 알았지만, 톨룬드 맨은 이제 그가 잊어버리기에는 너무 커지고 말았다.

"우리 일은 쉬운 길이 아니라 옳은 길을 택하는 거야." 그가 말했다.

"당신 지금 뭐라고 했어?" 그녀가 매섭게 으르렁댔다.

포는 물러나는 게 옳은 선택일 때가 있다는 것을 알았다. 때로는 입을 다무는 편이 더 낫다는 것도.

두 사람이 아직 노려보고 있을 때 리드가 돌아왔다. 그는 곧바로 분위기를 알아차렸다. "무슨 일 있어요?"

"아니에요!" 플린이 버럭 소리쳤다.

"그냥 살짝 의견 차이가 있었어." 포가 말했다.

리드는 어떤 상황에서도 난처함을 느끼지 않을 정도로 반죽이 대단했다. 그는 배낭에서 파일을 꺼내 탁자에 올려놓았다. "읽을 시간은 없었어."

플린은 꼼짝도 하지 않았다.

포는 파일을 들고 요약을 읽었다. 현장에서 찍은 시신의 사진들이 있었는데, 그건 나중에 볼 생각이었다. 마지막 몇 장은 진행 과정을 시간 순서로 정리한 것이었다. 켄들 서장이 서명해 사건을 종료했다. 마지막 항목이 기입된 지 한 달도 채 안 됐다.

"망할."

플린이 저도 모르게 물었다. "뭔데?"

포는 그 말을 무시하고 리드에게 질문을 던졌다. "컴브리아에선 신원 불명의 시신이 나오면 1년간 보관하다가 처리하는 게 규정인 줄 알았는데?"

"전엔 그랬지. 최근에 바뀌었어. 화장할 거면 18개월 동안 보관하고, 매장할 거면 9개월 동안 보관해."

포가 플린을 쳐다봤다.

"염병 꿈도 꾸지 마!" 플린이 폭발했다.

"확실히 하려면 그 방법밖에 없잖아." 포가 응수했다.

"뭘 확실히 한다는 거야, 이 멍청아? 혹시 내가 경력을 내던질 마음이 있다고 쳐도, 검시관이 자연사라고 선언했고 시신 발굴을 허가하는 것도 그 좆같은 검시관실이라고! 뭐? 우리가 거기 당당하게 들어가서 그 인간들이 틀렸다고 할 수 있을 것 같아? 톨룬드 맨이 살아 있었으면 지금쯤 늙은이였을 거란 이유로? 그들이 다루는 건 사실이야, 포, 정신 나간 음모 이론이 아니라."

"그래도 필요해." 포가 물고 늘어졌다.

"필요는 씨팔 없거든!" 플린이 버럭 외쳤다. "요청하지 않을 테니까, 그딴 망상일랑 당장 마음속에서 지워버려. 뭐가 나올 가능성도 거의 없고 필요하지도 않은 시신 발굴 명령을 신청해서 수사국을 창피하게 만들 생각 추호도 없어. 이 얘긴 여기서 끝이야."

포는 침묵으로 좌절감을 드러냈다. 플린이 옳았다. 갬블 총경이 두 사건의 연결고리를 받아들이고 직접 신청하지 않는다면—그리고 그가 수사를 이끄는 방식을 보면 그런 생각을 심지어 달가워할 것 같은 기미조차 보인 적이 없지만—결코 인가를 받지 못할 터였다. 사법 시신 발굴은 신청하는 일이 거의 없었다. 경찰과 법의관은 처음 일할 때 제대로 해야 했다.

그래도 포는 연결고리가 있을 수밖에 없다고 생각했다. 그의 이름이 마이클 제임스 흉부에 나타난 것은 우연이 아니었다. 누군가 그에게 정보를 찔끔찔끔 흘리고 있었고 포는 마지막으로 받은 정보를 포기할 마음이 아직 없었다. 일단 물러날 테지만, 막다른 골목에 다다르면 다시 시도할 작정이었다. 결국은 플린도 납득하리라.

포는 파일로 주의를 돌려 요약을 다시 읽었다. 아버지가 의회에서 따다 준 일을 하던 웬 청년이 중장비 버킷에서 시신이 나오자 공황 상태에 빠졌고, 버킷을 땅바닥에 내려놓는 대신 동료인 데릭 베일리프 씨에게 전부 엎고 말았다. 베일리프는 스트레스성 심장마비로 그 자리에서 죽었다.

"그럼 증인과 얘기하는 거라도 허가해줘." 그가 플린에게 말했다.

"무슨 증인?" 그녀가 물었다.

"프랜시스 샤플스. 시신 발견하고 놀라서 동료 죽인 남자 말이야. 시신을 조사할 수 없다면, 최소한 그걸 본 사람과 얘기라도 하게 해달라고. 그때는 무관하게 보였지만 이제는 그렇지 않은 뭔가가 있을지도 모르잖아." 포는 유리한 상황을 최대한 활용하기로 했다. "그러지 말고, 스테프. 타협할 때를 아는 것도 보스의 일이라고."

"좋아." 플린이 결국 말했다. "대신 나도 갈 거야."

17

브래드쇼가 계속 허드윅 농장에서 일하는 데 만족했기에 포는 에드거를 이웃에게 맡길 필요가 없었다. 브래드쇼는 에드거에게 간식을 너무 많이 주지 않겠다고 약속했다. 포는 간식 한 주먹은 남겨뒀지만 나머지는 숨겨놓았다. 에드거는 조르기를 거의 예술의 경지까지 끌어올렸고 브래드쇼는 이미 자신이 만만하다는 걸 입증했으니.

리드는 포에게 샤플스의 주소지를 문자로 보냈다. 하든데일 소금 저장고에서 사고가 발생한 뒤, 샤플스는 부모 집에서 나가 칼라일에 아파트를 얻어 들어갔다. 그가 생계를 무엇으로 유지하는지는 아무도 몰랐다.

포는 길을 알았지만 플린은 몰랐기에 포의 차를 타고 가기로 했다. 얼마 안 있어 그들은 A6 도로에서 속도를 내며 달렸다. 몇 킬로미터 후면 M6 고속도로로 접어드는 분기점이었지만, 포는 북쪽으로 접어드는 차량에 합류하는 대신 다리를 건너가더니 연철 대문 옆에 차를 세웠다. 그는 시동을 끄고 말했다. "저게 하든데일 소금 저장고야. 저기서 이른바 톨룬드 맨이 발견된 거지."

두 사람은 차에서 내려 저장고까지 슬렁대며 걸어갔다. 저장고는 고속도로에서 돌 던지면 닿을 거리에 있었다. 바깥에서 보면 돔 모양의 건물이 천체투영관이나 현대적인 콘서트홀처럼 생겼다. 수만 명의 운전자가 날마다 그 옆으로 지나가며 그게 뭔지 궁금해했다. 철제 대문은 잠겨 있었고, 포는 따뜻한 시기에는 거의 열려 있지 않으리라 짐작했다. 하지만 잠시 그곳에 들른 것은 잘한 일이었다. 10분도 안 걸렸을 뿐 아니라 적어도 그가 생각하기에는 자신과 시신 사이에 있을지 모를 연결고리가 더 강조되는 듯 느껴진 것이다.

그가 두 사람이 출발한 쪽을 가리키며 말했다. "저쪽이 내가 사는 곳이야. 직선으로 오면 13킬로미터도 안 돼."

플린은 그런 식으로 보지 않았다. "그런 건 아무 의미도 없어, 포. 리드 경사도 말했지만 이 저장고는 그 남자가 죽은 곳이 아닌 게 거의 확실하다고."

포는 아무 말도 하지 않았다.

40분 뒤 포는 프랜시스 샤플스의 아파트 앞에 차를 세웠다. 그곳은 스탠윅스의 테라스하우스를 개조한 건물로, 기도 없는 술집과 델리 식당이 즐비한 부유한 동네에 있었다.

"강북이지. 상당히 호화로운 곳이야." 포가 말했다.

"그래?" 플린이 말했다.

"칼라일에선 그래. 이든 밸리나 국립공원 쪽 동네나 마을만큼 부유하지는 않지만, 대부분은 그리 나쁘지 않지."

플린은 눈 위를 손으로 가리고 목을 빼고 집을 쳐다봤다. "샤플스 하는 일이 뭐라고 생각해?"

"난들 아나. 철학과 졸업자야. 실업수당이나 받을 거라고 보는데."

플린이 웃음 짓더니 '샤플스'라고 인쇄된 글자가 붙은 인터콤의 버튼을 눌렀다. 포는 볼펜으로 '철학 박사'라는 글자가 덧붙여진 것을 알아차렸다.

아주 작은 목소리가 들렸다. "거기 뉘신지요?"

두 사람은 서로 마주 보았다. 플린이 눈을 굴렸다.

그녀는 몸을 숙이더니 좀 더 또렷한 목소리로 말했다. "국가범죄수사국에서 나왔습니다, 샤플스 씨. 잠시 말씀 좀 나누고 싶은데요."

눈에 띄게 오랫동안 대답이 없었다. 그들이 신분을 밝히면 늘 그랬다. 그들이 FBI만 한 위상을 누리지는 못할지 모르지만 그 이름은 사람들을 식겁하게 하기에 충분했다. 이윽고 문이 찰칵 하고 열렸다.

샤플스의 아파트는 제일 위층이었고, 그는 문가에서 기다리고 있었다. 키가 크고 야윈 남자였다. 샤플스는 두 사람에게 신분증을 보여달라고 하지 않았지만 그들은 그래도 제시했다. 그는 두 사람을 보지도 않고 몸을 돌렸다. 그들은 그를 따라갔다.

건물 자체는 조지 왕조풍일지 몰라도 내부는 모두 21세기식이었다. 널찍한 거실에는 반질반질한 오크 바닥이 깔려 있었다. 현대적인 사진들이 회반죽을 바른 벽에 걸려 있었다. 전면이 창인 벽은 애플 노트북이 놓인 커다란 책상이 차지했다. 한 책장에는 젠체하는 책들이 선별되어 있었다. 톨스토이의 《전쟁과 평화》, 도스토옙스키의 《죄와 벌》, 고대 영어판 《베어울프》. 이 책들 중 어느 것 하나 책등에 주름이 잡혀 있지 않았고, 포는 그것들이 그저 보여주기 위한 책이라는 점을 본능적으로 알아보았다.

샤플스가 손을 내밀었다. "친구들은 저를 프랭키라고 불러요."

이번에는 포가 눈알을 굴릴 차례였다. 그는 샤플스에게 확실히 보이도록 굴렸다.

다른 부분을 확인한 뒤 포가 말했다. "저희가 노크했을 때 무슨 일을 하고 계셨는지 여쭤도 될까요?"

"일하고 있었는데요." 그가 말했다.

포는 그 말이 의심스러웠다. 노트북은 잠자기 모드였고 블루레이 재생기가 켜져 있었다. 〈트랜스포머〉 블루레이 케이스가 열려 있었고 커다란 TV 앞 탁자에는 커피가 한 잔 놓여 있었다. 포는 권할 때까지 기다리지 않았다. 그냥 밤색 가죽 소파에 앉았다.

샤플스는 그에게 저주의 눈길을 보내려고 했다. 그는 희한하게 생긴 남자였다. 거웃 같은 턱수염이 턱을 뒤덮었고 콧수염은 속눈썹으로 만든 것 같았다. 울대뼈는 어찌나 큰지 삼각형을 삼키기라도 한 듯했다. 가느다란 머리칼은 말총머리로 묶여 있었다. 그는 반바지에 티셔츠, 가죽 샌들 차림이었다. 귀 바로 뒤 뼈가 도드라진 부위에 검은 문신이 겨우 보였다.

어떻게 이런 A급 얼간이가 의회 도로과에서 일을 하게 된 거지? 이제까지 포가 본 것들 중 그가 육체노동에 적합하다는 인상을 준 것은 하나도 없었다.

플린이 왜 방문했는지 설명하자 샤플스는 굳어버렸다. 기억이 생생한 듯 보였다. 플린이 뭔가 혹시라도 도움이 될 만한 걸 아느냐고 묻자 그는 귀를 만졌다. 포가 자세히 보니 그는 귀 뒤의 문신을 손가락으로 문지르고 있었다. 그는 하든데일 소금 저장고에서 있던 일을 이야기하는 내내 같은 행동을 했다.

샤플스는 중장비에 실린 내용물을 밑으로 내려놓는 대신 쏟아버렸다는 사실을 시인했다. 데릭 베일리프는 그의 친구이자 멘토였다. 그의 죽음이 자기 탓이라는 게 그를 무너뜨렸다. 그리고 아니, 그는 시신에 관해 도움이 될 만한 것은 아무것도 기억나지 않고, 그걸 이미 경찰에 말했다고 했다. 그는 별로 본 것이 없었다. 처음에는 손이 삐져나와 있을 뿐이었고, 실수로 버킷의 내용물을 베일리프에게 쏟았을 때조차 시신은 대부분 묻혀 있었다. 시신이 이송될 때 그는 그곳에 없었다. 그는 해고당하기 전에 사직했다.

그가 이 이야기를 여러 번 했다는 점은 분명했다. 그는 세세한 내용을 기억하느라 말을 멈추지 않았다. 연습한 듯 들리는 그 말에 포는 샤플스가 뭔가를 빠뜨리고 말한다는 느낌을 지울 수 없었다. 포는 증인들이 자주 그런다는 사실을 알았다. 증인들은 자기를 가장 좋게 비치게 하려고 했고, 공작처럼 허세 부리기 좋아하는 샤플스라면 더욱 그럴 것이었다.

포는 그가 가두연설에 집중하지 못하게 해야 했다. "그 문신은 뭔가요, 샤플스 씨?" 포로서는 유행을 쫓아다니는 치들처럼 누군가를 프랭키라고 부르느니 차라리 주유소 초밥을 먹는 편이 나았다.

샤플스가 몸을 돌려 그들이 그걸 볼 수 있게 했다. 플린이 상체를 기울였다. "원 같네요."

"우로보로스입니다. 자기 꼬리를 먹는 뱀. 생명의 순환성을 상징하죠. 의미는—"

"나도 압니다." 포가 끼어들었다.

"그 사고 이후에 했어요. 생명이 얼마나 쉽게 부서져 버리는지 상기하게 해주는 사적인 표시죠."

"내 인생철학이 뭐였는지 생각해볼 겨를이나 있었으면 좋겠네." 포가 중얼거렸다. 포는 그를 프랜시스 샤플스 팬 미팅에서 벗어나게 만들어야 했다. 그를 찔러서, 생각하지 않고 말하게 만들어야 했다. "사적인 표시는 무슨, 얼어 죽을. 사람들더러 물어보라고 귀 뒤에 한 거 아닙니까. 당신은 그때 일 얘기하는 게 끔찍이도 좋은 거야. 아마 생전 그렇게 흥미진진한 일은 없었겠지."

"아니거든요!"

안정을 찾지 못하게 해. 계속 긴장하게 해.

"뭘 하시죠, 샤플스 씨?"

"말씀드렸잖아요, 일하고 있었다고."

"아뇨, 생계로 하는 일이 뭐냐고요? 직업이 뭡니까?"

"저자요. 축소하는 세상에서 철학의 의미가 증가하는 것에 관해 쓰고 있죠."

"출판은요?"

"아직요. 하지만 제 제안에 아주 긍정적인 반응을 보인 곳들이 있어요."

"좀 봐도 될까요?"

"뭘요?"

"출판사와 에이전시들이 보낸 편지요."

"출판 업계를 모르시는군요, 포 경사님. 요즘에는 전부 구두로 합니다."

"그러시겠지. 말 같지 않은 소리 하기는." 포가 말했다. 샤플스가 항의하거나 플린이 끼어들기 전에 그가 물었다. "우리한테 말하지 않는 게 뭡니까?"

샤플스가 창백해지며 플린을 흘끗 보았다. 플린의 눈동자가 그를 쏘아보았다.

"아, 아무것도요." 그가 더듬거렸다.

"여기 산 지 얼마나 됐죠?"

"석 달 정도요."

"그 전에는요?"

"부모님 집요."

"그래서, 우리한테 말하지 않는 게 뭐죠? 우리가 알아낼 거란 거 당신도 알지 않습니까." 포가 말했다.

샤플스는 꿋꿋이 버텼다. 포는 위험 - 보상 상황이 벌어지고 있다고 짐작했다. 자기를 두드려 팰 막대기와 유혹할 당근이 없으면 그는 말할 필요를 못 느끼는 것이리라. 하지만 그는 쓸데없이 가방끈이 긴 머저리였다. 포는 30분만 더 있으면 무너뜨릴 수 있다고 봤다. 불행히도 샤플스도 그걸 알았다. 그가 일어서더니 말했다. "도와드리지 못해서 죄송하지만, 이제 정말 일해야 해서요."

포는 계속 앉아 있었지만 플린이 고맙다고 하고는 포가 일어서기를 기다렸다.

"잡을 수 있었는데." 두 사람이 계단을 내려올 때 포가 말했다.

"아마도. 문제는 그가 용의자가 아니라는 거야. 웬 사이비 지식인이 당신 보기에 거슬린다고 해서 꼭 뭔가 숨기는 게 있다는 뜻은 아니라고."

포는 대답할 말이 없었다. 플린이 옳았다. 샤플스는 모든 면에서 포를 자극했다.

"가자. 오늘은 여기까지 하자고." 플린이 말했다.

포는 원래 플린에게 칼라일에 있는 인도 식당에 가자고 하려고 했지만, 이제 그저 집에 가고 싶은 마음뿐이었다. 생각할 게 있었다. 그는 수사가 지지부진하다는 걸 알았다. 이멀레이션 맨은 너무 똑똑하고 체계적이어서 살인 수사 교과서를 철저히 따르는 방식으로는 잡을 수가 없었다. 그러나 살인 수사 교과서와 예측 가능한 수사 전략이 갬블과 플린에게는 전부였다.

그는 그것을 어떻게든 바꿔야 했다.

18

포가 허드윅 농장에 돌아가보니 브래드쇼는 컴퓨터에 몰두해 있었다. 에드거는 그녀 발치에 몸을 말고 누워 뚱뚱한 남자처럼 코를 골았다. 브래드쇼는 톨룬드 맨에 대해 아무것도 찾지 못했다. 포는 브래드쇼가 기꺼이 계속 일하리라 확신했지만, 그녀를 차로 호텔에 데려다주겠다고 고집했다. 함께 있는 게 자못 좋았지만 생각을 좀 해야 했다.

농장에 돌아온 뒤 포는 휘파람을 불어 에드거를 불러서 긴 산책에 나섰다. 그것은 머리를 비우는 데 가장 좋은 방법이었다.

그는 땀이 조금 날 때까지 힘차게 걷다가 페이스를 늦춰 몇 시간이고 걸을 수 있는 속도로 바꿨다. 아직 두 시간쯤 해가 더 남아 있을 것 같았다. 그는 바위투성이 노두에서 편편한 돌을 하나 발견하고 그 위에 앉았다. 주머니에서 돼지고기 파이를 꺼내 같은 크기의 두 조각으로 갈랐다. 그는 하나를 야금야금 먹으며 다른 하나를 에드거에게 주었다. 파이 반쪽이 눈 깜짝할 새 사라졌다.

그곳은 그가 잘 아는 장소였다. 생각하는 구역, 그는 그렇게 불렀다. 거기는 고원에서 두 경계 담장이 만나는 곳이었다. 서로 다른 두 장인이 각각의 돌담을 만들었다는 사실은 극명하게 다른 스타일로 알 수 있었다. 그래도 둘 다 인상적이고 아름다웠다.

그는 마주 보이는 담을 응시하면서 마음이 거기에 집중하도록 내버려두었다. 메쌓기 한 돌담―아무 접합제도 사용하지 않고 쌓은 담―은 기본적으로 크기가 큰 3차원 지그소 퍼즐이었다. 두 담이 있고, 그 사이의 틈을 작은 돌로 메워놓았다. 포는 그 두 담이 복잡한 살인 수사의 두 가지 측면과 닮았다고 생각했다.

한쪽에는 갬블과 플린이 있어서, 체계적으로 돌을 하나하나 쌓아 사건을 풀었다. 조심스럽고 세심하게. 그리고 반대편에는 포와 리드 같은 경찰들이 있었다. 더 본능적이고, 빈틈에 돌을 던져서 딱 맞을 때까지 이리저리 비틀어보는 사람들. 다양한 아이디어를 시도하는 이들. 그리고 포는 플린과 갬블이 쌓는 것 같은 담장이 없으면 자기 쪽 담장이 무너지리라는 것도 알았지만, 자기 쪽 담장이 없으면 어떤 사건은 결코 해결되지 못한다는 것도 알았다.

그리고 포가 비유를 너무 무리해서 적용한다는 걸 인정하기에 앞서 유사점이 한 가지 더 있었는데, 그것은 바로 '관석'이었다―양쪽 담을 관통하며 두 담을 이어주는 돌. 포가 찾는 것이 이 관석이었다. 양쪽 수사를 연결해주는 하나의 증거.

그는 소금 저장고에서 발견된 시신이 바로 그런 관석이라고 확신했다. 어떻게든 그걸 직접 볼 방법을 찾든지 아니면 샤플스를 정식으로 방문하도록 허가를 받든지 해야 했다.

그럴 수 없으면 샙에서 얻은 단서는 막다른 골목에 가로막힐 터였다. 선택할 길이 없으리라.

아니면…….

그 생각이 처음 떠오른 것은 플린과 함께 칼라일에서 차를 몰고 돌아올 때였다. 거짓말하는 증인과 고지식한 보스 탓에 눈앞이 벌게질 만큼 분노가 치민 상태에서는 그것이 논리적인 일인 것처럼 보였다. 시원한 저녁 공기를 들이쉬고 있는 지금은 그것이 논리적인 일과는 정반대로 보였다.

포가 알기로, 자신이 증거가 이끄는 곳이라면 어디든 따라가기로 유명해진 까닭이 도덕적 우월감 때문이라고 생각하는 사람들이 있었다. 다른 경찰, 포 자신보다 못한 경찰들이 도달할 수 없는 더 순수한 진실을 자기라도 추구해야 한다고 느끼기 때문이라고 생각하는 이들. 실상은 단순했다. 그는 자기가 옳다고 느끼면 자기 파괴적인 성향에 지배되고 마는 것이었다. 그 때문에 그의 어깨에 앉은 악마의 고함 소리에 천사의 목소리가 들리지 않을 때가 많았다. 그리고 지금 이 순간 천사는 한마디 할 기회조차 잡지 못했다…….

포의 얼굴이 돌처럼 굳었다. 그가 하지 않는다면 누가 하겠는가? 때로는 누군가가 나서야 했다. 다른 사람들이 하지 않아도 되도록 불쾌한 일을 맡아야 했다.

그는 주머니에 손을 넣어 휴대전화 신호가 잡히는지 확인한 뒤 번호를 눌렀다. 리드는 신호가 세 번 울리자 전화를 받았다.

"킬리언, 부탁이 하나 있는데, 아무한테도 말하면 안 되는 일이야."

19

포는 허드윅 농장으로 돌아왔다. 파이를 하나 더 꺼내 에드거와 똑같이 나눠 먹은 다음 앉아서 기다렸다. 오래 걸리지 않았다. 반 시간 뒤 리드가 그에게 전화했다. 리드는 포가 필요하다고 한 정보가 자기한테 있다고 했고, 포는 그게 왜 필요한지 말했다. 그는 메모를 한 다음 고맙다고 하고 전화를 끊었다.

블랙베리를 켠 채로 그는 화면을 내려 밴 질 부장 번호를 찾았다. 몇 가지 시나리오를 놓고 가늠해보다가, 그냥 사실대로 말하는 쪽을 택했다.

밴 질은 첫 신호에 전화를 받았고 포는 자기가 뭘 바라는지 이야기했다. 부장은 아마추어 연극에 시간을 낭비하지 않았다. 그는 노회한 남자였고 여전히 훌륭한 경찰이었다. 부장은 포에게 몇 가지 탐색하는 질문을 던졌고 포는 최대한 정직하게 대답했다.

밴 질은 질문을 마치더니 입을 다물었다. 잠시 후 말했다. "확실한가, 포?"

"아닙니다."

밴 질이 신음 소리를 냈다. "하지만 자네로서는 최대한 확실한 거겠지?"

포는 얼마나 확신했나? 그것은 근거가 있는 추측인가, 아니면 달리 방법이 없는 자가 마지막 몸부림으로 시도하는 것인가? 그는 자기가 아는 바를 마음속으로 검토했다.

"포……." 밴 질이 으르렁댔다.

"부장님, 저로서는 이보다 확신할 수가 없습니다." 그가 마침내 말했다.

"다른 방법도 없고?"

"그렇다고 생각합니다."

"좋네." 부장이 한숨을 쉬었다. "자네한테 있는 걸 보내게."

"열두 쪽짜리 양식입니다. 내용을 채워서 이메일로 보내겠습니다."

"지금 집인 거 맞나?"

"맞습니다."

"자네가 와이파이 쓰려고 그 무슨 호텔인지에 도착할 때쯤에는 이미 30분을 허비한 게 되잖나. 최대한 서두르고 싶은 거 아닌가?" 밴 질이 말했다.

포는 통화하는 중인데도 고개를 끄덕였다. "그렇습니다, 부장님."

"그럼 내가 채우지. 어차피 내 서명이 필요하고, 자네가 이 일이 특급으로 처리되기를 바란다면 나도 적임자들을 잠자리에서 깨우는 데 그 30분이 필요할 테니."

"저는 뭘 하면 됩니까, 부장님."

"잠이나 좀 자게, 포. 추가 정보가 필요하면 내가 전화하지. 필요한 게 없다면 팩스로 호텔 쪽에 사본이 도착할 거네."

전화를 끊고 나서야 포는 밴 질 부장이 플린 이름을 한 번도 입에 올리지 않았다는 사실을 깨달았다.

포는 기뻤다. 거짓말하지 않아도 됐기에.

그리고 비록 까다로운 일이 될 테지만 모든 게 그의 뜻대로 흘러간다면 아무도 이 일을 모르고 지나갈 수 있을지도 몰랐다.

두 시간이 지났는데 포는 아직 아무 소식도 못 들었다. 그는 호텔에 가서 기다리기로 했다. 배 속에 초조한 기운이 가득해서 읽고 있는 소설이 눈에 들어오지 않았다. 잠은 도저히 무리였다.

그는 그렇게 일찍 팩스가 오리라 기대하지 않았지만 브래드쇼가 아직 깨 있는지 확인할 수는 있을 터였다. 깨어 있다면 샤플스의 먼지를 기꺼이 털어보려고 할지도 몰랐다. 포는 그 얼간이를 아직 놔줄 마음이 없었다.

그는 코트를 걸치고 에드거에게 말했다. "틸리 만나러 갈래?"

에드거의 꼬리가 흔들리기 시작했다. 가고 싶은 모양이었다.

ㅇ ㅇ ㅇ

포는 접수대 여직원에게 자기 앞으로 팩스가 올 거라고 했다. 그러고는 브래드쇼 방에 전화해달라고 했다. 브래드쇼는 전화를 받지 않았다. 포는 사무실 시계를 확인했다. 10시여서 그는 브래드쇼가 전화기를 내려놓고 잔다고 생각했다. 그가 불면증이라고 다들 그렇다는 뜻은 아니니까.

포가 커피를 좀 달라고 구걸하려고 하는데 호텔 바텐더 대런이 데스크로 뛰어왔다.

"당직 매니저 어디 있어요?" 그가 물었다.

"배스 하우스에서 손님들 상대하고 있어요. 왜요?" 접수대 여직원이 말했다.

올드 배스 하우스는 딱 이름 그대로였다. 목욕탕. 호텔 앞쪽에 따로 지은 건물이었는데, 요즘은 좀 더 조용히 지내고 싶어 하는 손님들이 이용했다.

대런은 동요한 듯 보였다.

"왜 그래요?" 여직원이 물었다.

"바에 문제가 좀 있어요."

포는 이제 지역 경찰에 소속되어 있지 않았지만 마음속으로는 아직 경찰이었다.

"안내해요." 포가 말했다. 그것은 토론을 허락하지 않는 어조였다. 그는 바텐더를 따라 메인 바가 있는 곳으로 갔다. 바는 옛날식으로 조금 낡았고, 노동자 클럽과 비슷한 분위기에 손님층도 뒤죽박죽이었다. 포는 호텔에서 술을 마실 때면 접수대 왼편에 있는 작은 바를 이용했다. 메인 바는 무료 와이파이가 필요할 때만 갔다.

"제가 그 아가씨 좀 내버려두라고 했는데요, 그 인간들이 저더러 '좆 까'라는 거예요." 대런이 말했다.

포는 대런이 가리키는 쪽을 보았다. 호흡이 빨라졌다. 포 안에 있는 짐승이 꿈틀거렸다. *브래드쇼가 이제 막 껍질에서 나오려고 하는데……*.

브래드쇼는 창가 자리에 앉아 노트북으로 게임을 하려는 중이었다. 포는 그녀가 다른 플레이어들과 소통할 때 쓰던 헤드폰을 알아보았다. 세 남자가 그녀를 둘러싸고 있었다. 그들은 명찰을 달고 있었다. 포는 콘퍼런스 참가자들을 혐오했다. 그들은 집에서 멀어지기가 무섭게 이제 자기에게는 사회의 규율이 적용되지 않는다고 생각하는 듯했고, 이 어릿광대들은 종일 술을 들이마신 게 틀림없었다. 포가 지켜보는 가운데 셋 중 한 남자가 브래드쇼 머리에서 헤드폰을 들더니 귀에 대고 뭐라고 속삭였다.

"하지 마요!" 브래드쇼가 말하며 헤드폰을 채 갔다. 노트북을 응시하는 그녀의 눈이 휘둥그레졌다. 헤드폰을 벗긴 남자가 같은 짓을 반복했다. 브래드쇼가 다시 빼앗았다. 세 남자 모두 껄껄 웃었다.

또 다른 남자가 브래드쇼의 입에 라거 맥주 한 병을 들이대며 좀 마셔보라고 부추겼다. 브래드쇼가 고개를 흔들자 맥주가 티셔츠를 타고 흘러내렸다. 남자들이 다시 웃음을 터뜨렸다.

"경찰을 부를까요, 포 씨?"

"내가 알아서 할게요, 대련."

그는 다가갔다. 세 남자 중 하나가 그를 알아챘다. 남자가 다른 둘에게 뭐라고 소곤댔고, 나머지 둘이 그를 보았다. 세 남자는 마치 어머니 팬티를 입고 있다가 들킨 것 같은 모습이었다. 브래드쇼는 작고 연약해 보였지만…… 강단이 있었다. 울지도 않았고 도와달라고 비명을 지르지도 않았다. 그들에게 맞서고 있었다.

"무슨 일입니까, 형씨들?" 포가 물었다. 목소리는 차분했지만 그의 의도는 명명백백했다. 브래드쇼가 그를 봤을 때, 포는 그녀의 얼굴에 번진 안심하는 표정이 평생 마음에 남으리라는 것을 알았다.

브래드쇼의 헤드폰을 벗기려고 하던 남자가 말했다. "그냥 여기 있는 미시즈 마우스랑 재미 좀 보는 거지." 남자는 남부 억양을 구사했고 발음을 뭉개며 말했다.

포는 그를 무시했다. "괜찮아요, 틸리?"

그녀는 끄덕였다. 얼굴은 평소보다 더 창백했지만 꿋꿋이 버티고 있었다. 배짱이 있다는 것, 포도 그건 인정했다. 그가 아는 경찰들 중에도 이쯤이면 무너졌을 이가 하나둘이 아니었다.

"틸리? 이 젓가락 같은 놈은 네 이름을 아는데 어째서 나 칼한테는 이름을 말해주지 않은 거야? 이러면 꼭 네가 이 몸을 좋아하지 않는 것 같잖아. 난 사람들이 날 좋아하지 않는 게 싫단 말이야." 취객이 말했다.

하느님 맙소사……

"가서 바 옆에서 기다리지 그래요, 틸리? 바로 갈게요." 포가 말했다.

브래드쇼는 일어서려고 했지만 자신을 칼이라고 한 남자가 그녀 어깨에 손을 얹더니 눌러 앉혔다. "가긴 어딜 가, 자기."

포의 내면에 있는 짐승이 일어섰다. 주먹으로 으드득거리는 소리를 내고 어깨를 빙글빙글 돌렸다……. 그는 NCA 신분증을 제시하면 상황이 더 악화되지 않게 할 수 있다는 사실을 알았다. 또 자신이 그렇게 하지 않으리라는 것도 알았다. 육체적으로 전달해야만 하는 교훈도 있는 법이었다. "걱정 마요, 틸리. 이 사람들 금방 갈 거니까."

"우리가?" 칼이 말했다. 그는 키와 덩치를 강조하려고 일어났다. 그는 포가 자신을 위아래로 재보자 씩 웃었다.

"후딱 꺼지지 그러냐, 좆만아? 난 이 불감증 년이 뱉을지 삼킬지 알아내기 전에는 안 갈 거거든." 그는 빈 병의 목 부분을 잡더니 병을 들었다. 명백한 위협이었다.

포는 고개를 돌려 그를 봤지만 세 남자 모두에게 말했다. "술잔 내려놓고, 지금 가. 절대 돌아오지 말고." 낮게 으르렁대는 목소리였다.

비교적 술이 덜 취한 남자가 — 명찰에 '팀 리더'라고 쓰인 것이 포 눈에 보였다 — "자자, 가자" 하고 말했다. 포는 취한 친구들은 못 느꼈더라도 이 남자는 위기를 알아봤다는 것을 알았다.

"앉아!" 칼이 식식거렸다. "우린 아무 데도 안 가. 이 북쪽 원숭이한테 따끔한 맛을 보여줄 거니까."

포가 예의 바르게 웃었다.

"야, 이 씹새야, 너 진짜 구역질 나거든. 씨발 꺼져라."

포는 계속 아무 말도 하지 않았다. 웃기만 했다.

칼은 이제 이마에 땀이 방울방울 솟았다.

"이게 마지막 기회야. 물러나라고." 칼이 말했다.

마지막 기회라고? 첫 기회는 어떻게 된 건데?

"다섯까지 센다. 그때까지 사라져." 포가 말했다.

"칼!" 친구들 중 하나가 말했다. "가자니까!"

칼은 이미 돌아올 수 없는 곳까지 가버렸다. "다섯까지 세면 어떻게 되는데?"

"하나." 포가 말했다.

"나 똥 나오네." 칼이 조롱했다.

"나도 알아. 둘." 포가 말했다.

칼 같은 남자에게 대안 따위는 거의 없었다.

포가 말했다. "셋…… 넷……."

칼의 이마에 주름이 잡혔다. 포가 그를 구석으로 몬 것이다. 칼은 싸울 것이다.

좋아.

포는 키와 몸무게는 밀렸을지 모르지만 컴브리아 경찰로 일한 세월이 거의 10년이었다. 시궁창 싸움도 수월했고, 누가 자기를 술병으로 치겠다고 위협할 때 어떻게 대처해야 하는지도 알았다. 근육이 머리보다 빠르게 움직이더니 포가 칼의 손을 쥐었다. 칼은 손을 더 움켜쥐었다.

뼈아픈 실수였다.

포는 그에게서 무기를 뺏으려고 한 것이 아니었다. 오히려 그가 그걸 붙잡고 있기를 바랐다. 그는 칼의 손을 들어 탁자에 쾅 내리쳤다.

병이 산산이 부서졌다.

유리 조각들이 탁자에 흩어져 날아갔다. 브래드쇼가 노트북을 들어 치운 것 말고는 아무도 움직이지 않았다. 바에 남은 몇 안 되는 사람들이 그쪽을 쳐다보았다. 포가 그들을 쏘아보자 그들은 마시던 술로 주의를 되돌렸다.

포는 계속 칼의 손을 쥐고 있었다. 칼은 떨기 시작했다. 술기운으로 일어난 격노의 표정이 극심한 통증에 시달리는 표정으로 바뀌었다. 얼굴이 백지장이 되었다. 훌쩍이기 시작했다.

병을 깨서 무기로 사용하는 건 영화에서처럼 되지 않는다. 탁자에 깨뜨렸는데 목 부분은 쥐기 편한 모양이 되고 누군가를 찌르려는 부분은 날카로운 모양이 되는 일은 현실에서 일어나지 않는다. 칼이 방금 알게 되었듯이 유리는 쉽게 깨지고 예측이 안 된다. 그게 산산조각이 날 때는 얼마나 깨지게 만들지를 전혀 통제할 수가 없다. 칼은 아까까지 치명적인 무기를 쥐고 있었으나, 이제는 면도날처럼 날카로운 유리 조각들을 쥐고 있었다. 손가락 사이로 피가 뿜어 나왔다.

포가 손을 꽉 쥐었다.

칼이 비명을 질렀다.

포는 실제로 영구 손상의 위험이 있다는 것을 알았지만 상관하지 않았다. 칼 같은 남자와는 주먹을 주고받는 게 아니었다. 그리고 그런 남자에게는 보복을 하면 불균형하게, 인생이 바뀔 정도의 대가가 되돌아갈 거라는 점을 이해시켜야 했다.

포가 손을 내리눌렀다. 칼이 총에 맞은 듯 털썩 무릎을 꿇었다. 다시 비명을 질렀다. 포가 빈손으로 신분증을 꺼내 획 뒤집어 보였다.

"안녕들 하신가, 여러분. 나는 포 경사라고 하고, 여러분이 방금 폭행한 여성은 내 친구야. 우리는 둘 다 국가범죄수사국에서 일하지. 자, 이제 세 분이 깊은 똥통에 빠졌다는 걸 알겠습니까?"

셋 중 가장 덜 취한 남자가 끄덕였다.

포가 목을 빼고 그의 명찰을 읽었다. "MWC 컴퓨터 엔지니어링? 들어본 적이 없는데—"

"우리 회사는—"

"1부까지만 해, 얼간이. 여기 칼이 그 손 다시 쓰려면 당장 병원에 가야 할 거야. 아침 돼서 다들 술 깬 다음 가지 말고."

고요함을 깬 것은 칼이 훌쩍거리는 소리였다.

"자, 제발 이 호텔에서 꺼져."

포는 칼의 다친 손을 잡고 이끌어 그들을 접수대까지 데리고 갔다. 덜 취한 남자가 계단 쪽으로 방향을 틀었다. "지금 어디 가는 거지?" 포가 물었다.

"가방 가지러 가는데요."

"어딜. 내가 꺼지라고 했지. 그건 내키는 때가 아니라 당장 가라는 말이야."

"하지만 장비는요. 위에 컴퓨터가 있는데……." 그는 포가 노려보자 말을 흐렸다.

포가 접수대 여직원을 불렀다. "조이, 이 신사분들한테 택시 좀 불러줄래요? 기사한테 호텔까지 데리러 올 필요는 없다고 해요. 이 멍청이들이 A6 도로에서 기다릴 거라고. 이 사람들 신선한 공기 좀 필요한 것 같으니."

그는 세 남자에게 돌아섰다. "택시가 댁들을 병원까지 데려다줄 거야. 나라면 바로 움직여. 주요 도로까지 적어도 1.5킬로미터는 되니까."

포가 칼의 손을 놓아주자, 세 남자는 비틀거리며 주차장으로 걸어
갔다. "가기 전에, 돈은 얼마나 있지?" 그가 물었다.

"돈도 뺏으려고요?" 덜 취한 남자가 물었다.

포가 말했다. "칼의 피가 카펫에 묻었잖아. 호텔에서 지불할 일은
아니라고 보는데. 안 그래?"

브래드쇼는 아직 바에 있었다. 떨고 있었지만 포가 걸어 들어가자
웃었다. 브래드쇼는 에드거를 쓰다듬고 있었는데, 녀석은 처음부터
끝까지 조용히 있었다. 포가 음료를 주문했다. 바텐더가 돈을 받지 않
으려고 했다.

"괜찮아요, 틸리? 그런 꼴 보여서 미안하네요."

"왜 계속 날 구해주는 거예요, 포? 벌써 두 번째잖아요."

포가 소리 내 웃었다. 브래드쇼는 웃지 않았다. 진심이었다.

"그 정도는 아니죠. 그리고 어차피 난 남들 괴롭히는 놈들은 참을
수가 없어서요."

"아―" 브래드쇼가 말했다. 그녀는 좀 풀이 죽은 듯했다.

"그리고 알잖아요, 틸리, 우리 출발이 그리 매끄럽진 않았지만 당
신은 내 친구라고요. 그건 알죠?"

브래드쇼는 대답하지 않았고, 포는 잠시 말을 잘못했다고 생각했
다. 눈물 한 방울이 틸리의 얼굴에 흘러내렸다.

"틸리―"

"나 한 번도 친구가 없었어요." 틸리가 말했다.

포는 할 말을 도무지 생각해낼 수가 없어서 이렇게 말하고 말았다. "음, 그럼 이젠 있네요."

"고마워요, 포."

"아무튼 이제 다음에는 당신이 날 구할 차례예요."

"그럴게요." 그녀가 인상을 썼다. "뱉거나 삼킨다는 거, 뭘 그런다는 거죠, 포? 그 남자 뭐라고 한 거예요?"

포를 구한 것은 접수대 직원이었다. 그녀는 종이 한 묶음을 가지고 호텔 바로 다가왔다. 포가 눈썹을 치켜올리자 직원은 고개를 끄덕였다.

팩스가 도착한 것이었다. 그는 겉장을 읽었다.

무슨 까닭에서인지 그 일은 5시 18분에 진행할 예정이었지만, 준비 작업은 앞으로 몇 시간 뒤에 시작될 것이었다. 그는 거기에 있을 필요는 없었지만 가보고 싶었다.

"나 좀 갈 데가 있어요, 틸리." 그가 일어섰다. 프랜시스 샤플스를 파보라고 부탁하려던 생각이 싹 지워져버렸다. "괜찮겠어요?"

"그래요, 포."

그는 잠시 말이 없었다. "그 바보 자식들은 잊어버려요, 틸리. 당신이 아니었으면 다른 누군가가 당했을 테니까. 이렇게 생각해요. 당신은 NCA 직원이에요. 아닌 사람이 당했다면 어떻게 됐을지 상상해봐요. 유리컵에 물이 반 담긴 얘기처럼 보는 거예요."

브래드쇼는 안경을 벗더니 가방에 챙겨둔 특수한 천으로 안경을 닦았다. 안경을 다시 쓴 그녀는 머리카락을 귀 뒤로 넘기더니 말했다.

"컵은 반이 차 있는 게 아니에요, 포. 반이 빈 것도 아니고요."

"그럼 뭔데요?"

틸리가 씩 웃었다. "필요한 것보다 두 배 큰 거예요."

그녀는 괜찮으리라.

20

파크사이드는 구역 의회가 켄들 지역에서 운영하는 두 공동묘지 중 하나였다. 포는 거기서 열리는 장례식에 참석한 일이 있어서 길 안내가 필요하지 않았다. 그곳은 광대해서 파크사이드로路의 양편까지 확장되어 있었을 뿐 아니라 종교와 종파에 따라 구획되어 있었다.

포는 K구획으로 가야 했다. 그곳은 예배당과 주차장에서 가장 멀었다. 멀지 않을 까닭이 무엇이겠는가? 아무도 찾아가지 않는 곳인데.

무덤 찾기는 포가 상상한 것보다 까다로웠다. 구름이 깔린 덕분에 주변 온도는 포근했으나 묘지를 뒤덮은 담요 같은 어둠은 더욱 짙어졌다. 감각이 사라져 포는 제대로 된 손전등을 가져오는 선견지명을 발휘하지 못한 자신에게 욕을 퍼부었다. 자동차에 손전등이 하나 있기는 했지만 그것은 닳아버린 배터리를 담는 튜브나 다를 바 없었다. 블랙베리의 손전등 기능으로는 어둠에 흠 하나 내지 못했다.

30분 동안 비틀비틀하며 노출된 나무뿌리에 걸리고 거미줄을 뚫고 지나가다가, 그는 드디어 K구획을 발견했다. 몇몇 구획은 듬성듬성한 숲에 있었지만 K구획은 좀 더 개방된 자리에 있었다.

그는 묘비를 읽기 시작했다. 그곳은 오래된 구획이었고 무덤도 대부분은 단순한 기념비였다. 풍화된 돌에 흐릿해진 글자가 전부였다.

이름, 날짜, 소박한 애정 표현. 가끔 군 계급도 새겨져 있었다. 어떤 것은 깨끗했으나 어떤 것은 초록으로 얼룩덜룩했다. 대여섯 개는 아예 이끼로 싹 덮여 있었다. 몇몇 오래된 것들은 서로 비스듬히 기울어져 오랜 친구처럼 보이기도 했다. 그는 몸을 떨었다. 어떤 장소가 어떻게 그토록 가득 차 있으면서도 동시에 텅 비어 있을 수 있을까?

그는 마침내 발견했다. 그것은 아까는 알아채지 못한 작은 구역에, K구획 끄트머리에 있었다. 능처럼 커다란 묘 옆에 있어서 보이지 않던 것이었다. 그가 아까 지나친 이유는 그곳 무덤에 묘비가 하나도 없기 때문이었다.

그 구역은 단풍나무에 살짝 가려져 있었다. 포가 내려다보니 나무 명판 일곱 개가 단정하게 늘어서 있었다. 포는 이것이 자기가 찾던 것이라는 사실을 알았다.

논리를 따르자면―그리고 K구획의 이 구역에서는 아마 논리가 실제로 어떤 역할을 했을 것이다―늘어선 줄의 끝에서 시작해야 할 터였다. 그는 뒤집은 지 얼마 안 된 흙냄새를 맡을 수 있었고, 명판의 오른쪽 가장자리에 불빛을 비추자 그가 찾던 게 드러났다.

명판에는 그저 '신원 미상의 남성'이라고만 되어 있었다. 매장 일자는 더 작은 글씨로, 리드가 말해준 숫자와 일치하는 여덟 자리 참조번호와 나란히 기록되어 있었다. 그 숫자는 밴 질이 팩스로 보낸 문서에도 있었다.

포는 물러나서 주변을 둘러보았다. 그는 자기가 뭘 찾는지 알지 못했고 뭔가 이상한 점도 찾지 못했다. 의회 작업반이 도착하기 전에 먼저 그곳에 가려고 한 이유 중 하나도 그것이었다. 그곳이 훼손되고 짓밟히기 전에 봐두고 싶어서. 누군가 건드리지는 않았는지 보려고. 건드린 것처럼 보이지는 않았다. 톨룬드 맨의 무덤은 새것이었지만 아주 새것은 아니었다.

뭔가 발견한다면 땅 아래 있을 터였다.

그는 앉아서 기다렸다. 손목시계를 확인했다. 머지않았다.

환경보건과 조사관은 프레야 애클리라고 했다. 애클리는 적갈색 머리칼이 부스스한 여성으로 뉴캐슬 말씨를 썼다. 누군가가 먼저 거기 나와 있다는 데 안심하는 듯 보였다. "포 경사님?"

포가 신분증을 제시했다. "서커스 시작하기 전에 할 일이 있으시죠?"

애클리가 끄덕였다. "원래 점검하는 데 닷새가 필요하거든요. 사우스 레이크랜드 구역 의회의 환경보건 과장님이 두 시간 전에 저를 깨우시더니, 법무부 쪽에 급박한 일이 있다고 하시더군요."

그녀는 불평하는 게 아니라 긴장한 것이었다. 포는 이것이 그녀가 집행하는 첫 시신 발굴이라는 것을 알 수 있었다. 애클리는 배낭에서 커다란 파일을 하나 꺼내더니 요약 페이지를 폈다.

"무덤을 찾아야 하는데요." 그녀가 말했다.

"저쪽입니다. 끝에 있는 새 무덤요." 포가 가리켰다.

애클리는 파일의 안주머니에서 서류를 하나 꺼냈다. 포가 가지고 있는 것과 같은 서류였다. 그녀는 무덤으로 가서 나무 명패에 손전등을 비췄다. 세 번 확인하더니 포에게 오라고 했다.

"이것이 시신 발굴 명령에 기입된 것과 같은 무덤이라는 걸 확인했습니다."

"저도요." 포가 말했다.

"그러면 발굴의 이유가 뭔지 확인해 주시겠어요?"

포는 들고 있는 팩스의 내용을 읽었다. "진행 중인 중범죄 수사를 보조하기 위해서입니다."

"긴급으로 진행하는 이유는요?"

앞서와 같은 이유였다. 포는 다시 읽었다. 애클리가 빤히 쳐다봤지만 포는 더 설명하지 않았다.

애클리는 서류로 주의를 되돌렸다. "시신이 신원 미상이기 때문에 허가를 구할 가족이 없고, 공동묘지의 이 구획이 축성된 땅도 아니고 등록된 전몰장병 묘도 아니라는 점을 확인하는 바입니다. 다른 유해를 방해하지 않고 시신을 발굴할 수 있고, 묘지 관리 당국에서도 반대하지 않는다는 점 또한 확인하는 바입니다."

"이제 시작해도 되나요?"

"그래요, 포 경사님. 저희 쪽 사람들이 곧 올 거예요. 5시 18분에 시작할 거예요."

포가 어리둥절해하며 그녀를 보았다. 아까도 발굴 명령 시간이 묘하다고 생각한 터였다.

"공식 일출 시간이거든요. 낮에 하면 특수 조명이 필요하지 않죠. 그 얘기는 보건안전 쪽에서 발전기와, 조명 장비, 케이블을 인증하지 않아도 된다는 뜻이고요. 서류 작업도 줄어들고 여기 참석해야 할 사람도 줄어들죠."

　요식 체계를 싫어하는 의회 직원이라? 포는 프레야 애클리가 마음
에 들었다.

21

4시 반이 되자 사토장이들이 도착했다. 세 명이었다. 그들은 일할 채비가 되어 있었다. 그들은 옆 무덤에서 고인에게 바치는 꽃을 치우고, 파란색 플라스틱 스크린을 세워 그곳이 보이지 않게 차단했다. 준비가 끝나자 그들은 사라졌다가 모두가 입을 보호복을 가지고 돌아왔다. 사람이 더 오지는 않을 예정이었다. 부검이 철저하게 실시된 상황이었기에 포는 범죄 현장 조사관이 필요하지도 않았고 그가 오기를 바라지도 않았다. 이것은 모두 그의 호기심을 만족시키기 위한 일이었다. 뭔가 정상이 아닌 부분을 발견하면 그는 작업을 중단하고 플린에게 전화할 작정이었다.

시신 발굴 명령은 유해를 오로지 무덤에서 조사할 권한만 부여하기에, 사토장이 중 두 사람이 톨룬드 맨의 새 관을 가지러 갔다. 이 커다란 상자를 '껍데기'라고 불렀다. 이것은 나무로 만들어 안쪽에 타르 칠을 했다. 아연 도금을 하고 밀봉용 플라스틱 막도 깔았다. 톨룬드 맨의 유해, 그가 있는 관, 기타 무덤에서 발견한 모든 것이 이 '껍데기' 안에 들어가서 봉인된 다음, 원래의 무덤에 다시 매장될 것이었다.

애클리는 '껍데기'를 승인하는 역할을 맡았다. 이것은 통상 닷새라는 할당 기간에 시행하는 일이었다. 애클리는 뚜껑에 붙은 새 명패가 무덤에 있는 이름, 시신 발굴 명령서에 있는 이름과 동일한지 점검했다. 포에게도 다시 확인하라고 했다. 그는 확인했다. 이름은 일치했다.

이제 준비가 되었다. 일출까지 기다리기만 하면 됐다. 애클리는 기다리는 동안 알려야 할 내용을 전달했다. 환경보건과 조사관으로서 그녀는 고인을 존중하면서 작업하도록 감독해야 했다. 그보다 더 중요하게는 발굴하는 동안 공공 보건을 확보해야 했다. 애클리는 포와 사토장이들에게 인간 유해와 그 주변의 흙 때문에 감염될 위험이 있다는 점을 설명했다. 크로이츠펠트-야콥병, 파상풍, 심지어 천연두도 전염될 소지가 있고 매장 후에도 그 균이 살아남을 수 있었다. 애클리는 준비한 메모를 보고 읽고 있었고, 포는 비행기의 안전 수칙 안내를 들을 때만큼만 주의를 기울였다. 톨룬드 맨은 소금에 수십 년간 묻혀 있었고 검사와 부검까지 마쳤다. 위험은 없었다. 포는 톨룬드 맨이 부패하기 시작할 정도로 땅에 오래 묻혀 있었다고는 생각하지 않았다.

포는 손목시계를 흘끗 보았다. 공식적으로 이제 오전이었다. 5시 18분이 되었다. 그는 눈을 감고 마음을 가라앉히려 했다. 익일 신문 표제에 '전직 경찰 도굴꾼으로 전락'이라고 실리는 장면을 상상하지 않으려고 했다.

바로 그 시점에 누군가 몸을 가까이 기울이더니 그의 귀에 대고 으르렁거렸다. "지금 씨팔 뭐 하자는 거야, 포?"

포의 눈이 휙 떠졌다. 플린이 그를 노려보고 있었다. 그는 플린이 그렇게 화가 난 모습을 처음 봤다.

그는 뭐라고 말하려고 했지만 플린이 말을 잘랐다.

"어떻게 감히!"

"스테프, 내 얘기—"

"닥쳐, 포. 그 좆같은 아가리 닥치라고." 그녀가 쏘아붙였다.

포는 말을 듣지 않았다. "어젯밤에 밴 질 부장이랑 얘기했어. 부장이 인가했고, 관련된 사람들 모두에게 서두르라고 지시했어. 미안한데, 그렇게 됐어."

"날 건너뛰고 위로 가?" 낮은 목소리였다.

포가 어깨를 으쓱했다. "그건 아니지."

"그럼 뭔데?"

포는 대답할 말이 없었지만 따분하고 진부한 말로 숨을 생각도 없었다. 그도 역할이 뒤바뀌었더라면 격분했을 테지만, 이멀레이션 맨이 누군가의 가슴에 새긴 것은 그녀의 이름이 아니었다. 그는 시시콜콜한 절차상의 일들에 굽실거릴 형편이 아니었다. "놈이 조롱하는 건 나야, 스테프. 당신도 아니고, 갬블도 아니라고. 게다가 당신도 내가 어떤 사람인지 알고, 밴 질이 애초에 날 끌어들인 이유도 알잖아. 나는 증거가 이끄는 대로 가니까. 그리고 증거가 날 여기로 이끌었어."

"개소리 마, 포." 플린이 낮게 으르렁댔다. "그건 이분법적인 생각이고 당신한테 안 어울려. 그렇게 단순한 게 아니라고. 일을 처리하는 데는 옳은 방법이 있고 틀린 방법이 있는데, 이건 완전히 글러먹은 방법이야. NCA가 일언반구 말도 없이 자기 수사와 연관된 시신을 발굴했다는 사실을 알면 갬블 총경이 뭐라고 하겠어? 길길이 날뛸걸."

"나를 탓해." 포가 대답했다.

"나를……. 그럼 썅, 당신 말고 누굴 탓하겠어?"

타당한 지적이다. 페이턴 윌리엄스 사건 때와 똑같은 상황이었다. 그는 옳을 때조차 틀렸다. 그는 발굴 명령서 사본을 플린에게 건넸다.

"밴 질 부장이 내 수사에서 나를 배제하자는 걸 괜찮다고 했다는 거야?" 플린은 다소나마 마음이 누그러진 듯했다. 아마도 그녀 마음에 들든 안 들든 시신을 발굴하리라는 것을 알았기 때문이었으리라. 직업적 호기심이 격분한 마음을 무마하고 있었다.

"솔직히, 스테프, 난 부장이 알았다고는 생각 안 해. 내 생각에 부장은 내가 당신 지시에 따라 움직였다고 가정했을 거야." 포는 전혀 그렇게 생각하지 않았다. 밴 질은 똑똑하고 실용적인 사람이었다. 그가 플린을 언급하지 않았다면 그건 언급하고 싶지 않았기 때문이다. 그는 포가 거짓말하는 것을 듣고 싶지 않았던 것이다. 부장은 그가 제멋대로 굴고 있다는 것을 거의 확실히 알았을 테고 아마도 포가 스스로 무덤을 파지 않았다는 데 기뻐했을 터였다. 하지만 명령 체계를 너무 전복하고 싶지도 않았다. 그랬다가는 파문이 일어날 테니. 시신이 다시 매장되고 나면 플린의 편에 서야 할 것이었다. "부장이 전화한 거지?"

플린이 끄덕였다. "날 밝자마자. 내 시신 발굴 명령이 접수대에 있다는 거야. 내가 얼마나 놀랐을지 상상이 가겠지."

포는 상상이 갔다. 그는 거의 웃음이 나올 뻔했지만 억눌렀다. 지금은 회유할 때가 아니었다. 플린은 그에게 화난 상태로 좀 더 있어야 했다.

플린이 말했다. "저기, 포, 이 일 다 끝나고 나면 아마 당신이 다시 책임자가 될지 몰라. 실제로 그렇게 되면 그것도 괜찮아. 난 기꺼이 다시 당신의 경사가 될 거야. 하지만 그때까지는 제발 좀 부탁인데, 내가 그랬듯이 날 좀 존중해주면 안 돼?"

플린은 정말 그렇게 생각하고 있었던 것인가. 포가 그녀를 존중하지 않아서 곧장 위로 갔다고? 예전 부하에게 보고하기가 어려워서? 그는 그게 아니기를 바랐다. 그것이 진실과는 너무도 멀리 떨어져 있었기에. 플린은 형편없는 경사였지만 훌륭한 경위로 탈바꿈하고 있었다. 그가 이제까지 만난 보스 중 최고가 될 잠재력이 있었다. 그녀가 화를 내는 것도 당연했다.

그는 이런 말을 플린에게 했고 플린의 얼굴이 빨개지자 기분이 좋았다. "이건 전부 내 책임이야, 스테프. 갬블이 알게 되면 내가 두 손 들고 항복할 거야. 당신은 상관없다고 할 거라고."

"집어치워, 포." 플린이 한숨을 쉬었다. "우린 망할 놈의 한배에 탄 거야." 그녀는 손목시계를 봤다. "가자. 시간 됐어."

땅은 부드럽고 축축했고 사토장이들은 힘도 안 들이고 일하는 듯 보였다. 기다란 삽을 들고 빠르고 효율적으로 움직이며 흙을 퍼냈다. 포는 무덤이 얼마나 깊은지 아는 바가 없었다. '2미터 아래'라는 생각이 퍼뜩 떠올랐지만, 그게 관의 윗면부터인지 아랫면부터인지 아니면 현대의 묘지 규정과는 아무 관련도 없는 문구일 뿐인지조차 몰랐다. 일꾼들은 10분간 땅을 파더니 삽을 던져버렸고 한 명이 땅속으로 들어가 남은 흙을 손으로 치웠다. 얼마 후 나무가 드러났다. 애초에 관을 내리는 데 썼던 질긴 끈은 젖고 지저분했지만 여전히 상태가 좋았다. 아직 땅속에 그리 오래 묻혀 있질 않았기 때문이었다. 일꾼은 끈을 위쪽의 동료들에게 전했다. 기존의 끈이 쓰는 데 아무 문제도 없는데 새 끈을 묶을 필요는 없었다.

"저걸 들어서 껍데기에 직접 넣을 겁니다, 포 경사님. 거기서 관 뚜껑을 열고 내용물을 검사하시면 됩니다. 다 마치고 나면 저희가 무덤을 좀 더 넓게 파서 다시 매장할 겁니다." 애클리가 말했다.

관 위의 흙을 정리하고 끈을 찾은 일꾼이 동료의 손을 잡고 무덤 밖으로 나오려 했다. 그때 끈 한쪽에 그의 다리가 걸렸다. 그는 미끄러지더니 관 옆면에 쿵 하고 부딪혔다.

뚜껑이 움직였다.

이상했다. 관 뚜껑은 프링글스 뚜껑처럼 그냥 퍽 하고 열리는 게 아니었다. 아닌가? 못질을 하지 않던가?

"뚜껑이요, 느슨합니다." 포가 말했다.

모두 땅속을 들여다보았다.

역하고 들큼한, 뭔가 부패한 악취가 피어올랐다.

플린이 역겨워하며 코를 찡그렸다. "저거 뭐야?" 그녀는 주머니에서 손수건을 꺼내더니 입과 코를 막았다.

뭔가 잘못된 냄새가 났다.

"나도 모르겠지만 30년 정도 소금에 묻혀 있던 사람한테서 나는 냄새가 아닌데." 포가 대답했다. 그것은 너무…… 썩은 내 같았다.

무덤 속에 있던 남자가 관 뚜껑을 제거하려고 했다.

"멈춰!" 포가 소리쳤다. 그는 팔을 뻗어 남자의 손을 잡았다. 그를 끌어 올렸다. 포는 일꾼 세 명을 마주 보았다. "다들 삽 내려놓고 보호복 벗으세요." 그는 환경보건과 조사관을 보았다. "프레야, 당신도요. 여긴 이제 시신 발굴 현장이 아닙니다. 범죄 현장입니다."

22

관 속에 있는 시신은 말라붙어 껍질처럼 된, 그들이 기대하던 신원 미상의 남자가 아니었다. 이멀레이션 맨에게 당한 또 다른 피해자였다. 냄새로 판단하건대 새로운 피해자는 아니었다. 포가 코커마우스에서 본 시신처럼 심하게 화상을 입었지만, 그 시신이 구역질 나기는 해도 막 죽은 냄새가 났다면 이것은 구역질 나면서 동시에 썩은 냄새가 났다.

"다섯 번째 피해자야. 아니면 우리가 다섯 번째로 찾은 피해자든 지." 포가 말했다.

플린은 무덤 속에 있는 시커멓게 탄 시신에서 눈을 떼지 못했다.

"둘이 연결돼 있다는 내 말 이제 믿겠지?"

"도대체 뭐가 어떻게 되고 있는 거야, 포? 톨룬드 맨은 또 당최 어디 있는 거고?"

포는 도무지 알 수 없었다.

그러나 플린은 핵심을 정확하게 찔렀다. 새로운 피해자가 거기 있었던 것은 우연이었고 두 사람의 관심사가 아니었다. 그것은 갬블과 주요사건팀이 할 일이었다. 포는 이멀레이션 맨이 원래 시신을 다른 피해자의 시신과 바꿔치기한 주된 이유가 그저 장난을 치기 위해서는 아니라고 확신했다. 그것은 포가 톨룬드 맨이 누군지 찾지 못하게 막으려고 한 일이었다.

그렇다면 애초에 포를 여기까지 끌어들인 이유가 뭐지……?

만약…… 만약 포가 그렇게 일찍 관에 접근해서는 안 되는 것이었다면. 통상적인 관료 체계를 거치지 않고 밴 질 부장을 통해 일을 처리한다는 것은 몇 주가 아니라 몇 시간 만에 시신 발굴 명령을 얻었다는 뜻이었다. 그가 플린에게 복종하지 않은 탓에 원래 얻어서는 안 되는 이점을 얻게 되었을지 몰랐다.

그리고 그것은 포가 진실에 다가갈 잠재적인 다리가 생겼다는 뜻이었다. 이제는 그 다리를 건널 방법만 알아내면 될 터였다.

한 시간 뒤 컴브리아 수사팀이 공동묘지에 들어왔다. 갬블과 리드가 가장 먼저 복장과 신발을 착용하고 왔다. 감식반과 과학수사대가 그 뒤를 바짝 따라왔다. 얼마 안 가 살인 수사라는 앙상블이 K구획의 평온함을 깨뜨리고 말았다.

곧 감식 텐트가 무덤을 감쌌다. 내부 저지선이 묘비들을 둘러쌌고 외부 저지선이 K구획을 둘러쌌다.

갬블은 무슨 일이 벌어졌는지 알고서 얼굴이 분노로 벌게졌다. 플린은 그에게 맞섰다. 시신 발굴 명령서를 보여준 것이었다. 그래도 그는 기분이 나아지지 않았다. 갬블은 서류를 채 가더니 포에게 성큼성큼 다가갔다. "이게 도대체 뭔가?"

포는 첫 장을 흘끔 보았다. 법무부 검시관과 사우스 레이크랜드 구역 의회 공동묘지 관리과장의 서명이 보였다. 시신 발굴 이유는 '관

내용물 긴급 조사'라고 되어 있었다. 다른 정보도 있었지만 요지는 NCA에서 타당한 근거에 따라 연쇄살인범을 체포하는 데 핵심이 되는 증거가 관에 담겨 있다고 믿는다는 것이었다. 거기에는 '에드워드 밴 질 부장'의 서명이 있었다.

"시신 발굴 명령서입니다."

"이 썩을 게 뭔지는 나도 알아, 포!" 그가 이를 드러내며 으르렁댔다. "어째서 플린 경위 이름이 없는 건가? 왜 '신청자'에 자네 이름이 있냐는 말이야."

플린이 다가왔다.

"제가 설명해드릴 수 있을 것 같습니다. 앞서 말씀드렸지만요, 이언, 포가 어제 받은 엽서를 추적하다 보니 이 무덤에 이번 수사에 핵심적인 증거가 있다고 여기게 됐습니다. 전화하려고 했지만 신호가 잡히질 않았어요. 저희가 최대한 서두르기를 바라실 거라고 생각해서 저희 부장님을 통해서 특급으로 허가를 받은 겁니다. 다행히도 부장님께서 장애물을 몇 개 뛰어넘어서 며칠쯤 벌어주셨죠."

갬블은 플린이 거짓말하고 있다는 것을 알았지만 자기가 허를 찔렸다는 것도 알았다. "이 망할 인간들……." 그는 잠시 버티고 서 있다가 말했다. "홈스2●에 정오까지 정식 보고서를 올리도록, 플린 경위."

───

● HOLMES 2는 연쇄살인이나 대규모 사기 등 주요 사건을 수사할 때 영국 경찰에서 주로 이용하는 IT 시스템이다.

그는 포를 보고 말했다. "그리고 이 친구 내 수사에서 빼버리게!"

갬블이 들을 수 없는 곳까지 멀어지자, 플린이 그를 돌아봤다. "유감이야, 포."

"뭐?" 그가 외쳤다. "저 양반한테 그런 권한은—"

"부장님 명령이야. 방금 밴 질 부장이랑 통화했어. 당신은 나도 모르게, 갬블도 모르게 일을 꾸몄어. 부장은 컴브리아 경찰과 싸울 여력이 없고 정치적으로 봐도 당신을 그쪽 수사에 끼워달라고 고집할 수가 없어."

그의 휴대전화가 울렸다. 밴 질 부장이었다.

그가 명령 체계를 어긴 일로 가짜 꾸지람을 듣게 될 거라고 예상했다면, 그건 틀린 생각이었다. "어제 인사과와 얘길 했네, 포 경사." 밴질이 단도직입으로 말했다. "자네가 정직 중에 누구에게도 연락하지 않았기 때문에—그리고 더 중요하게는 누구도 자네에게 연락하지 않았기 때문에—12개월 치 휴가가 쌓여 있는 모양이야. 자네가 바라면 대신 수당으로 줄 수도 있지만, 만약 지금 구두로 휴가를 요청하면 좋은 쪽으로 처리해주겠네. 플린 경위도 그럴 거라고 믿네만."

포가 겨우겨우 말했다. "에……. 무슨 말씀?"

"휴가 좀 가고 싶은가." 밴 질이 천천히 말했다. "휴가를 가든지 아니면 햄프셔로 오늘 복귀하는 거네."

"에……. 그럼 알겠습니다."

"좋아. 그럼 그건 됐군. 자넨 지금 이 시각부터 한 달간 휴가네."

"왭니까?" 포가 물었다.

하지만 부장은 이미 끊었다.

포는 손에 쥔 휴대전화를 빤히 보았다. 플린이 어슬렁대며 다가왔다. 갬블도 뒤에 있었다.

"저 친구 왜 아직도 여기 있는 건가?" 갬블이 버럭 말했다.

"포 경사는 다른 임무를 받았습니다. 하지만 먼저 휴가를 좀 낸 걸로 압니다. 맞지, 포?"

포가 끄덕였다. 갬블은 만족스러운 듯 구시렁거리더니 쿵쿵거리면서 돌아갔다. 플린과 부장은 갬블의 체면을 세워주면서도 포가 컴브리아에 머무를 수 있는 대안을 찾아낸 것이었다. 그들은 포가 사건을 수사하기를 바랐지만 이제부터는 비공식으로 하라는 뜻이었다.

딱 그가 바라는 바였다.

포는 어떻게 해야 할지 알았다. 블랙베리의 연락처 명단을 위아래로 뒤적이며, 그는 가장 최근에 추가한 연락처를 찾아 통화 버튼을 눌렀다. 아직 매우 이른 시간이라는 점을 고려하면 거의 즉각 받은 셈이었다. 상대방 목소리는 전혀 졸린 듯하지 않았다.

"현장 조사 상급 코스 참여해볼 마음 있어요, 틸리?"

23

포는 에드거를 맡기고 호텔 정문에서 브래드쇼를 태웠다. 굳이 자동차 시동을 끄지 않았다. 자라나는 샛별 브래드쇼는 그가 야근을 마치고 오는 길이라는 것을 알고 어떻게 했는지 튀긴 에그롤과 커피 한 병을 후다닥 준비해왔다. 포는 에그롤을 먹은 뒤 뜨거운 커피를 홀짝이다가 커피가 식자 벌컥벌컥 마셨다.

M6 고속도로를 따라가는 여정은 30분도 채 안 걸렸다. 오전 8시가 되자 그들은 스탠윅스에 도착했다. 포는 차를 대고 브래드쇼와 함께 그 집 계단을 올라갔다. 포는 프랜시스 샤플스 이름 옆에 쓰인 'BPhil'을 가리키며 물었다. "저게 무슨 뜻인지 알아요, 틸리?"

"철학 박사요, 포."

포가 고개를 흔들었다. "녀석이 젠체하는 머저리란 뜻이에요." 그는 인터콤 버튼을 누르고는 잠기운이 뚝뚝 떨어지는 목소리가 답할 때까지 손가락을 떼지 않았다.

"거기 뉘신지요?"

"봤죠?" 포가 말했다. 포는 샤플스에게 자기들이 누구인지 말하고, 시민의 자유를 침해한다느니 하는 항의를 무시한 뒤 안으로 들어갈 수 있었다.

지난번과 마찬가지로 샤플스는 아파트 현관에서 그들을 기다렸다. 반바지 차림으로 잤거나 아니면 두 사람이 계단을 올라가는 동안 겨우 반바지를 입었을 터였다. 지난번처럼 거들먹거리며 히죽거리는 대신 그는 초조한 웃음을 겨우겨우 짓고 있었다.

이번에 포는 친절하게 대할 이유를 찾지 못했다. 샤플스가 다 털어놓기 전에는 떠날 맘이 없었다.

"당신이 숨기고 있는 정보, 그게 이젠 살인 사건 수사와 연관돼 버렸는걸."

"저는 숨기는 거―"

"닥쳐." 포가 쏘아붙였다. "내가 이 일을 15년 했는데 당신처럼 거짓말 못하는 사람은 처음 봐."

"어떻게 그런 말을!"

"뭐래." 포는 샤플스가 그의 바뀐 어조에 충격을 받은 것인지 아니면 누가 자기를 믿지 않는다는 데 충격을 받은 것인지 알 수 없었다. "원하는 만큼 분개한 척해도 상관없는데, 프랭키, 내가 곧 당신을 방조 혐의와 사법 집행 방해 혐의로 체포할 거거든." 샤플스가 반박하기 전에 포가 덧붙였다. "그리고 이 단계에서는 우리가 알기로 사건 관련해서 거짓말하는 사람이 당신밖에 없기 때문에, 난 당신이 다섯 건의 살인에 용의자로 간주된다는 걸 공식적으로 통보하는 거야. 최소한 당신은 공범으로 기소될 거야."

이것은 헛소리였지만 포는 자기가 샤플스보다 법을 더 많이 안다는 점에 의지하고 있었다. "옷 입어, 같이 가지."

샤플스는 이제 벌벌 떨었다. 눈에 눈물이 고여 있었다. 포는 방을 둘러보았다. 샤플스는 전날 밤에 책을 쓰고 있었다. 아니면 적어도 책을 쓰고 있다는 인상을 주려고 했다. 가지런히 쌓인 종이 뭉치가 노트북 옆에 놓여 있었다. 그것은 원고였다―방문하는 이는 누구라도 볼 수 있도록 놓아둔―약 70쪽 정도 되어 보였다. 포는 표제 장을 집어 들었다. "더 좁아진 세상에서 증가하는 철학의 의의."

"컴퓨터 좋은데요, 샤플스 씨." 브래드쇼가 말하며 애플 노트북을 봤다. "최고 사양 모델이네요."

그들이 컴퓨터 이야기를 하는 동안 포는 비싼 동네에서 비싼 아파트에 비싼 실내장식을 한 집을 쳐다보았다. 지난번에 그는 샤플스에게 출판도 하지 않은 철학 전공자가 어떻게 이런 집을 구할 수 있었는지 묻고 싶었다.

"이 돈이 다 어디서 나온 거지, 샤플스 씨?"

샤플스의 눈이 바닥으로 내려갔다.

"몇 시간이면 사법 회계사를 불러올 수 있거든, 샤플스 씨. 그 사람들 오면 모든 걸, 그러니까 전부 다 샅샅이 뒤질 거야. 지금 나한테 말하는 게 좋을걸."

샤플스는 뭐라고 중얼거렸지만 포가 듣기에는 너무 작은 목소리였다.

그러나 브래드쇼는 들었다. "시신에서 뭘 챙겼대요."

포가 끄덕였다. "그래서 그게 뭐였지?"

"손목시계요." 샤플스가 갈라지는 목소리로 말했다.

포는 패션 구루는 아니었지만 그런 그조차 일부 손목시계가 믿기 어려울 만큼 비싸다는 것은 알았다. "브랜드랑 모델은?"

"1962년 브라이틀링 765요. 끈은 제가 실수로 시신을 데릭에게 쏟았을 때 끊어진 게 분명해요. 저는 생각하지 않고 그냥 주머니에 넣었어요. 안전하게 보관하려고."

"보관하려고."

"그래요."

"그런데 그게 있는 걸 잊으셨다?"

"그래요. 나중에 그걸 발견하고는 경찰에서 내가 훔쳤다고 할까 봐 겁이 났고요."

"놀랍기도 해라. 그래서 어디 있지?"

그는 대답하지 못했다. 포는 그가 팔았으리라 짐작했다. 샤플스는 계속 바닥만 봤다.

"내가 어디―"

"이제 저한테 없다고요!"

"일련번호랑 사진 가져와." 포가 말했다. 그는 브래드쇼를 향했다. 이는 뭔가 인터넷에서 확인하고 싶은 게 있을 때 하는 행동이었다. 브래드쇼는 이미 휴대전화를 만지고 있었다.

"가격은?" 포가 그녀에게 물었다.

"1962년 브라이틀링 모델이라면 대략 1만 파운드는 나가겠네요." 브래드쇼가 대답했다. 그녀는 처음 나온 현장 조사를 즐기고 있는 듯했다. 때가 되면 포는 그게 공식 업무가 아니었다는 것을 설명해줘야 할 터였다. 그러고는 브래드쇼에게 계속하고 싶은지 아닌지 결정하게 하는 것이다. 하지만 아직은 아니었다.

포가 샤플스를 보더니 물었다. "누구한테 팔았지?"

"저랑 거래하시죠."

포가 콧방귀를 뀌었다. 브래드쇼조차 키득거렸다.

"바보 텔레비전을 너무 많이 보셨어, 샤플스 씨." 그가 말했다. "여긴 미국이 아니야. 거래 같은 건 없다고. 가능한 건 '감경'이지. 판사가 나쁜 일만 보는 게 아니라 당신이 했을지 모르는 좋은 일까지 참작하는 거야. 그리고 당신이 '감경'을 받을 수 있는 유일한 방법은 그 좆같은 시계가 내 손에 들어오는 거고. 자, 누구한테 팔았는지 말해."

"그럴 수가 없어요." 그가 속삭였다. "미국에 있는 익명의 수집가한테 시계 전문 사이트에서 팔았단 말입니다."

"틸리?"

"좀 비켜 주시겠어요, 샤플스 씨?" 틸리가 샤플스를 지나가 그의 맥 컴퓨터를 켰다. "비밀번호는요?"

샤플스가 비밀번호를 말했다.

브래드쇼가 찾는 동안 포가 물었다. "그거 팔아서 얼마 받았지?"

"1만 파운드는 전혀 아니거든요!" 샤플스가 말했다. 그는 헐값에 넘긴 데 짜증이 난 듯했다. "5000달러 받았고, 환전해서 3000파운드 좀 넘었어요." 그는 초조하게 브래드쇼를 지켜봤다. "뭐 하는 거죠?"

포가 말했다. "사람들이 대부분 알지 못하는 건 말이야, 샤플스 씨, 컴퓨터에서 파일을 아무리 지워도 다 복구가 된다는 사실이야. 여기 틸리가 당신이 그 브라이틀링에 관해 쓴 걸 모조리 캐낼 거야. 얼마나 걸려요, 틸리?"

"찾았어요, 포." 그녀가 말했다. "프린터 있나요, 샤플스 씨?"

샤플스는 장을 열고 버튼을 눌렀다. 초록색 불이 들어오더니 프린터가 윙윙거리며 준비하는 소리를 냈다. "무선이에요." 그가 말했다.

브래드쇼가 눈을 굴리더니 말했다. "헐."

그녀는 문서를 몇 장 인쇄했다. 그것을 보지도 않고 포에게 건넸다.

포는 휙휙 넘기며 봤다. 컬러 인쇄였고 처음 몇 장도 훌륭했지만―샤플스를 기소하기에 충분할 만큼―마지막 두 장에 가서야 주요 광맥이 나타났다.

매입자는 자기가 뭘 사는지 보고 싶어 했고, 샤플스는 기꺼이 거기에 응했다. 컬러사진 여섯 개가 한 장에 세 개씩 인쇄되어 있었다. 다섯째 사진을 보고 포는 웃음 지었다.

그것은 시계 뒷면이었다.

그리고 거기에는 명명백백하게, 제품의 고유 일련번호가 찍혀 있었다.

24

두 사람은 샤플스를 두고 나왔지만 그에게 아무 데도 가지 말고 있으라고 했다. 제복 경관이 찾아올 거라면서. 경찰이 가기는 갈 테지만 당분간은 아니었다. 포가 손목시계의 원래 소유자를 추적할 때까지는.

포는 브래드쇼에게 자기가 공식적으로는 휴가 중이니 그녀가 샙으로 돌아가야 할 거라고 말했지만, 그녀는 브라이틀링 수사 노선을 꼭 마무리하고 싶어 했다. 포는 받아들였다. 두 사람은 세인스버리스 카페에서 아침을 먹기로 했다. 포는 영국식 아침을 시켰고 브래드쇼는 채식 영국식 아침을 골랐다. 두 사람은 차 한 주전자를 같이 마셨다.

베이컨이 그의 혀에서 뭉개지면서 짭짤한 맛이 입안에 폭탄처럼 번졌고, 두 사람은 손목시계 소유자를 어떻게 추적하면 가장 좋을지 논의했다. 브래드쇼는 포가 브라이틀링사에 곧장 문의하기를 바랐지만—어딘가에 중앙 데이터베이스가 있으리라 가정해서—포는 의문이 들었다. 브라이틀링은 커다란 기업으로 전 세계에 고객이 있으며 그중 일부는 극도로 부유했다. 그들은 NCA에서 나온 웬 얼간이가 요청했다는 이유만으로 비밀 유지 정책을 깨뜨리지는 않을 터였다. 그는 대신에 컴브리아 카운티에서 고가 물품을 다루는 딜러를 찾아가 겁을 줘서 자기가 원하는 것을 털어놓게 할 작정이었다. 그런 딜러는 많지 않았고, 톨룬드 맨이 컴브리아 사람이었다면 시계도 그 지역에서 샀을 가능성이 있었다.

포가 튀긴 빵 조각으로 노른자를 싹싹 훑어 먹는 동안, 브래드쇼는 왜 하필이면 지금 휴가를 냈느냐고 물었다.

"그냥 시간이 좀 필요해서요, 틸리."

"나 때문이 아닌 거 확실해요, 포?"

"뭐라고요……? 아뇨, 당연히 아니죠. 왜 틸리 때문이겠어요?"

"사람들은 나한테 질리거든요."

"뭐, 그렇다면 그건 그 인간들이 바보라서죠. 그건 아니고, 진짜 이유는 어젯밤에 갬블 총경이 나더러 자기 수사에서 손을 떼라고 했기 때문이에요."

"그래서 스테퍼니 플린 경위님이 전화해서 당신이 부탁하면 도우라고 한 건가요?"

"전화한 줄 몰랐는데요."

"당신한테 말하면 안 된다고 했어요."

"하지만?"

"친구들끼리는 절대 거짓말하면 안 되잖아요, 포."

그는 생각에 잠겨 끄덕거렸다. "자, 톱밥* 마저 먹어요. 가게들 곧

• 틸리가 먹던 채식 메뉴를 포가 장난스럽게 가리킨 것.

189

문 여니까."

두 사람이 대화하는 동안 브래드쇼는 매장 내 무료 와이파이를 이용했다. 그녀는 끈기 있는 귀금속 매장들, 오랫동안 운영한 가게들을 찾아서 탐색 시간을 줄이려는 중이었다. 브래드쇼는 목록을 작성한 뒤 뉴스 채널에 들어갔다. 9시였고 주요 기사들이 올라와 있었다. 화면을 응시하는 그녀의 입이 벌어졌다. "안 돼……. 안 돼……. 이건 정말 아니야." 그녀가 외쳤다.

"뭐가 아닌데요?" 포가 아무 생각 없이 물었다. 그는 거만한 구운 콩을 나이프로 이리저리 쫓고 있었다.

"이거 봐요, 포!" 브래드쇼가 태블릿을 돌려 둘 다 볼 수 있게 했다. 그녀는 음량을 높이고 재생시켰다.

포진된 카메라들과 거대한 마이크 한가운데에, 켄들 공동묘지에서 방금 세 시간을 보내고 온 것처럼 보이지 않는 깔끔한 정복 차림의 갬블이 있었다. 뉴스 아나운서가 인터뷰를 시작하며 말했다. "경찰에서는 켄들 공동묘지에서 이른 아침에 발견된 시신이 이멀레이션 맨으로 알려진 연쇄살인범의 또 다른 피해자일지 모른다고 말했습니다. 이제 이언 갬블 총경이 간략하게 발표하는 내용을 생방송으로 보내 드리겠습니다."

갬블은 신호를 기다리고 있었고 아나운서가 말을 마치자마자 발표를 시작했다. "컴브리아 형사들이 이례적인 노력을 쏟은 결과 수사팀은 켄들의 파크사이드 공동묘지에 있는 한 무덤에 시신 발굴 명령을 내렸습니다. 믿을 만한 근거가 있어서, 작년에 하든데일에서 발견된 신원 미상의 시신이 있어야 할 관이 최근에 오염되었다고 보았기 때문입니다. 예상한 대로 관에 원래 있어야 할 시신은 사라지고 없었습니다. 그 대신 아직 확인되지 않은 남성의 시신이 있었는데, 저희는 이를 이멀레이션 맨의 피해자로 보고 있습니다."

캠블의 발표는 간결하고, 잘 쓰였고, 거짓말이라고는 전혀 없으면서 완전히 헛소리였다. NCA는 감히 그의 말에 반박하지 않으리라. 자기들의 과오를 드러낼 위험이 있었으므로. 포가 한 일이었다.

"쪼다. 자, 가자고요." 포가 말했다.

포는 그 시계를 구입한 곳이 어디든 될 수 있다는 사실을 알았지만 자기들이 이미 칼라일에 있었으니 거기서 시작하기로 했다. 운이 좋으면 온라인 쇼핑이 시작되기 전에, 사람들이 고가 물품을 직접 가서 사던 때 판매됐을 것이다.

그는 저렴한 가게들은 기꺼이 무시하고 작은 고급 체인점과 가족 사업자에게 초점을 맞췄다. 손목시계를 파는 작은 가게는 한 줌에 불과했지만—과거에는 손목시계를 팔았을지 모르므로 철저하게 하려면 손목시계를 팔지 않는 가게도 확인해야 할 것이었다—그럼에도 두 사람은 금방 문제에 부닥쳤다.

한 군데를 빼면 가게들 모두 브래드쇼에게 기록을 보여주었고, 보여주지 않은 매장은 브라이틀링을 신제품이든 중고품이든 판매한 적이 없다고 확인해주었다.

일련번호 BR-050608은 두 사람이 확인한 어떤 데이터베이스에도 없었고, 서류 기록을 전산화한 가게가 고작 몇 군데에 불과했기 때문에 옛날 장부를 탐색하는 일은 더디고 번거로웠다.

한 귀금속 가게 사장이 장부 열 권을 탁자에 쿵 하고 내려놓으며 웃음 지었는데, 각 권이 전화번호부보다 더 두꺼웠다. 포는 신음했지만, 브래드쇼는 당황하지 않는 듯 보였다. 그녀는 목록들을 상호 참조하는 따위의 일을 즐거워하는, 분석적인 사람이었다.

하지만 노력한다고 꼭 결과가 나온다는 보장은 없는 법. 몇 년 전에 브라이틀링을 판매했을지 모르는 한 가게에서 여덟 권에 달하는 장부를 모조리 확인한 뒤, 포는 잠시 쉬기로 했다. 점심시간이었고 어정거리며 아무것도 하지 않으려니 배가 고파졌다.

두 사람은 차로 걸어가서 주차 티켓을 하나 더 산 다음 그가 칼라일에서 최근에 발견한, 조금 유명한 옛날식 커피숍으로 느릿느릿 걸어갔다. 커피 지니어스는 세인트 커스버트 거리에, 중세 칼라일의 서쪽 벽 근처에 있었다. 카운터는 높았고 값비싸 보이는 크롬 기계들 옆으로 가정식 케이크와 스콘이 잔뜩 진열되어 있었다. 그곳은 커피콩을 직접 로스팅했고, 커피를 사랑하는 속물들의 낙원이었다. 포는 냄새에 도취될 것 같았다. 막 내린 커피, 에스프레소의 톡 쏘는 향, 달콤하고 따뜻한 캐러멜과 초콜릿, 살짝 뿌린 계피……. 가게에 들어서기가 무섭게 입에 침이 고였다.

가게는 점심 식사를 하는 무리들로 북적거렸지만 두 사람은 창가에서 자리를 발견했다. 포는 천천히 내린 페루 블랙커피와 그날의 샌드위치―구운 돼지고기와 졸인 양파―를 주문했다. 브래드쇼는 핫

초콜릿을 먼저 주문한 다음 세트 메뉴로 해도 되느냐고 물었다. 수프와 샌드위치.

"먹고 싶은 걸로 해요, 틸리. 내가 쏘는 거예요."

브래드쇼는 기쁘게 끄덕이고는 주문을 넣었다. 이 가지에서 저 가지로 날아다니는 새들처럼 눈길이 온갖 곳을 날아다니며 새로운 경험을 모조리 흡수하고 있었다. 브래드쇼의 어머니는 섹션에 취업하기 전에 그녀가 온실에서 자랐다고 했지만, 어느 정도의 온실이었는지 그로서는 알 수 없었다. 음식을 기다리는 동안 브래드쇼는 포에게 그날 아침의 탐색을 어떻게 생각하는지 물었다.

"헛걸음이죠." 포가 말했다. 그는 그들이 택한 노선을 의심하기 시작한 참이었다. 아침 시간을 허비한 것 같았다.

"아니에요, 포. 그냥 시간이 걸리는 것뿐이라고요. 어딘가에 자료가 있다면 내가 찾을 거예요." 그 말을 하고 브래드쇼는 바리스타에게 와이파이 비밀번호를 좀 달라고 한 뒤 태블릿을 꺼냈다. 몇 초도 안 되어 그녀는 뭔가에 빠져들었다. 포는 음식이 올 때까지 한 마디도 듣지 못하리라는 것을 알았다.

바리스타가 음료를 가지고 와서 모래시계 세 개가 붙은 작은 타이머를 탁자에 올려놓았다. 포의 오른쪽에 놓인 모래시계가 진하게 내리는 커피용이었고, 포는 모래가 천천히 내려가는 모습을 지켜보았다. 치유 효과가 있는지 보고 있으려니 마음이 풀어지는 게 느껴졌다. 모래시계를 하나 사야 할 것이었다. 모래가 다 내려가자 포는 커피를 따랐다.

샌드위치는 10분 뒤에 나왔다. 브래드쇼는 자기 음식을 사진으로 찍은 뒤에 엄마한테 사진을 보냈다. "내가 뭘 하는지 알고 싶어 하시거든요." 그녀가 설명했다.

포는 브래드쇼의 특이한 행동에 익숙해지기 시작해서 가만히 있었다. 브래드쇼는 냅킨을 자기 방식으로 놓은 뒤에 샌드위치를 베어 물었다. "좋지 않아요, 포? 난 보통 점심 혼자 먹거든요."

식사를 마치자 둘은 뜨거운 음료를 더 시켰다.

포가 커피 지니어스에서 마음에 들어 하는 것 중 하나는 직원들이 언제라도 한담을 나누려고 한다는 점이었다. 브래드쇼가 일하는 동안 포는 직접 커피콩을 매입해서 갈면 무슨 이점이 있는지 바리스타와 이야기했다.

"하시는 일이 뭐예요?" 바리스타가 물었다.

포는 그에게 말은 했지만 자세한 내용은 얼버무렸다. "오늘은 한 오래된 시계의 주인을 찾고 있죠."

바리스타가 자리에 앉자, 포는 살인 쪽은 빼고 상황을 설명했다.

"건초 더미에서 바늘 찾기 같은데요?" 바리스타가 말했다.

"누가 아니래요."

바리스타가 웃음을 터뜨렸다.

"게다가 이제 없어진 가게들은 뺀 게 그렇다니까요. 그 가게들은 온라인으로 찾을 수도 없고요."

바리스타가 몸을 바짝 내밀었다. "여기 일주일에 한두 번 오는 부부가 있는데요. 남자 쪽은 은퇴하기는 했지만 예전에 귀금속 쪽에서 일한 게 확실해요. 이걸 아는 이유는 제가 얼마 전에 약혼했는데 그분이 어떤 귀금속 가게에 가면 바가지를 쓰지 않을지 얘기해주셨기 때문이죠."

"그분 이름 아세요?"

"찰스요. 부인은 재키인가 그래요." 그가 어깨 너머를 돌아보았다. "사장님 오셨네요. 아실지도 몰라요. 가서 물어볼게요."

2분 뒤에 바리스타가 종잇조각을 하나 들고 돌아왔다. "찰스 놀런 이래요. 사장님 말로는 토요일이랑 수요일에는 거의 여기 온다네요. 막스 앤 스펜서에서 장을 본다나 봐요. 이름이랑 전화번호 남겨주시면, 제가 전해드릴 수도 있어요."

포는 사양했다. 기다릴 시간이 없었다. 그는 실례한다고 하고 밖으로 나가 전화를 걸었다.

킬리언 리드가 즉시 응답했다.

"어이, 어이, 버크 앤 헤어*다!" 리드가 대뜸 내뱉었다.

"하하, 존나 웃기네." 포가 대답했다. "내가 넌 빼줬잖아, 아니냐? 그

• 19세기 초 스코틀랜드 에든버러에서 해부학이 발전하면서 연구에 쓸 시신이 부족해지자, 시신 도굴자라는 말이 나올 정도로 무덤을 파헤쳐 시신을 훔쳐다가 파는 사람이 많아졌다. 그러던 1827년 11월, 윌리엄 헤어William Hare의 집에서 하숙하던 한 사람이 병으로 죽자, 헤어와 그의 친구 윌리엄 버크William Burke는 시신을 (무덤에 묻기 전) 관에서 훔쳐 에든버러 대학교의 저명한 해부학자 로버트 녹스Robert Knox에게 가져다 팔았다. 그 후 두 사람은 차례차례 사람을 죽여 열여섯 명을 살해한 뒤 시신을 팔았다. 이 사건은 여러 소설과 영화 등의 소재가 되었다. 여기서 리드는 포가 무덤을 파헤친 걸 놀리는 것이다.

리고 나 오늘 아침에 갬블이 TV에서 우쭐대는 거 봤거든. 내가 호의 베푼 거 갬블도 알아."

"그게 퍽이나 중요하겠다. 그 양반 아직도 엄청 빡친 상태라고."

"부탁 하나 더 하자, 친구." 포가 말했다.

"그래……." 리드가 말했다. "너 지금 휴가 중 아니었냐?" 리드는 조심스러웠다. 시신 발굴 명령 관련 정보를 리드가 포에게 전한 것을 알면, 갬블은 그의 모가지를 날릴지 몰랐다.

"휴가 중 맞아. 그냥 좀 캐야 할 게 있어서. 누구 놀라게 만들 일은 아니야."

"그걸론 좀 부족한데, 친구."

포는 말하기가 꺼려졌다. 리드는 친구였지만 지독하게 유능한 경찰이기도 했다. 자기 팀이 충분히 알았다고 생각한다면, 그는 주저하지 않고 포를 잘라낼 것이었다.

"모르는 편이 나아, 킬리언."

"등신. 내 말은 '부탁 하나 더 있어'라는 말로는 부족하다는 거야. 그 좆같은 부탁이 뭔지 알아야 할 거 아냐."

25

한 시간도 안 되어 리드는 C. 놀런, 찰리 놀런, 찰스 놀런으로 컴브리아 의회 세무부에 등록된 명단을 이메일로 보냈다. 열네 명이었다. 그는 명단을 브래드쇼에게 주었고, 그녀는 어떻게 걸러내야 할지 물었다.

그것은 매우 쉬웠다.

고속도로 휴게소를 제외하면 컴브리아에는 막스 앤 스펜서 매장이 네 개뿐이었다. 그는 브래드쇼에게 웨스트 컴브리아나 이든에 사는 사람은 다 제외하라고 했다. 그들은 정기적으로 장을 볼 때 워킹턴이나 펜리스 매장을 이용할 것이었다. 같은 이유로 M6 고속도로에서 39번 분기점 남쪽에 사는 사람도 제외하라고 했다. 켄들 매장이 컴브리아 카운티의 남쪽 절반을 담당했으니까.

그러면 칼라일 지역만 남고, 그리하여 목록에는 네 명만 남았다. 한 사람은 중심가에 살았는데 포는 그 사람들을 무시했다. 은퇴한 귀금속업자라면 지저분한 도시 한가운데가 아니라, 컴브리아에 무수히 많은 그림 같은 마을 중 한 곳에 살 확률이 높았다.

한 사람은 브램프턴에 살았고 두 사람은 작은 마을에 살았다. 두 마을 중 하나는 워윅 브리지였고 다른 하나는 컴윈턴이었다. 어느 쪽이든 될 수 있다는 생각에 포는 가장 가까이에 사는 사람부터 시작해서 먼 쪽으로 움직이기로 했다. 워윅 브리지에 사는 C. 놀런이 첫째가 될 것이었다. 그곳은 칼라일에서 지척에 있는 근사한 마을이었다. 그런 다음 두 사람은 컴윈턴에 있는 다른 C. 놀런에게 갈 것이었다. 그러고 나서 브램턴에 있는 찰스 놀런에게 가기로 했다.

· · ·

그들은 첫 번째 시도에 운이 좋았다. 그래도 포가 브래드쇼에게 말했듯이 탐색 범위를 고작 네 사람으로 좁혔으니, 얼마나 운이 좋았다고 해야 할까?

현관문에 나온 남자는 고상하고 예의 발랐다. 60대 초반인 그는 해진 카디건을 걸치고 두꺼운 안경을 끼고 활짝 웃고 있었다. 커피 지니어스에 일주일에 두 번 들르는 사람들이 자기들이라는 것을 확인해주었다. 그의 부인이 찻주전자에 물을 올리고 잠시 머무르며 케이크라도 먹고 가라고 고집했다.

"워싱턴이라구요? 대사에게 어울리는 이름이라는 게 있다면 딱 그런 이름이겠네요. 위험이 큰 외교관 파견에 언급될 법한 이름이군요. 전쟁이 선포되는 걸 막을 것 같은 이름요. 거기엔 분명 흥미진진한 배경이 있겠지요?"

다들 무슨 거지 같은 명명학자들인가······.

"당신도 모르죠, 그렇죠, 포?" 브래드쇼가 의도치 않게 그를 구했다.

포는 그녀에게 웃음 지으며 고개를 흔들었다. "맞아요, 틸리. 나도
몰라요."

"아, 그럼 어떻게 도와드릴까요?" 놀런이 말했다.

"저희는 손목시계를 하나 추적하고 있습니다." 포가 말했다.

"그럼 위험한 외교 업무는 아니군요?"

"절대 아니죠. 제 보스가 있었으면 외교가 제 가장 뛰어난 점은 아
니라고 알려드렸을 겁니다." 포가 말하면서 맛이 끝내주는 케이크를
한 입 먹었다. 그는 놀런에게 상황을 이야기했다.

"시계가 도난당했나 보군요?"

"비슷합니다." 포가 대답했다.

"그런데 국가범죄수사국이 절도에도 관여하나요?" 그가 눈을 반짝
이며 물었다.

포는 아무 말도 하지 않았다.

"미안합니다. 물론 도울 수 있으면 도와야지요. 내가 매장을 세 군
데 운영했는데 그곳들이 다른 가게들보다는 나았다고 생각하고 싶
네요."

"어떻게 됐나요?"

놀런이 손을 움직였다. "아무래도 관절염인 것 같아요. 귀금속업자
들의 저주지요. 그거랑 약해지는 시력 때문에 동전보다 작은 건 아무
것도 쥐거나 볼 수가 없어졌어요. 팔아버렸어요. 이제 매장은 다 사라
졌죠. 그중 하나가 지금 커피 지니어스 자리예요. 그래서 거기 가는
겁니다." 그는 한숨을 내쉬었다. "그래도 잘 풀렸으니 불평할 일은 아

니지요. 자, 그럼 도움이 필요하다는 그 손목시계 얘기를 해보세요.”

브래드쇼가 브라이틀링의 일련번호가 찍힌 사진을 놀런에게 건
넸다.

“이게 저희가 찾으려는 물건입니다. 모델과 연도도 필요한가요?”
포가 말했다.

“알고 있다면요. 브라이틀링 일련번호는 전부 고유하기는 해요. 달
리 말하면, 두 가지 모델에 같은 번호가 붙을 수는 없다는 거지요. 하
지만 모델을 알면 누군가 기억하는 데 도움이 될 수도 있어요.”

포가 숨을 내쉬었다. 마침내 자기가 무슨 말을 하는지 아는 사람과
이야기하니 좋았다.

놀런이 말했다. “전화 몇 군데 돌려서 알아낼 수 있는 게 있나 한번
보지요. 업계 사람 몇몇이랑 아직 연락을 하니까 도와줄 만한 사람과
연결해줄 수도 있을 거예요.”

“감사합니다.” 포가 말했다. 그는 자기 이름과 연락처를 일련번호
가 적힌 종이에 적은 뒤 일어나서 놀런의 손을 잡고 악수했다.

“연락드리지요, 포 경사.” 놀런이 말했다.

그의 부인이 문까지 배웅하러 나왔다. “저 양반 오늘 오후까지는
그거 하느라 바쁘겠네요. 은퇴한 뒤로 좀 어쩔 줄 몰라 했거든요.”

“이제 어떡하죠?” 두 사람이 차에 타자 브래드쇼가 물었다.

“기다려야죠.” 포가 대답했다.

오래 기다릴 필요는 없었다. 놀런이 두 시간도 안 되어 전화한 것

이다.

"뭔가 나온 것 같아요, 포 경사."

놀런은 자기와 비슷한 가게를 운영하는 사람들에게 전화를 돌렸다. 귀금속 가게나 작은 체인점들 대부분은 값비싼 손목시계를 취급하지 않았다. 팔리지 않을지도 모를 물건을 재고로 쌓아두려면 돈이 많이 들었고 판매가 되는 것들은 어차피 대체로 주문 제작이었다. 그들은 원재료를 가져다가 물건을 만들었고 다른 것에는 거의 흥미가 없었다.

"그조차 이제는 시들어가는 기술이지요. 요즘은 전부 컴퓨터로 디자인하고 그런 다음 프로그램으로 작동하는 레이저로 커팅해요. 결과물도 나무랄 데 없고, 뭐 그런 게 발전이겠지요. 그래도 내 생각에는 완성품에 뭔가 혼이 없는 것 같아요." 그가 넋두리를 늘어놓았다.

포는 그가 서둘러주기를 바랐지만 아무 말도 하지 않는 편이 낫다는 것을 알았다.

"아무튼 친구 하나가 손목시계를 신제품이든 골동품이든 다 취급하는 딜러를 한 명 떠올렸는데, 그 딜러는 여러 가게에 가서 손님들 보라고 정보나 전단을 놓고 간다는군요. 주요 제조사들 시계는 다 취급했다네요. 가게들은 판매를 돕고 이윤을 나눠 갖고요. 그러면 매입하지 않고도 공식 판매업체라고 할 수 있었겠지요."

포는 말이 된다고 생각했다. 그러면 3만 파운드짜리 손목시계 때문에 꼬여드는 '유리창 부수고 훔쳐 가는 도둑' 문제도 피할 수 있었다.

"그 딜러 이름이 앨러스테어 퍼거슨이라고 하는데, 은퇴했답니다."

"그런데요?"

"그런데 방금 그 사람하고 통화를 했어요. 그 사람 지금 여기로 오는 중이에요. 하지만 에든버러에서 오니까 두어 시간은 걸릴 거예요. 경사와 브래드쇼 양이 여기로 올 수 있으면 기다리는 동안 차 한잔하면 되겠네요."

"그분은 뭔가 아시는 거 맞겠죠?"

"뭐, 지금 수중에 일련번호를 확인할 기록이 있지는 않다고 했지만, 문제의 손목시계를 안다고 생각하더군요."

"왜 그렇게 생각하실까요?"

"내가 그 브라이틀링 시계를 언급하기가 무섭게 그 전화를 26년 동안 기다렸다고 했으니까요……."

26

앨러스테어 퍼거슨은 강한 스코틀랜드 억양으로 말했다. 그는 몸집이 작았고 스리피스 정장을 완벽하게 차려입었는데, 사람 만날 일이 있으면 갖춰 입어야 한다고 믿는 세대인 것이 분명했다. 그는 놀런이 준 위스키를 한 모금 마시더니 자세를 편히 하고 자기가 아는 바를 이야기하기 시작했다.

이제는 일하지 않는 한 판매업자가 포와 브래드쇼가 추적하는 물건이라고 짐작되는 손목시계를 판매했다. 이들은 점포를 두 개 운영했는데 둘 다 케직에 있었다. 하나는 관광객들에게 패션 귀금속을 파는 곳이었고 다른 하나는 좀 더 전통적인 귀금속 가게였다.

매장 주인이 브라이틀링 제품을 구해달라는 요청을 어떤 고객에게서 받았는데, 고객은 주머니 사정이 넉넉한 사람이었다. 앨러스테어 퍼거슨은 에든버러에서 차를 몰고 케직까지 내려가면서, 고객을 만나 손목시계로 가득한 금고를 보여주고 수수료를 두둑하게 챙길 수 있기를 바랐다.

"그 고객이 누구인지 기억하십니까?" 포가 물었다.

퍼거슨이 끄덕였다. "칼라일 주교입니다."

한동안 아무도 입을 열지 않았다. *이건 '정치'가 개입하겠는걸, 포*

가 생각했다.

퍼거슨이 덧붙였다. "그렇다고 그분이 쓰실 물건은 아니었고, 거래
도 투명하게 진행됐습니다. 그분은 교회 수표로 지불하고 서명된 영
수증도 제대로 챙기셨지요."

"누구에게 줄 물건이었는지 아십니까?" 포가 물었다.

퍼거슨은 주머니에서 신문 기사를 잘라낸 종잇조각을 꺼냈다. 기
사는 세월이 흘러 누레졌지만 그 외에는 상태가 좋았다. 그는 그것을
포에게 건넸다. 기사는 《뉴스&스타》에서 잘라낸 것이었다. 지면 채
우기용 기사였다. 8쪽에 단일 칼럼으로 인쇄되어 있었다. 아마 관련
된 사람들만 흥미 있어 할 글이었으리라. 날짜가 상단에 나와 있었는
데 26년 전이었다.

포는 기사를 읽고 휴대전화로 사진을 하나 찍었다. 기사를 브래드
쇼에게 넘겼다. 브래드쇼는 태블릿으로 뭔가 하더니 기사를 스캔했
다. 포는 그녀가 화면에 띄운 이미지를 흘깃 보았다. 아주 또렷했다.

로즈 캐슬에서 열린 한 의례에서 칼라일 주교가 퀜틴 카마이클 사제에게
손목시계를 증정했다. 더원트셔 주임 사제 퀜틴 카마이클이 자선 활동을
두드러지게 한 일을 치하하는 것이었다.

퀜틴 카마이클 — 케직 인근의 호수 더원트워터에서 자선 크루즈
행사를 여는 것으로 알려진 — 은 마흔다섯에, 성직자로서 눈부신 이
력이 촉망되었다.

포는 브래드쇼를 힐끗 보며, 이 남자의 나이가 무엇을 뜻하는지 그녀가 알아차렸을지 궁금했다. 브래드쇼는 그가 자기 눈을 보기를 기다리고 있었다. 그녀도 알아차린 게 분명했다. 26년 전, 퀜틴 카마이클은 마흔다섯이었다. 그것은 이멀레이션 맨이 목표물로 삼는 나이대에 딱 맞았다.

포의 의혹이 확인된 것이다.

카마이클이 사건과 연관되어 있다면 그것은 포가 맞았다는 뜻이다. 이멀레이션 맨은 무작위로 피해자를 고르는 게 아니었다. 특정인을 목표물로 삼고 있었다. 그 이유를 알아내면 범인이 누구인지 알아내는 데 한 걸음 다가설 수 있었다.

포가 퍼거슨을 보고 말했다. "아까 제가 찰스와 이야기할 때 들으니, 이런 전화를 기다리고 계셨다던데요?"

퍼거슨이 고개를 끄덕였다. 그는 주머니에서 다른 신문 기사 조각을 꺼냈다. 포는 그것을 읽었다.

그것은 카마이클에 관한 또 다른 기사였다. 이번 기사는 그리 알랑거리는 내용이 아니었다.

∘ ∘ ∘

실각한 교회 당국자 퀜틴 카마이클 국외로 도피. 횡령 의혹.

기사는 '추정', '고위 정보통' 같은 언론 특유의 헛소리로 가득했지만, 비방의 요지는 분명했다. 횡령 사실이 곧 발각될 것이기에 카마이클이 국외로 도피했다는 이야기였다. 근거는 부족했지만 법망에서 달아났다는 것을 입증할 만한 증거는 있었다. 여권과 수표책이 사라졌던 것이다. 이 기사에 달리 중요한 내용은 없었고, 포는 경찰 파일을 입수해야겠다고 마음속에 새겼다.

"그러니까 카마이클 씨가 횡령 혐의를 받았으니 경찰에서 찾아오리라 여기고 기다리셨다는 말씀인가요?" 포가 물었다.

"꼭 그런 건 아니고요."

포는 기다렸다.

"이 기사들을 보관한 이유는 그 사람한테 뭔가 이상한 점이 있다고 생각했기 때문입니다. 그 사람은 손목시계를 받은 지 얼마 안 돼서 나한테 만나자고 했는데, 보통 그런 일은 나한테 고마움을 표시하고 싶어서거나, 아니면 심지어 수집벽이 생겨서 수집 목록을 더 늘리고 싶어서거든요."

"그런데 카마이클은 양쪽 다 아니었다?"

"그렇습니다. 퀜틴 카마이클이 관심을 보인 것은 값이 얼마나 나가느냐 그뿐이었어요. 내가 말할 수 없다고 하자 상당히 화를 내더군요. 주교가 지불한 값의 3분의 2에 나한테 되팔겠다는 제안도 했고요. 나는 손목시계를 소유하지 않기 때문에 거절했지요. 내가 브로커로 만족한다고 하자, 그 남자는 성을 내며 나가 버렸습니다."

"그래서 횡령 건이 말이 된다고 여기신 건가요?"

"아무려면요. 오로지 돈밖에 몰랐다니까요, 그 남자."

금전적인 동기와 연결된 가닥이 드러나고 있었다. 이제 포는 그것을 살살 당기기만 하면 될 터였다. "잠시 실례 좀 해도 될까요?" 그는 일어나서 커다란 거실의 조용한 구석으로 갔다. 놀란 부인이 찻주전자와 케이크를 더 가지고 왔다. 조심하지 않으면 이번 사건을 수사하는 동안 20킬로그램쯤 불어날 것 같았다.

그는 리드에게 전화했다.

"버크, 이번에는 또 뭐냐?"

포는 두 사람이 발견한 내용을 전했고 리드는 뭘 도와주면 되겠는지 물었다.

"카마이클 횡령 수사에 관한 건 모조리 알아야겠어. 25~26년 전이야." 포가 전화에 대고 속삭였다. 그는 공식 채널을 통해 정보를 요청하지 못하는 자기 처지를 놀런과 퍼거슨이 알기를 바라지 않았다.

"교회라고? 너 아직도 덜 곤란한가 보네?"

"부탁 좀 하자, 킬리언."

"아무도 모르게 하기는 어려울 거야, 포. 우리 시스템은 다 발자국을 남기게 돼 있다는 거 너도 알잖아."

"그럼 갬블한테 얘기하든지. 나도 어차피 플린 경위한테 말하려고 했어."

"그래?"

"당연하지." 포가 거짓말했다.

"그럼 다시 연락할게." 리드가 말하고는 전화를 끊었다.

포는 다시 자리로 돌아가 찻잔을 비웠다. 그는 퍼거슨에게 질문을 좀 더 했지만 이 전직 판매원에게 알아낼 것은 다 알아낸 게 분명했다. 놀란 부인에게 호의에 감사하다고 한 뒤, 포와 브래드쇼는 그만 가보겠다고 하며 그 집에서 나왔다.

그는 차로 가는 동안 플린에게 전화한 다음 음성 사서함으로 넘어가자 한시름 놓았다. 그는 짧게 소식을 전하고 나서 전원을 껐다. 안 그래도 험난한 길로 가야 할 텐데 결코 방해받고 싶지 않았다.

두 사람이 워윅 브리지를 벗어나기도 전에 브래드쇼의 휴대전화가 울렸다. 브래드쇼는 조용히 전화를 받더니 얼굴을 찡그렸다. "당신한테 온 거예요, 포." 그녀가 말했다.

포는 버스정류장 옆에 차를 세우고 전화를 받았다.

"포입니다." 그가 말했다.

"포, 갬블 총경이네. 도대체 자네 지금 뭘 하고 다니는 건가? 휴가 중일 텐데."

때로는 전부 부인하는 게 최선일 때가 있다. 지금이 그런 때였다. "무슨 말씀인지 모르겠습니다, 총경님."

갬블이 앓는 소리를 냈다. "리드 경사가 그러던데, 자네가 톨룬드 맨의 신원을 알아냈다고 생각한다면서?"

"퀜틴 카마이클입니다. 25년쯤 전에 사라졌습니다."

"그런데 그게 이멀레이션 맨과 연결돼 있다고 보는 건가?"

"그렇습니다, 총경님."

"어떻게?"

포는 아무것도 몰랐기에 그대로 말했다. 갬블은 더 정보가 없다는

데 짜증이 난 듯했다. 그는 말했다. "이름은 어떻게 알아낸 건가?"

"플린에게 정식 보고서를 이메일로 보냈습니다, 총경님. 경위에게 들으시는 게 좋을 것 같습니다."

갬블은 자기가 무시당했다는 것을 깨닫지 못했거나 상관하지 않는 듯했다. "자네한테 아주 분명하게 얘기하겠네. 교회 당국자는 누가 됐든 접근해서는 안 돼. 알아듣겠나, 포? 필요하면 내 팀에서 적절한 절차를 밟아 제대로 면담을 준비할 거네."

포는 아무 말도 하지 않았다.

"알았나, 포? 교회 근처에는 얼씬도 하지 말라고!"

"죄송합니다, 총경님. 신호가 끊기는데요." 그는 통화 종료 버튼을 누르고는 휴대전화를 브래드쇼에게 돌려줬다. 브래드쇼는 휴대전화를 살펴보기 시작했다.

"전화기는 문제없어요, 틸리. 그냥 전화를 끊어야 해서 그런 거예요. 가끔은 그런 식으로 말하는 게 편하거든요."

"아, 뭐라고 하세요, 포?"

"별거 없어요."

"그럼, 우리는 이제 어떻게 하죠?"

포는 인상을 썼다. 그는 사람들이 그가 하고 있는 일을 그만두길 바란다면 아마 길을 제대로 짚은 것이리라고 늘 생각했지만……. 한편으로는 브래드쇼를 끌어들이고 싶지 않기도 했다. 귀여울 정도로 서투르기는 하지만, 그녀는 대단한 경력을 쌓을 수 있었다. 그는 다음할 일을 혼자서 하겠다고 했다.

브래드쇼는 거부했다.

포는 그녀를 빤히 보며, 정말로 돕고 싶어서 그러는지 아니면 새로 생긴 엉뚱한 충성심 때문에 그를 맹목적으로 따라오려고 그러는지 헤아리려고 했다. 그에게 보이는 것은 결의뿐이었다. 그는 한숨을 쉬고 생각했다. *안 될 게 뭐람?* 그는 휴가 중이었고, 새로 생긴 친구를 데리고 레이크 구역 풍경을 둘러보려는데 문제 될 게 뭐가 있겠는가. 그러다가 우연히 케직에, 칼라일 주교의 거처 근처에 가게 되면, 가게 되는 거지 뭐…….

27

1230년에서 2009년까지 칼라일 주교의 공식 거주지는 댈스턴 마을 인근의 로즈 캐슬이었다. 거대하고 사방으로 뻗어 나간 그 건축물은 이 나라의 중요한 문화유산 중 하나로, 교회 재산 목록 중에서 보석 같은 위치를 차지했다. 그러나 이번 주교가 자기 교구의 사제들은 물론이고 그 밖의 사람들도 가난하게 사는데 자기만 그렇게 호화로운 곳에서 사는 것이 부적절하다고 여기고 그곳을 떠나기로 결정했다.

그 일이 신문 표제를 장식했기 때문에 포는 찾아보지 않고도 그 사실을 알고 있었다. 브래드쇼가 인터넷을 간단히 조사해보니 주교의 새 주소가 나왔다. 주교는 케직에 있는 주교관으로 거처를 옮겼다. 포는 몰랐지만 가보니 그가 아는 거리였다.

전날 잠을 못 잤지만 포는 기세가 오르고 있었고 제대로 된 형사라면 수사가 한창일 때 잠을 자지는 않는 법이었다. 차를 몬 지 20분이 지나자 브래드쇼의 전화벨이 울렸다. 이번에는 플린이 교회에 접근하지 말라고 경고했다.

"나 운전 중이고 핸즈프리 없다고 해줘요." 플린이 그를 바꾸라고 하자 그가 말했다. "신호가 잡히면 내가 전화하겠지만 지금 아이스크림 먹으러 국립공원으로 가고 있는데 산 때문에 수신이 잘 안 된다고 해요."

작은 스피커로 플린이 욕하는 소리가 들렸다. 그래, 뭐 어쩌겠는가. 어차피 플린은 포에게 전화해서는 안 됐다. 그는 휴가 중이었으니까. 그래도 여전히 한 가지 문제가 남았다. 브래드쇼가 계속 개입하는 것. 그가 무모하게 행동하는 건 괜찮았지만—그는 불가피하게 닥칠 결과를 상관하지 않았다—큰 개들이 싸우면 작은 개들이 다치게 마련이었다. 하지만 여기는 브래드쇼를 태워 돌려보낼 대중교통도 없었고 그가 셉까지 차를 몰고 다시 돌아갔다가 올 마음도 없었다. 그는 타협안으로 만족했다. 브래드쇼를 케직까지는 데려가겠지만 괜찮은 술집에 내려주고, 그가 남은 이력을 망가뜨리는 동안 그녀에게 기다리라고 할 생각이었다.

그는 브래드쇼에게 말했다.

브래드쇼는 싫다고 하며 팔짱을 끼고 그가 물러날 때까지 그를 모르는 척했다. 그는 벌어질지 모를 일을 설명했지만 브래드쇼는 태도를 고수했다.

그렇다면 하는 수 없지.

브래드쇼는 누구보다 물정에 밝은 사람은 아니었지만, 성인인 만큼 누구나 그렇듯이 끔찍한 결정을 내릴 자유가 있었다. 그리고 이상하게 들릴 테지만 두 사람은 합이 잘 맞았다. 부적응자들이 흔히 그렇지, 포는 생각했다.

브래드쇼의 휴대전화가 울렸다.

"또 스테퍼니 플린 경위님이에요." 발신자 이름을 보고 브래드쇼가 말했다.

"받아요. 문제 생기면 안 되니까."

플린은 휴대전화를 무음 모드로 바꾸더니 주머니에 넣어버렸다.

"신호가 안 잡히네요."

포가 흠칫했다. *내가 뭘 만들어버린 거지……?*

주교는 로즈 캐슬을 떠나면서 전보다 격이 낮아지기는 했지만 그렇다고 빈민층이 된 것과는 거리가 멀었다. 상상력 없는 '주교관'이라는 이름이 붙은 거처는 케직 중심가의 앰블사이드로路에 있었다. 그것은 지대를 높인 땅에 세 개의 슬레이트 전면부를 배치해 지은, 레이크 구역의 웅장한 건물이었다. 건물 앞쪽으로는 천 평이 넘는 넓은 정원이 있었는데, 아직 자리를 잡으려면 몇 년은 걸릴 터였다. 포는 진입로나 눈에 띄는 주차 공간이 보이지 않자 케직 노상 주차장자리 따기 도박에 참가했다.

결국 포는 블렌캐스라가街 가까이에서 방금 난 빈자리를 찾았다. 그는 대시보드에 주차 시간 표시판을 놓고 그 옆에 '경찰 업무 중'이라고 휘갈겨 써놓았다. 주차단속요원이 신입이라면 넘어가줄지도 몰랐다.

포와 브래드쇼는 걸어서 앰블사이드로로 돌아간 뒤 넓은 자갈길을 올라 주교관으로 갔다. 초인종이 있고 커다란 검은색 노커가 있었다. 포는 초인종을 눌렀다.

미리 연락하지 않고 왔기에 포로서는 누군가 있을지 없을지도 알 수 없었다. 교회 위계에 대해서 별로 아는 바는 없었지만 주교직이 대단한 자리라는 것은 그도 알았다. 포는 그들이 아마 업무상 자리를 비울 때도 잦으리라 짐작했다.

누군가 포의 집 문을 두드렸는데 그가 10초 뒤에도 대답이 없다면 포가 집에 없거나 죽은 것일 테지만, 포는 이 집이라면 3분은 기다려 보고 포기할 마음이었다. 1분이 지난 뒤 포는 거대한 노커를 쓰면 좀 더 운이 좋을지도 모른다고 생각했다. 그는 노커 손잡이를 들고 쾅 하고 내리쳤다.

포와 브래드쇼는 놀라서 서로 마주 보았다. 그 정도 소음이면 죽은 자도 깨어날 것 같았다. 몇 초 뒤에 커다란 현관문이 열렸다.

둥글둥글한 남자가 두 사람을 내다보며 낮게 뜬 오후 햇빛에 눈을 깜빡였다. 그는 60대로, 남루한 카디건을 걸치고 있었다. 독서용 안경이 가죽 끈에 매달린 채 목에 걸려 있었다. 그는 호기심을 느낀 듯 웃음 지었다. 브래드쇼는 오는 길에 주교의 최근 사진을 찾았고 포는 자기가 니컬러스 올드워터 주교를 마주 보고 있다는 것을 알았다.

"포 경사이겠군요. 올지도 모른다는 언질을 받았습니다." 주교가 찡그렸다. "혼자 올 거라고 들었는데요."

포가 말리기도 전에 브래드쇼가 앞으로 나서며 절을 했다. "머틸다 브래드쇼입니다, 성하."

포는 인상을 썼지만 올드워터는 소리 내 웃더니 말했다. "니컬러스 라고 해도 돼요, 머틸다. 들어들 와요. 뭔지는 모르지만 흥미롭게 들리네요. 경찰과는 그다지 접할 일이 없어서 말이지요. 청장님도 두 번이나 전화했고 NCA의 스테퍼니 핀이라는 사람도 고작 15분 전에 전화했답니다."

"스테퍼니 플린 경위입니다, 니컬러스. SCAS의 대장이에요. SCAS는 중범죄분석섹션을 가리키고요. 국가범죄수사국 소속이에요, 맞죠, 포?" 브래드쇼가 말했다.

포가 끄덕였다. "맞아요, 틸리."

"음, 다들 우리가 얘기하는 걸 바라지 않는 눈치군요. 무슨 일인데 그럴까요?" 올드워터가 말했다.

올드워터는 두 사람을 데리고 방 두 개와 길고 커다란 홀 하나를 가로지르더니 서재로 들어갔다. 둘에게 방해받기 전까지 그는 일을 하고 있었다. 탁상 전등이 켜져 있고 책이 몇 권 펼쳐져 있었다.

주교는 책상 앞에 앉아 두 사람에게 여기저기 흩어진 의자들을 가리키며 앉으라고 했다. "올드워터 부인은 런던에 가 있고 가정부는 오늘 쉰답니다. 목마르면 커피 정도는 얼른 내올 수 있는데요?"

보통 때 같으면 포도 거절했겠지만 그는 이 일을 격의 없이 다루고 싶었다. "괜찮으시면 커피 하겠습니다. 틸리?"

"과일차 있으세요, 니컬러스?"

"올드워터 부인이 이따금 감초차를 마시는 거 같은데. 그거면 될까요?"

브래드쇼가 고개를 흔들었다. "고맙지만 안 되겠네요, 니컬러스. 감초 먹으면 설사가 나거든요."

하느님 맙소사……

주교가 웃음 지었다. "그렇군요, 아가씨. 물론, 이 나이쯤 되니 그런 문제는 없네요."

"맞아요, 니컬러스. 변비는 노년층에게 흔한 증상이죠."

포가 경악하여 그녀를 응시했다.

"왜요?" 브래드쇼가 그의 표정을 보더니 말했다. "사실이에요. 노인층의 30퍼센트가 배변 활동을 일주일에 세 번 미만으로 한다고요."

포가 양손으로 머리를 감쌌다. 그는 주교를 바라보고 말했다. "틸리가 무슨 생각을 하는지 말하게 하기가 항상 쉬운 건 아닙니다, 니컬러스."

다행히도 올드워터는 이것이 사뭇 재미있었는지 큰 소리로 웃어 젖혔다. "좋아요 좋아. 그럼 뜨거운 물을 줄까요?"

"부탁드려요, 니컬러스." 틸리가 말했다.

주교는 음료를 가지러 갔다. 포는 그가 복도에서 혼자 웃는 소리를 들었다. 그는 브래드쇼를 보더니 엄지를 치켜들고 잘했다고 고개를 끄덕였다. "좋았어요."

"뭐가요, 포?"

"신경 쓰지 마요."

주교는 5분 뒤에 돌아왔다. 쟁반은 커피, 뜨거운 물, 비스킷 한 접시로 가득 차 있었다. 포는 비스킷에 손을 뻗었다. 아……. 리치 티, 비스킷을 먹고는 싶은데 달콤한 것과 짭짤한 것 사이에서 갈등할 때 먹는 과자. 그는 과자를 잔 받침에 놓고 훌륭한 커피에 집중했다.

포는 주변을 둘러보았다. 희귀해 보이는 책과 원고가 사방에 있었다. 이 방에 커피를 한 잔 쏟으면 되돌릴 수 없는 해를 입힐 수도 있으리라. 커피 잔을 든 포에게는 무시무시한 생각이었다. 올드워터는 포가 바라보는 곳을 보았다.

"조만간 상원의사당에서 교회가 난민 문제에 어떤 역할을 해야 하는지를 주제로 연설하게 되었답니다. 예전 연설들을 좀 살펴보고 있지요. 정부를 부끄럽게 만들어서, 틀렸지만 인기 있는 일이 아니라 인기는 없지만 옳은 일을 하게 만들 방법이 없나 찾아보고 있습니다."

"그러면 가급적 짧게 말씀드리죠, 니컬러스. 저희는 퀸틴 카마이클 일로 왔습니다." 포가 말했다.

"이제까지 알아낸 게 뭐지요?"

주교는 방어적인 태도로 말하지 않았고, 포는 그를 위협하는 것이 최선의 전략이 아니라는 점을 알았다. 그가 제대로 하기만 하면 주교는 동지가 될 수도 있었다. 포는 정보를 다 흘리지 않겠다는 생각으로 여기 왔지만 때로는 직감을 따르는 편이 가장 나았다…….

"잃어버린 손목시계 얘기를 해드리죠, 니컬러스. 가능하면 얘기가 끝날 때까지 들어주시기 바랍니다."

올드워터는 웃었다. "오늘 저녁이 생각한 만큼 지루하지는 않겠군요."

포가 말을 마치자—뭔가 기술적인 이야기를 할 때는 브래드쇼가 중간중간 끼어들었다—올드워터는 상체를 앞으로 기울이며 손가락을 마주 대고 손을 뾰족하게 세웠다. 주교는 핵심을 찌르는 질문을 몇 개 했고, 포는 주교가 모든 걸 제대로 이해했을 뿐 아니라 오랫동안 풀리지 않던 그의 몇몇 의문이 풀렸다는 인상을 받았다.

"카마이클에게 그 시계를 준 사람이 내 전전 주교였다는 거 압니까? 그 양반이 협력하던 몇몇 자선단체에서 돈을 갹출했지요. 교회는 비싼 장신구에 그런 돈을 쓰지 않는답니다."

포가 끄덕였다.

"그리고 경찰에서도 교회에서도 카마이클이 돈을 횡령했다는 증거는 찾지 못한 것도 알고 있겠지요."

포의 가설은 교회에서 그 일을 아주 깔끔하게 수습해서 경찰에서 아무것도 찾지 못했다는 것이었다. 가톨릭교회에서 아동 학대를 은폐할 수 있다면, 영국국교회에서도 사소한 절도 정도야 당연히 은폐할 수 있으리라.

"아, 우리가 평판을 지키려고 그랬다고 생각하는군요?" 올드워터가 말했다.

"그런 생각이 들기는 했습니다."

올드워터가 파일 캐비닛에서 얄팍한 파일을 하나 꺼냈다. 그는 파일을 펼쳐 포에게 보여주었다. "교회 자산입니다, 포 경사."

화려한 재무제표였다. 맨 밑에 쓰인 숫자가 어마어마했다. 백만 단위가 아니라 10억 파운드 단위였다. 포는 교회가 그 정도로 부유한지는 전혀 몰랐다.

"내가 왜 이걸 보여주는지 궁금하겠지요?"

포는 주교가 자기 조직이 얼마나 강력한지 보여주려고 그런 게 아니냐고 말하려고 했지만, 말이 입 밖으로 나오지 않았다. 올드워터는 화가 난 듯 보이지 않았다. 아마도 그게 아니었던 것이리라.

"우리가 얼마나 강력한지 보여주려고 그런 건 아닙니다. 혹시 그런 생각을 한 거라면."

뭐지 이 양반, 망할 독심술이라도 하나……?

"전혀 안 했는데요."

"그래요, 우리가 얼마나 훌륭한지를 보여주려고 한 거랍니다. 교회에는 전국에서 가장 뛰어난 회계사들이 있어요. 우리는 성직자들에게 급여를 많이 주지 않고 그래서 이따금 일탈하려는 유혹을 느끼는 사람도 있지요. 요는 우리가 항상 찾아낸다는 겁니다. 그리고 내가 은폐가 아니라 조사라고 할 때는 그 말을 사실로 받아들여도 됩니다. 교회는 자산을 빈틈없이 보호하니까요."

포는 서류를 다시 보았다. 맞는 말이라고 생각했다. 매우 부유한 사람들은 포 같은 이들에 비해 동전 하나까지도 어디 있는지 다 알고 있는 듯했다. "그렇다면 좋습니다. 아시는 걸 말씀해 주십시오. 왜 언론에서 그가 교회 돈을 횡령하고 있다고 생각했는지 말씀해주세요."

올드워터는 머릿속으로 정리를 하려는 듯 보였다.

"정말 경찰 맞습니까, 포 경사?"

"맞습니다. 왜 그러시죠?"

"경찰이라면서 경찰 파일을 읽지 않은 것 같아서지요."

"저희는 국가범죄수사국입니다, 니컬러스. 다른 곳들과 항상 잘 어울리는 건 아니거든요. 지금은…… 소통에 문제가 좀 있습니다."

올드워터가 끄덕였다. 포는 이 노회한 주교가, 들은 것 이상으로

여러 가지 일이 벌어지고 있다는 걸 눈치챘으리라 생각했지만 주교
는 어쨌든 돕고 싶어 하는 눈치였다.

"포 경사, 카마이클 씨가 사라졌을 때 은행 계좌에 100만 파운드가
있었는데 그 돈은 우리한테서 횡령한 게 아니에요. 오늘날까지도 그
게 어디서 나온 돈인지 아는 사람이 없습니다."

포가 몸을 앞으로 기울였다. "전부 다 말씀해주십쇼." 그가 재촉했다.

28

"퀜틴 카마이클은 교회에서 존경받는 인물이었지요. 야망이 있었지만 그게 늘 나쁜 건 아니랍니다." 올드워터 주교가 말했다. 주교는 다른 방에서 커다란 마닐라 파일을 꺼내왔다. 아마 임직원 파일인 듯했다. 그는 그걸 보고 기억을 되새기더니 요약해서 설명했다.

"카마이클이 주임 사제였나요?" 포가 물었다.

올드워터가 끄덕였다. "더원트셔 교구를 맡았답니다. 앨러데일을 거의 포괄하는 교구지요. 이 나라에서 상당히 부유한 지역이에요."

"손목시계를 받은 계기가 된 자선 활동은요?"

"정당하고 검증된 일이었어요. 조사해보니 그가 모은 기금 중 단 한 푼도 그가 손댈 수 있는 계좌를 거친 일이 없었습니다. 그는 특정 사업을 맡아 명목상 대표로 일하기는 했지만 세세한 사항은 다른 사람들에게 맡겼지요."

포가 잠시 말을 끊었다. "그가 자선단체에서 뒷돈을 챙겼을 가능성은요? '나한테 좀 찔러주면 그 열 배를 모금하게 해주겠다'는 식의 거래랄까요?"

"경찰 조사에서도 그 점을 검토했지요. 단체들은 모두 평판이 좋았고 회계 기록도 흠잡을 데가 없었어요. 그건 아니었습니다."

"회계는 속일 수 있죠." 포가 말했다.

"그래요, 그렇지요. 하지만 아주 진지한 경찰들이 그걸 살펴봤습니다. 스무 개가 넘는 자선단체에서 전부 사법회계팀을 속일 정도로 치밀하게 일을 처리했을 거라는 얘긴가요?"

"아니요, 그럴 가능성은 희박하겠죠."

"하지만 그가 고위직 성직자였고 그가 사라진 직후에 돈이 발견됐기 때문에 언론에서는 그 둘을 엮어서 진부한 얘기를 만들어낸 겁니다."

"돈은 어떻게 됐습니까?" 포가 물었다. 돈이 동기였다면 그걸 추적하면 범인에게 다가가거나, 아니면 적어도 카마이클이 다른 피해자와 어떻게 연관되는지 밝힐 수 있을지도 몰랐다.

"그의 아이들이 뭐라고 주장했는지, 아까 내가 한 얘기 들었지요?" 올드워터가 물었다.

"그가 아프리카에서 선교 활동을 하라는 소명을 받았다고 한 거 말씀이십니까?"

"그래요."

"믿으셨습니까?" 포가 물었다.

"그때도 안 믿었고 지금도 마찬가지입니다." 올드워터가 대답했다.

"자식들은 카마이클이 말라리아인지 뭐 그런 걸로 죽었다고 하지 않았나요?"

"뎅기열이에요. 그리고 그것도 증거는 전혀 없었지요."

"하지만 법원에서 묶여 있던 그의 재산을 풀어주었죠."

"그랬지요." 올드워터가 한숨을 쉬었다. "자, 자식들 관점에서 볼 필요가 있어요. 아버지가 실종되었는데 은행에 큰돈이 있었다 이겁니다. 경찰 조사에서도 그 돈이 부정하게 얻은 거라고 입증되지 않았고, 그러니까 자연히 무유언 상속이 적용됐어요. 그의 아내도 이미 죽었으니까, 그가 죽었다고 선고되자마자 돈이 자식들에게 갈 거였단 말이지요."

"그래서 아버지가 죽었다고 날조했다?"

"확실치는 않아요. 기록을 보면 언론에서 그를 추적했을 때 아이들이 학교에서 힘들어했다고 합디다. 어쩌면 아버지가 어떻게 죽었는지 설명하는 이야기를 지어냈다고 해도 놀랄 일은 아니겠지요. 아이들이 돈을 차지하는 일까지 내다보고 그랬는지는 나도 모르겠네요."

"자식들이 그의 여권과 수표책을 숨겼다고 생각하십니까?"

"그랬을지도 모르지요. 그리고 일단 거짓말을 하고 나면 계속 그걸 밀고 나가는 수밖에 없었을 테고요."

세 자식이 경찰에게 조사받으면서 거짓말을 계속 유지하는 것은 평범한 일이 아닐 터였다. 아마 그중 하나가 거짓말을 하고, 나머지 둘에게도 거짓말을 했으리라.

올드워터가 계속 이야기했다. "자식들이 진술한 내용을 나도 다 읽어봤는데, 카마이클이 나라를 떠났다고 말하지 않으려고 자식들이 상당히 조심했더군요. 그런 표현 대신 그가 나라를 떠났다고 *생각한다*고 했지요."

"경찰에게 자기 생각을 말하는 건 범죄가 아니니까요." 포가 말했다. "그런데 뎅기열은 어떻게 된 겁니까? 그건 분명히 확인할 수 있었을 텐데요?"

"아프리카에 가는 선교자가 수없이 많지만 돌아오지 않는 사람도 수없이 많답니다. 전쟁, 범죄, 질병, 세 가지가 큰 이유지요. 하지만 아이들이 그걸 지어낸 거라면 똑똑한 거예요."

"어째서죠?"

"뎅기열이 뭔지 압니까, 포 경사?"

포가 고개를 가로저었다.

"음, 두 가지만 알면 됩니다. 끔찍하게 죽는 방법이라는 것과 전염성이 아주 강하다는 것. 당시 아프리카에서는 그런 병에 걸려 죽은 사람은 모조리 화장했답니다."

"그러니까—"

"그러니까 나이대가 맞는 신원 미상의 백인 남자가 죽었다는 기록만 있으면, 그가 죽었다는 선고가 나오도록 작전을 시작할 수 있었겠지요. 아프리카에서, 특히 전쟁 지대에서 기록은 사실상 없는 것이나 다름없으니까요."

포는 아무 말도 하지 않았다.

"그리고 잊어버리면 안 되는 것이, 그때쯤에는 카마이클이 실종된 지 몇 년이 지났다는 겁니다. 자식들은 법원에 신청하면서 몇몇 정황 증거를 제시했고, 2007년에 사망증명서를 받았어요. 그러자 부동산을 자기들 마음대로 할 수 있게 되었지요."

"그래서 그걸 그냥 말아먹은 겁니까?"

"아, 아니에요, 그런 건 아닙니다."

"그러면 뭐죠?"

올드워터는 뭔가를 결심하는 듯 보였다. "뭐든 쉽게 넘어가지를 않는 사람인 것 같군요, 포 경사."

"제 장점은 아닙니다, 니컬러스." 포가 인정했다.

"잘됐군요." 올드워터가 말했다.

"뭐가요?"

"이번 주에 경사한테 운이 따르는군요. 정장 한 벌 구할 수 있겠어요?" 주교가 활짝 웃었다.

29

포가 브래드쇼를 샙 웰스 호텔에 내려줄 무렵, 컴브리아가 그 본연의 모습을 드러내기 시작했다. 날씨가 달라졌고 동풍이 강풍으로 바뀌려 하고 있었다. 에드거가 어두운 하늘을 보고 으르렁댔지만 산책하러 나가자 얼마 안 있어 꼬리를 흔들었다.

바람이 포의 얄팍한 겉옷을 파고들기 시작하자, 그는 돌아가는 편이 낫겠다고 생각했다. 나쁜 날씨 따위는 없다고, 옷을 잘못 입었을 뿐이라고. 그가 돌아가는데 블랙베리에 수신 문자 알림이 왔다. 플린이 보낸 문자였다. 당신 집에 가는 길이야. 할 얘기가 있어.

플린이 뭘 바라는지는 뻔할 뻔 자였고, 포는 허드윅 농장 둘레에 해자를 팔 시간이 있을지 공상했다. 그가 집으로 다가가는데 이미 불이 켜져 있었다. 자기 집인데도 그는 들어가기 전에 노크했다.

플린은 노발대발했다. "도대체 어디 갔었어?"

포는 그녀를 지나쳐서 가스 주전자의 밸브를 열었다. 스토브에 불을 켜고 물이 끓어오르자, 플린을 보고 말했다. "방금 그건 뭐야? 설마 휴가 중에 내가 해도 될 일과 하면 안 되는 일이 뭔지 얘기하려고 한 건 아닐 테고."

그가 생각한 대로 플린은 눈도 깜짝하지 않았다. "그런 거지 같은 헛소리는 관둬, 포. 당신은 아무 권한도 없이 증인을 만나러 갔어."

"누구 말하는 거야?" 포가 저도 모르게 말을 뱉었다.

다행히도 플린은 그가 자기를 약 올리려고 그런다고 생각하는 눈치였다.

"내가 누구 말하는지 잘 알 텐데. 프랜시스 샤플스가 칼라일 경찰서에 전화해서 자기 체포하러 언제 올 거냐고 물었어."

제길…… 샤플스는 잊어버리고 있었다. 그는 웃음이 번지려는 걸 억눌렀다.

"안 웃기거든, 포! 그 사람들 아주 제대로 등신이 돼버렸다고."

"제대로 등신 맞잖아."

"아니, 포, 아니야. 그 사람들 말도 안 되게 어려운 일을 하고 있는데, 세상의 언론은 그들이 하는 일마다 비판하기 바빠. 증인들한테 마구잡이로 찾아가 얘기하는 거, 갬블로서는 있을 수 없는 일이야."

"하지만 밴 질이—"

"밴 질은 당신더러 전략 짜는 걸 도우라고 여기 오라고 한 거야, 포. 다른 누구도 생각하지 못하는 걸 생각할 수 있도록. 부장은 당신이 제멋대로 굴기를 바라는 게 아니야. 그 양반 오늘 컴브리아 경찰청장 상대로 한 시간이나 전화통을 붙잡고 있었다니까."

"미안. 당신 말이 맞아. 변명할 여지가 없어. 미리 누구한테든 말을 했어야 하는 건데."

이 말에 플린은 좀 누그러지는 듯했다. "알아낸 거 얘기해봐. 음성사서함에 남긴 시계 얘기는 좀 모호했어."

포는 그날 있었던 일을 모두 말했다. 그 후에 주교를 보러 간 이야기는 깜빡하고 빠뜨렸다. 플린은 자기가 직접 내린 지시를 포가 무시했으니 절대로 그냥 넘기지 않으리라. 포가 시신 발굴 명령 때 플린을 건너뛰어 국장에게 간 뒤였으니 더더욱. 브래드쇼가 나중에 이야기할 수도 있지만─포가 비밀로 하라고 하지 않았으니─포는 그러지 않기를 바랐다. 게다가 어쨌든 포는 휴가 중이었고 주교관은 관광 코스에 올라가 있었다. 플린은 화가 부글부글 끓어오르는 와중에도 포의 이야기에 감탄한 듯했다.

주전자에서 삐 소리가 나서 둘은 잠시 쉬었다. 커피가 식는 동안 포는 창의 덧문을 다 닫고 바깥에 있는 것들이 모두 제대로 고정되어 있는지 확인했다. 그는 허드윅 농장 건물을 걱정하는 게 아니었다. 농장은 몇 세기 동안 버티고 서 있었고─옛날 사람들은 물건을 제대로 만드는 법을 아는 듯했다─그가 바꾼 부분은 모두 실내에 있거나 땅속에 묻혀 있었다. 그는 고개를 들어 내다보다가 그곳에서 꼭 마주치게 마련인 허드윅 양을 한 마리 보았다. 녀석은 뻣뻣한 고원 풀을 태평하게 씹고 있었고 강풍에도 아무렇지 않은 듯 보였다. 왜 안 그렇겠는가? 그 종은 못처럼 튼튼했다. 눈에 파묻혀서도 몇 주 동안이나 자기 털을 뜯어 먹으면서 살아남는다고 알려져 있었다. 바람 좀 분다고 신경 쓸 녀석들이 아니었다.

에드거는 포가 뭘 하는지 보려고 바깥으로 나왔지만 귀가 펄럭이며 떨어져 나갈 뻔하자 후다닥 안으로 뛰어들었다. 포는 마지막 남은 물건인 여유분 가스 주전자를 끈으로 묶어 눌러놓고 나서야 할 일을 다 끝냈다. 그는 안으로 들어가 문을 닫았다.

플린은 커피를 홀짝이며 벽에 붙은 임시 작업 보드를 보고 있었다. 그녀가 마지막으로 거기 왔을 때 이후로 아무것도 추가되지 않았다.

"바람이 제법 부네." 포가 겉옷을 벗으며 말했다.

플린은 커피를 마저 마신 뒤 머그잔을 작은 싱크대에 놓았다. "그래서, 다음엔 뭘 할 거야?"

"정말 알고 싶어?"

"아니. 그래도 말해봐."

"틸리랑 난 칼라일 주교와 함께 자선 행사에 참석할 거야."

플린이 머리에 두 손을 얹더니 신음했다.

30

플린을 샙 웰스 호텔에 태워다준 뒤 포는 예전에 입던 업무용 정장을 걸쳐보았다. 그것은 해어지고 기름기로 번들거릴 뿐 아니라 너무 컸다. 포는 컴브리아로 돌아온 뒤 몸무게가 그렇게 많이 빠진 줄 몰랐지만, 한때 어찌나 꽉 끼던지 피부에 상처가 날 정도이던 정장이 이제는 그가 옷걸이라도 된 양 헐렁하게 걸려 있는 모양새였다. 그는 기적의 다이어트 약 복용 전후 광고처럼 보였다. 필시 허드윅 농장을 굴러가게 하려고 지난해 육체노동을 열심히 한 덕분이었다.

포는 확실히 새 정장이 필요했다. 다행히도 자선 행사는 이틀날 저녁에나 열렸다. 만 하루 동안 쇼핑할 시간이 있었다. 그는 브래드쇼에게 전화해 드레스가 있는지 물었다.

브래드쇼는 없다고 했다.

"켄들에 가면 뭐가 좀 있을 거예요. 10시에 태우러 갈까요?" 포가 말했다.

"부탁해요, 포. 또 밖에서 점심 먹을 수 있을까요?"

"에……. 물론이죠."

"좋아요."

"플린 경위랑은 얘기했어요?" 포가 물었다.

"아직요. 나중에 차 마실 거예요."

"음, 경위가 뭐든 물어보면 거짓말하지 않는 거 명심해요."

"알았어요." 브래드쇼가 약속했다.

날씨가 밤중에 더 나빠져서 '바람이 제법 부네'를 '바람이 몹시 부네'로 생각을 바꿔야 했지만 포는 쭉 잠을 잤다. 일어나서 보니 마치 폭풍이 자기 상상일 뿐이었나 싶었다.

포는 창의 덧문을 열고 공기가 들어오게 했다. 해가 나와 있었고 하늘은 흐릿한 파랑이었다. 공기는 갓 구운 빵처럼 따스했다.

포는 헌 옷을 걸치고 피해 상황을 보러 나갔다. 만족스럽게 고개를 끄덕였다. 농장은 긁힌 흔적 하나 없었다. 어젯밤에 본 양은 아직도 그 자리에 있었다. 녀석은 굳이 고개를 들어 쳐다보지도 않고 풀을 뜯었다.

그는 작업 중인 파일을 집어 들고 전날 밤 적은 메모를 다시 읽으며 새로운 눈으로 보면 뭔가 떠오르지 않으려나 했다. 아무것도 생각나지 않아 그는 아침이나 제대로 먹기로 했다. 평소 같으면 에드거와 함께 샙웰스 호텔까지 걸어가서 거기서 아침을 먹었겠지만, 플린과 마주치고 싶지는 않았다. 지난밤에 좋게 헤어졌는데 그걸 바꾸고 싶지 않았다.

포는 정육점에서 산 질 좋은 블랙 푸딩°과, 신선한 오리알 두 개,

° 영국과 아일랜드 등에서 먹는 수천 년 전통의 선지 소시지. 보통 돼지 피를 넣어 만들어 검은색에 가까울 정도로 색이 진하다.

버터 바른 토스트로 만족했다.

한 시간 뒤 그는 섑 웰스 앞에서 브래드쇼를 기다렸다.

두 사람은 각자 갈라져 쇼핑한 뒤에 만나서 점심을 먹기로 했다. 포는 처음 들어간 매장에서 정장을 샀다. 행사에 특별히 맞는 옷을 살까도 생각했지만 새로 생긴 검소함이라는 강박 때문에 가격이 합리적이고 세탁기에 돌려도 괜찮은 정장을 사게 되었다.

브래드쇼를 만나기까지 한 시간이 남아 있어서 그는 퀸들 경찰서에 들러 리드를 보기로 했다.

리드는 자리에 없었고, 내근 중인 경사는 포에게 들어와서 옛 동료들과 한담할 생각일랑 말라는 뜻을 분명히 밝혔다. "썩 꺼져, 포"라는 말을 오해할 여지는 거의 없었다. 대신 포는 동네를 돌아다녔다. 날씨도 좋았고 어차피 그는 휴가 중이었다.

점심 먹으면서 브래드쇼는 자기가 산 옷을 보여주었다. 드레스는 온통 빨간색에 금색에 녹색이었다. 가까이 들여다보니 만화책 표지를 모자이크한 것이었다. 브래드쇼에게 어울릴 터였다.

"멋진데요, 틸리. 화려하네요." 포가 말했다. 그는 자기 가방에 손을 넣어 그녀에게 티셔츠를 한 장 건넸다. "자요, 주려고 샀어요."

브래드쇼가 펼쳐 보더니 '너드 파워' 디자인을 보고는 기뻐하며 키득거렸다. 얼마 안 있어 키득거림이 잦아들자 포는 자기가 망쳤다고 생각했다.

"미안해요. 좋아할 줄 알았는데." 그가 나지막이 말했다.

"너무 좋은걸요, 포!" 브래드쇼가 정색하며 말했다. 그녀는 티셔츠를 개 가방 안쪽에 안전하게 넣었다. 슈퍼히어로 드레스는 제일 위에 있었다. 포는 스파이더맨이 자기를 쳐다보는 게 보였다.

오늘 밤 재미있겠어……

31

포는 호수 근처에 있는 그 극장에 한 번도 가보지 않았다. 극장은 현대 건축물로, 약간 자치단체 사무실처럼 보이기는 했지만 레이크 구역 돌로 지어서 그나마 어느 정도는 매력을 간직하고 있었다. 무미 건조한 건물을 배경이 채워주었다. 극장은 케직 가장자리에, 더원트 워터 연안 가까이 있는 웨스턴 펠스 아래쪽에 자리했다. 포는 케직과 그래스미어, 앰블사이드 주변의 고원들이 너무 완벽하다고, 마치 누 군가가 포토샵으로 처리해 만든 배경처럼 보인다고 늘 생각했다. 그 는 좀 더 서쪽과 남쪽에 있는, 야생의 느낌이 나는 고원들에 더 끌렸 다. 샙 주변에서 그가 본 관광객들은 심각하게 길을 잃어버렸거나 심 각하게 의욕적인 사람들이었다.

그래도 예쁜 배경이기는 했다.

컴브리아의 주요 인물들이—아니면 적어도 스스로 그렇다고 여 기는 사람들이—때로 몰려왔다. 남자들 중 절반은 검은색 타이를 했 고 나머지 절반은 호화찬란한 현대식 정장을 뽐냈다. 파란색, 녹색, 심지어 자주색까지. 한 남자는 페즈 모자˙를 쓰고 있었다.

포는 생각했다. *예술가인 체하는 자들, 항상 달라 보이려고 하는데 항상 똑같아 보인다니까.*

234

군중이 각양각색의 옷차림을 하고 왔는데도 포와 브래드쇼는 후광을 받기라도 한 듯 도드라져 보였다. 포는 자기가 너무 대충 입었다는 걸 알았다. 그의 정장은 싸구려라서 싸구려로 보였다. 심지어 초대장을 확인하는 사람조차 그보다는 더 우아하게 입은 터였다.

알 게 뭐람. 포는 연쇄살인범을 사냥하러 왔지 친구를 사귀러 온 게 아니었다.

브래드쇼는 조금 나았다. 만화 캐릭터 드레스 덕에 다소 괴짜로 보이는 이점이 있었다. 그리고 머리에 공을 들인 데다—잔뜩 올려서 포니테일로 묶는 대신 어깨에 자연스럽게 내려와 있었다—늘 끼던 해리 포터 안경을 렌즈로 바꿔 끼어서 몇몇 남자들에게 감탄의 흘끔거림을 받고 있었다. 브래드쇼 자신은 그런 줄도 몰랐지만.

포의 눈길이 멀리 있는 한 인물에 멎었다. "저기 봐요. 주교 왔어요." 그가 브래드쇼에게 말했다.

니컬러스 올드워터가 포에게 운이 좋다고 했을 때, 그가 뜻한 것은 옛 카운티인 웨스트모어랜드의 사회적 약자 아동을 위한 기금 마련 만찬 행사였다. 그날 저녁 행사의 주최자는 퀜틴 카마이클의 자녀들이었다.

• 챙이 없고 위쪽이 평평한 원통형 모자. 대개 펠트로 만들고 붉은색이다. 주로 모로코, 터키 등에서 볼 수 있다.

이것이 카마이클의 자식들이 돈을 어디에 썼느냐는 포의 질문에 주교가 건넨 대답이었다. 그들은 카마이클 재단을 설립했던 것이다.

"2007년에 그의 자식들은 각각 10만 파운드를 받고 나머지를 비영리 재단에 투입했답니다." 주교가 말했다.

"관대한 처사였네요." 포가 인정했다.

"꼭 그렇지는 않아요. 2007년에는 30만 파운드가 넘어가는 금액은 상속세로 40퍼센트를 내야 했으니까. 각자 10만 파운드만 받고 나머지를 재단에 투입해서 세금을 전혀 내지 않은 거지요."

"그리고 다들 이사회에 자리를 차지했겠죠. 아마 이사장도 있을 테고요."

"두둑한 연봉도 물론이지요." 올드워터가 보탰다. "비난할 수는 없을 겁니다. 아버지가 형편없는 패를 남겨 줬으니까요. 자식들은 그저 최선을 다해서 자기 것을 지키려고 했겠지요. 그리고 재단도 어느 정도는 도움이 된답니다."

칼라일 주교는 그날 밤 근무 중이 아니었다. 성직자 차림이 아니었던 것이다. 그는 예전 스타일이지만 포보다 스무 배는 품위 있어 보이는 정장을 입고 있었다.

올드워터는 두 사람을 보고 윙크했고, 두 사람의 차림새에 실망했는지 어떤지는 드러내지 않았다. 주교는 그들에게 다가가 말했다. "전형적인 전직 블랙 위치답게 항상 정시에 오는군요."

재미있는데. 올드워터가 그를 조사하고 있었다니. 그런데도 그 자

리에 참석한 것이다. 포는 동지가 생긴 건가 하고 생각했다.

금박 테두리를 두른 초대장을 안주머니에서 꺼내면서 올드워터 주교가 말했다. "가볼까요?"

그날 행사는 재단의 10주년을 기념하는 자리였다. 웨스트모어랜드의 사회적 약자인 아동들이 거기 온 사람들을 위해 내놓은 갖가지 카나페와 샴페인을 보았다면 어떻게 느꼈을지 포는 알 수 없었지만, 포 자신은 확실히 마음이 편치 않았다.

"보기 흉하죠?" 올드워터가 말했다.

포가 *끄덕거렸다.*

"겉보기만큼 나쁘지는 않아요. 이 사람들은" — 주교가 양팔을 흔들었다 — "떠받들어주지 않으면 돈을 내놓지 않을 테니까요. 오래된 자선 모금 수법이지요. 단체에 돈이 어마어마하게 많다고 착각하게 만들어서 큰 금액을 기부해야만 알아차릴 거라고 믿게 하는 겁니다. 볼로방˙과 캐비아에 돈을 쓸수록 돌아오는 돈도 늘어난답니다."

그런 식으로 돌아가는 거라면, 그런 것이겠지. 자선 활동은 포의 인생에서 중요한 부분이 아니었다. 그는 영국재향군인회에 자동이체를 해두었고 지역 옥스팸 매장에 옷가지를 가져다줬지만, 이런 행사

˙ 부풀린 둥근 파이 안을 뚫어 그 안에 여러 재료를 넣은 것.

에 참여한 적은 한 번도 없었다.

올드워터가 말했다. "나는 몇 사람과 악수 좀 하고 그러고 나서는 연설을 할 겁니다. 그런 뒤에 바에서 만나서 위스키 한잔하면 어때요? 그때 만나고 싶은 사람이 있으면 누구든지 소개해주지요. 두 사람은 한 시간 정도 카마이클의 호의를 이용하면 어떨까요."

32

뷔페는 포에게 실망스러웠다. 카마이클가 사람들은 그가 이해하지
도 못하고 좋아하지도 않는 음식만 내놓았다. 그가 생각하기에 굴을
먹는 건 찝찔한 가래를 먹는 것과 오십보백보였고 랍스터는 거대한
새우와 다를 바 없었다. 채식 메뉴도 마찬가지로 거들먹거리는 것이
어서, 포와 브래드쇼는 차라리 무료 바를 이용하기로 했다. 포는 컴벌
랜드 에일을 한잔 마셨고 브래드쇼는 탄산수를 마셨다.

두 사람은 음료를 손에 들고 극장을 여기저기 배회했다. 대부분은
개방되어 있는 듯했다. 강당 무대에는 연단이 설치되어 있었다. 그 왼
쪽과 오른쪽으로는 벽을 따라 리넨으로 덮인 탁자들이 놓여 있었다.
왼쪽 탁자에는 기부금을 받는 사람들이 있었고, 그쪽으로 사람이 꾸
준히 오갔다. 오른쪽 탁자에는 전시 캐비닛들이 놓여 있었는데, 퀜틴
카마이클과 그의 이름을 기려 만든 재단의 선행을 극찬하는 내용이
었다.

포는 왼쪽 탁자로 다가가 기부 봉투를 하나 집어 들었다. 우편번호
를 적는 난이 있었다. 번호를 기입하면 재단이 기부금 전액에 감세
이득을 볼 터였다. 기부 보조 프로그램이라고 하는 것이었다. 그는 아
무것도 적지 않았다. 우편번호도 없었고 우편번호를 받고 싶지도 않

왔다. 그는 20파운드짜리 지폐를 한 장 넣어 봉투를 봉했다. 이름은 비워두었다. 턱시도 차림의 한 남자가 그의 기부금을 보고 그를 위아래로 훑었다.

"문제라도?" 포가 말했다. 포는 남자가 얼굴이 빨개져서 물러날 때까지 그를 빤히 쳐다봤다.

쫄다.

포는 건너편에서 다른 누군가가 자기를 쳐다보는 것을 느꼈다. 그 사람에게도 똑같은 짓을 해주려고 하는 찰나에, 그가 누구인지 알아보았다.

"제길." 포가 중얼거렸다.

"왜 그래요, 포?" 브래드쇼가 물었다.

"컴브리아 경찰청장이에요."

"아, 근데 그게 뭐요?"

"날 미워하거든요."

"와, 어떻게 그런 일이?"

이야……. 이 당돌한 아가씨는 누구더라? 브래드쇼는 방금 그를 놀렸다. 그녀로서는 처음이었다. 그는 활짝 웃어서 신경 쓰지 않는다는 걸 보여주었다. "심술궂은 바보죠. 내가 컴브리아 경찰에 남기를 바라서, NCA에 들어가지 못하게 막으려고 했다니까요." 포는 잠시 말을 멈췄다. "망할, 이리 오네."

경찰청장은 대변 연화제가 심각하게 필요한 남자처럼 걸었다. 그는 정복 차림에 ─포가 확신하기로는 받지도 않은 메달까지 달고─

모자를 팔에 끼고 있었다. 머리카락은 가늘었고 범죄 수준으로 빗어 올려놓았다. 술꾼 같은 딸기코에 어릿광대 부츠처럼 아래턱이 돌출되어 있었다. 이름은 레너드 태핑으로, 그는 동독 국경 경비대의 매력을 빠짐없이 갖춘 인물이었다.

"포." 그가 말했다.

"레너드." 포가 대답했다.

그의 콧구멍이 벌렁거렸다. "청장님이겠지."

포는 그가 이제는 포의 청장이 아니라고 말할 수도 있었지만, 다투지 않기로 했다. 그는 새로이 얻은 성숙함이 브래드쇼의 영향 덕분이라고 생각했다.

"자네가 이런 행사에서 대체 뭘 하는 건가?" 태핑이 물었다. 포가 대답하기도 전에 그가 덧붙였다. "카마이클가 사람들한테도 기준이란 게 있는 줄 알았는데."

"보시다시피 아니네요." 포가 대답했다. 그는 맥주를 홀짝거리고 말했다. "틸리와 저는 초대받아 온 겁니다."

브래드쇼가 손을 내밀었지만 태핑은 무시했다.

"어떤 멍청이가 자넬 초대했나, 포? 직접 얘기를 좀 하고 싶군그래."

"좋을 대로 하시죠." 그가 말했다. 그는 브래드쇼를 보았다. "틸리, 칼라일 주교님께서 혼자 계신지 한번 봐줄래요?"

태핑의 얼굴에서 핏기가 싹 가셨다.

틸리가 끄덕였다. "무슨 일인지 말할까요, 포?"

"물론이죠. 컴브리아 경찰청장이 얘길 좀 나누고 싶어 한다고 해요."

태평은 더더욱 창백해졌다. 그는 브래드쇼를 흘끗 보더니 다시 포를 보았다. "그러기만 해봐!" 그는 씩씩거렸다. "게다가 자넨 주교에게 접근하지 말라는 명령을 받았을 텐데!"

"아, 갬블 총경의 메시지가 그거였습니까? 신호가 안 잡혔거든요."

브래드쇼가 주교에게 걸어가기 시작했다.

"칼라일 주교님은 대주교님께서 신뢰하는 분이시지 않던가요? 그런 분을 멍청이라고 했으니 그분이 청장님을 어떻게 생각하실지 궁금한데요?"

태평의 턱이 굳어졌다.

"그리고 대주교께서는 현재 공석인 런던광역경찰청 차장직을 결정하는 자문위원회에 소속되어 계시지 않습니까?"

태평의 야망은 널리 알려져 있었다. 컴브리아에 머무르는 것은 그의 야망과 무관한 일이었다.

"멈춰!" 그가 외쳤다. 사람들이 그들을 쳐다봤다.

브래드쇼는 포를 보며 신호를 기다렸다. 포는 아무 말도 하지 않았다.

"제발." 태평이 우는소리를 했다.

"틸리." 포가 말했다.

"네, 포?"

"오시라고 전하는 김에, 바에서 컴벌랜드 한 잔 더 가져다줄 수 있어요?"

"물론이죠, 포." 브래드쇼는 뒤로 돌아, 잠시 혼자 서 있던 주교를 향해 일직선으로 걸어갔다.

그들은 침묵 속에서 브래드쇼가 니컬러스 올드워터에게 다가가는 것을 지켜보았다. 그녀가 주교의 어깨를 살짝 건드리자 주교가 돌아보았다. 주교는 몸을 기울이고 브래드쇼가 하는 말을 들었고, 둘은 포와 태핑 쪽을 함께 바라보았다. 포가 손을 흔들었다. 태핑은 흔들지 않았다. 브래드쇼와 올드워터가 걸어오기 시작했다. 금방 오지는 못했다. 다들 주교와 대화하고 싶어 해서였다.

"거참 고맙군, 포." 태핑이 작게 웅얼거렸다. "더럽게 고마워."

"시간이 30초 정도 있으신 것 같네요." 포가 말했다.

"무슨 시간 말인가?" 그는 공포를 감추려고 하지 않았다.

"저를 설득할 시간요." 포가 대답했다.

"뭘 설득하라는 건가?" 태핑은 다가오는 주교에게서 눈을 뗄 수가 없었다.

"주교님의 손님들을 모욕하고 주교님을 멍청이라고 불렀다는 걸 말하지 말라고요."

"어떻게?" 그가 쏘아붙였다.

"저를 이멀레이션 맨 사건에 다시 넣어주십쇼."

2초가 지났다. 주교가 그만큼 다가왔다.

"알았어!"

"오늘 밤입니다. 플린 경위가 전화해서, 컴브리아 경찰청에서 생각을 바꿨다고 얘기하게 하십쇼. 전과 같은 권한으로 일하도록."

태핑이 이를 갈았다. "알았네."

"저라면 웃을 겁니다, 레너드. 주교님은 상당히 영향력이 있으시거든요, 아시겠지만…….""

"음, 그거 재미있었네요." 포가 브래드쇼에게 말했다. 주교는 막 연설하러 갔고, 태핑은 통화 중이었다.

"자, 가서 카마이클가에 대해 좀 알아보죠. 오늘 밤이 가기까지 그 세 사람하고 다 얘기해보고 싶네요." 포가 말했다.

그건 말처럼 쉽지만은 않았다. 칼라일 주교가 있었는데도 쇼의 스타는 카마이클가 사람들이었다. 아첨꾼 하나가 그들과 이야기하기를 끝냈나 싶으면 다른 아첨꾼이 와서 그 자리를 차지했다. 기회가 찾아오기를 기다리는 동안 두 사람은 강당 오른편을 따라 어정거렸다. 그곳은 전시용 캐비닛이 있는 쪽이었다.

둘은 무대에서 가장 먼 쪽에서 걷기 시작했다. 전시를 한 게 누군지 몰라도 그들은 시간순으로 배치했고, 포는 자기들이 거꾸로 보기 시작했다는 것을 알았다. 그가 가장 먼저 읽은 내용은 그날 저녁 행사에 쓴 초대장이었다. 다음 몇 개는 카마이클이 여러 고위 공무원들과 C급 유명 인사들과 함께 커다란 수표나 샴페인 잔을 들고 찍은 사진들인 듯했다.

포는 최근 10년간의 일을 거의 다 봤을 때 누가 팔꿈치를 슬쩍 당기는 것을 느꼈다. 주교였다.

"포 경사, 제인 카마이클을 소개합니다."

제인 카마이클은 키가 큰 40대 여성이었다. 금발 머리는 머리 위쪽에 높게 벌집 형태로 쌓아 올렸고, 절제된 디자인의 가운은 아마 허드윅 농장보다 비쌀 듯했다.

제인 카마이클은 예의 바르게 웃더니 평범하게 손을 수직이 되게 내밀지 않고, 마치 왕족인 것처럼 손바닥이 아래로 향하도록 내밀었다. 포는 절을 하려는 충동을 억눌렀다. 그는 그녀의 손가락을 잡고 살짝 흔들었다. 그녀는 브래드쇼를 무시했고, 브래드쇼는 무시당한 줄도 모르는 채 어딘가로 가버렸다.

"흔연하군요. 제 이벤트에 어쩐 일로 오셨나요, 포 경사님?" 제인 카마이클이 말했다.

포는 대답하지 않았다. 그는 브래드쇼를 지켜보고 있었다.

제인 카마이클이 헛기침을 했다. 그녀는 무시당하기 싫어하는 게 틀림없었지만 그것을 받아들이는 법을 배워야 할 터였다. 브래드쇼는 전시 캐비닛에서 뭔가를 뚫어져라 보다가, 얼굴이 잿빛으로 변했다. 그녀는 뒤로 돌아 포를 보았다.

뭔가 본 것이었다.

"왜 그러지요, 워싱턴?" 올드워터가 말했다.

"실례합니다." 포가 말하더니 브래드쇼에게 다가갔다. 주교도 따라왔다.

"무슨 일이에요, 틸리?" 포가 가자마자 물었다. 그의 전화벨이 울렸다. 발신자명을 보았다. 플린이었다. 경찰청장이 약속을 지킨 것이다. 그는 블랙베리를 무음으로 바꿨다.

브래드쇼는 캐비닛에 있는 한 사진에서 눈을 떼지 못했다. 그것은 배를 찍은 사진으로, 생김새로 보아 관광에 어울리는 호수를 오가는 증기선인 것 같았다. 포는 바짝 몸을 기울여 톺아보았다. 인상을 찌푸렸다. 브래드쇼가 왜 그렇게 동요했는지 알 수가 없었다.

주교도 고개를 빼고 들여다보았다.

"사진에 뭐가 있는데요, 틸리? 뭐가 보이는지 말해봐요." 포가 말했다.

"봐요, 포." 브래드쇼가 가리켰지만, 그녀가 보라고 한 것은 사진이 아니었다. 그 아래 있는 초대장이었다. 그것은 다른 자선 행사용으로, 배를 타고 울스워터 호수를 한 바퀴 도는 행사에 쓰인 것이었다. 일시는 재단 설립 전이었고, 아마도 퀜틴 카마이클이 마지막으로 준비한 행사였을 터였다.

포는 다시 몸을 기울여 내용을 읽었다. 날짜를 보니 26년 전이었는데, 오늘 행사의 초대장을 그때 인쇄했다면 그와 비슷했을 것 같았다. 예정된 일정은 자선 경매 행사였다. 수혜자는 지역의 한 보육원이었고 행사 이름은 '운이 따르는 느낌인가요?'였다. 나라 곳곳에서 흔하게 열리는 자선 행사였다. 음식을 자체 조달하고, 사업체들이 이것저것 기부하면 부자들이 거기에 입찰하는 방식이었다. 고급 식당에서 두 사람이 정찬을 들고, 주말여행으로 참석하는 그런 부류. 포의 심장을 두근거리게 만들지 못하는 것들.

초대장에 쓰여 있었다. "초청자 한정."

"뭔데 그러지요, 우리 아가씨?" 올드워터가 물었다.

그때 구름이 갈라지고 햇살이 비쳐 든 것처럼 포에게 깨달음이 찾아왔다. 그는 브래드쇼가 뭘 보고 있는지 알았다.

제목이었다. '운이 따르는 느낌인가요?' 포는 처음 읽을 때 제대로 보지 않았던 것이다.

"하느님 맙소사." 포가 속삭였다. 그는 그 행사에서 어색한 대화와 속물근성을 보게 되리라 기대했다. 그런데 전혀 다른 것을 발견했다.

"왜 그래요, 워싱턴? 뭘 본 거지요?" 니컬러스 올드워터가 물었다.

"전부요, 니컬러스." 포가 나직이 말했다. "전부 다 봤습니다."

'운이 따르는 느낌인가요?'라는 초대 문구의 끝에 있는 것은 물음 표가 아니었다.

그것은 퍼컨테이션 포인트였다.

33

포는 퀜틴 카마이클의 관에서 피해자를 발견한 일이 진실로 건너가는 다리가 되어줄 거라고 내다보았다. 그것은 틀린 짐작이었다. 포가 생각하기에, 비록 여러 난관이 있기는 했지만 이멀레이션 맨은 그를 켄들 공동묘지로 이끌었다. 아마 포가 그렇게 빠르게 가리라고는 예상하지 못했을 테지만, 가기는 갈 거라고 예상했던 것이다.

조금 전까지도 포는 자기네가 발견한 것이 모두 치밀하게 연출된 일이라고 확신했지만, 이멀레이션 맨이 얼마나 똑똑하든 이번에는 상관없었다. 브래드쇼가 26년 전 초대장에서 퍼컨테이션 포인트를 발견한 일은 그의 계획과 무관한 사태였다. 그리고 그게 사실이라면, 이멀레이션 맨이 처음으로 모든 것을 통제하지는 못하고 있다는 뜻이었다. 포는 이멀레이션 맨이 실수를 저지른 건지 아닌지 아직 확신하지 못했지만, 이것이 실수가 아니었더라도 그에 버금가는 일이기는 했다.

전시 케이스에 담긴 모든 문서가 이제는 증거물이었기에 포는 청장에게 그의 권한으로 그곳을 범죄 현장으로 선포하라고 요청했다. 태핑이 실속 없이 떠돌아다니는 동안 제인 카마이클은 오빠 덩컨을 불러와서 포가 그들의 저녁 행사를 망치려고 한다고 소리쳤다.

덩컨은 살집이 좋고 얼굴이 처진 남자였다.

"내가 누군지 아십니까?" 그가 말했다.

포가 발끈했다. 그러지 말아야 한다는 것을 알면서도 포는 브래드쇼에게 몸을 돌렸다. "틸리, 정신건강팀에 연락 좀 해줄래요? 여기 자기가 누군지 모르는 사람이 있다고요."

"그럴게요, 포." 포는 곁눈으로 틸리가 태블릿을 꺼내 전원을 켜는 모습을 보았다.

"틸리."

"네, 포."

"태블릿 내려놔요."

"알았어요, 포."

카마이클 가문의 세 형제—이제 퍼트리샤까지 합류했다—가 그들의 중요한 날을 포가 침해하고 있다고 항의했다. 포는 꿈쩍도 하지 않았다.

"젠장맞을! 당신 참 고약한 망나니로군요!" 덩컨 카마이클이 말했다.

포는 그게 그날 밤 그가 들을 최악의 욕이라고는 생각하지 않았다. 그는 플린에게 전화하려고 했다. 블랙베리를 가리키며 말했다. "쉿."

"아유, 이 역겨운 자식한테 진저리가 나!" 퍼트리샤 카마이클이 투덜거렸다. "니컬러스한테 이 말도 안 되는 짓거리를 끝내라고 하겠어."

"나는 그분 초대로 온 겁니다." 포가 대답했다. 플린과는 아직도 연결되지 않았다.

그러거나 말거나 셋은 성큼성큼 주교에게 갔다. 올드워터는 최선을 다해 그들을 달래려고 했지만 그가 포의 편이라는 점은 명백했다.

주교는 포의 판단을 신뢰하는 듯했다.

결국에는 청장도 그랬다. 그는 이력을 가장 중시하는 소외된 남자일지는 몰라도 바보는 아니었다. 이멀레이션 맨의 정체가 전시 케이스 어딘가에 숨겨져 있을지 모른다는 것과 그가 카마이클가와 어울리는 게 발각되면 정치적으로 썩 좋지 않으리라는 것을 포가 지적하니, 그는 청장으로서 제복 경관 지원을 요청했다. 카마이클 형제가 계속 난동을 부리자 청장은 그들을 체포하겠다고 위협했다.

그는 포에게 슬금슬금 다가가 속삭였다. "쌍, 자네 생각이 맞아야 할 거야, 포."

브래드쇼는 유리 케이스 안에 있는 내용물을 사진으로 찍기 시작했다. 그러면 섹션 자체의 기록이 있어서 갬블이 전부 공유하기를 바랄 필요가 없었다. 아무려나 상관없었다. 포는 모든 것이 이 기묘한 부호로 귀결되리라는 것을 알았다.

؟

그것은 무해했고, 자선 경매라는 맥락으로 보면 완벽하게 적절한 기호였다. 그러나…… 그들이 지난번에 발견한 퍼컨테이션 포인트는 그들을 어두운 곳으로 이끌었다. 포는 이번에도 그러리라고 확신했다.

포는 26년 전 자선 행사에 관해 정보를 발견하기가 얼마나 쉬울지 알지 못했지만, 그것이 온라인에 있다면 브래드쇼가 찾아낼 터였다.

그는 카마이클 형제가 도움이 되리라고는 여기지 않았다. 그들로서는 뭔가 잃을 위험이 있었으므로. 여하간 그때 그들은 아이였다.

걸걸한 목소리에 포는 몸을 돌렸다. 갬블 총경이 와 있었다. 리드도 함께였다. 플린도 곧 올 터였다. 갬블은 포를 무시하고 청장에게 성큼성큼 다가갔다. 포는 둘이 무슨 말을 주고받는지 듣지 못했지만 현란한 손동작으로 미루어 갬블은 원하는 걸 얻지 못한 듯했다. 갬블은 쿵쿵거리며 포에게 다가갔다.

"무슨 수를 썼는지는 모르겠지만, 포, 청장님이 자네한테 다시 수사 권한을 주라고 하시는군." 그가 입을 앙다물었다.

몇 초 동안 두 남자는 서로 노려보았다. 포는 갬블이 진심으로 그러는 게 아니라는 걸 알았다. 갬블은 화가 나기는 했지만 그 분노는 상당 부분 포가 아닌 다른 데를 향해 있었다. 즉, 자기 부하들이 그렇게 뒤처져서는 안 된다는 것. 포는 그와 틀어지고 싶지 않았기에 화해의 선물을 건네는 편이 적절하다고 보았다.

"총경님, 제가 보기에 이 수사는 총경님 몫입니다. 저는 어떤 식으로든 기꺼이 돕겠지만, 섹션을 원래 취지대로 활용하시기를 제안합니다. 분석 지원과 조언을 제공하는 것 말입니다."

"좋아." 갬블이 대답했다. 그는 리드에게 가까이 오라고 손짓했다. "리드 경사, 섹션 연락담당을 다시 맡게. 대신 이번에는 제대로 하기 바라네."

"예." 리드는 짐짓 진지한 얼굴로 대답했다. 포가 시신을 발굴하고 축하 행사에 불청객으로 들이닥친 게 리드의 잘못이라고 하기는 어려웠지만, 그는 똑똑하게도 항의하지 않았다.

브래드쇼가 끼어들었다. "전부 스캔했어요, 포."

포가 끄덕였다. "그럼 여기서 나가죠."

"어디로?" 리드가 물었다.

"술집으로. 한잔해야겠어."

케직에 있는 오드펠로스 암스는 아직 음식을 제공하고 있었고—이번에는 '진짜' 음식이었다—세 사람은 동네 주차장이 내다보이는 포장된 야외 테이블에 조용한 자리를 골랐다. 포는 리드와 같이 먹을 것으로 거대한 요크셔푸딩에 양 스튜를, 브래드쇼가 먹을 것으로는 채식 라자냐를 주문했다.

"이제 뭘 알아야 하지?" 포가 물었다.

리드가 말했다. "난 지금 뭘 아는지도 모른다고, 친구."

"맞는 말이군." 30분 동안 포와 브래드쇼는 최근 일어난 일을 순서대로 말했다. 이야기가 끝날 무렵 음식이 도착했고, 서로서로 소스를 튀겨가며 떠드는 대신 포는 먹는 동안 쉬자고 했다.

맥주잔을 다시 채운 뒤, 자리에 앉은 뒤로 내내 태블릿을 만지던 브래드쇼가 입을 열었다. "26년 전에 울스워터에서 크루즈를 운영하던 회사는 두 개였어요. 하나는 몇 년 전에 영업을 종료했어요. 아버지가 죽었는데—묻기 전에 대답하자면 자연사였어요—자식들이 그 일을 계속할 마음이 없어서 접었어요. 다른 업체는 아직도 잘나가고 지난 150년 동안 줄곧 그랬네요."

포가 말했다. "좋아요. 크루즈가 중요하다고 가정하면 양쪽 업체 다 확인해야겠군요."

리드가 말했다. "내가 할게. 이든 구역 의회 면허과에 접속해서 살펴볼 수 있을 거야. 뭔가 더 추적할 게 있으면 형사 두어 명 보낼게."

포가 끄덕였다. 그는 리드가 그 일을 맡아줬으면 했다. 컴브리아 사람이 하는 편이 용이할 테니까.

"크루즈에서 뭔가 일이 벌어졌다고 생각하는 거야? 사고라든가?" 리드가 말했다. "부자들은 뭔가 멍청한 짓을 저질렀을 때 그다지 똑똑하게 처신하지 못하지. 항상 덮으려는 생각부터 한다니까."

포가 고개를 흔들었다. "아니야, 뭔가 벌어졌다면 초대장에 있는 퍼컨테이션 포인트는 그 일이 계획된 거라는 뜻이야. 적어도 한 사람은 미리 알고 있었어."

"퀜틴 카마이클?" 리드가 물었다.

"아마도. 확실하지는 않지만."

"최대한 추측하자면?"

"살인 사건은 대부분 돈 아니면 섹스가 원인인데, 지금으로서는 그 이상이라고 생각할 이유는 안 보여. 퀜틴 카마이클은 은행 계좌에 거의 50만 파운드를 남기고 죽었어. 해명되지 않은 돈이지."

"그러니까……."

"그러니까 내 생각에는 이 보육원에 가서 얘기를 좀 들어봐야 할 것 같아. 이 경매 행사에서 뭔가 실제로 받은 게 있는지 알아보는 거지."

34

이튿날 아침이었다. 브래드쇼, 리드, 플린, 포는 8시에 허드윅 농장에서 만났다. 플린은 그날 오전 중에 중범죄분석섹션의 본부가 있는 햄프셔로 떠날 예정이었다. 퀜틴 카마이클을 둘러싸고 정치적 폭풍이 일어나려 했다. 예상한 대로 그의 자식들은 법석을 떨며 수사가 그들 아버지 근처에 얼씬도 못 하게 하려 기를 쓰고 있었다. 그들은 웨스트민스터에 연줄이 있었고—이들 중 일부는 카마이클의 명성을 지키는 데 세 형제만큼이나 열을 올렸는데, 자기들까지 해를 입을까 두려워해서였다—무슨 정무차관인가가 NCA 국장을 호출한 것이었다. 국장은 그때 플린이 옆에 있기를 바랐다.

플린은 브래드쇼를 섹션 본부에 데려가고 싶었지만 브래드쇼가 거절했다. "호텔 투숙비를 비용 처리할 명분이 없어요, 틸리. 섹션에 돌아가서도 똑같이 도와줄 수 있잖아요." 플린이 주장했다.

"저는 포랑 에드거랑 같이 지내면 돼요, 그렇죠, 포?" 브래드쇼가 반박했다.

포는 브래드쇼에게 순진한 젊은 여자가 괴팍한 중년 남자와 함께 머무르는 게 그다지 좋은 생각이 아니라고 설명할 필요가 없었다. 플린이 눈알을 굴리더니 항복한 것이다. "좋아요. 그럼 며칠만 더요." 플린은 자기가 없는 동안 계속 추적하되 만나는 사람마다 휘젓고 다니지는 말라고 했다.

포는 삐딱하게 씩 웃고는 약속은 못 한다고 대답했다.

브래드쇼는 지난밤 늦게까지 인터넷에 붙어 있다가 뭔가 실마리를 찾아냈다. 초청장에 수혜자로 적힌 보육원 이름은 '세븐 파인스'였는데 그곳은 이제 사라지고 없었다. 그곳은 다른 보육원들과 마찬가지로 컴브리아의 종교 자선단체 소유였지만, 지방자치단체의 감독을 받았다.

그곳이 이제 없어졌다는 사실이 포의 의심을 샀지만 그가 칼라일 아동보호국의 당직 사회복지사와 이야기했을 때 복지사는 말했다. "컴브리아에는 이제 보육원이 거의 없어요, 포 경사님. 우리 아이들은 대부분 위탁 가정으로 보내죠. 그게 아이들에게 더 가치 있고 훨씬 더 나은 환경이에요. 컴브리아에 보낼 만한 위탁 가정이 없어서 보육원이 필요하면 보통은 컴브리아 외부로 가죠. 다만 돈이 엄청 들어요."

"그렇군요." 포가 말했다. 이것은 새로운 정보였다. "그럼 제가 '세븐 파인스'와 거기에 보낼 기부금 모금 자선 행사에 관해 누군가에게 물어보고 싶으면, 누가 가장 적임자일까요?"

"그건 제가 오기 전 일이에요." 복지사가 말했다. 그러나 그녀는 부정성에 사로잡힌 바보는 아니어서 자기보다 오래 근무한 사람한테 물어보겠다고 약속했다. 복지사는 포의 전화번호를 받은 다음 연락하겠다고 했다.

기다리는 동안 포가 진한 커피 한 주전자를 탁자에 올려놓아 다들 한 잔씩 마셨다. 심지어 브래드쇼도. 아침에 올 때 리드는 도넛도 가져오고, 지난 며칠간 마시던 커피를 대체할 새로 간 커피도 한 봉지 가져왔다. 포는 커피 향을 맡아보더니 한숨을 쉬었다. 좋은 커피콩이었다. 과테말라산으로, 포가 다니는 가게에서 손으로 간 것이었다. 포는 리드에게 고맙다고 했지만 커피가 필요한 건 아니었다. 그는 평생 커피가 떨어진 적이 없었으니까. 그에게는 비축분의 비축분이 있었다. 그래도 호의는 호의였다. 포는 그 커피를 저장고 제일 앞에 놓았다. 다음에 그걸 개봉할 생각이었다.

리드는 커피와 도넛 외에도 퀸틴 카마이클 파일을 복사해 가져왔고, 세 사람은 30분 동안 그 내용을 훑어보았다. 눈에 띄는 점은 없었고 포는 처음 수사에서 명백한 부분을 빠뜨리지 않았다는 데 흐뭇해했다. 돈은 어디서 나왔는지 밝혀지지 않았지만 불법적인 것이라는 증거도 없었다. 브래드쇼는 종이 파일을 가지고 다닐 필요가 없도록 모든 것을 태블릿에 스캔했다.

리드의 휴대전화가 울렸다. 그는 화면을 보더니 입술에 손가락을 대고 "갬블이야" 하고 속삭이더니 전화를 받았다. "리드 경삽니다."

포가 엿들으려고 하는데 그의 휴대전화도 울렸다. 칼라일 지역번호인 01228로 시작하는 번호였다. 그는 녹색 버튼을 눌러 전화를 받았다.

"포 경사님?"

"접니다."

"저는 오드리 잭슨이라고 하고, 보호아동부 차장이에요. 아까 저희 당직 복지사와 얘기를 하신 모양이에요. 세븐 파인스 보육원에 대해 물으셨다고요?"

포는 그렇다고 했다.

"무슨 일인지 여쭤봐도 될까요?"

"살인 사건 수사 중에 나왔습니다만."

"그렇군요." 그녀는 그런 대답이 나오리라고는 예상하지 못한 게 분명했다. "컴브리아 경찰에 계신 건 아니라고요."

포가 국가범죄수사국에 소속되어 있지만 컴브리아에서 수사 중인 살인 사건에 관여하고 있다고 하자, 오드리 잭슨은 말했다. "이동이 용이하신가요? 정오에 칼라일 시민 센터로 오시면 저를 만날 수 있거든요. 그때까지 보육원 기록을 찾아다 놓을게요."

"거기에 재무 기록도 들어갑니까?" 포가 물었다. 만약 들어간다면 추적할 만한 흔적일지 몰랐다.

"저도 안 봤어요. 하지만 전화 끊고 나서 재무 담당자와 상의해서 준비할게요. 지금부터 언제까지의 기록이 필요하죠?"

"26년 전까지요." 포가 대답했다.

포가 오드리 잭슨과 통화를 끝마쳤을 때쯤 리드도 통화가 끝났다. "보스였어. 카마이클 관에서 발견한 시신은 서배스천 도일, 68세야. 다들 그가 오즈에 있는 가족과 함께 지내려고 해외로 이사한 줄 알았대. 그래서 실종 신고가 안 됐고."

"프로필에는 맞아떨어지나?" 포가 물었다.

"내가 들은 건 그게 다야. 갬블 말로는 나오는 대로 계속 알려주겠
대."

포는 대답하지 않았다. 또 다른 피해자, 이번에도 늙은 남자가 죽었
고 현재로서는 모든 길이 퀜틴 카마이클의 자선 크루즈로 향하고 있
었다. 그는 일어섰다. "갑시다, 정오에 가서 만나려면 서둘러야 해요."

35

　제아무리 자선 압자일렌 행사*를 많이 주최한다 해도 칼라일 시민 센터는 컴브리아에서 최고로 인간미 없는 건물이었다. 포는 무미건조한 환경이 무미건조한 생각으로 이어진다고 믿었는데, 컴브리아 지도자들이 일하는 12층짜리 고층 건물보다 더 무미건조한 건물도 없을 터였다. 윌리엄 워즈워스와 비어트릭스 포터**를 낳은 카운티에서, 도시의 역사 지구를 내려다보는 괴물 같은 흉물에 건축 허가가 떨어졌다니, 포는 충격이었다. 그것을 허물고 다른 데 다시 짓는다는 계획안은 아무리 일찍 시행해도 늦었다.

　세 사람은 위원회실 C로 안내받았는데, 그곳은 누군가를 기분 나쁘게 할 만한 물건이라고는 일절 없는 밋밋한 방이었다. 기다란 탁자와 플라스틱 의자, 의회 강령을 선전하는 아크릴판으로 덮인 포스터가 전부였다. 천장의 전등은 흐릿한 데다 깜빡거렸다. 차와 커피가 비

---

* 영국에서는 자선 사업의 일환으로 종종 고층 빌딩에서 밧줄을 타고 내려가는 압자일렌 행사를 개최하여 모금 활동을 한다.
** 《피터 래빗》의 작가로, 컴브리아 레이크 구역에 소유한 넓은 농장에서 농사를 짓고 허드윅 양을 기르기도 했다.

스킷과 함께 준비되어 있었다. 리드가 세 개들이 초콜릿 봉봉을 뜯어 셋이 하나씩 먹었다.

오드리 잭슨은 정오에 딱 맞춰서 도착했다. 한 안경 낀 남자가 같이 왔다. 포가 자기소개를 하자 다른 사람들도 했다. 잭슨이 자리에 앉을 때, 포는 그녀가 자기들과 맞은편에 앉았다는 것을 알아챘다. 같이 온 남자는 그녀 옆에 앉았다.

포가 알아챈 또 한 가지는 둘 중 어느 누구도 기록을 가지고 오지 않았다는 사실이었다.

잭슨과 함께 온 남자가 말을 꺼냈다. "저는 닐 에번스라고 하는데, 의회의 법률 부문에서 일하고 있습니다, 포 경사님. 세븐 파인스 보육원이 살인 사건 수사와 어떻게 관련되는지 꼭 말씀해 주셔야겠습니다."

"잭슨 부인께 전화로 말씀드렸는데요." 포가 대답했다.

"그럼 지금 다시 저에게 말씀해 주셔야겠습니다. 그곳이 컴브리아 카운티 의회에 소속된 보육원이 아니었기는 하지만, 의회로서는 세븐 파인스에 있었던 아이들 하나하나를 보살필 의무가 있고, 아이들이 이제 모두 스물한 살이 넘기는 했어도 여전히 몇몇 혜택은 받을 자격이 있거든요. 그중 하나가 비밀 유지입니다."

"이건 살인 사건 수사입니다." 포가 말했다.

"그건 그럴지 모르죠." 잭슨이 끼어들었다. "하지만 복지 혜택을 받았던 아이들은 아직도 꼬리표를 달고 다녀요, 포 경사님. 전에도 그런 일이 있었어요. 경찰이 진짜 증거를 찾는 대신 우리가 보살피던 아이들을 모두 모아서 그중 누가 용의자 프로필에 가장 잘 맞는지 찾으려고 한 거죠."

포는 대답하지 않았다. 아마 사실일 터였다.

"그러니까 경사님이 그냥 낚시 여행이나 할 생각으로 오신 거라면, 우리가 강제로 아이들 이름을 내놓지 않도록 에번스 씨가 도와주실 거예요."

포는 자기들이 아는 바와 시민 센터에서 보호아동부 차장을 만나게 된 경위를 요약했다. 그는 마지막으로 덧붙였다. "그리고 저는 세븐 파인스에 머무르던 아이들에게는 관심이 없습니다, 잭슨 부인. 지금으로서는 그 크루즈에만 관심이 있고, 저희가 알기로 그 크루즈에 확실하게 참여했던 유일한 사람은 지금 죽고 없습니다. 퀜틴 카마이클이라고, 들어보셨나요?"

두 사람이 주고받는 눈빛에서 포는 그들이 들어봤다는 것을 알았다. 둘 다 부인하려고 하지 않았다.

에번스가 말했다. "죄송합니다만, 포 경사님. 저로서는 경사님에게 우리 기록을 보여드리는 위험을 의회에 지울 수가 없네요. 솔직하게 말씀해주셔서 고맙고, 경사님이 보육원의 예전 원아들 자료를 보여달라고 요청하신 적이 없다는 점도 유념해 두겠지만, 이 기록을 보고 싶으시다면 영장을 가져오셔야 할 겁니다."

평소 같으면 포는 벽에 주먹질을 했겠지만 에번스 말도 일리가 있었다. 그는 말했다. "만일 영장을 발부받는다면, 그만한 가치가 있을까요?"

에번스가 그를 빤히 쳐다봤다. 그러고는 거의 알아차리지 못할 만큼 끄덕였다.

포는 리드를 보았다. "그쪽에서 영장 받는 데 얼마나 걸릴까?"

"그 사람들 일하는 거 봤잖아. 갬블은 좋은 상급수사관이지만 철저하다고. 결정을 서두르진 않을 거야."

포가 예상한 대로였다. 그는 갬블이 따라오기를 기다릴 시간도 그럴 마음도 없었다. 그는 방을 나가 플린에게 전화했다.

플린은 즉시 전화를 받았다. 운전하고 있던 듯했다.

포는 방금 부딪힌 법적 장해물에 관해 설명하고, 그 기록에 뭔가 볼만한 게 있다고 생각하는 이유도 정리했다.

"스테프, 수색영장이 필요한데 갬블을 기다릴 수는 없어. 밴 질 부장한테 받아달라고 해줄 수 있을까? 칼라일 시민 센터로 팩스로 보내주면, 리드 경사더러 달려가서 곧장 치안판사 법원에 넘기라고 할게. 길 맞은편에 있으니까 서명받는 데 2분이면 될 거야."

"그 사람들 영장 없으면 자료 절대 내주지 않겠대?"

"응. 법적인 파급효과가 일어날까 봐 겁내고 있어."

"무슨 파급효과?"

"나도 그게 궁금하네." 포가 말했다.

"나한테 맡겨." 플린이 말했다.

포는 작은 회의실로 돌아가 어떻게 진행되고 있는지 설명했다. 에번스는 기다리겠다고 했다.

"치안판사는 컴브리아 경찰한테 좀 더 호의적일 거야, 킬리언. 내려가서 기다려줄 수 있어?"

"갬블한테 말할까?"

포는 고개를 가로저었다. 그는 그 파일에 있는 내용을 가장 먼저 확인하고 싶었다. "뭔가 찾으면 그때 말하자."

"노발대발할 텐데…… 또." 리드가 말했다.

"그래." 포가 끄덕였다. 그는 상관하지 않았다.

리드도 그런 모양이었다. 그는 접수처에 있는 팩스기 옆에 가서 기다렸다. 포는 리드가 5분 안에 접수처 직원들을 고분고분하게 만들 거라고 믿었다. 다들 앞다투어 리드에게 음료와 케이크를 가져다주겠다고 하리라. 팩스가 도착할 무렵이면 그는 그들에 관해 훤히 알게 될 것이다. 남편들의 기벽, 아이들의 꿈, 리드가 합류하고 싶을 경우 어디로 가면 그들이 일 끝나고 가볍게 한잔씩 걸치고 있을지까지…….

포는 보육원에 관해 몇 가지 일반적인 질문을 던졌다.

"자선단체에서 운영한 거라면, 왜 의회에서 기록을 보관하고 있죠?"

"그게 법입니다." 에번스가 말해도 안전하다고 생각하고 대답했다. "공식적으로 우리 아동보호국은 사설 보육원에 단지 아이들이 지낼 자리를 사기만 하는 게 아니라, 그들과 파트너를 맺습니다. 그러니까 기금은 모두 국장 차원에서 승인해야 처리가 되죠."

"그건 의회가 부랑자들을 계속해서 책임지게 하는 한 가지 방법이에요." 잭슨이 덧붙였다. "그냥 돈만 내고 그 사람들을 잊어버리면 안 되잖아요. 이렇게 하면 계속 깊이 개입하게 되니까요."

말이 되는 이야기였다.

"26년 전에는 책임자가 누구였죠?" 포가 물었다.

잭슨이 에번스를 쳐다봤다. 에번스가 끄덕였다.

"의회에서 힐러리 스위프트라는 여자를 파견했죠. 당시에는 보육원 관리자가 되려면 사회복지사 자격이 필요했어요."

"그 사람 아직도 일하나요?"

"은퇴했어요."

포는 더 이야기가 나오기를 기대했다. 자질을 칭찬하는 말이든 잘못을 비난하는 말이든. 예전 동료를 언급하기만 하고 아무 말도 덧붙이지 않는 건 흔치 않은 일이었다. 뭔가 말하지 않는 게 있었다.

그러나 잭슨은 잡담으로 고위 관리직까지 올라간 게 아니었다. 그녀는 팔짱을 끼더니 입을 다물었다.

에번스가 잭슨을 도왔다. "현 직원과 전 직원도 똑같이 보호받을 자격이 있거든요, 포 경사님."

문이 열리더니 리드가 들어왔다. 그가 포에게 서류를 건네자 포는 그것을 살펴봤다. 30년 전부터 지금까지 세븐 파인스 보육원에 관한 모든 기록을 회수해서 보유할 권한을 부여하는 영장이었다. 포가 그것을 에번스에게 넘기자, 에번스는 안경을 벗고 독서용 안경으로 바꿔 끼었다. 그는 꼼꼼하게 본 뒤 말했다. "다 문제없군요. 자, 이렇게 될 줄 알고 제 사무실에 전부 준비해 놨습니다. 한 분이 도와주시면 여기까지 가지고 올 수 있겠는데요……."

"킬리언?" 포가 물었다.

"갈게." 리드가 일어섰다. "앞장서시죠, 에번스 씨."

회의실에서 나가기 전에 에번스는 고개를 돌려 잭슨에게 말했다.

"오드리, 이제 포 경사님한테 얘기하고 싶으면 해도 괜찮아요."

포가 잭슨을 쳐다봤다. 잭슨은 팔짱을 풀었다.

"제가 해드릴 얘기가 있답니다, 포 경사님." 잭슨이 말했다.

36

"힐러리 스위프트는 사직했어요. 그리고 '오랜 시간 헌신적으로 봉사한 뒤' 퇴직한 게 아니었죠. 그보다는 '그만두지 않으면 잘릴 거야' 쪽에 가까웠어요. 그 모든 일이 바로 그 자선 행사에서 시작됐죠." 오드리 잭슨이 말했다.

포의 심장이 조금 빠르게 뛰기 시작했다. 그는 몸을 앞으로 내밀었다. "울스워터에서 열린 행사인가요?"

브래드쇼는 태블릿에서 이미지를 넘기면서 축하 행사에서 발견한 초대장 사진 중에 가장 또렷하게 나온 것을 찾았다. 그것을 건넸다.

잭슨은 보는 둥 마는 둥 했다. "그거예요."

"확실합니까?"

"네. 그리고 제가 그걸 아는 이유는 저도 그 사건 발생 후 그걸 조사하던 사회복지사 중 한 사람이었기 때문이에요."

포가 혼란스러워하며 그녀를 보았다. "왜 사회복지사가 조사를 하죠? 기금이 유용됐다는 의혹이 있으면, 의회의 재무팀이나 법률팀이 담당하는 게 더 적절할 텐데요?"

잭슨의 이마에 주름이 졌다. "저는 재무 쪽으로는 아는 게 없어요, 포 경사님. 파일은 못 봤지만 에번스 씨 말로는 범법 행위가 있었다는 의혹은 없었다고 하더군요. 제가 이해하기로 세븐 파인스는 그쪽으로 문제가 없었어요."

포가 인상을 썼다. 방금 그의 가설에 흠이 났다.

그러나 한쪽 문이 닫히면······.

"아뇨, 저는 행사 *이후*에 벌어진 일을 조사한 거였어요."

"설명해주시죠." 포가 말했다.

잭슨이 말했다. "초대장에는 나와 있지 않기 때문에 알지 못하실 텐데, 그 행사는 세븐 파인스를 위해서 한 것일 뿐 아니라, 세븐 파인스가 주최한 것이기도 했어요."

브래드쇼가 전시 사진들을 넘겨보기 시작했다. 그녀는 포를 보더니 고개를 흔들었다.

잭슨이 말을 이었다. "제 말씀은 힐러리 스위프트가 그 행사를 준비하는 데 깊이 개입되었다는 거예요. 음식을 자체 조달하는 행사였기 때문에—그날 저녁에 쓸 배만 빌리고 나머지는 전부 자기들이 알아서 한 거죠—비용을 절약하려고 보육원에서 아이들 네 명이 나와서 웨이터로 일했어요. 손님들한테 신선한 음료와 카나페 접시를 가져다주거나 하는 일을 한 거예요."

"아동 학대처럼 들리는데요." 포가 말했다.

"꼭 그렇지는 않아요. 그 보육원에서는 그런 일을 1년에 몇 차례 했는데, 그게 아이들한테 꽤 돈벌이가 됐거든요."

"어째서죠, 오드리?" 브래드쇼가 물었다.

"더 귀엽고 더 무기력하게 보일수록 팁을 더 많이 받는다는 걸 아이들이 알았기 때문이에요. 그 아이들은 세상 물정에 빠삭해서 어떻게 하면 사람의 심금을 울릴 수 있는지 알았죠. 나중에 힐러리 스위프트랑 얘기해보니, 참석한 소년들이 각자 500파운드도 넘게 벌었다고 하더군요."

"팁으로요?" 포가 외쳤다. 26년 전에 그 돈이면 아이로서는 어마어마한 금액이었다.

"팁으로요." 잭슨이 대답했다. "그리고 생각해보면 터무니없는 발상은 아니에요. 초대된 손님들은 다들 보육원을 후원하러 간 거잖아요. 아이들한테 직접 주지 않을 이유가 뭐겠어요?"

"몇 가지 이유는 생각할 수 있겠는데요. 그때 애들이 몇 살이었죠?" 포가 말했다.

"열 살, 열한 살이었어요." 잭슨이 대답했다.

"역시 제 생각대로군요." 그가 브래드쇼를 돌아봤다. "26년 전에 500파운드면 얼마나 되는 거죠, 틸리?"

그녀가 검색하더니 말했다. "잉글랜드은행 인플레이션 계산기에 따르면 거의 2000파운드(한화로 약 300만 원—옮긴이)예요, 포."

포는 잭슨에게 고개를 돌렸다. "갑자기 2000파운드나 되는 돈이 생기면 아이들, 특히 불우한 환경에서 자란 애들 중에 잘 대응할 수 있는 애가 몇이나 될까요?"

"제가 해야 할 말을 하시니까 할 말이 없네요."

"어떻게 됐죠?"

"어떻게 됐을 것 같으세요?"

마약, 술. 좋지 않은 것들. 포는 하나하나 생각했다. 처음에 그는 돈이 동기였으리라 가정했지만 그렇다고 다른 것에 눈가리개를 한 것은 아니었다. 수사 노선이 직선을 따라가는 경우는 드물었다. 수사하다가 예상과 다른 방향으로 가게 된다면, 그렇게 가는 거다.

"그 아이들이랑 얘기를 좀 해야겠는데요, 잭슨 부인. 그날 밤 무슨 일이 벌어졌는지 파악하는 데 아이들이 도움이 될 수 있을지도 모르죠. 그 애들 이름도 파일에 있겠죠?"

"생각하시는 것만큼 쉽지는 않을 거예요, 경사님."

"왜 그렇죠?"

"왜냐하면요, 포 경사님, 바로 다음 날 아이들 모두 런던행 기차표를 샀고, 힐러리한테 초반에 보낸 엽서를 빼면 아무도 그 후로 아이들 소식을 들은 사람이 없기 때문이에요."

37

포가 생각을 정리하고 있는데 리드와 에번스가 돌아왔다. 둘은 파일을 한 무더기 들고 있었다.

리드가 포의 표정을 보더니 말했다. "왜 그래?"

포는 입을 꾹 다물고 있었다. 낯선 이들 앞에서 새로운 가설을 입에 올릴 마음이 없었다. 그는 리드의 질문을 무시하고 잭슨에게 말했다. "어떻게 된 거죠? 그래서 조사를 시작하게 된 겁니까?"

"부분적으로는요. 배에 탔던 몇 남자들 말로는 그 아이들이 술을 마셨다고 해요. 바에서 손님들한테 가져다주는 걸 조금씩 마셨다는 얘기죠. 게임이었던 것 같아요. 누가 제일 취하는지 보자는 거였겠죠."

포는 어린 시절 수줍음이 많은 편은 아니었다. 덕분에 공짜 술에서 아이들을 떼어놓는 게 누구도 이기지 못할 싸움이라는 걸 알았다. "그래서는 안 될 일이었는데, 그렇죠?"

잭슨이 말했다. "절대로 안 될 일이었죠. 그게 정부에서 보살핌을 받느냐 가족에게 보살핌을 받느냐의 주된 차이점이에요. 정부는 재량권이 전혀 없거든요. 법적으로 음주 가능한 연령이 열여덟이면 아이들이 술 마시는 걸 허락하거나, 보조하거나, 심지어 눈감아주는 것조차 그 누구도 할 수 없죠."

타당한 이야기였다. 정부로서는 제멋대로인 위탁 시설이 자기들 하고 싶은 대로 하도록 내버려둘 수는 없는 노릇이었다. 알코올을 눈 감아주면 대마초나 성관계 허가 연령도 눈감아주게 될 우려가 있다.

"그런데 힐러리 스위프트가 애들을 막지 않은 건가요?"

"그 여자는 배에 없었어요. 원래는 있었어야 해요. 규정은 명확하거든요. 감독하는 사람이 없는 활동은 금지예요."

"그렇다면……?"

"그렇다면 그 여자는 왜 거기 없었을까요? 그걸 알아내는 것도 분명히 조사의 한 부분이었어요, 포 경사님. 그 여자 말로는 자기 딸이 갑자기 열이 났는데, 그날 밤에 보육원 남자아이들 절반이 크루즈에 가서 보육원에 직원이 더 적었고 그 바람에 자기 대신 탑승해달라고 부탁할 사람이 없었대요. 그 여자 우리 쪽이랑 수도 없이 인터뷰하다가 한 번은 그날 배에 탄 남자들이 지역의 기둥 같은 사람들이었고 아이들이 위험에 처할 일은 전혀 없었다고 하더군요."

리드가 말했다. "헛소리로 들리는데요."

"저희도 그랬어요, 리드 경사님. 그것과 술 때문에 결국 힐러리 스위프트는 물러날 수밖에 없었죠. 아이들은 실제로 위탁 가정이나 시설에서 도망치기도 하고, 때때로 성인이 될 때까지 관계자들을 피해 다니는 일도 있지만, 우리 쪽에서도 그런 일이 벌어질 위험을 최소화하기 위한 절차를 마련해두고 있으니까요." 잭슨이 말했다.

"신고는 하셨나요?" 포가 물었다.

"뭐, 저는 물론 아니었지만, 그래요, 신고가 들어갔어요." 잭슨이 대답했다. "경찰 조사가 진행되기는 했지만, 당시에 우리 쪽 사건은 딱히 '실종된 백인 여성 증후군'●이 적용되진 않았으니까요. 중산층 아이가 길을 잃어버리면 다들 공황에 빠지지만, 우리 보육원 아이들 중 하나인 경우는 '글쎄, 뭘 기대해? 그 애들이 그렇지 뭐' 하는 반응이 보통이었죠."

포는 잭슨 말이 옳다는 것을 알았다. 경찰이 예전보다 보호 아동 실종 건에 좀 더 힘을 쏟게 되기는 했지만, 그물망을 벗어난 아이가 얼마나 많을지 생각하면 진저리가 쳐졌다. 세븐 파인스 출신 소년들 같은 아이들을 노리는 온갖 포식자들을 생각하면 더더욱 진저리가 쳐졌다. 그 아이들을 위해, 포는 그들이 살아서 잘 지내고 있기를 바랐다. 포는 어떤 아이가 열여섯에 강제로 성매매를 시작하면 손님을 받지 못하게 될 때까지 포주에게 20만 파운드가 넘게 벌어다 준다는 글을 최근에 읽었다. 게다가 구강 섹스가 런던에서 고작 20파운드밖에 안 된다는 점을 감안하면 끔찍하게 많은 변태들을 상대하고 나야 젊음이 시들어버려 내던져지게 된다는 이야기였다.

리드가 말했다. "사실 전 그 애들 얘기 읽은 기억이 나요. 그 사건 담당 수사관들은 그 일을 진지하게 받아들였죠. 아이들이 산 기차표는 크루즈 다음 날 칼라일에서 빠져나가는 첫차에 타기 위한 거였어

● 젊은 중상류층 백인 여성이 실종되면 언론, 특히 TV에서 보도 경쟁을 벌이지만 그 외의 사람에게 그런 일이 벌어지면 그만한 관심을 보이지 않는 것을 가리키는 말.

요. 컴브리아 경찰은 런던광역경찰청에 연락해서 수색해달라고 요청했죠."

잭슨이 덧붙였다. "그리고 우리는 런던에 있는 의회 서른네 곳에 전부 연락했고요. 남자아이 네 명이 실종되었다고 말하고, 그 아이들이 찾아가 도와달라고 하거든 즉각 연락해달라고 요청했죠. 아이들이 도망치고 몇 달이 지난 뒤 힐러리가 아이들에게서 엽서를 받았어요. 런던이 무척 맘에 든다는 얘기였죠. 그렇다고 수색을 중지한 건 아니었지만 긴박감이 줄어들기는 했어요."

"그게 다예요? 설마 그런 건 아니겠죠, 포? 그렇죠?" 브래드쇼가 물었다.

"보호 아동이 늘 좋은 결정을 내리는 건 아니에요, 틸리. 때로는 자신을 위험에 빠뜨리기도 하죠. 여기 잭슨 부인 같은 사람들이 할 수 있는 일도 한계가 있고요." 포가 설명했다.

잭슨이 끄덕였다. "우리는 아이들이 언젠가 다시 나타날 거라 생각했지만, 그런 일은 없었어요. 애들은 잘해냈거나, 아니면……."

"아니면 아니었겠죠." 포가 말을 대신 끝맺었다.

브래드쇼가 그를 빤히 보았다. 눈가가 젖어 있었다. 그녀는 속상해했지만 포는 그녀가 듣고 싶어 하는 말을 해줄 수가 없었다. 사람들은 아이가 실종될 때마다 경보가 울려야 한다고 본능적으로 느끼지만 문제는 울릴 경보 자체가 없다는 것이다. 만약 경보가 있다고 해도 어떤 아이들은 그보다 훨씬 더 심한 상황에서 달아나려고 하는 것뿐이다. 그런 아이들을 다시 끌어다가 수용하는 것이 꼭 옳은 일이라고 할 수는 없었다. 처음 드는 생각은 아니었지만, 포는 사회복지사들이 어떻게 제정신을 유지하는지 궁금했다. 아마도 세상에서 가장 보람 없는 일, 심지어 경찰보다 심한 직업일 터였다. 그들에게 좋은 날이란 없었다. 모든 게 나쁨에서 끔찍함 사이를 오갔다. 아이들을 가족에게서 떼어놓는다고 욕먹고, 떼어놓지 않으면 십자가에 매달리고.

정말 좆같네…….

잭슨도 브래드쇼의 질문에 대답할 마음이 나지 않았다. 그녀는 말했다. "우리가 조사한 바로 힐러리 스위프트는 그런 아이들이 달아나지 못하게 하려고 만든 규율을 몇 가지 어겼어요. 아이들이 술을 마시게 내버려뒀고—런던행 기차에 탈 때까지 술이 깰 가망은 전혀 없었어요—아이들이 큰돈을 손에 넣게 해줬죠."

"그리고요?" 포가 물었다.

"그리고 마지막으로, 그 여자는 어차피 그런 보육원을 운영하기에 적임자가 아니었어요. 사교적인 면에 너무 관심이 많았거든요. 그래요 맞아요, 보육원 관리자가 모습을 드러내기는 해야 해요. 보육원은 의회의 지원금만큼이나 기부금에도 의존하니까요. 하지만 조사해보니 그 여자는 그런 쪽에 지나치게 사로잡혀 있었어요. 부유하고 영향력 있는 남자들이 아이들을 취하게 만들면 재미있겠지 하고 생각했다면, 그 여자는 그 자리에 있었더라도 그들을 막지 않았을 거예요."

포는 다음 단계로 넘어가야 했다. 아이들이 런던으로 도망친 일은 중요할 수도 있고 아닐 수도 있지만, 탁자에 놓인 파일들을 검토하는 건 중요했다. 그는 에번스를 향했다. "이 파일들에 뭐가 있는지 아시겠죠?"

"외부로 나가는 건 전부 점검합니다. 영장이 있든 없든."

"그럼, 제가 봐야 할 것 같다고 생각하시는 부분이 어딘지 알려주시면 좋겠네요." 포가 말했다.

에번스는 이미 얇은 파일을 제일 위에 올려놓았다. 그는 그것을 포에게 밀었다. "먼저 검토하시고 싶어 할 만한 것들을 복사해놨죠." 그는 손목시계를 보았다. "법원이 아직 열려 있습니다. 첫 장을 읽고 나면 영장을 하나 더 받고 싶어지실지 모릅니다."

포는 파일을 열어 A4 용지를 한 장 꺼냈다. 세븐 파인스의 26년 전 은행 입출금 내역서였다. 누구나 매월 지출하는 일상적이고 평범한 항목들이 있었다. 음식, TV 수신료, 공공시설 이용료. 금액은 오른쪽에 기입되어 있었다. 왼쪽에는 또 다른 숫자들이 보였다. 숫자는 적지만 금액은 더 컸다. 그것은 수입 항목들이었다. 그달에는 입금원이 세 곳이었다. 세븐 파인스를 소유한 자선단체가 자동이체로 보낸 것으로 보이는 보조금, 그리고 보육원이 몇 명이나 보살피고 있느냐에 따라 매달 달라질 지역 정부 지원금.

포는 셋째 수입원을 보았다. 수표로 보낸 돈이었다.

포는 에번스가 제시한 또 다른 장부에서 그에 상응하는 페이지를 확인해보았다. 그 수표는 퀜틴 카마이클이 보낸 것이었다. '운이 따르는 느낌인가요?' 행사에서 나온 기부금이라고 기입되어 있었다. 금액은 9000파운드였다.

카마이클의 계좌번호도 기입되어 있었다.

이건 대체······?

포의 호흡이 빨라졌다.

"왜 그래요, 포?" 브래드쇼가 물었다. 그녀는 포의 표정을 읽는 데 능숙해지고 있었다.

포는 그 페이지를 탁자 위로 건넸다. 브래드쇼는 빤히 봤지만, 곧바로 알아보지는 못했다.

"카마이클 은행 계좌 조사한 자료 사진, 아직도 가지고 있죠, 틸리?"

틸리가 끄덕였다.

"수표를 보낸 계좌와 그 계좌를 대조해봐요." 포에게는 필요하지 않은 일이었다. 핵심적인 세부 사항을 머리에 새겨두는 능력 덕분이었다.

브래드쇼는 태블릿을 켜고 찾기 시작했다. 보통 때처럼 빠르지가 않았다. 이윽고 그녀는 혼란스러운 표정으로 고개를 들었다. "찾을 수가 없어요." 그녀가 말했다.

"바로 그거예요. 퀜틴 카마이클은 아무도 모르는 계좌에서 이 돈을 보낸 거예요."

38

관계영업 담당이라는 은행 직책은 포에게 낯선 이름이었지만, 지점장은 추가 영장의 효력을 본사에서 확인받자마자 세 사람을 제퍼슨이라는 직원에게 넘겼다. 포는 지점장이 이 일에 무관심해서가 아니라―관심은 분명 있었으니―회사 내 시스템을 잘 모르기 때문에 그랬으리라 추측했다.

제퍼슨 양은 자기를 로나라고 부르라고 하더니, 자기 컴퓨터로 그미지의 계좌번호를 찾아냈다. 그녀는 인상을 썼다. "이상하네요."

제퍼슨은 자료를 몇 장 인쇄해서 스테이플로 찍은 뒤 사본을 세 사람에게 건넸다. "보시다시피 카마이클 씨는 그해 5월에 계좌를 개설했고 한 달 뒤에 계좌를 해지하셨어요." 그녀는 자기가 어디를 보고 있는지 알려주려고 자기 사본을 빙글 돌려서 보여주었다.

포는 그것을 살펴보았다. 그가 보기로는 크루즈 행사가 시작되기 전에 한 차례 거래가 몰려들면서 2만 5000파운드가 여섯 번 입금되었고, 크루즈 다음 날에 세 번 입금되었다. 10만 파운드가 한 번, 25만 파운드가 한 번, 30만 파운드가 한 번. 도합 정확히 80만 파운드였다.

"출금 내역도 있습니까?" 포가 물었다.

"2페이지에요." 로나가 대답했다.

그는 2페이지로 가서 계속 읽었다. 출금 내역은 두 개였다. 하나는 세븐 파인스 보육원에 보내는 수표였고, 하나는 퀜틴 카마이클이 79만 1천 파운드를 현금으로 출금한 것이었다. 잔고가 0이 된 채로 계좌는 해지되었다.

그 인간 대체 무슨 꿍꿍이였던 거지?

"이 계좌로 입금한 돈은 전부 수표거나 계좌 이체네요. 로나, 혹시 명단을 받을 방법이 있을까요?"

로나는 자신이 없어 보였다. "영장에 거기까지 명시되어 있는지 확인해봐야 해요."

"그러세요." 포가 말했다.

좋은 직원이었기에, 로나는 방에서 나가기 전에 컴퓨터를 잠갔다. 포는 웃음 지었다. 그녀는 자기가 나가자마자 포가 모니터를 빙글 돌리리라는 것을 알고 있기라도 한 듯했다.

그래도 상관없었다. 지점장이 본사에 확인을 받았고, 영장에 기록된 계좌에 누군가가 돈을 보냈다면 그게 누구인지 경찰에게 알리는 것은 허용된 일이었다. 만약 포가 그 명단에 있는 누군가의 계좌를 파헤쳐야 한다면, 그때는 또 다른 영장이 필요하겠지만.

로나가 다른 서류를 하나 인쇄해 가지고 왔다.

거기에는 이름이 있었다.

방에 돌연 오싹한 기운이 돌았다. 포는 처음 기록된 다섯 개의 이름을 응시했다. 그는 머릿속으로 각 이름 뒤에 장소를 덧붙였다.

그레이엄 러셀 — 케직, 캐슬리그 환상열석

조 로웰 — 브로턴-인-퍼니스, 스윈사이드 환상열석

마이클 제임스 — 펜리스, 롱 메그와 그 딸들

클레멘트 오언스 — 코커마우스, 엘바 플레인

서배스천 도일 — 퀜틴 카마이클의 관에 든 시신

다섯 남자.

다섯 피해자.

포는 연결고리를 찾았다.

이들은 모두 크루즈 전에 카마이클의 계좌로 2만 5000파운드를 송금했고, 그중 세 명은 행사 후에 더 큰 금액을 한 차례 더 송금했다. 서배스천 도일, 포가 퀜틴 카마이클의 관에서 발견한 남자는 가장 큰 금액인 30만 파운드를 보냈고, 마이클 제임스는 가장 적은 금액인 고작 10만 파운드를 보냈다. 클레멘트 오언스는 중간 금액인 25만 파운드를 보냈다.

명단에 여섯째로 올라가 있는 남자는 몬터규 프라이스라고 했다. 조 로웰과 그레이엄 러셀과 마찬가지로, 프라이스도 크루즈가 시작되기 전에 2만 5000파운드를 송금했고 그 후에는 보내지 않았다.

포는 플린에게 연락해 컴브리아가 관리하는 홈스2 데이터베이스를 확인해봐야 할 테지만 프라이스가 아직 수사에서 언급되지 않았다고 확신했다. 엄밀히 말하면 불에 타서 죽기 전까지는 다른 남자들도 수사에서 언급된 일은 없었다.

포와 브래드쇼는 아연하여 서로 마주 보았다. 리드는 아직 명단을 살펴보는 중이었다. 포는 처음부터 피해자들이 무작위로 걸려들었다는 생각을 받아들이기 힘들었지만, 그렇게 완벽한 증거를 발견하리라고는 꿈에도 상상하지 못했다.

그가 손에 쥔 것은 사망자 명단이었다.

리드는 서류를 응시하고 있었다. 엄숙한 얼굴이었다. "믿기지 않는다. 결국 찾았네."

브래드쇼는 흥분과 두려움을 동시에 느끼는 듯 보였다. 큰 사건에 돌파구가 생기면 압도적인 감정이 일어날 때가 있었다.

"이게 무슨 뜻이라고 생각해요, 포?" 브래드쇼가 물었다.

그는 명단을 다시 보았다. 그날 밤 여섯 남자가 배에 탔다. 이제 그중 다섯 명이 죽었다.

"둘 중 하나일 수밖에 없어요, 틸리. 몬터규 프라이스는 다음 번 피해자이거나……."

"아니면?"

"아니면 이멀레이션 맨이에요."

39

포는 앞으로의 일을 기꺼이 갬블에게 넘길 생각이었다. 살인범의 정체가 파악된 뒤 범인을 추적하는 것은 대형 해머가 할 일이지 수술 칼이 할 일은 아니었다. 수색대가 필요하지 수색자가 필요한 게 아니었다. 그는 즉각 갬블에게 전화해 피해자들 사이의 연결고리를 발견했다고 말했다. 훌륭하게도 갬블은 그다지 고함치지 않았다.

컴브리아에 돌아와 있던 플린은 보고를 받아야겠다고 고집했다. 그들은 샙 웰스 호텔 바에서 만났고, 플린은 자기가 없는 동안 그들이 이룬 성과에 기뻐하는 듯했다. 섹션은 결국 괜찮게 해냈다. 플린은 국장과 정무차관 사이의 회의가 어떻게 흘러갔는지 나중에 말해주겠다고 했다.

브래드쇼가 재무 정보를 자세히 설명하는 동안 플린은 메모를 했다. 플린이 섹션의 공식 보고서를 쓸 터였다. 그 보고는 이후에 기소 과정에서 쓰일 것이므로 꼼꼼하게 해야 했다. 절반쯤 지났을 때 리드가 어정거리며 들어왔지만 정보 교환이 끝날 때까지 기다렸다.

"새로운 것 좀 있어요, 경사?" 플린이 물으며 자기가 돌아왔고 책임자라는 것을 분명히 했다. 원래 그래야 마땅했다. 경위가 쇼를 지휘하고, 경사가 실행한다.

"사라졌어요." 리드가 말했다.

"몬터규 프라이스?" 포가 물었다.

"응. 현장 급습에 나도 있었거든. 집이 비어 있었는데 보아하니 서둘러서 내뺀 것 같아."

"그런데?" 리드의 이야기에는 언제나 '그런데'가 따라왔다. 그는 타고난 쇼맨이었다.

그의 얼굴이 풀리며 웃음이 입에 걸렸다. "그런데…… 놈이에요. 과학수사대가 녀석 옷에서 혈흔을 발견해서, DNA를 속성으로 검사하고 있어요. 녀석이 사용한 것으로 보이는 연소촉진제가 담겨 있던 통이 있었고, 정체 모를 액체가 담긴 유리병도 나왔고요. 약병으로 보여서 그것도 연구소로 보낸 상황이에요."

리드가 손을 뻗어 플린의 손을 흔들었다. "공식적으로 감사 인사를 전해야겠네요, 경위님. 갬블 총경은 아시다시피 바쁘지만 그 말을 빠뜨리지 말고 전하라고 했어요. 섹션이 아니면 할 수 없는 일이었다는 거 그 양반도 알거든요."

그는 포를 돌아봤다. "너도, 포. 총경이 나더러 전하라고 했어. 아직도 널 좀 멍청이라고 생각하지만—"

"멍청이라고. 총경이 나더러 멍청이라고 했다고?"

"적당히 의역한 거야. 실제로 한 말은 '어마어마한 좆대가리'였지만 여기 여성분들도 계시잖냐."

브래드쇼가 킬킬거렸다. 플린조차 웃었다.

포도 경험한 적이 있었다. 사건이 종료된 직후 찾아오는 바보 같은 시간. 자연스러운 도취였다. 모든 게 우스웠다. 프라이스는 아직 발견되지 않았지만 곧 발견될 것이었다. 갬블은 할 수 있는 모든 방법을 동원하리라. 그날 뉴스에도 출연할 테고 이미 언론에 몬터규 프라이스의 사진도 돌렸을 것이었다. 포였어도 그렇게 했을 터였다. 그물 조이기. 프라이스로 하여금 사방팔방에 눈과 귀가 있다고 믿게 하기. 더는 숨을 곳이 없다고 믿도록. 사이코 미치광이치고는 똑똑할지 모르지만, 몬터규 프라이스는 자기가 곧 전국에서 가장 유명한 사람이 되리라는 것은 알지 못했다.

포는 호텔 바로 걸어갔다. 다들 한잔씩 할 자격이 있었다. 바텐더가 주문받으러 오기를 기다리는 동안 포는 고개를 돌려 친구들을 바라봤다. 그들은 소리 내 웃으며 농담하고 있었다. 일을 잘 마무리한 것을 즐기면서.

그렇다면 그는 왜 그런 기분이 안 들까?

그는 무엇이 문제인지 알았다. 침대 매트리스 밑에 깔린 완두콩처럼, 카마이클의 돈이 그를 괴롭혔다.

그가 비밀 계좌를 해지할 때 거기서 인출한 돈의 금액과 그의 공식 계좌에 남은 잔액이 일치하지 않았다. 크루즈에 탄 여섯 남자는 카마이클에게 80만 파운드를 보냈다. 그중 50만 파운드만 발견됐다. 세븐 파인스에 기부한 9000파운드를 빼면 거의 30만 파운드가 아직도 해명되지 않았다.

그리고 왜 그의 이름이 피해자의 가슴에 새겨져 있었는지도 아직 밝혀지지 않았다.

포는 느슨한 매듭이 싫었다. 깔끔하지가 않았다. 가끔은 풀려버리기도 했다.

다들 축하하며 즐기는 동안 포는 곱씹으며 생각했다.

40

포와 리드는 늦게까지 깨어 있었다. 플린은 중범죄분석섹션 보고서를 쓰러 일찌감치 떠났다. 브래드쇼는 1시까지는 같이 있었지만 결국은 이제 안 되겠다고, 할 일이 있다며 갔다.

브래드쇼가 가자 리드가 눈썹을 치켜올렸다. "이 밤중에 무슨 할 일이 있는 거지?"

"컴퓨터 게임이겠지." 포가 대답했다.

리드는 그날 밤 같이 있기로 했다. 그는 방을 하나 잡았고, 둘은 위스키를 마시고 시가를 피우며 새벽까지 깨어 있었다. 그들은 갬블이 몬터규 프라이스를 어떻게 수색할지 이야기했다. 앞서, 네 사람 모두 갬블이 10시 뉴스에 출현해 대중에게 호소하는 모습을—포는 앞으로도 이런 일이 여러 번 있으리라 확신했다—지켜보았다. 갬블은 개인적으로는 섹션에 고맙다고 말했으나, 공개적으로 그렇게 말하는 것은 분명 깜빡한 모양이었다. 그가 하는 말을 믿는다면 사건에 돌파구가 열린 것은 오로지 그의 단호하고 확고한 리더십과 부하 형사들의 비범한 능력 덕분이었다.

뭐 그렇지, 포는 결코 영광을 바란 게 아니었다.

늦게까지 위스키로 배를 채우고서 유쾌한 아침을 맞이하기는 무리였다. 에드거가 포를 8시에 깨웠다. 녀석은 표정으로 말했다. "쉬, 밥, 산책 좀."

포는 신음하며 침대에서 나와 현관문을 벌컥 열었다. 그가 예상한 대로 눈부신 아침 햇살이 눈을 찌르는 일은 일어나지 않았다. 그 대신 짙은 안개가 농장으로 기어들었다. 포는 낡은 운동복을 걸치고 꾸물거리며 바깥으로 나가 안개가 얼마나 심한지 살펴보았다. 섑의 안개는 전설적이었고 연중 때를 막론하고 두꺼운 담요처럼 고원을 뒤덮었다. 오늘 안개는 아름다웠다. 마치 747 항공기가 구름 사이를 날아갈 때 창밖으로 내다보이는 장면 같았다. 에드거는 어딘가로 달려가 드넓은 흰 안개 속으로 사라졌다. 시야가 고작 몇 미터밖에 미치지 않았다. 커다란 지우개처럼, 안개는 모든 것을 보이지 않게 지워버렸다. 포는 섑 웰스 호텔을 볼 수 없었다. 자기 손도 겨우 보였다.

포는 안개가 걷힐 때까지 집을 나서지 않을 작정이었다. 너무 위험했다. 그는 베이컨을 몇 조각 튀기고 빵을 몇 개 구웠다. 에드거는 냄새를 따라 집에 돌아올 터였다.

포의 전화벨이 울렸다. 플린이었다.

"안녕, 보스."

"찾았어."

포의 위장이 뒤집어졌지만 숙취와는 무관한 일이었다. "프라이스?"

"그래."

"어디서?"

"잡은 게 아니야. 그자가 45분 전에 변호사를 대동하고 칼라일 경찰서에 자진 출두했어."

이멀레이션 맨이 자수하는, 있을 법하지 않은 시나리오에 아연해져 포는 겨우 "세상에"라는 말밖에 내뱉지 못했다.

"누가 아니래." 플린이 말했다.

"뭐라고 해?"

"아직은 별말 없어. 변호사랑 둘이 방에 갇혀 있어. 그자가 얘기할 때 그 자리에 있고 싶으냐고 갬블이 묻던데?"

포는 그러고 싶지 않았고, 다행히 완벽한 변명거리가 있었다. 컴브리아 사람이라면 누구나 샵의 안개가 어떤지 알았다. 갬블도 이해하리라.

"오늘 아침에 좀 짙기는 하네." 포가 정중하게 거절하자 플린도 동의했다. "내가 가서 우리 쪽 관심을 대변할게. 여기서라면 어찌어찌길이 보일 것 같아."

"알았어, 보스. 일 있으면 알려줄 거지?"

"그럴게."

○ ○ ○

아침 식사를 마치고 포는 커피를 한 잔 마셨고 에드거는 운동을 했다. 10시쯤 해가 안개를 뚫고 타오르기 시작하자 포는 이제 호텔까지 느릿느릿 걸어가 리드가 일어났는지 봐도 안전하리라 여겼다.

호텔까지 반쯤 갔을 때 전화벨이 울렸다. 020, 런던 번호였다. 그가 전화를 받자 정보부장 에드워드 밴 질이 잘 잤느냐고 말했다.

"자네 지금 누구랑 얘기하고 있지, 포?" 밴 질이 물었다.

포는 걸음을 멈추고, 혼란스러워하며 블랙베리를 내려다본 뒤 대답했다. "어……. 당신요. 정보부장 밴 질."

밴 질이 대답했다. "착각했나 보군, 포. 우리가 마지막으로 얘기한 건 자네가 휴가 떠나기 직전이었네."

"알겠습니다……."

"프라이스가 구류돼 있다는 거 들었겠지?"

"네, 부장님."

"자네 생각은 어떤가?"

포는 마음을 가라앉히고 대답했다. "금액 차이가 마음에 걸립니다. 근 30만 파운드가 사라졌어요."

잠시 침묵이 이어지다가 밴 질이 말했다. "프라이스가 살인범이라고 보나, 포?"

포는 잠시 생각했다. "가능합니다."

"그냥 가능한 건가?"

"물리적 증거는 있을지 모릅니다만 저는 아직 동기를 찾지 못했습니다. 돈 때문일 수도 있지만, 만약 그렇다면 왜 이제까지 기다렸을까요? 그자를 신문할 때까지는 기다려야 할 것 같습니다."

"음……. 그것도 분명 한 가지 방법이지, 포. 플린 경위한테 정무차관 사무실에 다녀온 이야기는 들었나?"

"아직입니다."

"음, 필요 없네. 자네가 은행에서 받은 명단이 말하자면 비둘기들 틈에 고양이를 푼 격이 된 거야. 이쪽에 있는 영향력 있는 자들 중에 자네가 또 뭘 발견할까 초조해하는 이들이 있어. 그들은 이 일이 빠르고 조용하게 마무리되길 바라네, 포."

포는 자기가 협박을 받는 건지 격려를 받는 건지 알 수 없었다.

밴 질이 말을 이었다. "퀜틴 카마이클은 파티를 한 번만 연 게 아니었고 거기 참석한 사람들 중 일부는 지금 정부에 자리를 잡고 있네. 그자들은 어떤 일에도 끌려 들어가고 싶어 하지 않지. 몇몇 고위 공직자는 사건 파일을 검토하고, 이제 몬터규 프라이스가 구류 중이니 다들 그가 유죄 선고를 받는 데 초점을 맞춰야 한다고 결정했네. 검찰청에도 딱 그렇게 하라고 압력을 넣고 있고, 방해하는 자는 누구든 짓밟아버릴 거야. 공식 노선은 퀜틴 카마이클이 프라이스의 초기 피해자였다는 게 될 거네."

"그자들 말이 그렇다는 거군요, 부장님?"

"그렇다네, 포. 자네나 내가 염려하는 바와 무관하게, 몬터규 프라이스가 그들이 원하는 범인인 거지. 아주 편리한 마침표."

부장은 한동안 아무 말도 보태지 않았다. 이윽고 그가 말했다. "하지만 우린 그런 식으로 하지 않지, 안 그런가, 포?"

"네, 그렇죠, 부장님."

"그리고 이제 사건도 종결되고 섹션도 개입되지 않았으니, 자네도 어서 다시 휴가를 마저 쓰고 싶겠지."

"네, 부장님. 고맙습니다."

"왜 고마워하는 건가, 포? 우리가 얘기한 지 한 세월인 거, 잊었나……."

브래드쇼는 일어나서 헤드폰을 끼고 두 눈을 태블릿에 고정하고 있었다. 그녀는 포를 보더니 손을 흔들었다. 리드는 보이지 않았다. 포는 호텔 직원에게 방 번호를 알아내, 가서 문을 두드렸다.

"꺼져."

포가 다시 두드렸다.

문이 열리더니 리드가 뻘게진 두 눈으로 열린 문틈을 내다보았다. 포는 그가 보기보다는 낫기를 바랐다.

"가자, 뭐 먹을 거 좀 사줄게." 포가 말했다.

"안 일어날 거야." 숨결에서 오래된 위스키 냄새가 났다.

"몬터규 프라이스가 구류 중이야. 오늘 아침에 자수했어."

리드의 빨간 두 눈이 번쩍 뜨였다. "10분만 기다려."

"15분으로 해. 이도 좀 닦고." 포가 대답했다.

20분 뒤 막 샤워를 마친 리드가 두 사람을 식당에서 만났다. 브래드쇼는 아직도 태블릿을 보고 있었다. 포는 그녀가 범죄와 싸우는 건지 고블린과 싸우는 건지 알 수 없었다. 브래드쇼는 그 둘에 같은 수준으로 집중하는 듯 보였다. 포는 모두에게 따뜻한 음료를 따라주고 리드에게는 해열 진통제 파라세타몰 한 상자를 던졌다.

리드는 커피가 식는 동안 알약 두어 개를 씹어 삼켰다. 몇 분간 그는 먼산바라기만 했다. 말도 없었다. 형사로서 자기가 맡은 사건의 유일한 용의자가 체포된 직후라기에는 너무 조용했다. 그가 포를 바라보더니 말했다. "지금 뭐 하나 이상하지 않은 게 있는 거야?"

리드는 경찰로서도 훌륭했지만 직감은 더 훌륭했다. 두 사람 다 프라이스 일에 신경이 쓰이는 상황이니, 갬블이 바라는 대로 흘러가지 않는다면 어떻게 할지 누군가는 생각을 해야 했다. 밴 질은 포에게 다시 휴가를 쓰라고 했다. 포는 그게 너무 이른 게 아닌가 싶었다. 갬블이 부수적인 조사를 허가할지도 몰랐다. 그것들은 어쨌거나 해야 하는 일이었고 포는 가만히 있고 싶지 않았다.

"내 생각에는 두 가지 가능성이 있어. 진범이 놓은 덫에 프라이스가 걸렸거나―"

"아니면 그가 진범인데 빠져나갈 수 있다고 여기거나." 포가 대신 마무리했다. "그리고 놈이 빠져나갈 수 있다고 생각한다면, 우리는 그게 가능하다고 가정해야 돼. 어느 쪽이든 끝난 게 아니라고 봐."

"그럼 어쩌지?"

"어제 했어야 할 일을 해야지. 힐러리 스위프트를 만나러 가는 거야."

리드는 걱정스러워 보였다. "모르겠다, 포. 검찰 측 핵심 증인이 될 수도 있는 사람을 신문할 순 없잖아. 적어도 프라이스를 신문할 때까지는 기다려야 된다고."

포가 리드를 빤히 보았다.

리드는 한숨을 쉬었다. "갬블한테 전화할게. 어쨌거나 그 양반 수사니까.

물론 그의 말이 맞았다. 결정권은 상급수사관에게 있지 자기에게 있는 게 아니었다. "내가 할게." 그가 타협했다.

"맘대로 해. 너더러 집어치우라고 할걸."

포는 신호가 잘 잡히도록 창가로 이동한 다음 갬블에게 전화했다. 갬블은 휴대전화를 손에 들고 있었는지 즉각 전화를 받았다. "총경님, 이제 섹션이 적극적으로 개입하진 않는다는 거 저도 알지만 리드 경사와 저는 힐러리 스위프트를 만나봐야 한다고 봅니다."

"대체 뭣 때문에?"

"배경 정보를 들으려죠. 느슨한 부분들도 매듭짓고요. 그 여자 그날 밤 배에 타고 있지는 않았을 수도 있지만 프라이스가 탔을 거라는 건 아마 알았을 겁니다."

"우리가 프라이스와 얘기할 때까지 기다리게, 포. 그자가 지금 변호사랑 상의해서 거래를 제시하려고 하고 있으니까."

"거래요?"

"그래, 믿어지나? 하지만 시도야 누구든 해볼 수 있는 거 아니겠나. 무슨 소리를 하는지 들어보고, 그러고 나면 검찰이 놈을 평생 가둬버리겠지."

"그러면 좋겠는데요." 포가 말했다.

"별로 그렇게 생각하지 않는 것 같군그래?"

"말씀하신 대로, 무슨 소리를 하는지는 들어봐야겠죠."

"자네랑 내가 서로 생각이 다르기는 해도 자네가 아니었으면 놈을 잡지 못했을 거야." 갬블이 말했다.

포는 마음에도 없는 칭찬을 바라는 게 아니라 계속 수사하도록 허가해주길 바랐다. 하지만 장단에 맞춰줘야 했다.

"친절하신 말씀입니다. 하지만 제가 한 일이라고는 새로운 시각으로 볼 수 있게 한 것뿐인걸요. 제가 아니더라도 결국은 해내셨을 겁니다."

"그럼 가서 만나보게. 하지만 리드도 데려가고, 경고는 하지 말고 해야 해. 배경 질문만 하게. 프라이스 상대하는 데 쓸 만한 게 있으면 즉시 말하고."

포는 고맙다고 하고 리드와 브래드쇼에게 돌아갔다. "가자." 그가 말했다.

리드가 그를 쳐다봤다. "가도 된대? 정말인지 확인해봐도 기분 나빠하지 않을 거지?"

"기분 나빠할 거지만, 아무튼 해."

리드는 손을 흔들었다. "믿는다, 포." 그는 손목시계를 보았다. "출발하기 전에 커피 한 잔 더 하는 게 좋겠어. 아직 너나 나나 운전할 상태가 아니니까."

41

리드가 운전했다. 그는 그런 상태로 조수석에 앉아 있고 싶지는 않다고 했다. 포는 따지지 않았다.

보육원이 팔린 지가 오래됐는데도 선거인 명부를 확인하니 힐러리 스위프트가 아직도 세븐 파인스에 사는 것으로 나왔다. 포는 그곳에 도착한 게 놀라웠다. 위성 내비게이션에 따르면 5킬로미터 전에 이미 도착했어야 했던 것이다. 이런 게 컴브리아에 사는 즐거움 중 하나였다. 리드가 앰블사이드 경찰서에 전화해 길을 알아냈다.

세븐 파인스는 앰블사이드와 그래스미어 사이에 있는 곳으로, 웅장한 건물이었다. 독채인 그 건물은 개성이 두드러졌을 뿐 아니라 작은 호텔 크기였다. 외부의 나무는 노란색으로 칠해져 있었는데—무슨 까닭인지 레이크 구역의 전통적인 집들은 전부 나무 기둥을 밝게 칠하는 것 같았다—좁은 길 위에 올라앉아 있어 라이덜 저수지가 내려다보였다.

포의 안테나가 씰룩거렸다. 리드를 건너다보니, 그도 자기처럼 불편한 기색이었다. 두 사람 다 이 지역의 부동산이 얼마나 비싼지 알고 있었다. 그것은 런던과 맞먹는 수준이었다.

차에서 내리기 전에 포는 브래드쇼에게 문자를 보냈다. 두 사람은 브래드쇼가 답을 보낼 때까지 기다렸고, 문자가 오자 포는 만족스러운 듯 그르렁댔다.

그는 면담을 어떻게 시작해야 할지 알았다.

용건은 말하지 않았지만 그들이 먼저 전화를 한 터라 힐러리 스위프트는 둘을 기다리고 있었다. 포와 리드는 흠잡을 데 없이 고르게 손질한 이판암 길을 따라 올라가 문을 두드렸다. 문은 곧바로 열렸다. 두 사람은 신분증을 제시했고, 힐러리 스위프트는 각각을 세심하게 살펴보았다.

힐러리 스위프트는 신경에 거슬리는 억양을 썼다. 오랜 세월 갈고 닦아 완벽하게 만든, 느릿느릿하고 꾸며낸 상류층 말씨. 포는 자기가 그녀를, 그녀가 바라는 것 이상으로 알고 있으리라 생각했다. 힐러리 스위프트는 메리포트에서 태어나고 자랐지만, 누군가 물어보면 과거를 바꿔버리고 더 상류층 지역인 코커마우스 출신이라고 주장했다. 포는 사람들이 자기를 계발하는 데 대찬성이었지만―인류가 발전한 것도 그 덕분이었고―속물근성은 그쪽으로 가는 길이 아니었다.

힐러리 스위프트는 무릎까지 오는 스커트와 그에 맞는 재킷을 걸쳤고 머리는 마거릿 대처를 완벽하게 흉내 낸 스타일이었다. 포는 그녀가 60대라는 것을 알았지만 조명이 엉성한 곳에서라면 50대라고 해도 통할 법했다.

눈까지는 번지지 않는 웃음을 지으며 스위프트는 두 사람을 안으로 안내해 라운지 쪽으로 데려갔다. 그곳은 분명 박수갈채를 받을 만

한 장소였다. 퇴창으로 내다보이는 풍광이 압도적이었다. 터널처럼
이어진 나무들을 따라, 멀리 보이는 호수의 정경으로 시선이 인도되
었다. 하지만 실내장식은 건물 외부와 어우러지지 않았다. 바깥은 국
립공원의 규정에 따른 반면, 건물 내부는 심미안을 돈으로 살 수 없
다는 것을 드러냈다. 위장약 펩토 비스몰* 한 통에 반짝이를 넣고, 그
걸 스프레이로 사방에 뿌린 것처럼 보였다. 게다가 흉물스러운 색감
은 둘째 치고, 스위프트는 깔끔한 선이나 미니멀리즘 방식을 전혀 신
봉하지 않는 듯했다. 포는 가구가 그렇게 많은 방을 난생처음 봤다.
헤아릴 수 없이 많은 탁자에 램프며 그릇이며 시계가 그득그득 쌓여
있었다. 벽은 책장과 선반으로 빼곡했다. 그리고 거기에는 비싸 보이
는 물건들이 장식되어 있었다. 스위프트의 철학은 반짝이는 것이라
면 일단 소유해야 한다는 것인 듯했다.

포는 혹시 뭔가 쓰러뜨리지는 않을까 싶어 앉기가 두려웠다.

사회복지사 급여로는 도저히 이런 소비를 충당할 수 없을 터였다.

"시간을 충분히 내드리기는 어려울 것 같네요. 손주들이 호주에서
나랑 같이 온 데다가 딸도 보름 뒤에 올 거랍니다. 가족 휴가를 보내
고 있어서요. 아이들은 위층에서 지금은 잘 놀고 있지만 그것이 언제
까지 이어질지는 모른답니다. 나는 가서 차 좀 내오지요."

"제가 도와드리죠, 스위프트 부인." 리드가 말했다.

---

* 어린이용 물약처럼 보이는, 촌스러운 분홍색 위장약.

포는 리드가 자기에게 기웃거릴 틈을 주려고 그녀와 같이 갔다는 것을 알았다. 그는 창문으로 다가가 소나무 개수를 세어보았다. 다섯 그루였다. 그가 나머지 두 그루를 찾고 있을 때 리드와 스위프트가 가득 찬 쟁반을 들고 돌아왔다. 스위프트는 포가 바라보고 있는 쪽을 보았다.

"헨리 폭풍 때문이었지요. 2016년에 두 그루를 잃어버렸답니다." 그녀가 말했다.

포는 사람들이 폭풍을 심각하게 받아들이기를 바란다면 헨리나 데즈먼드 같은 이름이 아니라 루프 레커(지붕 파괴자—옮긴이)나 배스터드(개자식—옮긴이) 같은 이름을 붙여야 한다고 진즉부터 생각했다. 대중이 매번 놀라는 것도 당연했다.

"어떻게 여기 살게 됐는지 말씀해 주시겠어요, 스위프트 부인?" 포가 물었다.

"표현을 다르게 해도 될까요, 포 경사님?" 그녀가 웃었다. "왜냐하면 내 생각에 경사님이 묻고 싶은 건 '내가 어떻게 이 집 비용을 감당할 수 있나' 하는 것일 테니까요. 맞나요?"

"맞습니다."

"자선단체에서 보육원을 폐쇄했을 때 나는 이 집을 매입할 우선권을 받았답니다."

"제가 궁금해하는 것은—"

"내가 어떻게 비용을 지불했느냐?"

"네." 포가 말했다. 브래드쇼가 보낸 문자에 따르면 눈에 띄는 대출은 없었다. 스위프트는 세븐 파인스를 온전히 소유했다.

그녀의 두 눈에 노여운 기색이 번쩍였다. "죽은 남편이요. 그이는 언제 어디에 돈을 투자해야 할지 알았답니다, 포 경사님."

스위프트의 남편에 관해서는 포도 읽었지만—그는 펜리스의 한 회계사무소에서 일했다—그것은 모호한 대답이었다. 회계사가 돈을 잘 벌기는 했으나 막대하게 벌어들이지는 않았다. 포는 그 문제를 우선 넘어가기로 했다. 위층에서 소음이 울리더니 아이 우는 소리가 들렸다. 스위프트가 자리에서 일어나 문으로 다가갔다. 목소리를 높였다. "애너벨! 제러미! 할머니 아래층에서 얘기 중이란다. 좀 조용히 하겠니?"

"죄송해요, 할머니." 한 아이가 대답했다.

포는 스위프트가 목소리를 높일 때 교양 있는 억양이 무너지면서 메리포트 출신의 소녀가 드러난다는 점을 알아차렸다. "저희가 여기 왜 왔는지 아십니까, 스위프트 부인?" 그녀가 다시 자리에 앉자 포가 물었다.

"꼭 대답해야 한다면, 보육원에 머무르던 누군가가 못된 짓을 저질러서 배경 정보를 들으려고 오신 게 아닐까 싶네요. 보통은 그렇거든요. 나는 오래전에 은퇴했지만 보살피던 아이들 중 일부와는 아직도 연락하고 지낸답니다."

"퀜틴 카마이클이라는 남자를 기억하십니까?" 포가 물었다.

스위프트의 눈이 가늘어졌다. "그래, 그것 때문에 오셨군요. 울스워터에서 있었던 일 때문에요. 하지만 이제 와서 왜지요? 25년도 더 지난 일인걸요."

"그럴 일이 좀 있습니다." 포가 대답했다.

"도망친 아이들 일인가요, 아니면 크루즈에 관한 일인가요?"

포는 대답하지 않았다. 때로는 목격자들이 멋대로 추측해서 경찰이 가려는 쪽이라고 여기는 방향으로 가게 내버려두는 편이 나았다.

허공을 응시하는 스위프트의 얼굴이 굳어졌다. "그 망할 녀석들!"

포는 그녀가 말을 보탤지 기다리며 지켜보았다.

"여기 있는 동안에요, 포 경사님, 나는 100명이 넘는 아이들을 보살폈고 내가 그 아이들 인생에 적지 않은 영향을 미쳤다는 말은 그냥 공치사가 아니랍니다. 아이들은 내가 관리하는 보육원에 고마워했고, 내가 정해주는 규율에 고마워했고, 자기들 삶에 필요한 기회를 얻을 수 있다는 데 고마워했지요."

"들어보니 이 사회의 기둥이셨던 것 같네요." 포가 말했다.

"하지만 그 네 아이는⋯⋯. 뭐, 어떤 아이들은 어떻게 해도 도움을 받으려고 하지 않지요. 나는 그 애들에게 기막힌 사람들과 함께하면서 기막힌 기회를 얻게 해주었어요. 내가 하라는 대로 했더라면, 그 아이들은 전부 학교를 떠날 무렵에 근사한 수습 직원 자리를 얻을 수 있었을 거랍니다. 그 사람들은 연줄이 대단했고 어떤 방법으로든 도우려는 열의가 있었거든요. 내가 아이들에게 바란 것은 그저 예의 바르게 행동하라는 것뿐이었어요. 하지만 그 아이들이 그랬나요? 아니요, 감독할 사람이 없다는 것을 알자마자 다들 술에 취해버렸어요. 평범한 깡패들처럼 말이에요. 보육원 생각도 하지 않고 내 평판도 생각하지 않은 거예요."

"좀 고마워할 줄 몰랐던 것처럼 들리네요." 포가 말했다.

"그렇지 않나요? 음, 정말이지, 그 녀석들이 돌아왔을 때 나는 된통 야단을 쳤답니다. 보육원 전체가 들썩거릴 지경이었지요."

"정말인가요?" 포는 면담을 숱하게 해봐서 누군가 거짓말하면 알아볼 수 있었다. 스위프트의 분노는 꾸민 듯했다.

"그래요, 정말로요." 그녀가 대답했다.

"그래서 도망친 건가요?"

"그랬죠. 자기들 물건을 챙겨서 ─팁으로 받은 돈도요─ 차를 얻어 타고 칼라일역으로 갔어요."

"왜 칼라일이죠? 펜리스가 더 가까운데요." 포가 물었다.

스위프트는 모르겠다고 했다. 그냥 경찰에서 그렇게 말했다고.

포는 리드를 흘끗 보며 그에게 뭔가 질문할 게 없는지 살폈다. 차 준비하는 걸 돕겠다고 한 말 외에 그는 아무 질문도 하지 않은 것이다. 믿기 어렵지만 리드는 꾸벅꾸벅 졸기 시작했다. *어젯밤에 도대체 얼마나 마신 건가?*

그러나 포도 몸이 늘어지기 시작했다. 방은 따뜻했고 어젯밤에 늦게 잤으니. 그렇기는 해도…… 증인 앞에서 잠이 드는 건 새로운 발견이었다. 무음 모드인 그의 휴대전화가 주머니 속에서 진동했다. 그는 스위프트에게 전화 좀 받아도 되겠느냐고 묻고는 그녀가 답하기도 전에 수신 버튼을 눌렀다. 발신자는 플린이었다.

"무슨 일이야?" 그가 물었다.

"지금 어디야?"

포가 스위프트를 흘깃 보니, 그녀는 웃고 있었다. 포는 눈꺼풀이 무거워지기 시작했다. 조심하지 않으면 그도 리드와 같은 꼴을 보이게 될 터였다.

"스위프트 부인 집이야. 리드 경사랑 같이 40분쯤 전에 왔어. 왜?"

"포, 내 말 잘 들어. 내가 무슨 말을 할 텐데 아무 반응도 보이면 안 돼. 알아듣겠어?"

포는 알았다고 했다. 자기 목소리가 늘어지는 것과 혀가 평소보다 뻣뻣하다는 걸 알아차렸다. 리드를 보니, 그는 이제 뻗어 있었다. 침까지 흘렸다.

도대체 뭘……?

"몬터규 프라이스가 방금 진술서를 제출했어. 자기가 이멀레이션 맨이 아니라고 부인하고 있어." 플린이 말했다.

"아, 그래." 포가 말했다. 머릿속에서 생각이 뒤죽박죽이었다.

"혀가 꼬이잖아, 포. 술 취했어?" 플린이 소리쳤다.

포는 대답하지 않았다. 그는 취했었다. 지금은 아니라고 생각했다.

플린은 포가 생각을 가다듬도록 기다리지 않았다. "아무튼 지금은 그럴 시간 없어. 그냥 잘 들어. 프라이스가 배에 탄 건 인정했지만 경매 상품은 주말 휴가가 아니었다고 했어."

"그럼 뭔데?" 포는 플린이 하는 말을 겨우겨우 알아들었다.

"아이들이었어, 포. 경매로 판 게 아이들이었다고!" 플린이 대답했다.

포는 알아들었다. *아, 이런 빌어먹을…….*

포가 스위프트를 보니 그녀가 그를 이상하게 쳐다보고 있었다.

"그리고 포, 힐러리 스위프트는 그 배에 타고 있었어."

젠장, 젠장, 젠장⋯⋯.

"그 여자랑 카마이클이 모든 걸 계획한 거야."

포는 맞은편에 앉은 여자에게 초점을 맞추려고 했다. 시야가 뿌옜고, 포는 그게 숙취 때문도 피로 때문도 아니라는 것을 깨달았다.

이것은 그것들과 전혀 달랐다.

"그쪽 근처에는 보낼 인원이 없어. 당신이랑 리드 경사가 그 여자를 붙들고 있어야 해. 할 수 있겠어, 포?"

포는 진정제의 초기 증세를 알아차렸다. 버티려고 했지만 가망이 없었다. 당장이라도 약의 힘에 굴복하기 직전이었다. 그가 늘어지는 말투로 말했다. "스테프, 저년이 우리한테 약 먹였어."

포는 일어서려고 했지만 소파에 도로 쓰러졌다. 휴대전화를 떨어뜨렸다. 플린이 블랙베리 마이크에 대고 뭐라고 고함치는 걸 막연하게 인식했다.

"포! 포! 괜찮은 거야?"

결국 목소리가 멀어지며 두 눈이 뒤로 넘어갔다. 10초 뒤 모든 게 사라졌다.

42

포는 조금씩 정신이 돌아왔다. 몇 번인가 정신을 차리려고 하다가 마침내 정신이 들었다. 얼마나 오래 정신을 잃었는지 알 수 없었다. 며칠일 수도 있고 몇 분일 수도 있었다. 그는 눈을 뜨고, 주변에서 왔다 갔다 하는 사람들을 쳐다보려고 했다.

"맙소사, 어떻게 된 거야?" 리드가 하는 말이 들렸다. "입안이 낙타 음낭 같잖아."

포의 목도 바싹 말라붙었다. 머리가 지끈거렸다.

포는 앞뒤를 맞춰보려고 했다. 얼마 후 조각난 기억들이 형태를 갖추기 시작했고 뇌가 생각이라는 것을 할 수 있게 되었다. 힐러리 스위프트는 두 사람에게 약을 먹였고, 흉물스러운 핑크색이 보이는 걸보면 둘은 아직 그녀의 집에 있었다. 만약 그렇다면 오랫동안 정신이 나가 있지는 않았던 게 분명했다. 응접실에는 스무 명이 넘는 사람이 있었고 몇몇은 초록색 의료복 차림이었다. 포는 팔이 꽉 죄이는 느낌에 아래를 내려다보았다. 누군가 그의 혈압을 재고 있었다. 어떤 멍청이가 그의 귀에 뭔가 집어넣으려고 해서 그는 고개를 획 젖혔다.

"포, 바보짓 그만하고 체온 재게 가만히 있어."

플린이었다.

"스테프?" 목소리가 개구리 울음소리나 다름없었다.

"당신이랑 리드 경사는 약을 먹었어."

포가 인상을 찌푸렸다. "그 정도는 나도 안다고." 또 다른 생각이 떠올랐다. "스위프트는 어디?"

"사라졌어, 포. 갬블 총경 팀이 집을 수색하고 있지만 급하게 나간 것 같아. 차가 밖에 있는 걸 보면 누가 태워 간 모양이야."

"손주들은?"

"무슨 손주들?"

"집에 애들이 있었어."

"확실해?" 플린이 다급하게 물었다.

"소리를 들었어."

플린이 리드를 불렀다. "리드 경사, 포 경사 말로는 아이들이 있었다는데요."

"둘이었을 거예요." 리드가 확인해줬다.

그녀가 소리쳐 갬블을 부르자 갬블이 다가왔다. 짜증스러운 표정이었다. "리드 경사와 포 경사 둘 다, 도착했을 때 아이들이 있었다고 합니다. 그 여자가 데리고 달아난 것 같은데요."

"염병할 잘도 맞춰서 일을 벌여주시는군." 갬블이 으르렁댔다. 그는 같이 온 형사들 중 한 명을 돌아보았다. "당장 출입국관리국에 연락해. 그 여자가 아이들이랑 같이 있을지 모른다고 알려." 그는 리드를 향했다. "나이는? 성별은? 인상착의는? 도움될 만한 거 뭐 없나?"

"못 봤어요, 보스." 리드가 말했다. "둘 다 위층에 있어서. 그 여자가 애들을 애너벨이랑 제프리라고 한 것 같아요."

"제러미." 포가 바로잡았다.

"애너벨과 제러미입니다. 스위프트를 '할머니'라고 한 애는 목소리가 어리게 들리던데요." 리드가 말했다.

"망할!" 갬블이 소리쳤다.

포도 그의 분노에 수긍이 갔다. 출입국관리국은 혼자 이동하는 여자를 찾으라는 말을 들었으니 아이와 함께 있는 여자에게는 그만큼 신경을 쓰지 않을 터였다. 그리고 스위프트가 만약 국경까지 갔다면 그 여자를 다시 볼 수 있을지 의심스러웠다.

"스위프트 딸한테 연락해서 사진 좀 보내달라고 할게요, 보스." 리드가 말했다.

갬블은 반대하려는 듯 보였다. 리드더러 아무것도 하지 말라고 하려는 듯이. 대신 그는 말했다. "그럼 적어도 자네가 조져놓은 걸 설명할 수는 있겠군. 그 여자한테 어떻게 자식들이 자네 코앞에서 납치됐는지 말해주게."

리드는 얼굴이 벌게져서 끄덕였다.

그것은 부당한 말이었고 포는 스위프트가 재빨리 사라진 게 뭘 뜻하는지 아직 확신하지 못했지만, 그 여자 수중에 약물이 있었다는 사실은 그 여자가 분명 개입되어 있다는 뜻이었다. 아까 갬블의 형사 중 하나가 이제 이멀레이션 '우먼'을 찾는 거라고 했다. 중론이 형성되고 있었다.

그들이 아는 사실들도 그런 가설에 부합했다. 갬블이 품은 의문들도 해소되었다.

그건 다 좋은 일이었지만 포의 의문은 전부 해소되지 않았다. 아직도 커다란 의문이 남아 있었다.

어째서?

포는 다른 사람들 생각은 상관하지 않았다. 프라이스가 범인이든 스위프트가 범인이든 같은 문제가 남았다. 어째서 그렇게 오래 기다린 것인가? 물론 모든 증거가 스위프트를 가리키고 있으니 아마도 그녀가 살인범일 가능성이 컸고, 그 여자가 그 오랜 세월을 기다렸다가 공범들을 죽인 뚜렷한 이유가 있을 수도 있었다. 그러나 포는 의문을 품은 채 죽고 싶지는 않았다. 그 여자의 동기를 이해하기 전에는 잠들 수 없을 터였다. 아니면 포 자신이 어떻게 연관되는지 이해하기 전에는.

브래드쇼가 좋아하는 문장을 빌리자면, 데이터가 더 필요했다.

그리고 시작할 수 있는 지점은 한 군데뿐이었다.

몬터규 프라이스의 자백.

포는 일어서려고 했지만 다리가 흐물흐물했다. 그는 무너져 내렸다.

"워." 의료원이 말했다. "의사한테 점검받기 전에는 아무 데도 못 갑니다. 식염수도 좀 놔야 하고요."

"명령이라고 생각해, 포 경사." 플린이 방 건너편에서 말했다.

이번만은 포도 불복종할 마음이 없었다.

43

수사본부는 사람들로 붐볐다. 플라스틱 의자란 의자에는 다 털북숭이 경관이 엉덩이가 꽉 끼인 채 앉아 있었다. 높은 천장에는 깜빡거리는 전등이 붙어 있고 허연 조립식 패널이 깔려 있었다. 패널 중 일부는 더 새것이었는데 예전 것에 비해 짜증스러울 정도로 색이 달랐다. 여느 경찰 수사본부와 마찬가지로 거기에는 튀긴 음식과 커피, 그리고 좌절의 냄새가 배어 있었다. 포는 마음이 편안했다.

그는 뒤쪽에 서서, 갬블이 잔뜩 들어찬 경관들에게 힐러리 스위프트 수색에 관해 설명하는 말에 귀를 기울였다. 그 여자가 포와 리드에게 약을 먹이고 달아난 지 이틀이 지났다. 포가 업무에 복귀한 첫날이었다. 지금까지는 스위프트를 목격했다는 신고가 전혀 없었다. 그 여자는 성공적으로 나라를 떴거나 아니면 아직 시도하지 않았을 터였다.

갬블은 스위프트 수색뿐 아니라, 프라이스가 경매에서 팔렸다고 주장하는 소년들의 소재도 찾고 있었다. 갬블의 가설은 아이들이 런던으로 도망친 양 경찰을 속이려고 기차표를 산 것이라면 필시 어딘가 다른 곳에 있으리라는 것이었다. 갬블은 넷 중 한 아이만 찾으면 나머지 퍼즐은 깔끔하게 제자리를 찾아갈 거라고 확신했다. 그는 형

307

사들로 구성된 팀을 각 임무에 배치해놓았다.

포는 행운을 빌었지만 확신은 없었다. 주목朱朱 작전—미성년 대상의 역사적인 성폭력 사건에 대응한 전국 규모의 대대적인 수사—의 의도치 않은 결과 중 하나는 학대 신고가 기록적으로 늘어났다는 것이었다. 피해자들이 점점 더 그늘 속에서 모습을 드러냈다. 그들의 주장이 진지하게 받아들여지고 있었다.

그런데도 이 소년들은 지난 26년간 아무 말도 하지 않았다는 것인가? 이멀레이션 맨의 피해자들이 최근 언론에 그렇게 많이 노출되었는데도? 그들 중 누구 하나는 나섰을 터였다. 단지 보상금을 얼마나 받을 수 있는지 물어보기 위해서라도.

포가 보기에 소년들이 계속 침묵하고 있는 데는 더 단순한 이유가 있었다. 그리고 훨씬 더 어두운 이유가.

그들은 죽은 것이다.

포는 그 생각을 혼자 간직했다.

지난밤 포가 병원에 있을 때 브래드쇼는 그가 없는 동안 무슨 일이 일어났는지 알려주었다. 스위프트가 프로포폴이라는 약물로 포와 리드를 잠들게 했다는 것. 몬터규 프라이스의 집에서 발견된 증거물도 검사가 완료되었다는 것. 약병에 담겨 있던 액체가 프로포폴이었다는 것.

프로포폴은 가장 흔하게 쓰이는 마취제였다. 효과가 빠르고 구강으로 섭취할 수 있으며 체내에 오래 남지 않았다. 그것이 규제가 심한 약물이었기에, 갬블은 형사 네 명을 보내 스위프트가 어디서 약을 얻었는지 알아내게 했다.

스위프트가 약을 어디서 구했는지는 아직 몰랐지만 그 사용처를 보면 아직 밝혀지지 않은 한 가지 의문에 답할 수 있었다. 피해자인 다섯 남자가 어떻게 몸싸움도 벌이지 않고 납치되었는가? 그들은 거의 확실하게 약을 먹었고 의식이 혼미한 상태에서 잡혀갔던 것이다. 갬블의 가설은 두 사람이 같이 일을 벌였거나, 아니면 스위프트가 프라이스를 함정에 빠뜨리려고 했다는 것이었다. '방법'을 해결하고 나면 '동기'는 기다릴 수 있는 모양이었다.

피해자 전원의 위가 비어 있었다는 점도 프로포폴을 써서 납치했다는 가설에 신빙성을 더해주었다. 갬블은 스위프트가 자기 수법을 감추려고 프로포폴이 피해자들 체내에서 빠져나갈 때까지―의학적 소견에 따르면 적어도 이틀 동안―그들을 잡아 두었으리라 추측했다. 스위프트가 그들을 임시로 가둬두었던 곳도 현재 수색 중이었다.

갬블이 지껄이는 동안 포는 브래드쇼의 시선을 끌어 뒤쪽으로 오라고 신호했다. "우리 여기서 빠져나가는 게 어떨까요? 샙 웰스로 돌아가서 일 좀 하면?" 포가 말했다.

"영영 안 물어보는 줄 알았잖아요, 포."

포는 플린이 몬터규 프라이스를 취조할 때 그 자리에 있었다는 사실과 그녀가 이미 브래드쇼에게 그 동영상 사본을 보냈다는 사실을 알았다.

"힐러리 스위프트가 이멀레이션 우먼이라고 생각해요, 포? 만약 그렇다면 정말 깜짝 놀랄 일이네요."

"왜 그렇죠, 틸리?"

"통계죠. 연쇄살인범의 85퍼센트가 남성이거든요."

"그래도 15퍼센트가 남잖아요." 포가 대꾸했다.

"게다가 여성 중에 불로 죽이는 사람은 2퍼센트도 안 돼요."

"계속해봐요."

"뭘 계속해요?"

"이미 계산 다 했잖아요. 여성 연쇄살인범이 불로 죽일 확률이 얼마나 돼요?"

"통계적으로 있을 법한 일이 아니에요, 포."

포는 한숨을 쉬었다. 동기도 없는데 이제 브래드쇼의 통계까지 더해진 것이다. 포는 갬블이 어떻게 생각하든 상관하지 않았다. 감이 말하고 있었다. 스위프트가 그 일에 관련된 것은 맞지만, 그녀는 그들이 찾는 범인이 아니었다.

"자, 가서 프라이스의 자백을 들어보죠."

동영상은 4K 초고해상도 TV만큼 선명했다. 갬블이 고른 조사실은 작은 정사각형이었다. 선이란 선은 모두 직선이고 구석이란 구석은 모두 예리한 직각이었다. 벽은 크림색이었고 아무것도 없었다. 조사실에 있는 물건이라고는 의자와 탁자, 몇 가지 녹음 장비가 전부였다. 그곳은 진지한 목적으로 만든 진지한 공간이었다.

몬터규 프라이스는 70대의 마른 남자였다. 양손에 검버섯이 보였다. 트위드 정장에 조끼와 타이 핀까지 화려하게 갖춰 입고 있었다. 모두 믿는 대로 어느 면으로 보나 시골 신사였다.

프라이스는 사냥과 사격 모임에서 거물급이었다. 클레이 피전 사격 부문에서 영국 대표였다. 덕분에 컴브리아에서는 거의 왕족이나 다름없었다.

그는 눈에 띄게 떨고 있었다. 포는 앞으로 벌어질 일 때문이 아니라 의학적인 문제 때문에 그렇다고 추측했다. 변호사인 바살러뮤 워드는 런던에서 그곳까지 왔는데 듣자 하니 프라이스에게 하루에 3000파운드(한화로 약 500만 원—옮긴이)를 받는다고 했다.

갬블은 총경이어서 조사실에 들어가기에는 계급이 너무 높았지만 프라이스와 변호사는 협조한다는 명목으로 미리 이 부분을 합의해 두었다. 플린은 NCA 대표로 동석했고, 포가 모르는 또 다른 형사도 그 자리에 있었다.

서로 소개를 하고 녹음 장비를 재차 확인한 뒤, 바살러뮤 워드가 입을 열었다.

그는 플린이 방에 있다는 사실을 무시하고 말했다. "신사 여러분, 저는 곧 제 의뢰인이 미리 준비한 진술서를 제출하려고 합니다. 제 의뢰인이 자발적으로 출석했다는 사실을 공식적으로 확인받고 싶습니다만."

갬블이 콧방귀를 뀌었다. "신문이란 신문에 얼굴이 다 도배가 됐소만."

"그래도 말입니다."

"알았소." 갬블이 말했다.

"동의도 하시고요?" 워드가 물었다.

갬블이 잠시 가만히 있다가 말했다. "동의하오. 당신 의뢰인은 더 런힐에 자발적으로 출두했소."

화면에서 눈을 떼지 않은 채 브래드쇼가 포에게 물었다. "더런힐?"

"칼라일에서 가장 최근에 생긴 경찰서예요. 2005년에 홍수가 나서 예전 건물이 무너지는 바람에 몇 년 전에 그리로 이전했죠. 800만 파운드를 들였다는데 꼭 축구장 스탠드 뒤쪽처럼 생겼어요."

둘은 다시 조사 동영상에 주목했다.

"그리고 제 의뢰인이 어떤 죄목으로도 기소되지 않았다는 것 또한 확인받고 싶습니다."

"동의하오. 당신 의뢰인은 어떤 죄목으로도 기소되지 않았소⋯⋯. 아직은."

두 번의 소소한 승리에 힘을 얻어, 워드가 말했다. "제 의뢰인은 26년 전 밤에 벌어진 끔찍한 사건에서 자신이 했던 작은 역할에 심히 부끄러워하고 계십니다. 의뢰인께서는 더 일찍 관계 당국에 출두했어야 한다는 점을 인정하십니다. 그러나 여러분은 그날 일어난 일을 계획하고 실행하는 데 어떤 시점에서도 제 의뢰인이 관여된 바가 없다는 것을 아시게 될 겁니다." 감정 문제를 다루고 나자, 워드는 갬블에게 서류를 하나 내밀었다.

그 후로 5분간 아무도 말을 하지 않았다. 시시때때로 갬블이 믿기지 않는다는 표정으로 고개를 들었다. 프라이스와 워드는 무표정하게 앉아 있었다.

갬블이 서류를 내려놓고 말했다. "동영상과 내 동료 두 명을 위해 내용을 요약하는 편이 나을 것 같소."

워드가 끄덕였다.

"당신 의뢰인은 울스워터에서 열린 자선 행사에 초대된 여섯 남자들 중 한 사람이었다. 초대장에 암호가 있어서 당신 의뢰인은 뭔가 불법적인 일이 벌어지리라는 것을 알았다." 갬블은 고개를 들더니, 이미 알면서도 물었다. "무슨 암호가 있었다는 거요?"

프라이스가 처음으로 입을 열었는데 이틀 전 포만큼이나 갈라진 목소리였다. "초대장 표제에 옛날식 구두점이 찍혀 있었소. 퍼컨테이션 포인트라고 하는데 뜻은—"

"무슨 뜻인지는 알고 있소. 앞 문장에 뭔가 숨은 뜻이 있다는 의미지."

프라이스와 워드가 서로 쳐다보았다. 워드가 말했다. "그걸 어떻게 알게 됐는지 물어봐도 되겠습니까? 요즘은 안 쓰이는데요."

"아니, 안 되오." 갬블이 말했다. "당신 의뢰인은 크루즈가 성인들 파티를 감추려는 눈가리개라고 생각했다. 고급 콜걸과 무제한으로 제공되는 코카인. 내가 제대로 이해한 거요?"

"그렇습니다." 워드가 대답했다.

"그리고 이를 위해 당신 의뢰인은 2만 5000파운드를 기꺼이, 덧붙이자면 선불로, 지불하려고 했다?"

"그러려고 했고 그렇게 했습니다."

"창녀와 코카인에 2만 5000이라? 좀 과하지 않소?"

"제 의뢰인은 그런 일들의 시가에 친숙하지 않았습니다. 순진함이 죄는 아니지요."

갬블은 칭찬해줘도 될 만큼 차분함을 유지하고 있었다. 작은 노트북 화면으로 동영상을 보는 것만으로도 포는 신경이 거슬렸다. 프라이스의 진술서 전체가 나쁜 일에 최대한 덜 참여했다는 것을 주장하는 데 초점이 맞춰져 있었다. 증명할 수 있는 부분은 인정하되 나머지는 부인하자는 생각이었다.

"그런데 배에 타고 보니, 코카인과 매춘부가 아니라 아이들이 매매 대상이라는 걸 알았다?"

"맞습니다."

"힐러리 스위프트가 웨이터로 일하라고 데려온 네 소년?"

프라이스가 웃음을 억눌렀다. 포는 그가 그 오랜 시간이 지나고 나서도 그 일에 흥분한다는 것을 알 수 있었다. "우리는 여섯 명이었지만 소년은 세 명뿐이었소. 한 소년은 카마이클이 차지했으니까. 카마이클은 우리끼리 서로 경쟁하게 만들어 가격을 올리려고 한 거요." 그가 설명했다.

워드가 그의 어깨에 손을 얹었다. "말은 제가 합니다. 소년들은— 제 의뢰인과 마찬가지로—자기들이 그날의 주요 놀잇감이라는 것을 몰랐고, 무슨 일이 벌어지는지 프라이스 씨가 깨달았을 때쯤 배는 이미 출항한 뒤였지요. 프라이스 씨는 그냥 따라가는 수밖에 없었습니다."

"어째서요?"

"자기 목숨을 잃을까 두려웠던 겁니다. 그때 상황을 감안하면 다들 그것이 합리적인 두려움이었다는 건 동의하실 테지요."

갬블은 미끼를 물지 않았다. 그는 계속해서 진술서를 요약했다.

"소년들은 경매가 시작되기 전에 술을 권유받았고 힐러리 스위프트는 소년들을 하나하나 보여주었다. 아이들을 몇 차례 위아래로 오르내리게 하며 남자들에게 상품을 살펴볼 기회를 준 뒤, 응찰이 —"

"잠깐만요." 플린이 끼어들었다. "지금 힐러리 스위프트가 배에 *타고 있었다*고 말씀하시는 건가요?"

"그렇고말고요. 스위프트와 카마이클이 모든 걸 계획했지요. 그게 문제가 됩니까?" 워드가 말했다.

갬블과 플린이 서로 얼굴을 가까이 하더니 속삭였다. 플린이 조사실에서 나갔다. 추정컨대 그때 포에게 전화해서 스위프트를 체포하라고 했던 것이리라.

플린이 조사실에서 나갔는데도 워드는 말을 계속했다. "물론 제 의뢰인께서는 그날 벌어진 일에 질겁해서 그 이후에는 참여하지 않았습니다."

"물론 그러시겠지." 갬블이 정색하는 얼굴로 말했다. "그리고 응찰이 끝나고 배가 육지로 돌아간 뒤 남자들은 자기가 산 상품을 데리고 사라졌다?"

워드가 고개를 흔들었다. "아닙니다, 먼저 퀜틴 카마이클이 그 일 전체를 촬영한 동영상을 내놓으면서 그게 모두의 보험이라고 설명했습니다."

"그다음은……?"

"그다음은 없습니다. 제 의뢰인은 그 남자들을 다시는 만난 적이 없습니다. 모두와 연락을 단절했지요."

"그러면 소년들의 운명에 대해서 아는 바는?"

"없습니다. 제 의뢰인은 자신이 소년들에게 아무 해도 없었기를 바란다는 것을 기록으로 남기고 싶어 하십니다."

그때까지 조사실에서 조용히 있던 형사가 의자에서 벌떡 일어서더니 소리쳤다. "이 좆같은 거짓말쟁이 개새끼야!" 그는 프라이스에게 주먹을 날리려고 했지만 갬블이 온몸으로 그를 끌어안으며 고함쳐 도움을 요청했다. 제복 경관 두 명이 서둘러 들어가 버둥거리는 형사를 끌어냈다.

워드는 뭔가가 입증되었다는 듯이 양팔을 벌렸다. "이래서 제 의뢰인께서 지금껏 출두하지 않으신 겁니다."

"감방 갈 때까지 기다려보시오." 갬블이 중얼거렸다. "거기 가면 아주 뒈지도록 사랑받을 거요."

"아." 워드가 말했다. "그렇다면 문제가 있을지도 모르겠는데요. 제 의뢰인이 진범들, 힐러리 스위프트와 퀸틴 카마이클에게 불리한 증언을 하길 바란다면, 방조죄 이상으로는 기소되지 않을 거라는 확언이 필요합니다."

"개소리 집어치우시오." 갬블이 말했다. "이 일에서 무사히 빠져나가는 건 있을 수 없소. 어차피 난 이 진술서에 있는 걸 대부분 알고 있었고. 아, 그건 그렇고 퀸틴 카마이클은 이미 죽은 지 사반세기가 지났으니까 협상 카드의 절반이 이미 날아간 셈이로군."

이것은 그들에게 새로운 소식이었다. 둘은 황급히 속닥거리기 시작했다. 프라이스가 워드에게 몸짓을 해댔다. 그는 처음으로 걱정스러워 보였다.

그 순간 문이 열리더니 플린이 후다닥 들어왔다. 그녀는 몸을 숙이더니 갬블의 귀에 대고 뭐라고 말했다.

"조사 중지요." 갬블이 말했다.

워드와 프라이스가 갬블을 쳐다보았다.

"당신 재수 더럽게 없군. 힐러리 스위프트가 사라졌소. 음악이 멈췄는데 당신이 앉을 의자는 없는 것 같군, 프라이스 씨."

44

플린은 샙 웰스 호텔 가든 룸에서 그들을 발견했다. 리드는 이제 갬블에게 더 도움이 돼서 본청 수사팀으로 재배치되었다.

"섬뜩하네, 그치?" 플린이 물었다.

"그런 말로는 부족하지. 프라이스는 지금 어디 있어?" 포가 말했다.

"아직 칼라일 경찰서 유치장에. 갬블이 곧 검찰 쪽과 회의해서 뭐로 기소할지 정하려나 봐."

"붙잡아두기 위한 건가?"

"구금해둘 만큼은 확실히 되지. 완전한 기소는 수사가 끝날 때 할 거고."

"집에서 발견한 증거로?"

"스위프트가 덫을 놓은 걸로 보여. 증거는 진짜일지 모르지만, 프라이스는 마지막 두 사건에 물샐틈없는 알리바이가 있어. 런던에 숨어 있었다는 걸 증명할 수 있을 거야. 갬블 생각에는—나도 동의하는 거지만—스위프트가 시간을 벌려고 한 것 같다네. 아마 프라이스가 그렇게 일찍 자수할 줄은 몰랐겠지."

포는 스위프트가 유죄라는 가정을 무시했다. 그 여자는 정말 그 일에 연루되어 있었다. 하지만 그렇다고 그 여자가 전부 다 했다는 얘기는 아니었다. "프라이스가 숨어 있었다면, 진짜 이멀레이션 맨은 그 집에 증거를 남겨서 그를 끌어내리려고 했을 수도 있어."

플린이 얼굴을 찌푸렸다. "프라이스가 다음 피해자일 수도 있다는 거야?"

포가 대답했다. "안 될 게 뭐야? 그 배에 탔던 사람들 전부 그렇게 된 거 같은데. 프라이스라고 딱히 다를 게 있나? 게다가 이 일을 벌이는 게 누구든 만약 그자가 프라이스를 납치해서 조용히 사라지게 했더라면, 우리가 프라이스 외에 다른 누군가를 의심했을까?"

"아마 아니겠지." 플린도 인정했다. "당신 방금 스위프트라고 하지 않고 '이멀레이션 맨'이라고 했지. 스위프트가 유죄라고 생각하지 않는 거야?"

"그 여자가 이멀레이션 맨과 같이 움직이는 건 분명해. 프로포폴을 사용한 걸 무시할 순 없으니까. 프라이스 집에 증거를 남긴 것도 그 여자일지 모르고. 그렇지만 그 여자가 사람을 태우고 다녔는가 하는 건 아예 다른 문제지. 틸리한테 당신이 봐야 할 자료가 좀 있어."

"나중에 볼게. 또 뭐가 있어?"

"음…… 지금까지 우리가 찾은 유일한 동기는 금전적인 거였어. 그런데 그건 결코 말이 안 됐지, 정말로는. 거세와 화형? 돈 때문에? 내 생각엔 아니야."

"그럼 뭐지?"

"아직은 몰라." 포가 말했다. 그는 알았지만 입 밖에 내고 싶지 않았다. 브래드쇼 앞에서는…….

플린이 양손을 모아 뾰족하게 세우더니 두 눈을 감았다. 잠시 후 눈을 뜨고는 몸을 앞으로 숙였다. "좋아, 그럼. 우리가 해야 할 일을 하자고. 스위프트 추적은 갬블이 해도 돼. 우리는 중범죄분석섹션이고, 그러니까 남들이 하지 못하는 걸 하는 거야."

브래드쇼가 고개를 끄덕였다. 이윽고 포도 끄덕였다.

포가 말했다. "이동 방법부터 보자. 납치가 다섯 건이고 살인이 다섯 건인데, 피해자들 전부 프로포폴 흔적이 없었으니까 다들 살해되기 전에 어딘가에 잡혀 있었다는 걸 확실히 알 수 있지. 우리가 모르던 이동 경로가 늘어난 거야."

"그러니까 범인은 납치 장소까지 차를 몰고 갔다가, 거기서 감금 장소까지 간 다음, 또 거기서 살인 장소까지 이동한 거네요." 브래드쇼가 요약했다. "엄청난 데이턴데요, 포."

"데이터 좋아하는 줄 알았는데요."

브래드쇼가 웃음 짓더니 말했다. "사랑하죠!" 그녀가 키를 몇 개 두드리자 얼마 안 가 프린터가 윙윙거렸다. "데이터가 많을수록 할 수 있는 것도 많아져요. 자동차번호판 자동 인식 데이터베이스에 연결해서 당장 시작할게요."

포는 플린을 브래드쇼에게서 떨어뜨려, 소리가 안 들리는 거리에 있다는 걸 확인한 뒤에 방금 전까지 말하고 싶지 않던 것을 말했다. "그 아이들이 죽었다고 가정해야 할 것 같아."

플린이 끄덕였다. 그녀는 침통한 얼굴이었다. "거기까진 나도 알아냈어. 가설은 있어?"

"있어. 2만 5000파운드는 아이들을 학대하는 대가였던 것 같아."

"여섯 자리 금액을 지불한 세 남자는?"

"그 돈이면 아이들을 죽일 수 있었겠지."

"내 생각도 그래." 한참 뒤에 플린이 말했다.

둘 다 프린터가 멈췄다는 걸 알아채지 못했다. 브래드쇼가 두 사람 말을 들은 것이다. "안 돼!" 그녀는 숨이 멎는 듯 말했다. 두 눈에 눈물이 솟더니 곧 울음을 터뜨렸다. 플린이 옆에 앉아 그녀의 어깨를 양 팔로 감쌌다.

지난 1년여 동안 브래드쇼는 전국에서 벌어지는 최악의 사건들을 다뤄보았지만 그때까지는 늘 먼 거리에서였다. 마이클 제임스의 가슴에 새겨진 포의 이름을 살펴볼 때도, 실제 시신이 아니라 컴퓨터 이미지를 들여다본 것이었다. 이곳 현장에 나온 지금, 브래드쇼는 포와 마찬가지로 마음을 쏟아부었다. 어쩌면 포보다 더―브래드쇼는 착하니까, 포는 아니지만.

한 시간이 넘게 지나서야 브래드쇼는 마음이 가라앉아 다시 일할수 있었다. 포는 죄책감을 느꼈다. 자기가 함께 컴브리아로 오자고 고집을 부리지만 않았더라면―게다가 그때는 그저 자기 생각이 옳다는 걸 보여주려고 그랬을 뿐이었다―브래드쇼는 이 모든 일을 겪지 않았을 터였다.

플린이 조용히 말했다. "당신이랑 틸리 잘 지내는 것 같아. 이런 일이 있기는 했지만 틸리를 사무실에서 나오게 한 건 세상 잘한 일이야."

포는 새로 사귄 친구를 바라보았다. 브래드쇼는 안경을 밀어 올리고, 결의에 차 혀를 내밀고 있었다. 아직도 얼굴에 눈물 자국이 보였다. 머리카락 한 가닥이 에어컨 바람에 흔들렸다. 브래드쇼는 아랫입술을 내밀더니 바람을 불어 머리카락을 눈에서 떼어냈다. 보호 본능의 온기가 포의 온몸에 퍼져나갔다. 브래드쇼의 순진함과 순수함은 그의 어두운 기질과 날카롭게 대비되었지만, 여러모로 둘은 닮은 구석이 있었다. 둘 다 강박적이었고, 둘 다 사람들을 거슬리게 했다.

브래드쇼를 생각하니 뭔가가 떠올랐다. 마이클 제임스의 가슴에 새겨진 다중단층촬영 데이터를 해석해서 그의 이름을 알아낸 사람이 바로 그녀였다. 그리고 그가 이 사건과 어떻게 연결되어 있는지는 아직도 불투명했다. 힐러리 스위프트는 어떤 식으로든 개입되어 있었지만 포는 그녀가 자기나 자기 이름을 알아보지 못했다고 확신했다. 스위프트가 이멀레이션 맨의 공범이라면 전체적인 계획은 알지 못하는 것이리라. 갬블은 여전히 혹시 뭔가 이름이라도 튀어나오지 않을까 해서 포의 배경을 알아보는 데 형사를 하나 배정해둔 상태였다. 아직까지 아무것도 나오지 않았다.

포는 답이 자기 과거에 있을지 의심스러웠다. 페이턴 윌리엄스 사건이 일어나기 전까지도 포는 별다르게 논란의 여지도 없는 인물이었다. 추잡한 놈들을 좀 감방에 처넣기야 했지만 그들 중 누구도 지난 열두 달 동안 석방된 자가 없었다. 그러나…… 포의 이름은 세 번째 피해자의 가슴에 분명 새겨져 있었다. 그것은 반박할 수 없는 사실이었다.

이는 아직 뭔가 빠뜨린 것이 있다는 뜻이었다.

포는 브래드쇼를 건너보았다. 프린터가 문서를 뱉어내고 있었지만 브래드쇼는 먼저 나온 문서를 벽에 핀으로 꽂기 시작했다. 자동차번호판 자동 인식, 즉 ANPR은 그런 유형의 데이터베이스 중 세계에서 규모가 가장 큰 것이었다. 확인해야 할 데이터가 어마어마할 터였다.

"이 혼돈을 다 정돈하는 데 얼마나 걸릴 것 같아요, 틸리?" 포가 물으며 두 팔을 좌우로 움직여 여기저기 쌓인 문서 더미를 가리켰다.

브래드쇼는 하던 일을 멈췄다. 포는 그녀 머릿속에서 계산기 돌아가는 소리가 들릴 것 같았다. 그녀는 어림짐작 따위는 하지 않았다.

"네 시간 반요, 포. 그때쯤이면 같이 검토할 만한 게 나올 거 같아요."

포가 플린에게 몸을 돌렸다. "다른 동기도 고려해봐야 할 것 같아, 보스."

"듣고 있어." 플린이 말했다.

"우리 지금, 여섯 자리 금액을 보낸 남자들이 아이들을 죽이는 대가를 치른 거라고 짐작하는 거, 맞지?"

플린이 고개를 끄덕였다.

"그게 사실이라면, 아이들은 죽기 전에 참혹하게 고통받았을 거야."

플린이 다시 끄덕였다.

"음……. 만약 누군가 알아냈다면?" 포가 물었다.

"그리고 그 사람이, 말하자면 인과응보를 구현하려고 한다?"

"그거면 그 흉포한 살해 방식과도 어울리지."

"소년들 중에 누군가 살아남았을 수도 있을까?" 플린이 물었다.

포는 고개를 가로저었다. "만약 그랬다면 그 여섯 남자가 훨씬 더 조심스럽게 행동했겠지. 아니, 이 일을 하는 게 누구든 간에 그자들이 모르는 사람이었어. 더구나 26년을 기다릴 이유가 뭐겠어?"

"그럼 누구지? 이제 전부 신원 확인은 됐잖아."

"그럴까? 아이들이 보육원에 있기는 했지만 그 아이들에게도 언젠가는 가족이 있었어. 만약 누군가 부모로서 잠재돼 있던 책임감이 깨어났다면 어떨까?"

플린은 납득하지 않는 듯 보였다.

"어차피 다섯 시간을 때워야 하잖아. 뭐라도 하는 게 낫지."

"생각나는 거라도 있어?"

"처음으로 돌아가봐야 할 것 같아."

"카마이클이 어쩌다가 소금 저장고에 묻히게 됐는지? 그건 이제 상관없지 않아?"

"아니, 그보다 더 전 말이야." 포가 말했다. "세븐 파인스 영장은 컴브리아 경찰이 아니라 우리한테 발부된 거고, 아직도 유효하다고. 사회복지과에 돌아가서 그 소년들이 어떻게 살았는지 살펴보면 어떨까 해. 그 애들이 애초에 왜 세븐 파인스에 들어가게 됐는지 알고 싶어."

45

"뭐가 필요하세요?" 오드리 잭슨이 물었다. 플린과 포는 다시 칼라일 시민 센터에 가 있었다. 포가 영장을 이용해야 한다고 플린을 설득한 뒤 플린은 단호하게 움직였다. 갬블의 보조로 머무르는 데 진력이 난 모양이었다.

"소년들의 배경요." 플린이 대답했다.

"그리고 가족들도요." 포가 덧붙였다. "아이들이 세븐 파인스에 머무르던 동안 거기서 일한 직원들과 거기 있던 아이들 명단도 필요합니다."

"양이 꽤 될 텐데요. 그 보육원은 단기 평가도 담당했거든요. 그래서 몇몇 자리는 아이들이 수시로 바뀌었어요."

둘 다 대꾸하지 않았다. 플린은 팔짱을 끼었다.

"한번 찾아보죠." 잭슨이 말했다.

오드리 잭슨이 파일을 가지고 돌아왔다. 포는 잭슨이 최근에 그 자료들을 훑어봤으리라 추측했다. 잭슨은 자료를 탁자 위에 올려놓았다. 딱할 정도로 얇았다.

파일은 총 네 개였다. 소년마다 하나씩. 불운한 패를 받은 네 소년.

부모가 돌볼 수 없었기에, 혹은 돌보려 하지 않았기에, 혹은 돌보아서는 안 됐기에 정부에서 돌본 아이들. 세븐 파인스는 그 아이들의 피난처여야 했다. 아이들이 치유되고, 사랑하고 사랑받는 법을 배우는 장소. 어른을 다시 신뢰할 수 있게 되는 장소.

오히려 아이들은 부유하고 권태로운 남자들에게 놀잇감으로 팔렸다.

포는 결의를 다졌다. 그는 앞으로 10년 동안 서류를 쳐다봐야 한다고 해도 상관없었다. 답이 이 파일 안에 있다면 찾아내리라.

포는 파일을 다 펼쳐서 기본 정보를 나란히 늘어놓았다.

마이클 힐턴.

매슈 멀론.

앤드루 스미스.

스콧 존스턴.

꺼져버린 네 목숨. 포는 잭슨이 가져다준 커피를 홀짝이고는 읽기 시작했다. 플린은 나머지 아이들의 파일을 읽어나갔다.

한 시간 뒤 포는 더더욱 절망했다. 각 파일은 끔찍하리만치 서로 다르면서도 우울하리만치 비슷했다.

마이클 힐턴. 너무나 방치되어 아홉 살일 때 다섯 살 아동 평균 몸무게보다 적게 나갔다. 사회복지사들이 마침내 가정에서 데리고 나왔을 때, 마이클은 살아남으려고 파리를 먹고 있었다. 부모는 양쪽 다 1년간 구류되었다. 포는 감방에서 그들에게 벌레를 먹였으면 했다.

마이클은 이곳저곳을 전전했으나, 인생 초반에 겪은 처참한 일들에서 비롯된 행동 장애 때문에 어디에도 정착하지 못했다. 세븐 파인스가 마이클의 마지막 기회였고 마이클은 그 기회를 양손으로 붙잡은 듯했다.

앤드루 스미스. 학교의 인기 학생이었으나 성적이 떨어지기 시작했다. 어느 날 밤 그 이유를 논의해야겠으니 학교에 남으라는 말을 듣고는, 겁을 잔뜩 집어먹었다. 그러고는 선생에게 일하러 가야 한다고 했다. 어리둥절해진 학교 측은 경찰을 불렀고, 경찰은 아이 가방에서 헤로인을 발견했다. 아버지가 아이를 마약 운반책으로 이용했던 것이다. 부모 모두 스페인으로 도주했고 듣자 하니 아직도 거기서 사는 모양이었다. 그들은 아동복지과에 매년 생일 카드와 돈을 조금 보냈다. 앤드루의 현 주소가 없어서, 그들이 마지막으로 몇 번 보낸 카드 몇 장이 파일에 꽂혀 있었다.

스콧 존스턴은 아마 가장 흔한 이유로 가정에서 데리고 나온 것 같았다. 어머니가 가정 폭력 피해자였는데 파트너를 떠나려고 하지 않았던 것이다. 포는 놀라지 않았다. 사람들이 생각하는 것보다 이런 일이 더 빈번하게 벌어지기 때문이었다. 결과가 어떻든 간에, 어떤 여자들은 자기를 학대하는 상대에게서 떠날 수 없다고 여겼다. 아동복지과에서 집이 어린 스콧에게 안전하지 않다고, 파트너와 아이 둘 중 하나를 선택해야 한다고 말하자, 어머니는 파트너를 선택했다. 사회복지사는 아이의 친부를 찾으려고 했으나 찾지 못했다. 스콧은 보육 시스템에 들어간 뒤 한 번도 나가지 않았다. 포는 아이 아버지를 머리에 새겨두었다. 리드에게 나중에 찾아보라고 할 셈이었다. 이제까지는 스콧의 아버지가 동기 비슷한 것이나마 있는 유일한 사람이었다.

마지막으로 매슈 멀론. 어쩌면 가장 슬픈 사례일지 몰랐다. 브라이턴에 있던 행복하고 안정적인 가정 출신이었기 때문이다. 어머니는 아이가 어릴 때 죽었고, 가족이라는 단위가 얼마나 연약한지 증명하기라도 하듯 아버지가 자이르 출신의 헤로인 중독자와 인연을 맺었다. 한 달이 채 안 되어 둘은 여자 쪽의 마약 빚에서 달아나려고 브라이턴을 떠나 컴브리아로 이주했다. 한 달 뒤부터 여자는 매슈를 악령에 사로잡힌 흑마법사라고 비난했다. 아버지는—자신도 이제 약에 하루 80파운드를 쓰는 약쟁이가 됐는데—이런 사실에 무지했거나 아니면 기꺼이 그냥 내버려두었다. 여자는 아이에게서 악마를 떼어내야 한다는 생각에 사로잡혔고, 그러기에 가장 좋은 방법이 고통을 줘서 쫓아내는 것이라고 믿었다. 매슈를 등받이가 단단한 의자에 묶어놓고, 여자는 담배 끝으로 아이의 팔과 몸통을 지져댔다. 매슈는 장하게도 가만히 있으려고 하지 않았다. 달아날 기회가 생기자마자 매슈는 워킹턴 경찰서로 피신했다. 아이 아버지는 그런 일이 벌어지도록 방치한 대가로 징역 4년 형을 받았다. 그는 2년을 복역했고, 파일에 따르면 석방된 날에 약을 과다 복용했다—'감방' 헤로인에 비해 '거리' 헤로인이 얼마나 강한지를 과소평가하는, 중독자들의 흔하디흔한 이야기처럼. 여자는 고의적 중상해죄로 9년 형을 받았지만, 감옥에 들어간 첫해에 사망했다—똑같은 유형의 개똥 같은 짓 때문이었다. 그러나 이번에는 여덟 살 난 소년이 아니라 감방 동료, 100킬로그램에 육박하는 글래스고 출신의 정신이상자를 마녀라고 비난한 탓이었다. 자기 남편을 죽이고 종신형을 살던 그 여자는 자기를 마녀라고 비방한 여자의 머리를 감방 변기 가장자리에 처박았다. 두개골이 과하게 익은 바나나처럼 흐물흐물해질 때까지.

포는 만족스러운 듯 그르렁댔다.

그는 여러 사회복지사, 가정판사, 소송 후견인이 여러 해 동안 메모한 내용을 검토했다. 소년들에게는 가망이 없었다.

스콧 존스턴의 아버지를 제외하면 소년들의 가족 중 누구라도 어딘가에서 복수를 기도했으리라는 증거가 희박했다. 그들은 죽었거나, 감방에 갇혔거나, 아니면 신경조차 쓰지 않았다.

네 소년이 함께 나온 사진이 한 장 있었다. 즉석카메라로 찍은 사진처럼 보였다. 사진 아래쪽에 흰 여백이 있었다. 사진이 마르기를 기다리는 동안 잡고 있으라고 만들어둔 자리. 사진은 질이 나빴고, 추정컨대 세븐 파인스에 있던 날들 중 어딘가 물가에 나갔을 때 찍은 듯했다. 소년들은 햇빛 속에서 웃음 짓고 있었다. 상의를 벗어 던질 만한 날씨였다. 스미스는 축구공을 들고 있었다. 아이들은 행복해 보였다. 낡은 사진의 조악한 품질에도 불구하고 포는 밀론의 팔과 가슴에서 담배로 지진 상처를 볼 수 있었다. 눈이 촉촉해지자 그는 눈물이 고이기 전에 훔쳐냈다.

"왜 아무도 위탁 가정에 가지 않은 거죠?" 포가 물었다. "힐턴은 행동에 문제가 있었다고 하지만, 다른 셋은 세븐 파인스에서 잘 지낸 것 같은데요. 아이들이 서로 떨어지고 싶어 하지 않아서였나요?"

잭슨은 고개를 저었다. "마이클을 빼면—경사님 말대로 그 아이는 아직 해결하지 못한, 뿌리 깊은 심리적인 문제들이 있었죠—다들 어느 정도 자라고 나서 저희한테 왔는데, 그때쯤 되면 아이들을 위탁하기가 사실상 불가능해요. 아이들은 위탁 가정에 가지 못하기 때문에 결국 친구가 되죠." 잭슨이 설명했다. "그 애들에게는 그게 무슨 명예의 훈장 같은 게 됐어요. '아무도 우릴 좋아하지 않지만 우린 상관없어', 뭐 그런 거랄까요."

그것은 침울해지는 대답이었고 포는 다시 파일로 돌아갔다. 훑어보기를 마치자 파일을 내려놓았다. 그는 더 깊이 살펴보기 전에 바람을 좀 쐬어야 했다. 다른 아이들의 비슷하지만 끔찍한 이야기들을 읽고 있던 플린도 그를 따라 밖으로 나갔다. 몇 분 뒤에 잭슨도 따라 나왔다. 잭슨은 담배에 불을 붙이더니 독을 폐 깊숙이 빨아들였다.

"이런 개똥 같은 일들을 날마다 어떻게 견디시는 거죠?" 포가 물었다.

잭슨은 어깨를 으쓱했다. "제가 안 하면 누가 할까요?"

그것도 답이라면 답이었다. 더는 할 말이 없었다. 잭슨은 피우던 담배로 다른 담배에 불을 붙였다. 5분이 지난 뒤 세 사람은 안으로 들어갔다. 포는 파일을 다시 펼치며 뭔가 찾으려는 결의를 다졌다.

플린의 전화벨이 울렸다. 발신자를 포에게 보여주었다. 갬블이었다.

"총경님?"

듣고 있는 플린의 표정이 어두워졌다. "젠장." 마침내 그녀가 중얼거렸다. "확실한 건가요?"

플린은 좀 더 인상을 찌푸리더니 전화를 끊었다.

포가 눈썹을 치켜올렸다.

"힐러리 스위프트의 딸이 막 비행기에서 내렸대. 클레멘트 오언스가 코커마우스에서 살해됐을 때 자기 어머니가 호주에 있었다는 걸 확인해줬다네."

포는 심장 박동이 빨라지는 걸 느꼈다. "그러니까 다른 놈을 찾아야 하는 거로군……."

46

갬블이 같은 날 긴급회의를 소집했고, 세븐 파인스 소년들의 파일에서 별다르게 추적할 단서를 발견하지 못한 터라 플린과 포는 샙 웰스로 돌아갔다. 잭슨은 자료를 모두 복사해 주었고 포는 그걸 집으로 가져가 나중에 모두 다시 읽겠다고 다짐했다. 때로는 차분한 환경에서 머리가 더 잘 돌아갔다.

두 사람이 외출한 동안 브래드쇼는 쉬지 않고 일했다. 그녀는 서류 무더기에 둘러싸여 있었다. 브래드쇼에게 호텔의 강력한 와이파이가 필요했기에, 단점이 있기는 하지만 가든 룸이 다시 임시 수사본부가 되었다. 그곳은 포의 머릿속처럼 어수선했다. 브래드쇼가 걱정스러운 얼굴로 고개를 들었다. "스테퍼니 플린 경위님, 제가 컬러 인쇄에 우리 돈을 다 써버린 것 같아요."

"걱정하지 마요, 틸리. 내가 예산 집행자니까……." 플린은 어마어마한 서류를 빤히 보았다. "어…… 정확히 몇 장이나 인쇄한 거죠?"

"804장요." 브래드쇼가 대답했다.

플린은 걱정스러워 보였다.

브래드쇼가 자기 무덤을 좀 더 깊이 팠다. "호텔 쪽에서 잉크 사러 사람을 두 번이나 보내야 했어요."

"뭐라도 발견하기만 하면 싼 거야, 보스. 이제 한 놈이 더 있다는 걸 알게 됐으니까, 자동차번호판 자동 인식이 제일 나은 방법일 수 있어."

컴브리아 경찰청과는 달리, 국가범죄수사국은 자동차번호판 자동 인식 데이터베이스에 실시간으로 접근할 수 있었다. 자동차번호판 자동 인식 ANPR은 영국에 설치된 고정 카메라와 이동 카메라 8000대 중 하나를 통과하는 차량을 모조리 인식하고, 확인하고, 기록하는 시스템이다. 전국에 4500만 대가 넘는 차량이 있는 현재 ANPR의 카메라는 하루에 2600만 개에 달하는 사진을 찍는 셈이고, 전국 ANPR 데이터 센터, 즉 NADC는 모든 영상을 2년 동안 보관하므로, 어느 시점이든 자료실에는 170억 개가 넘는 사진이 보관되어 있다. 포는 갬블이 유명한 환상열석들로 연결되는 도로 몇 군데에 이동용 ANPR 카메라를 설치해달라고 요청했으나 비용만 날렸다는 것을 알고 있었다.

"뭐 나온 것 좀 있어요, 틸리?" 포가 물었다.

브래드쇼는 아직 자기가 곤란한 상황인지 아닌지 확신하지 못한 채로 긴장한 듯 헛기침을 하더니 말했다. "제가 찾던 ANPR 카메라들에서 데이터를 다운로드한 다음, 지난 두어 달 동안 여가 시간에 만든 프로그램에다가 그걸 입력해서 돌려봤어요. 제가 보기에 이건 혼돈 시스템 문제고, 그래서 저는 동기화 순서에 접근할 수 있도록 구라모토 모델을 조정했어요."

그녀는 마치 두 사람이 그 말을 조금이나마 이해할 가망이 있다고 생각하는 듯 두 사람을 쳐다보았다.

"수준을 좀 낮춰서 말해봐요, 틸리." 포가 불친절하지 않게 말했다.

"아 네, 기본적으로 포, 조건이 맞으면 혼돈은 저절로 록스텝 시스템으로 발전해요."

플린과 포는 여전히 브래드쇼를 멍한 얼굴로 쳐다보았다.

"제가 매개 변수들을 재정의했다고요." 그녀가 한숨을 내쉬었다.

둘 다 아무 반응이 없었다.

"지금 장난하는 거죠?" 브래드쇼가 고개를 흔들며 말했다. "맙소사, 두 분 아직도 비행기 보면 손가락질하는 거 아니에요?"

"에?" 포가 말했다.

"제가 프로그램을 돌려서 자동차 등록번호 목록을 뽑았다고요."

"아, 목록. 그럼 그렇다고 말을 하지 그랬어요."

브래드쇼는 포에게 혓바닥을 내민 뒤 자기 쪽으로 문서 한 뭉치를 끌어당겼다. "이멀레이션 맨이 지나가야 했을 만한 길에 초점을 맞췄어요. 납치 장소에서 감금 장소, 감금 장소에서 범죄 현장."

포가 끄덕였다. 이것은 그도 따라갈 수 있었다.

"우리는 언제 어디서 피해자 네 명이 살해됐는지 알고 있어요. 저는 그것과, 피해자들 집에서 가장 가까운 카메라를 서로 연결해봤어요."

타당한 이야기였다. 브래드쇼는 살해 장소에서 가장 가까운 카메라들을 지나간 자동차, 그리고 유망한 납치 장소에서 가까운 카메라들을 지나간 자동차를 찾으려고 한 것이었다.

"피해자는 다섯 명이에요." 플린이 상기시켰다.

"그래요, 스테퍼니 플린 경위님. 하지만 분석용으로서 퀜틴 카마이클의 관은 이질적이에요. 우리는 그가 언제 관에 들어갔는지 모르고, 어디서 혹은 언제 살해됐는지도 몰라요."

브래드쇼는 두 사람이 이해하도록 잠시 기다렸다. 포는 브래드쇼가 데이터에 관해 이야기할 때는 서툰 분위기가 사라진다는 사실을 알아챘다.

"물론 우리는 런던에 있는 게 아니니까, ANPR 카메라는 오로지 M6 고속도로, A 도로, 그리고 몇몇 큰 B 도로에만 설치돼 있지만, 저는 네 번의 납치 건 모두 이 카메라들 중 일부를 적어도 한 번씩은 통과했어야 한다는 걸 계산으로 알아냈어요. M6 고속도로에 있는 카메라들과, M6 도로를 가로지르는 도로들에 있는 카메라들요."

포도 동의했다. 중요한 강줄기들과 마찬가지로, M6 고속도로의 회랑 지대는 컴브리아 카운티를 중간에서 동서로 양분했다. 이멀레이션 맨이 한 번도 고속도로를 가로지르지 않았다고는 상상할 수조차 없었다. 거의 확실히 몇 번은 고속도로를 위나 아래로 가로질렀거나, 고속도로를 따라 달렸을 터였다.

브래드쇼가 말을 이었다. "하지만 그래도 ANPR 목록이 너무 길었어요. 여섯 자리 숫자였거든요."

"시골에서는 차를 더 많이 이용하죠. ANPR이 출퇴근 도로를 다 포괄하니까, 숫자가 더 크지 않은 게 놀랄 정돈데요." 포가 설명했다.

"제 프로그램에 숫자를 입력해서 돌리고 나니까 좀 더 다룰 만해졌어요. 저는 목록을 셋으로 나눴어요. 첫 목록은 가장 확률이 높은 차량이에요. 전부 804대죠. 그게 제가 컬러로 인쇄한 것들이에요." 브래드쇼가 말했다.

자동차 등록번호, 카메라에 찍힌 장소와 시간 등, 필요한 세부 사항을 기록하는 것 외에도 ANPR 카메라는 사진 두 장을 더 찍는다. 자동차번호판과 차 전체 사진. 브래드쇼가 ANPR 데이터 중 일부를 컬러로 인쇄했다고 말한 것은 바로 그 사진들을 다운로드했다는 얘기였다. 그리고 아마도 아날로그인 동료들을 기쁘게 하려고 그것들을 인쇄한 것이리라.

비용은 중요하지 않았다. 브래드쇼는 박사학위가 두 개 있었고, 옥스퍼드 대학교 수학연구소 회원이었으며, 포가 들어본 그 어떤 사람보다 IQ가 높았다. 그녀가 그 종이 뭉치 어딘가에 범인이 있다고 하면 포는 그 말을 믿었다.

그는 자리를 잡고 보기 시작했다. 플린도 똑같이 했다.

브래드쇼는 웃었다.

ANPR은 자기가 뭘 찾는지 알 때는 환상적인 수사 도구였지만, 그물을 던질 때는 사실상 쓸모가 없다는 큰 단점이 있었다. 그것은 무엇이든 다 찍었고, 포는 바로 그런 까닭에 갬블이 전에 굳이 그것을 살펴보지 않았다는 사실도 알았다. 어떤 시점에서 갬블은 분명 ANPR 자료를 검토하라고 형사들에게 지시했겠지만, 진지하게 수사 전략으로 사용했다기보다는 체크 박스에 표시하려는 용도였을 테다. 갬블로서는 브래드쇼가 한 것처럼 여섯 자리 숫자로 목록을 추릴 방법이 없었을 것이다. 갬블의 수사관들은 수학 천재가 아니었다. 브래드쇼는 천재였지만.

그래도 여전히 검토할 데이터가 어마어마하게 방대했지만 포는 집중력을 잃지 않았다. 그는 브래드쇼를 절대적으로 신뢰했다. 답은 그 어딘가에 있을 터였다. 그가 한쪽을 읽고 나면 브래드쇼는 자기만 아는 패턴에 따라 종이를 벽 어딘가에 핀으로 꽂았다. 그것은 좋은 생각이었다. 몽타주를 볼 때는 각각을 따로 볼 때와는 다른 시야로 보게 된다. 물론 새로 장식한 벽에 그들이 무슨 짓을 해놓았는지 언젠가 호텔 매니저가 발견하고 진노하면 그를 진정시키지 않으면 안 될 테지만, 그것은 나중에 생각할 문제였다. 아니면 플린이 생각할 문제든지. 잠시 쉬는 동안 다리를 풀려고, 포는 호텔에서 제공했지만 한 번도 쓰지 않은 플립 보드로 걸어가—브래드쇼는 그렇게 기술적으로 낙후된 도구를 보면 얼굴을 찌푸렸다—아래쪽에 있는 상자에서 마커 펜을 집어 들었다. 그는 벽으로 걸어가 제외해도 된다고 확신하는 차에 빨간색으로 엑스 표시를 했다.

804대의 자동차 중에 30대 이상이 승객으로 가득한 버스였다. 그는 그것들을 빨간색으로 그었다. 이멀레이션 맨이 화톳불을 피우면서 버스 탑승객을 지지자로 데려갔을 것 같지는 않았다. 포는 오토바이도 다 제외했다. 오토바이는 어디든 갈 수야 있겠지만 피해자와 연소촉진제, 말뚝을 싣고 나르는 데 쓸 수는 없었다. 미니버스가 네 대 있었는데, 사진이 작기는 했지만 포는 그것들이 학습 장애가 있는 성인들을 태우고 다니는 자선단체 차라는 것을 알 수 있었다. 포는 그것들도 빨간색으로 표시했다.

그가 기꺼이 지울 수 있는 다른 자동차도 있었다. 경찰차도 그중 하나였다. 이멀레이션 맨이 경찰일 가능성도 있었지만, 경찰차는 특정인이 사용하는 차량이 아니었다. 어떤 차를 한 사람이 여덟에서 열 시간 동안 이용하고 나면, 곧바로 다음 근무자가 타고 나갔다. 똑같은 이유로 포는 앰뷸런스도 제외했다.

다음은 죄수 호송차였다. 컴브리아 카운티가 몇 년간 쓴 슬로건은 이러했다. "컴브리아: 살고 일하고 방문하기 안전한 곳." 이멀레이션 맨이 아니면 대체로 맞는 말이었다. 그러나 뼛속까지 사기꾼과 건달인 자들도 여전히 있었고, 법원 숫자가 줄어들기는 했지만 바보 숫자까지 준 것은 아니었다. GU 시큐리티 밴은 컴브리아 도로에서 주기적으로 보이는 차였는데, 그 회사가 컴브리아 카운티의 유일한 교도소와 여러 법원에서 일을 받기 때문이었다. 포는 그것들도 전부 빨간색으로 그었다.

포는 또 커다란 화물차도 지웠다. 시신과 장비를 운송하는 데는 이상적인 차였겠지만, 몇몇 살해 장소까지 가는 구불구불한 길에는 맞지 않았다.

빨간색 엑스 표시가 없는 자동차는 여전히 감당하기 어려울 정도로 많았다. 포는 발뒤꿈치를 들고 일어섰다 앉았다 하면서 종아리 근육을 풀며 어떻게 하면 숫자를 더 줄일지 생각했다.

포는 벽으로 다시 걸어가더니 불쑥 짜증이 솟구친 듯, 운전자와 시신, 휘발유 캔을 편안하게 운송하기에 너무 작아 보이는 차를 모두 빨간색으로 그었다. 그리고는 좌절해 펜을 내던졌다.

"미안." 그가 사과했다. 플린보다는 브래드쇼 때문에 한 말이었다.

"괜찮아?" 플린이 물었다.

포는 끄덕였다.

"뭐, 계속해봐. 뭔가 나올 것 같은데."

포는 플립 차트로 돌아가서 녹색 펜을 집었다. 그는 우선시하고 싶은 차에 체크 표시를 했다. 운전석과 짐칸이 붙어 있는 패널 밴은 모두 표시했다. 스테이션왜건, 사륜구동이나 다목적자동차도 모두 표시했다. 심지어 영구차도 있었다. 거기에는 두 번 표시했다.

결국 모든 자동차에 빨간색 엑스 아니면 초록색 체크 표시가 되었다. 어떤 차는 같이 논의한 뒤에 색을 바꿔 표시하기도 했지만, 한 시간이 지나자 어느 정도 합의가 됐다.

포는 체중을 앞으로 실었다가 뒤로 실었다가 하며 벽을 뜯어보았다.

답이 거기에 있다고 확신했다. 답을 찾는 데 필요한 것은 번뜩이는 영감뿐이었다.

47

세 사람은 저녁이 무르익을 때까지 벽을 노려보았다. 핀으로 꽂은 ANPR 사진들을 내리고 싶지 않았고 아무도 번갈아 가며 저녁을 먹고 싶지 않았기에, 포가 켄들까지 차를 몰고 브리티시 라지 인디언 앤드 탄두리에서 포장 음식을 사기로 했다. 그가 막 플린이 먹을 버터 치킨, 브래드쇼가 먹을 채소 볼티, 자기가 먹을 새끼 양 마드라스를 주문했을 때 휴대전화에서 문자 수신 알림이 울렸다. 리드가 허드윅 농장에 갔다면서 보낸 것이었다. 리드는 포더러 어디 있느냐고 물었다. 포는 답장을 쓰면서 다들 호텔에 있으니까 걸어서 그리로 오라고 했다. 포는 리드가 먹을 것으로 새끼 양 마드라스를 추가 주문했다.

호텔에서 친절하게도 접시와 양식기를 내주어 세 사람이 먹기 시작할 즈음 리드가 도착했다. 그는 배가 등에 붙었다고 하더니 허겁지겁 먹으며, 다 먹을 때까지 말도 하지 않았다.

리드는 벽으로 느릿느릿 걸어갔다. 늦은 시각이었고 뜨거운 날이었는데도, 그는 늘 그렇듯이 흠잡을 데 없이 완벽한 차림이었다. 포는 이미 몇 시간 전에 겉옷도 벗고 상의 소매도 걷어 올린 터였는지라, 몰래 자기 겨드랑이 냄새를 킁킁 맡았다. 곧 샤워를 좀 해야 했다.

"힐러리 스위프트가 혐의 벗었다는 얘기 들었어?"

"그래도 연관은 돼 있어." 포가 말했다.

"그야 당연하지. 누군가의 지시를 따른 거라고 생각해? 아니면 누군가가 그 여자 지시를 따랐거나?"

포가 어깨를 으쓱했다. "그 여자 날 못 알아보던데. 이멀레이션 맨과 협력하고 있는 거라면, 그 여자는 그냥 놈의 수습생이야."

리드도 답을 알지 못했다. 답은 없었다. 스위프트는 연관돼 있었다. 단지 그들이 모를 뿐이었다. 그 여자가 잡힐 때까지는 계속 그럴 터였다.

"그 사회복지사한테서는 알아낸 거 없어?" 다른 화제로 넘어가려는 듯 리드가 물었다. "너 그 애들 죽었다고 생각하는 거 맞지?"

"넌 그렇게 생각해?" 포가 되물었다.

"달리 생각하기는 무리지. 네가 다시 아동복지과를 방문한 건 아이들 가족을 들여다보려고 한 건가?"

"맞아, 하지만 아직까지 위아래로 방방 뛰면서 '나야 나' 하고 외치는 사람은 안 보였어. 살다 살다 그렇게 병신 같은 놈들은 처음 봤다니까. 아이들이 살아 있을 때도 관심이라고는 손톱만큼도 없었는데 이제 와서 양심이 생겼을 것 같지는 않아."

"그럼 다시 미지의 인물로 되돌아온 거네. 아직 자기 패를 드러내지 않은 사람?" 리드는 자리에 앉았다. "힐러리 스위프트 말인데, 그 여자가 국외로 탈출했다는 증거가 없다는 거 세 사람한테 말해주라고 갬블이 그랬어. 그 여자 이름을 쓰거나 인상착의가 맞는 사람은 아무도 출입국관리국 통제소를 지나가지 않았어. 갬블은 그 여자가

341

어딘가에 숨어 있다고 확신하고 나도 거기에 동의해."

포가 꿍얼거렸다.

리드가 자리에서 일어났다. "음, 다들 각자 맡은 일이 있는 것 같으니 나는 아쉽지만 가볼게요. 뭐든 알릴 게 있으면 내일 연락하죠."

"없어도 전화해, 킬리언. 우리가 찾은 거 알려줄 수도 있으니까." 포가 말했다.

리드는 고개를 끄덕이고는 떠났다.

브래드쇼가 플립 보드로 다가갔다. 포도 다가갔다. 브래드쇼가 말했다. "다른 색을 하나 더 써보면 어떨까요, 포? 제외하기는 했지만 다시 고려해볼 만한 차에?"

포가 파란색 펜을 들고 말했다. "그럼 시작해봅시다."

세 사람은 밤새 일하며, 호텔 짐꾼이 가져다준 소파에서 번갈아 가며 쪽잠을 잤다.

아침 9시가 될 때까지 세 사람은 색깔을 네 개 더 써가면서 눈에서 피가 나는 느낌이 들 때까지 사진들을 뚫어져라 쳐다봤다.

"안 되겠어." 포가 뱉었다. 포는 브래드쇼를 돌아보았다. "틸리, 그 어마어마한 머리 좀 쓰면 안 될까요? 내가 알아볼 수 있는 걸 좀 찾아줘요. 지금 나는 개똥도 안 보이니까."

브래드쇼가 흠칫했다. 포는 사과했다. 결코 그녀의 잘못이 아니었으니까.

"괜찮아요, 포." 브래드쇼가 말했다. "포랑 스테퍼니 경위님은 가서 아침 드세요. 저는 대학 때 쓰던 수법이나 한번 시도해 보려고요. 패턴이 안 보이면 시점을 바꿔라."

브래드쇼는 무슨 뜻인지 설명하거나 허가를 기다리지 않고 그냥 벽으로 걸어가더니 사진을 떼어내기 시작했다. 포는 이런 모습을 전에도 본 적이 있었고 말을 붙여봐야 소용이 없다는 것을 알았다. 듣지 않을 테니.

"가자, 보스. 베이컨 샌드위치 사줄게."

둘이 돌아오자, 사진이 네 개의 서로 다른 덩어리로 나뉘어 다시 벽에 붙어 있었다. 빨간색 엑스와 초록색 체크 표시가 뒤섞여 있었다. 포는 의문이 담긴 얼굴로 브래드쇼를 봤다. 프린터가 식으면서 틱틱거렸다. 브래드쇼가 사진을 더 인쇄한 것이었다.

"차를 추가했어요, 틸리?" 포가 물었다. 그랬다면 뒷걸음을 친 셈이리라.

"아니에요, 포. 사진을 재배치해서, 이제는 피해자들이 살해된 날짜에 따라 묶었어요. 자동차마다 사진을 한 장씩만 뽑았기 때문에 한 번 이상 나타난 차는 또 인쇄해야 했어요."

브래드쇼가 섹션의 예산을 더 거덜 낸 것이 분명했다. 몇몇 자동차가 피해자 넷이 살해된 날에 모두 나타났던 것이다. 브래드쇼는 사진들 뭉치마다 옆에 날짜와 피해자 이름을 적어 넣었다. 포는 눈을 굴리며 새로 배치된 정보가 어떻게 다가오는지 살펴보았다.

브래드쇼가 말했다. "두 분이 보시는 동안에요, 포, 저는 가서 삶은 계란 하나 먹을게요." 그녀는 손목시계를 흘끗 봤다. "망할. 아침 식사가 10시에 끝났네. 간발의 차로 놓쳤군요."

"수요일이랑 일요일에만 그래요, 틸리. 그날에는 뷔페 스타일로 점심을 준비하거든요. 오늘은 11시까지 열려 있으니까 가서 삶은 달걀……." 나머지 말이 포의 입술에서 나오지 않고 스러졌다.

"왜 그래요, 포?" 브래드쇼가 물었다.

포는 대답하지 않고 두 번째 피해자 관련 사진들이 붙은 곳으로 성큼성큼 다가갔다. 조 로웰은 브로턴-인-퍼니스 인근의 스윈사이드 환상열석 가운데서 불에 타 죽었다. 브래드쇼에게 호텔 아침에 관해 이야기하다가 그의 머릿속 깊은 곳에 숨은 무언가가 자극을 받았다. 포는 거의 거기에 닿을 것 같았다. 그러나 조금 모자랐다. 포는 자동차들이 망막에 새겨질 때까지 사진을 노려보았다. 그는 20분 동안 아무것도 보지 못한 채 그대로 응시했다.

그는 그 사진 뭉치를 다섯 번이나 뜯어보았다. 그리고 여섯 번째에, 모든 것을 바꿔버릴 사진을 보았다.

거기 있었다. 너무도 대담하게. 비정상. 거기에 있어서는 안 되는 자동차. 포는 목덜미의 솜털이 일어나는 것을 느꼈다.

설마 그렇게 간단할 리는 없겠지?

"포?" 플린이 물었다.

몇 분 동안 포는 감히 입을 열 수가 없었고, 마침내 입을 열었을 때는 플린의 질문을 무시했다. 대신 그는 브래드쇼를 보고 말했다. "틸리, HMCTS(영국 법원 및 행정심판 사무국) 웹사이트에 접속해서 조 로웰이 살해된 날 컴브리아 법원 중 어디가 열려 있었는지 좀 봐줄래요? 프레스턴 형사 법원도 확인해줘요."

브래드쇼는 포와 플린을 힐끔거리며, 어찌해야 좋을지 몰라 했다.

플린이 말했다. "포가 말한 대로 해요, 틸리."

둘이 기다리는 동안 브래드쇼는 HMCTS에 접속했다. 포가 찾는 정보는 공개된 것이었고 포가 직접 찾을 수도 있었지만, 브래드쇼가 더 빨랐다. 플린은 포를 오랫동안 알고 지냈기에 그가 준비될 때까지는 아무 말도 하지 않으리라는 것을 알아서, 굳이 알아내려 하지 않았다.

5분 뒤에 틸리가 말했다. "조 로웰이 살해된 날에는 열린 법원이 없었어요, 포. 일요일이었거든요."

포가 끄덕였다. 그가 맞았다. 그는 조 로웰 사진 뭉치에 있던 한 자동차를 손가락으로 찌르더니, 고개를 돌려 브래드쇼와 플린을 봤다.

"근데 이 씨부럴 GU 죄수 호송 밴은 여기서 대체 뭘 하는 거지?"

48

죄수 호송 서비스가 2004년에 왕립 교정국 손을 떠나 거대 다국적기업에 매각되었을 때 얼마나 수치스러울 정도로 타락했느냐는 문제에 대해서는 포도 다른 경찰들만큼이나 의견이 확고했다. 매각이 성사되기 전 얼마간 그 기업들은 끝없는 이윤욕으로, 연간 150만 건에 달하는 죄수 호송을 눈여겨보고 있었다. 그 일을 벌인 것이 노동당 정부라는 사실에 포는 놀라지 않았다. 그들도 민간 부문이 제시하는 거짓된 약속, 즉 효율과 혁신이라는 말에 쉽게 넘어가기는 마찬가지였다.

고작 가로세로 45센티미터밖에 안 되는 감방에 죄수들을 욱여넣는 혁신, 그리고 화장실에 들르는 것조차 거부하는 효율, 그 결과 죄수들이 ─ 일부는 구류 중이어서 아직 형이 확정되지 않았는데도 ─ 감방 안에서 대소변을 봐야 했다. 법적으로 보면 도살장에 끌려가는 동물들도 그보다는 나은 조건을 받을 자격이 있었다. 무슨 일이 벌어지는지 내무부에서 파악했을 때쯤에는 너무 늦어버렸다 ─ 뇌물이 뿌려졌고, 교도소장 자리를 주기로 약속되었으며, 계약서까지 작성되었다 ─ 그래서 그들은 모든 정부에서 하는 일을 했다. 거짓말하고 통계를 조작한 것이다. 포가 알기로 진실을 말하자는 의견은 없었다.

대중에게 충격과 실망을 한 차례 더 안겨주고 그와 동시에 '의도치 않은 결과의 법칙'을 실례로 보여주기라도 하려는 듯, 내무부는 처음 계약이 끝나 새로운 공급자들이 그 자리를 차지하게 될 때 무슨 일이 벌어질지를 고려하지 않았다. 놀랄 정도의 근시안으로, 첫 계약 업체가 소유한 죄수 호송 차량이 더는 필요하지 않게 됐을 때 그 차들을 규제해야 한다는 생각을 아무도 하지 않았던 것이다.

죄수 호송차 전체가 공개 시장에 판매용으로 나왔고,《데일리 메일》에 실린 한 기사가 잠재적인 악용 가능성을 강조하기는 했지만 정부는 그걸 막을 권한이 없었다. 담당 부처의 장관은 공무원들을 욕하고 공무원들은 장관을 욕하다 보니, 고작 수천 파운드라는 금액에 실질적으로 모든 면에서 이동용 감옥인 차를 누구나 합법적으로 구입할 수 있게 된 것이다.

브래드쇼가 일요일 자 자동차 사진 뭉치에 배치한 죄수 호송 밴은 그중에서도 좀 작은 모델에 속했다. 거기에는 감방이 네 개 있었다. 포는 더 큰 밴이라면 그보다 세 배는 더 운송할 수 있다는 사실을 알았다. 크기가 작다는 것은 이멀레이션 맨이 갔던 모든 장소에 갈 만큼 날쌔다는 뜻이었다.

운전자가 찍힌 사진은 없었다. 앞 유리에 뭔가 색을 입힌 듯 보였다. 포는 놀라지 않았다.

당장 해야 할 일이 좀 있었다. 플린은 갬블에게 전화해 그들이 뭘 발견했는지 전했고, 브래드쇼는 PNC(경찰전국컴퓨터)를 확인했다. 그 차의 등록번호가 여전히 GU 시큐리티사 소속이라는 사실을 알아냈다. GU의 운영본부에 전화했더니 그쪽에서는 예상대로 기꺼이 협력하려는 태도로 나왔다. 민간 부문 계약을 놓고 경쟁하는 사기업들에게는 이미지가 전부였으므로.

맞았다, 그 차는 그 회사의 감방 네 개짜리 밴이었다.

아니, 그 차는 컴브리아에 배치된 적이 없었고 북서 지역 죄수 호송 계약과 아무 관계도 없었다. 그들이 236호라고 부르는 그 밴은 남동 지역 출입국관리국과 맺은 계약 업무를 담당했다.

그리고 맞았다, 그들은 그걸 증명할 수 있었다. 그들의 자동차는 전부 위성 추적 장비가 장착되어 있었기에 통제실에서 각각이 어디에 있는지 항시 확인할 수 있었다.

GU에서 정보를 이메일로 보내주겠다고 약속하자, 포는 전화를 끊었다. 브래드쇼가 물었다. "이게 다 무슨 뜻이죠, 포?"

"자동차 등록번호를 복제해서 엉뚱한 차나 위조된 차로 인식되지 않게 했다는 뜻이죠."

"아이고. 정말 영리하네요."

그랬다. "그리고 GU사에서 북서 지역의 죄수 호송 계약을 딴 상황이니까, 그쪽 차들이 낮이나 저녁이나 이쪽 도로를 지나다니겠죠. 사람들이 거기에 익숙해지면 차가 배경으로 숨어버려요."

이멀레이션 맨은 훤히 보이는 데 숨어 있었던 것이다.

플린은 갬블과 긴급회의를 하러 떠났다. 부디 그 GU 밴을 추적할 체계적인 전략이 나타나기를.

그러나 혹시 그렇지 않을 경우를 대비해…….

포는 브래드쇼를 흘깃 쳐다봤다. 그녀는 짐을 싸기 시작했다. 실의에 빠진 듯 보였다. 정보가 갬블에게 전달되고 나자 발견의 흥분도 식어버렸다. 브래드쇼는 현저하게 달라졌다. 일주일 전만 해도 데이터는 그저 풀어야 할 퍼즐일 뿐이었고 그걸 풀고 나면 그녀는 플린에게 전달한 뒤 잊어버렸다. 포가 알기로 브래드쇼는 자기가 푼 데이터의 배후에 있는 인적 피해에 대해 구체적으로 생각할 필요가 없었다. 그리고 그것을 생각해보고 난 지금 그녀는 더 나은 분석관이 될 것이었다. 때로는 냉정한 이성만으로는 부족했다. 때로는 자기도 발을 담글 필요가 있었다. 감정적으로 개입하고 나면, 그러지 않았으면 가지 않았을 한 걸음을 더 내딛게 마련이었다.

"우리 일이 끝났다고 생각하는 거예요, 틸리?" 포가 웃으며 물었다. "편히 있어요. 할 일이 있으니까."

브래드쇼가 박수를 쳤다. 그녀는 노트북을 열고 안경을 코 위로 밀어 올리더니 지시를 기다렸다.

포는 그녀 옆에 앉아 말했다. "갬블 총경은 그 자동차들 판매 기록을 확인하기 시작할 거예요, 틸리. 그러자면 영장이 필요하죠."

브래드쇼는 포가 본론으로 들어가기를 기다렸다.

"하지만 이멀레이션 맨이 우리가 생각하는 것만큼 똑똑하다면, 밴 구입 내역은 감춰져 있을 거예요. 놈이 신용카드로 구입하진 않았겠죠. 그리고 GU에서 직접 대중에게 그 차들을 팔지는 않았을 거고요.

차를 대량으로 매입하는 업체들 중 하나에 넘겼을 테니까요. 우리가 찾는 밴은 경매로 샀을 수도 있고, 아니면 계열사의 계열사의 계열사……. 뭐, 무슨 얘긴지 알겠죠."

"잘 모르겠는데요, 포."

"내 말은 더 빠른 방법을 찾아야 한다는 거예요, 틸리. 서류 작업으로 밴을 추적하는 건 갬블한테 맡기자고요. 갬블은 결국 찾아낼 거예요. 하지만 그러는 동안, 이 자식을 잡을 다른 방법을 틸리가 궁리해내는 거예요……."

49

브래드쇼가 수줍게 웃음 지었다. "포, 며칠 전에 내가 뭐라고 했죠?"

뭐든 답이 될 수 있었다. 최근에 나눈 두 사람의 대화는 주제가 방대하고 다양했다. 노년층의 대장 운동부터 그가 워싱턴이라고 불리는 이유까지.

"모르겠는데요." 그가 말하더니 추측해보았다. "이제 게임 산업이 음악 산업보다 더 커진다고 한 얘기랑 관련된 건가요?"

"데이터 포인트에 관해서요." 브래드쇼가 거들었다.

그는 데이터 포인트에 대해 기억하는 게 있었다. 그가 보낸 비언어적 신호를 브래드쇼가 싹 무시하고 혼돈 이론의 기술적인 면에 관해 장황하게 설명하다가 나온 내용이었다. 포는 브래드쇼를 멈춰 세우기보다 끝까지 말하게 내버려두는 편이 쉽다는 것을 알게 됐다. 듣다가 얼마 못 가 포의 머리가 화면 보호 모드로 들어갔다. "내가 중요한 부분을 잊어버렸을지도 모르겠는데요." 그가 인정했다.

"내가 그랬죠, 데이터 포인트가 충분히 많기만 하면 무엇에서든 패턴을 발견할 수 있다고."

"그래서요?"

통계에는 백치인 그를 보면 브래드쇼는 여전히 심한 좌절을 느끼는 듯했다. 포는 한편으로 브래드쇼의 의도치 않은 무례함이 그리웠지만, 자기 생각을 말하지 않고 속으로만 생각하는 걸 보면 그녀가 얼마나 달라졌는지 알 수 있었다.

"그래서." 브래드쇼가 사진으로 덮인 벽을 가리키며 말했다. "저 사진들을 다 다운로드할 때 내가 써먹을 수 있는 정보는 살인 날짜뿐이었다고요."

포에게 깨달음이 찾아왔다.

당연하지!

이제 어떤 차인지 알았으니까, ANPR 기록 전체에서 그 차를 찾을 수 있었다. 이멀레이션 맨의 이동 감옥 차가 카메라를 지나갔을 때마다 기록이 남았을 것이다. ANPR 기록은 2년 동안 보관되고, 기록이 두 개 나오기는 할 테지만—남서 지역에서 일하는, 합법적인 번호판을 단 GU 차량이 있을 테니—그 둘을 구분하기는 쉬울 터였다.

브래드쇼는 이미 ANPR 데이터베이스에 들어갔다. 몇 분도 안 되어 프린터가 정보를 차례차례 찍어냈다. 브래드쇼가 말했다. "에드워드 로렌즈가 말한 나비 효과의 좋은 예네요. 그렇죠, 포?"

"흠." 포가 중얼거렸다. 경매 회사라든가, 영업용 차량을 팔 수 있는 다른 방법 등의 생각으로 머리가 가득 차 있었다.

"나비 효과요."

"무슨 말인지 모르겠는데요, 틸리."

"내 말은, 이게 그 좋은 예라는 거예요. 작고, 겉보기에는 무의미해 보이는 사건이 눈덩이처럼 점점 커져서 지금과 같은 결과를 낳았다는 거죠."

"설명해봐요."

"음, 이것들 전부요." 브래드쇼가 양팔을 휘저으며 책상과 컴퓨터와 벽을 가리켰다. "그리고 포와 내가 발견한 모든 게, 작은 것 하나에서 나왔잖아요." 브래드쇼는 그저 놀랍다는 듯 고개를 흔들었다. "다른 모든 것의 중심이 되는 거요."

어려운 사건에서는 그런 일이 종종 있었다. 작은 증거 하나가 더 큰 조각으로 이어지고 그렇게 연결되었다. "그래요, 소금 저장고에서 시신을 찾은 건 운이 좋았죠." 포가 인정했다.

"정말요? 나는 그보다 더 뒤로 돌아가야 한다고 생각하는데요. 난 이게 전부 우연히 던진 말에서 비롯됐다고 생각해요."

프린터의 용지 받침이 꽉 차서 넘치고 있었다. 포는 걸어가서 받침을 비웠다. 바닥에 떨어진 종이를 집어 들면서 물었다. "그 우연히 던진 말이라는 게 뭔데요, 틸리?"

"켄들 경찰서에서 누군가 킬리언 리드에게 소금 저장고에 있는 시신 이야기를 꺼냈잖아요. 리드는 톨룬드 맨 일을 잊고 있었고, 당신은 아예 몰랐죠. 범죄로 기록되지도 않았기 때문에 나도 찾지 못했을 거예요. 생각해봐요. *모든 게 우연히 던진 그 얘기에서 시작됐다구요.*"

브래드쇼가 옳았다. 말하자면. 포는 그 모든 게 시작된 지점이 웬 사이코가 그의 이름을 누군가의 가슴에 새겨 넣었을 때라고 생각하는 쪽이었지만, 본질적으로는 그녀 말이 맞았다. 리드가 켄들 경찰서에서 톨룬드 맨 이야기를 가지고 돌아오지 않았더라면, 지금 상황에 이르지는 못했을 터였다.

브래드쇼는 그의 침묵을 의견 불일치라고 보고 자기 주장을 밀어붙이기 시작했다. 포는 이제 듣지 않고 있었다. 그는 프린터에서 제일 위에 놓인 종이를 집어 들고 빤히 쳐다봤다. 브래드쇼가 역순으로, 현재에서 과거 순서로 검색했기 때문에 최근 기록이 가장 위에 있었다.

포는 자기가 알아볼 만한 게 있으리라고는 기대하지 않았지만—그것은 그가 아니라 브래드쇼의 영역이었으니—문서 중간쯤에 있는 두 개의 결과가 그를 멈춰 세웠다. 두려움이 엄습했다. 배 속에서 위액이 출렁거렸다. 입이 바짝 말랐다.

그가 보고 있는 결과는 A591 도로를 감시하는 카메라에서 찍힌 것이었다. 그 카메라들은 레이크 구역의 중심부에 마약을 공급하는 갱을 추적하는 용도로 설치되었다. 그 지역을 아주 잘 알지 못하는 사람이 앰블사이드나 윈더미어로 이동하면—케직에서 가든 켄들에서 가든—A591 ANPR 카메라를 지나가게 마련이었다.

그리고 앰블사이드와 윈더미어는 A591 도로로 갈 수 있는 유일한 장소가 아니었다.

그 도로와 연결되는 작은 마을도 여럿 있었다.

그중 하나가 그래스미어였다.

세븐 파인스가 있는 곳.

날짜도 일치했다.

시간도 일치했다.

포의 메모가 정확하다면―그는 그렇다고 확신했다―그 죄수 호송 밴은 그와 리드보다 10분 먼저 ANPR 카메라를 지나쳐 갔다. 힐러리 스위프트는 이멀레이션 맨의 공범이 전혀 아니었다. 그녀는 다음 피해자였다.

놈은 그녀를 납치했다.

그리고 손주들도 데리고 갔다.

50

"이멀레이션 맨이 애들도 데려갔어!" 포가 블랙베리에 대고 소리 쳤다. 플린은 핸즈프리로 통화 중이었는데 수신 상태가 좋지 않아 지 직거렸다. 플린이 갬블에게 가는 중이었기에, 정보를 그녀에게 직접 알리는 쪽이 적절한 사람에게 가장 빠르게 전하는 길이었다.

플린은 알아들었고, 수신 상태가 나쁜데도 그녀가 액셀을 밟아 엔 진 회전 속도가 올라가는 소리가 들렸다.

만에 하나 플린이 사고를 당할지 모르므로 포는 만반의 준비를 갖 추기로 했다. 그는 리드에게 전화했지만 음성사서함으로 넘어갔다. 그는 메시지를 남기고 끊었다. 그의 관점에서는 정보를 전달한 셈이 었다. 그는 플린에게 이메일을 보내 스위프트와 손주들이 사라진 날 이멀레이션 맨의 차가 그래스미어 지역에 있었다는 걸 증명하는 자 료를 전달했다.

포는 내달리는 생각을 가라앉히려고 애를 썼다. 이제 좀 더 앞뒤가 맞았다. 스위프트가 살인에 연관되는 것보다는 납치되는 쪽이 더 타 당했다. 그리고 넓게 보자면—이 사건이 돈보다는 복수를 동기로 한 다는, 포의 새로운 이론을 포괄하여—모든 게 맞아떨어졌다. 이멀레 이션 맨이 누구든 그는 그날 밤 자선 크루즈에 참여한 모든 사람을 체계적으로 없애나가고 있었다. 몬터규 프라이스만 그 운명에서 벗어났는데, 그건 그가 패턴을 인식하자마자 달아날 선견이 있었기 때문이었다.

노련한 경찰 두 명의 코앞에서 스위프트를 낚아챈 방법이 무엇인지, 포는 알 수가 없었다. 이멀레이션 맨은 어떻게 약물을 투여한 것인가? 두 사람과 같이 그 집에 있었던 건가? 두 사람이 스위프트와 대화하고 있을 때 몰래 잠입해 우유에 프로포폴을 탄 것일까? 경찰관이 언제 차를 마실지 알아야 실행할 수 있는 계획이라니, 이멀레이션 맨이 짰다기에는 너무 마구잡이인 듯했다. 이제까지 놈은 결코 운에 맡긴 적이 없었다. 이 사건다운 전개였다. 뭔가 돌파구를 찾을 때마다 새로운 의문이 더 고개를 쳐드는 것이.

브래드쇼는 여전히 ANPR에서 찾은 죄수 호송 밴 데이터를 보며 도움이 될 만한 패턴을 발견하려고 했다. 포가 찾고 찌르는 방식으로 타이핑하는 데 반해, 브래드쇼는 손가락이 키보드 위에서 어찌나 빨리 움직이는지 흐릿하게 보일 정도였다. 프린터는 쉴 새 없이 윙윙거렸고, 30분 동안 포는 햇병아리 사무직원이나 다름없었다. 그는 프린터에 종이를 채우고 빈 잉크 카트리지를 교체했다. 호텔 직원들은 브래드쇼의 프린터에 진력이 난 게 틀림없었지만—호텔의 회의용 재고를 또 바닥내 버렸으니—포는 직원들이 건물 내의 다른 기계에서 잉크를 훔칠 거라고 확신했다.

브래드쇼가 드디어 멈췄다. "난 한 시간 동안 이것 좀 살펴봐야 돼요. 가서 컴브리아 지도 좀 가져다줄래요, 포? 클수록 좋아요."

포는 누군가 다른 사람을 보내겠다고 말하려다가, 브래드쇼가 그 없이 혼자서 일하고 싶어 하는 것 같다는 것을 깨달았다. 기다리는 동안 그는 우리에 갇힌 짐승처럼 굴었던 것이다.

"알겠어요." 포가 대답했다.

한 시간 뒤에 그가 돌아왔다. 컴브리아 지역의 지도를 찾는 것은 문제가 아니었다. 매장에 가면 널려 있었으니. 문제는 매장에서 파는 지도가 관광객용이라는 사실이었다. 그것은 운전용이 아니라, 고원 하이킹용이었다.

포는 포기하기 직전이었다. 그는 켄들 경찰서에 벽 전면을 가득 채운 지도가 있다는 것을 알았다. 그와 브래드쇼는 거기서 데이터를 뽑아다가 표시하기 시작할 수도 있었다. 장단점을 따져보면서 어찌할까 고민하고 있을 때 옆에 있는 가게 유리창을 곁눈으로 보았다. 그곳은 노인복지 단체 에이지 컨선의 자선 매장이었는데, 창문 안쪽에 지도를 담은 바구니가 보였다. 그는 필요한 것을 찾았다. 영국 육지측량부 관광 지도. 그는 지도를 펼쳐 들고, 자기들에게 맞는 축척이라는 점을 확인했다. 그는 직원에게 20파운드를 치르고 잔돈은 됐다고 했다.

지도를 벽에 붙인 뒤 브래드쇼는 전체적으로 표시했다. 거기에 패턴이 있다 해도 포에게는 보이지 않았다. 빨강 핀과 파랑 핀이 뭉텅이로 꽂혀 있었다. 포는 좀 더 크고 집중적으로 핀이 꽂힌 그룹이 컴브리아 카운티의 주요 도로라는 것을 알아보았다. M6 고속도로, A66, A595. 좀 더 작은 그룹은 지금까지 파악된 피해자 납치 현장 주변에 있었다. 롱 메그와 그 딸들을 빼고 나면, 이멀레이션 맨이 살해 장소로 사용한 다른 환상열석에는 ANPR 카메라가 그다지 많이 설치되어 있지 않았다.

브래드쇼가 뭔가 이상하다는 듯 지도를 보고 인상을 썼다.

"왜 그래요, 틸리?"

이윽고 그녀가 입을 열었다. "이거 말이 안 되는데요, 포."

"뭐가요?"

"내 모델에 맞지가 않아요."

"설명해봐요. 크레용 기법으로 부탁해요."

브래드쇼는 보통 이럴 때 웃었다. 이번에는 웃지 않았다.

"음, 이런 유형의 프로파일링은 범죄자의 공간적 행동을 이해하는 데 도움을 주려고 하는 거잖아요?"

포는 브래드쇼가 무슨 소리를 하는지 도통 알 수 없었다. 그는 '공간적'이 뭘 뜻하는지도 제대로 알지 못했다. "좀 더 수준 낮게 말해줄래요, 틸리?"

"범죄자는 자기 집 가까이에서 범죄를 저지르지 않으려는 자연스러운 성향을 보여요. 그걸 완충지대라고 하죠."

그러면 '자기 집 문 앞에 똥 싸지 않기'라고 했겠지만, 브래드쇼가 무슨 말을 하는지는 알았다. 밑바닥 인생인 헤로인 중독자들도 건너편 길까지 간 뒤에야 문손잡이를 붙잡고 악수를 하려고 했다.

"정반대로 범죄자들한테는 편안하게 느껴지는 안전지대도 있어요. 보통 그들이 잘 아는 곳이죠. 그걸 거리 감쇠 이론이라고 해요. 평소 활동하는 영역에서 멀리 떨어져 있을수록 범죄를 저지를 가능성이 낮아진다는 거예요."

그것도 말이 되었다. 포는 이멀레이션 맨이 자신의 활동 영역을 잘 안다고 확신했다. 도로에 수없이 달린 고정식 카메라를 그렇게 많이 피하려면 그래야만 할 터였다. "하지만 이제 우리는 놈이 임의로 피해자를 고르는 게 아니라는 사실을 알잖아요. 놈에게는 처리할 명단이 있었어요. 피해자들이 사는 위치까지 놈이 통제할 수는 없죠." 포가 말했다.

"그것도 내 모델에 반영했어요."

당연히 그랬겠지.

"그래서 뭐가 문제예요?"

"살해 장소요. 그게 말이 안 돼요. 살인할 때마다 세 가지 변수가 개입되거든요. 피해자를 납치하는 장소, 피해자를 감금하는 장소, 피해자를 살해하는 장소."

포는 그녀가 어디로 가려고 하는지 알 것 같았지만 말이 끝나기를 기다렸다.

"당신도 말했듯이 납치 장소는 범인이 통제할 수 없고, 피해자를 가두는 장소가 고정된 곳이라고 가정하면, 유일하게 무작위인 부분은 살해 장소뿐이란 말이에요."

"그런데 패턴이 안 나온다?"

브래드쇼가 고개를 흔들었다. "패턴이 있어야 하거든요. 살해 장소까지 가는 길뿐이라도요. 그런데 안 보여요. 그리고 그건 패턴이 없다는 얘기예요." 브래드쇼는 뻐기는 게 아니라, 그저 사실을 말하고 있을 뿐이었다.

"어쩌면 패턴이 없다는 게 패턴인지 몰라요."

브래드쇼는 몸이 뻣뻣해지더니 자리에서 일어섰다. "나 정말 바보 멍청이네요, 포! 당신이 컴브리아에 환상열석이 63개라고 했잖아요. 범인은 네 곳을 사용했어요. 그러면 나머지 59개는 어디 있죠?"

"여기저기 있죠. 당장 떠오르는 건……." 포가 대답했다.

브래드쇼의 손가락이 마치 접신이라도 된 듯 키보드 위를 날았다. 20초 뒤에 컴브리아의 환상열석이 나열된 문서가 프린터에서 나왔다. 그 후 30분 동안 두 사람은 노란색 핀으로 지도에 그 장소들을 표시했다. 포는 뒤로 물러섰다.

브래드쇼도 따라 했다. "내가 그랬죠, 포. 데이터는 절대로 거짓말하지 않아요. 패턴은 항상 있어요."

두 사람은 서로 바라보지 않은 채 조용히 주먹을 부딪쳤다.

포는 브래드쇼의 설명이 필요하지 않았다. 이멀레이션 맨의 패턴은 그가 사용하지 않은 환상열석이라는 맥락 안에서 봐야만 볼 수 있었다.

그는 이른바 '3대' 환상열석에서 피해자를 살해했다. 롱 메그, 스윈사이드, 캐슬리그. 그곳들은 역사적으로 의미 있는 장소였고 국제적으로도 알려져 있었다. 거대하고 인상적이었다. 그 가운데 불에 탄 시신을 남겨놓으면 엄청난 충격을 줄 수 있었다. 그러나…… 그는 코커 마우스에 있는 엘바 플레인도 골랐다. 왜일까? 사람들은 대부분 그곳이 있다는 것을 몰랐다.

그는 왜 지도에서 노란색 덩어리가 가장 큰 곳* 중에서 환상열석을 고르지 않았을까? 그는 왜 샙 스톤 애비뉴**라고 알려진 곳 중에 하나를 고르지 않았을까? 고를 수 있는 환상열석이 수없이 많고, 그중 몇몇은 지금 두 사람이 있는 곳에서도 가까웠다. 어떤 곳은 고립되어 있지만 잘 알려져 있었다. 그곳들은 심지어 M6 고속도로에서 쉽게 접근할 수도 있었다. 이멀레이션 맨에게 필요한 게 거의 다 있었다.

포는 브래드쇼가 말한 안전지대를 생각했다. 이멀레이션 맨이 샙지역에서 범죄를 저지르지 않은 까닭이 그가 근처에 살기 때문일 수도 있을까? 그들이 여태까지 안에서 찾아야 할 것을 바깥에서 찾고 있었던 것일까?

포의 목뒤에 땀이 맺히기 시작했다. 방이 다시 더워지고 있었다. 포는 재킷을 벗어 의자 뒤에 걸어놓고 소매를 걷었다. 가까이 왔다는 걸 느낄 수 있었다. 답은 전부 그곳에 있었다. 다른 렌즈로 보아야 했던 것이다. 포는 의자를 앞뒤로 흔들면서 뭔가 새로운 것을 생각하려

———

* 환상열석 표시가 많은 곳.
** 여러 환상열석이 길처럼 늘어서 있는 곳.

고 했다. 의자가 흔들려서 재킷이 바닥에 떨어졌다. 그는 재킷을 집으려고 몸을 숙였다.

그러다가 멈췄다.

숨이 멎었다. 직감은 계속해서 해답이 과거에서 나올 거라고 말했다. 프라이스, 그 다음에 스위프트가 용의자가 된 것이 그저 혼란을 일으키려는 수작에 불과하다고. 포는 둘 중 누구도 이멀레이션 맨이 될 수 있다고 믿은 적이 없었다.

포의 시선이 바닥에 떨어진 재킷에서 벽에 걸린 사진으로 이동했다. 상의를 벗고 햇빛 속에서 행복하게, 아직 탄탄해지지도 않은 가슴을 한껏 내밀며 서 있는 네 소년. 포는 일어서서 재킷을 의자 뒤에 다시 걸쳤다. 재킷은 땀으로 눅눅하고, 샤워 커튼 레일에 걸어놓은 양말처럼 축 늘어져 있었다.

마음속에서 여러 이미지가 연속해서 떠올랐다. 이 기억에서 저 기억으로 이동하며, 그는 점점 커지는 의혹을 부정할 만한 뭔가를 뒤적였다. 찾을 수 없었다. 눈을 깜빡이자 이미지들이 사라졌다.

그의 재킷.

사진.

거기에 연결고리가 있었다.

브래드쇼가 전에 한 말로 생각이 흘러갔다. 그때 포는 그다지 주의를 기울이지 않았지만, 그 말은 마음속에서 숙성되고 있었고 이제 위아래로 펄쩍펄쩍 뛰었다.

나비 효과라고, 브래드쇼는 그렇게 불렀다. 누군가가 리드에게 톨룬드 맨이 그들에게서 고작 8킬로미터도 떨어지지 않은 곳에서 발견되었다고 상기시킨 것이 촉매였다고, 브라질에서 날개를 펄럭거린 탓에 텍사스에서 허리케인이 일어나게 만든 나비가 되었다고 했다. 톨룬드 맨이 아니었으면 그들은 훼손된 관을 발견하지 못했을 것이고, 도난당한 브라이틀링 시계도 아마 찾지 못했을 터였다. 퀜틴 카마이클은 여전히 아프리카에서 죽은 것으로 되어 있을 테고 자선 크루즈의 음흉한 목적도 감춰져 있었을 터였다.

하지만 만약……?

어떤 때 포의 마음은 똬리를 틀고 조용히 자기 페이스에 맞게 데이터를 처리했지만 또 어떤 때는 직관의 힘으로 크게 도약하기도 했다. 끔찍한, 아직 온전히 형성되지 않은 의혹이 뱃속 한가운데서 자라나며 그의 신경을 긁고 또 긁었다…….

신경세포들이 발화했다. 점점 더 빠르게 고리들이 연결되고 또 연결됐다. 서로 분리돼 있던 퍼즐 조각들이 하나로 맞춰지며 제자리를 찾아갔다. 혼란이 이해로 대체되었다.

포는 거의 다 알아냈다. 어쩌면 전부 다.

이멀레이션 맨이 어떻게 그렇게 오랫동안 유령으로 머물렀는지 아무도 답을 찾아내지 못했다. 그럴 만도 한 것이, 요즘은 누구라도 경찰의 수사 절차를 터득할 수 있었다. 정보자유법에 따라 경찰 매뉴얼이 대부분 대중에게 공개되었다. 똑똑하고 조심성 있는 사람이라면 과학수사에 대해 독학할 수 있었다. 그러나 이멀레이션 맨은 어떻게 갬블이 깔아놓은 감시망을 피해 갔을까? 이동식 ANPR 카메라, 환상열석에 배치된 감시 인원, 모든 순찰대원까지. 가능성은 하나뿐이었다. 이멀레이션 맨은 실시간 정보를 얻고 있었던 것이다.

포는 자기 이론을 하나하나 확인해 나가면서 지난 2주 동안 발견한 모든 것을 생각했다. 재킷을 보고 생각을 바꿨다. 그러고는 더 먼 과거로 돌아가기로 했다. 자선 크루즈가 열린 날 밤, 거의 26년이 지나서야 결실을 맺게 될 계획까지.

논리적으로 그렇게 할 수 있는 사람은 하나뿐이었다. 그 생각에 내면 깊은 곳까지 오싹해졌다.

"프로포폴 정보서 있어요, 틸리?"

브래드쇼는 그걸 찾아서 포에게 건넸다. 포는 첫 장을 넘기고 다른 용도가 나온 부분을 찾았다. 손가락으로 목록을 따라 내려가다가 그가 찾던 것을 발견하자 멈췄다.

젠장……

그가 흘끗 위를 쳐다봤다. 브래드쇼가 그를 지켜보고 있었다. "뭐 하나 좀 확인해 줘야겠어요, 틸리."

"뭔가요, 포?"

그가 말하자 브래드쇼는 인상을 썼다. "확실해요?" 그녀가 나직이 말했다.

그는 말을 할 수가 없었다. 고개만 끄덕였다.

그가 준 정보를 브래드쇼가 처리하는 동안, 포는 실내를 왔다 갔다

했다. 이제까지 이렇게 끔찍한 기다림은 없었다. 그는 자기가 틀렸기를 기도했지만, 그렇지 않다는 것을 알았다.

결과가 브래드쇼의 화면에 나타나자 그녀는 몸을 돌려 고개를 끄덕였다. 눈에 눈물이 고여 있었다.

그녀만이 아니었다.

포는 이멀레이션 맨이 누구인지 알았다.

51

포는 휴대전화에 나타난 전화번호를 응시했다. 일단 전화를 걸면 되돌릴 길은 없었다. 한번 울린 종소리를 주워 담을 수는 없었다. 손가락이 발신 아이콘 위를 맴돌았다. 결국 그는 눌렀다. 두 눈을 감고 상대방이 받기를 기다렸다. 받지 않을지도 몰랐다. 납치된 아이들 수색작전에 동참해서 죄수 호송 밴의 소유주를 찾고 있을지도 몰랐다. 포는 다른 누구보다 먼저 그녀에게 말해야 했다. 그녀를 설득해야 했다.

벨이 여덟 번 울리고—포는 벨이 울리는 걸 헤아리며 심장이 점점 더 무거워지는 걸 느꼈다—플린이 전화를 받았다.

"포, 지금 통화 못 해. 갬블 총경이 브리핑 중이야." 플린이 속삭였다.

"가서 그 양반 연결해줘, 스테프."

"기다려야 돼. 나—"

포가 단호하게 말했다. "가서 갬블 총경 연결해줘야 돼, 당장."

"그걸로는 부족한데." 플린이 잠시 후 대답했다.

포는 이야기했다.

플린이 브리핑실을 통과해 지나가는 데 3~4분 정도가 지연됐다. 휴대전화를 몸 옆쪽에 들고 있는 것처럼 들리기는 했지만 여전히 그녀가 앞으로 이동하며 '실례합니다' 하고 말하는 소리가 들렸다.

플린이 도착했을 때 포는 소리가 아주 작기는 하지만 두 사람이 대화하는 내용을 들을 수 있었다.

"포 경사입니다, 총경님. 말씀드릴 게 있답니다."

"그런가?" 갬블이 대답했다. "음, 그 친구 줄 서야 할 것 같은데. 여기 끝내고 나면, 청장님께서 지역치안위원장 사무실에 같이 가자고 하셨거든. 둘 다 깨지러 가는 거지."

"받으셔야 합니다. 저를 믿으세요."

포는 갬블이 한숨 쉬는 소리를 들었다. "이보게, 포가 이번 수사에서 조금은 도움이 됐다는 거 나도 알지만 지금은 아이들이 실종된 상황이야. 그 친구의 또 다른 가설이나 듣고 있을 시간이 없단 말이네."

플린은 대꾸를 하지 않았다.

"알겠네. 내 사무실로 가지."

잠시 후 플린이 휴대전화를 스피커폰으로 바꾸었다.

"풀어보게, 포." 갬블이 쏘아붙였다.

"이멀레이션 맨이 누군지 알았습니다, 지금 당장 움직여야 합니다."

"그래, 안다고?" 갬블이 회의적인 투로 말했다.

포는 무례한 말투를 무시했다. 갬블은 어마어마한 압박을 받고 있었다. "결국 가장 중요한 건 정장 재킷입니다. 정장 재킷과 나비의 날갯짓." 포가 대답했다.

"자네 지금 무슨 소리를 하는 건가?" 갬블이 딱딱거렸다.

"킬리언 리드입니다, 총경님. 이멀레이션 맨은 킬리언 리드입니다."

52

포가 방금 걸어간 길로 그를 인도한 것은 브래드쇼였다. 그 멍청한 나비가 어떻게 허리케인의 원인이 되는지 재잘거리다가. 브래드쇼는 소금 저장고에 있던 시신이 이 사건의 중심점이 아니라고 했다. 중심점—나비가 처음으로 날갯짓을 한 지점—은 누군가가 톨룬드 맨을 언급할 생각을 했다는 사실이었다. 켄들 경찰서에서 그 우연한 말을 듣지 않았더라면, 그들은 어디에도 도달하지 못했으리라.

하지만 그게 운이 아니었다면? 그게 만약 의도적이었다면? 요행히 두 사람이 자선 행사에 참석할 수 있었던 것을 제외하면, 이멀레이션 맨이 모든 걸 통제했다. 지금까지 그는 꼭두각시놀음의 조종자였다.

하지만 수사가 조금이라도 진전되게 한 이유가 뭐지?

가능한 단 한 가지 이유는 범인이 포가 사건에 개입하기를 바라지만 너무 뒤처지기를 바라지는 않는다는 것뿐이었다. 그리고 포가 그런 식으로 생각하기 시작하자, 마치 안개를 뚫고 비추는 불빛처럼 자기가 사건과 어떻게 연결되어 있는지가 훤히 보였다.

이멀레이션 맨은 심판을 피하려는 게 아니었다. 그는 심판을 내리고 있었다.

그는 자기 이야기가 전해지길 바랐지만, 오직 참가자들이 다 처벌

받고 난 뒤에 그러기를 바랐다. 그리고 수사가 초기에 제자리걸음을 하면서 진부한 가설들로 빠져들자, 이멀레이션 맨은 혼란의 스모그를 꿰뚫어 볼지 모를 유일한 남자가 개입되도록 획책했다. 포는 '어디든 증거가 이끄는 곳으로 간다'는 멍청한 만트라와 함께 그 서사의 일부분이 된 것이다.

처음부터 포는 동기를 신경 썼고, 이런 사건에서는 동기를 알면 모든 걸 아는 셈이었다. 살인범의 정체, 자선 크루즈에서 실제로 벌어진 일, 피해자들 선택 방법 등 모든 것을. 포는 이멀레이션 맨이 왜 그런 식으로 죽였는지까지 추측할 수 있었다.

모든 게 비틀린 방식이기는 해도 의미가 통했다. 이멀레이션 맨의 관점에서는 정말로 그랬다.

컴브리아의 엘리트 계층에서 정점에 오른 아동 학대 패거리가 있었다. 지주, 변호사, 언론 거물, 지방의원, 성직자. 이멀레이션 맨은 관련자들을 죽이고 있었지만, 그것은 이야기의 반쪽에 불과했다. 그뿐 아니라 그는 그들을 폭로하고자 한 것이었다.

하지만 그는 자기들 경찰이 옳은 일을 할 거라고 믿지 않았다. 그는 경찰청장에게 컴브리아보다 더 큰물에 나가려는 야망이 있다는 것을 알았다. 출세하기 위해, 청장은 거세와 화형의 뒤에 가려진 이유를 은폐할 것이었다. 오로지 살인에만 초점을 맞출 터였다. 이멀레이션 맨의 이야기는 결코 전해지지 않을지 몰랐다.

바로 거기에서 포가 등장했다. 이멀레이션 맨은 헤드라인 배후를 파고들어 실제 이야기를 드러낼 인물로, 끈덕지고 결의에 찬 포가 필요했던 것이다.

리드는 처음부터 그들의 수사에 합류하여 포의 발걸음을 감시하고, 도움이 필요하면 올바른 쪽으로 슬쩍 당겨주기도 했다. 엽서를 보낸 사람도 리드였다. 소금 저장고와 연관되어 있다는 것을 말해준 사람도 리드였다. 포는 누군가 리드에게 그 이야기를 상기시킨 적도 없으리라 보았다. 리드는 아마 켄들 경찰서에 가지도 않았을 것이다. 그냥 포가 강박적으로 매달릴 것이라 확신한 답을 들고 허드윅 농장으로 돌아갔을 뿐.

그리고 그는 켄들에 살았기에, 브래드쇼가 말한 완충지대와 거리 감쇠 이론에도 맞아떨어졌다.

포는 그가 어떻게 힐러리 스위프트를 납치했는지까지 알았다.

이 모든 점이 의심스러웠으나, 결국은 정황상 그럴 뿐이었다.

동기는 어디 있는가? 그는 왜 이런 가공할 일을 벌인 것인가? 어째서 15년이 넘는 모범적인 경력으로 훈장까지 받은 리드가 느닷없이 연쇄살인범이 되기로 결심했는가?

답은 느닷없이 한 게 아니라는 것이었다. 그는 이미 오래전에 결심했다.

포에게 동기를 발견하게 해준 것은 재킷이었다.

날씨가 어떻든 상관없이, 리드는 절대 재킷을 벗지 않았다. 오랫동안 그는 포의 옷차림이 품위 없다고 놀려댔다. 일을 할 때든 밤에 놀러 나가서든 리드는 늘 잘 차려입었다. 그를 알고 지낸 그 세월 동안,

포는 그가 셔츠나 재킷이나 스웨터를 걸치지 않은 모습을 한 번도 본 적이 없었다. 포는 그가 티셔츠를 입은 모습조차 보지 못했다. 심지어 10대 때도.

소년들이 찍힌 사진에는 악몽 같은 출발점을 드러내는, 눈에 띄는 흔적이 남아 있었다. 매슈 멀론은 상체와 팔 곳곳에 담뱃불로 지진 흉터가 있었다. 결코 사라지지 않는 끔찍한 상처들.

킬리언 리드의 팔은 언제나 감춰져 있었다.

킬리언 리드는 매슈 멀론이었다.

그리고 매슈 멀론은 자기 친구들을 살해한 남자들을 죽이고 있었다.

53

"정신이 나갔군, 포! 아주 씨발 제대로 나갔어!" 갬블이 말했다.

포는 방금 설명을 끝냈다. 갬블은 믿지 않았다. 플린도 말을 아꼈다.

"좀 무리인 것 같은데, 포." 플린이 말했다.

두 사람이 그를 믿어줘야만 하는데 이런 반응은—비록 예상하지 못한 바는 아니지만—도움이 되지 않았다. 그가 차분히 말했다. "틸리, 플린 경위와 갬블 총경에게 당신이 발견한 걸 좀 말해줄 수 있어요?"

"할 수 있어요, 포." 브래드쇼는 휴대전화 쪽으로 몸을 숙이고 말했다. "포 경사가 저한테 스코펠 수의사 그룹에 등록된 차를 모두 확인해보라고 했습니다."

"그게 도대체 뭐지?" 포는 갬블이 브래드쇼에게는 욕하지 않는 걸 알아챘다. 샙 웰스의 취객들을 제외하면, 그녀에게 말할 때는 다들 언어를 순화하는 듯했다.

"동물 병원인데요, 예전에는 차를 여러 대 보유했습니다. 주로 사륜구동 차와 랜드로버였죠. 회사가 업무를 중단한 뒤로는 차를 한 대도 구입하지 않았고요."

"틸리, 본론으로 좀—" 플린이 말했다.

브래드쇼는 일주일 전만 해도 없었던 회복 탄력성을 보이며, 상사의 말을 중간에서 끊었다. "그러다가 10개월 전에 더비셔에서 열린 자동차 경매에서 차를 두 대 구입했습니다."

침묵이 내려앉았다. 통화에 참여하는 사람 전원이 GU 시큐리티사의 본사가 더비셔에 있다는 사실을 알았다.

"지금 내가 생각하는 그걸 말하는 건가요?" 플린이 물었다. 갬블은 목소리가 나오지 않는 듯했다.

"확인하는 건 간단했습니다. 자금 세탁 방지법 때문에 자동차 경매 회사는 전부 국세청에 고가 상품 딜러로 등록돼 있죠. 그러니까 만 파운드가 넘는 거래에서는 현금을 받을 수가 없어서—"

"그러니까 밴을 구입한 비용이 계좌이체로 지불됐을 거라 이거군." 갬블이 끼어들었다. "염병할 자금 세탁 방지법이 어떻게 돌아가는지는 나도 알아, 포! 그게 어떻게 내 가장 우수한 경관과 연관되는지 아직도 이해가 안 간다는 말이네."

"GU는 꽤나 협조적이었습니다." 갬블이 아무 말도 안 한 것처럼 포가 말했다. "경매 회사에 판매된 차들 중에는 감방 네 개짜리 밴이 있었고 그보다 큰 감방 열 개짜리 트럭이 있었죠. 경매 회사는 스코펠 수의사 그룹에서 그 둘을 하나씩 구입했다고 확인해 줬습니다. 그쪽에서 보낸 이메일을 제가 총경님께 전달했고요."

"근데—"

"총경님, 스코펠 수의사 그룹은 킬리언 리드의 아버지가 소유한 회사입니다."

그 후로 10분이 더 걸려서야 갬블은 자기 형사 중 하나가 연쇄살인범일지도 모른다는 사실을 직면하기 시작했다. 그는 포가 설명하지 못한다고 여기는 한 가지에 매달렸다. "말이 안 되네, 포. 리드도 자네와 같이 약을 먹었잖나."

"그랬죠." 포가 동의했다.

"그럼 어떻게 된 건가?"

"프로포폴에 관해 얼마나 아십니까, 총경님?"

"마취제지." 갬블이 대답했다.

"그렇습니다. 하지만 틸리 덕분에 저는 이제 그 약물에 대해 훨씬 더 많이 알게 됐죠. 그 약물에는 다른 용도가 많이 있습니다. 미국에서는 사형수들에게 쓰는 독물 주사약의 한 가지 성분으로 사용됐고, 분별 있는 약물 사용자들이 기분 전환 삼아 사용하기도 했죠. 심지어 ─"

"우라질, 요점을 말하라고, 포!"

"수의학입니다!" 브래드쇼가 불쑥 말했다. "수의사들도 그걸 마취제로 사용해요."

"그러니까 지금⋯⋯."

"스코펠 수의사 그룹에서 작년에 그 약물을 좀 구입했습니다." 포가 대신 말했다. "프로포폴은 규제가 심한 약물이고 제약 회사에서도 기록을 훌륭하게 관리하고 있죠. 그것도 제가 이메일로 보냈습니다."

잠시 대답이 없다가 갬블이 말했다. "여전히 리드가 어떻게 자신에게 약물을 투여하고 동시에 힐러리 스위프트를 납치했는지는 설명이 안 되잖나, 포."

"그렇게 한 게 아니기 때문입니다." 포가 말했다.

"이해가 안 가는—"

"이멀레이션 맨은 한 사람이 아니라 두 사람입니다." 포가 끼어들었다. "리드는 의심을 피하려고 자신에게 약을 투여했고, 그사이 녀석의 아버지가 힐러리 스위프트와 손주들을 납치한 거죠."

플린이 상황을 통제했다. "알겠어, 포. 총경님, 얘기는 충분히 들은 것 같습니다. 확인이 될 때까지는 적어도 리드 경사를 억류라도 해야합니다."

"그리고 몬터규 프라이스가 제자리에 있는지 사람을 보내 확인해 보는 게 좋겠습니다." 포가 말했다.

그 말에는 갬블도 주목했다. 내부의 적을 보지 않으려는 것과 구류되어 있는 죄인이 납치당하는 것은 별개의 일이었다.

"어처구니가 없군, 플린 경위." 갬블이 말했다. 앞일을 생각하는 게 틀림없었다. 그의 머리 위에서 하늘이 무너져 내리려 하고 있었다.

"스테프. 갬블 총경이 못 하면 당신이 해주겠어? 이제 그 배 탑승자 중 살아남은 건 프라이스뿐이야. 킬리언은 놈을 잡으려고 할 거야."

"나한테 맡겨."

10분 뒤에 포는 플린에게서 문자를 받았다. 리드 컴브리아 본부에 없음. 아무도 못 봄. 갬블 멘붕. 무슨 생각이라도?

포는 그런 거 없다고 답하며, 브래드쇼더러 찾아보라고 하겠다고 말했다. 그는 리드가 위치를 추적할 만한 흔적을 남기지는 않았으리라 보았지만 그대로 있을 수는 없었다. 포는 브래드쇼에게 뭘 찾아야 할지 제대로 알려준 뒤에, 켄들로 가서 리드의 아파트가 범행 현장으로 선포되어 출입 금지 구역이 되기 전에 훑어볼 작정이었다. 그곳이 감금 장소는 아니었겠지만 뭔가 발견할지도 몰랐다.

그가 문자를 보내자마자 전화벨이 울렸다. 플린이었다. "어떻게 됐어, 스테프?"

플린이 뛰는 것 같은 소리가 들렸다. "포, 리드가 두 시간 전에 몬터규 프라이스를 칼라일 경찰서에서 빼냈어!"

망했다!

"직접 데리고—"

"감방 네 개짜리 GU 죄수 호송 밴으로 갔겠지." 포가 대신 문장을 끝맺었다.

"정확해. 갬블이 본부에 남아 수색을 지휘하고 있지만 이젠 완전히 넋이 나갔어. 나 그쪽으로 간다. 당신이랑 틸리만 상황을 파악하고 있는 것 같아."

"그럼 우린 녀석이 감금용으로 쓰던 장소를 계속 찾아볼게. 리드 집이나 아버지 집은 아닐 거야. 너무 번잡하니까. 리드 아파트는 켄들 중심가에 있고, 아버지는 작은 농가가 있기는 한데, 헛간 두 개를 개조한 다음 팔아서 이제는 이웃이 생겼거든."

"스코펠 그룹에 우리가 모르는 부동산이 있다고 생각해?" 플린이 물었다.

전화로 대화하는 상황인데도 포는 고개를 저었다. "틸리가 확인하고 있지만 그 회사에는 문자 그대로 아무것도 없어. 조지 리드는 자산을 매각한 것 같아. 지금 그의 소유로 된 건 밴뿐이야."

"짐작 가는 데는?"

"없어, 스테프. 하지만 분명히 몇 년 동안 준비했을 거야. 공과금 청구서 보고 알아낼 일은 없을걸." 포가 대답했다.

"아니, 내 생각엔……." 포는 플린이 무슨 생각을 하는지 듣지 못했다. 그 순간 플린의 전화벨이 울린 탓이었다. "기다려, 포. 내 개인 전화야."

포는 한쪽이 하는 말만 들을 수 있었다. 좋게 들리지 않았다.

"젠장! 젠장! 젠장!" 플린이 소리쳤다. "알겠습니다, 당장 가라고 하죠."

플린은 차분하게 말하려고 했다. "포, 가서 우리 대신 뭐 좀 확인해줘야겠어. 보아하니 한 기차 탑승객이 들판에서 불에 타는 사람을 봤다고 신고한 모양이야."

"어딘데?" 포는 어딘지 알 것 같았다.

"지금 당신 있는 곳에서 가까워. 틸리한테 위치 보냈어. 가서 확인해. 애들이 가이 포크스제*를 일찍 시작한 것이기를 빌자고."

포는 브래드쇼가 방금 화면에 띄운 지도를 응시했다. 그가 걱정한 대로였다. "제길." 그가 말했다.

---

* 1605년 국왕을 시해하려던 화약 음모 사건 주동자 가이 포크스의 체포 기념일인 11월 5일 밤에 열리는 연례 행사. 모닥불을 피우고 불꽃놀이를 한다.

"왜 그래, 포?" 플린이 말했다.

"그 위치는 서해안 간선 철도가 캠프 하우 환상열석을 뚫고 지나가는 곳이야. 씨부랄 기차 노선이 그 한가운데로 지나간다고. 누군가 환상열석에서 뭔가 타는 걸 봤다면, 10미터도 떨어지지 않았을 거야. 그 거리라면 시신이랑 쓰레기통을 헷갈리기는 무리라는 거지."

"아, 젠장." 플린이 속삭였다.

54

제복 경관이었을 당시 포는 현장에 가장 먼저 도착할 때가 잦았다. 순찰 경관은 보통 원인 불명의 사망, 자연사, 자살을 제일 일찍 본다. 공황에 빠진 친척이 시신을 발견하거나 이웃이 뭔가 수상하고 부패하는 냄새를 맡았을 때, 그들이 가장 먼저 떠올리는 것은 언제나 999(영국의 통합 긴급 번호―옮긴이)에 전화하는 일이었다. 포는 범죄 현장을 어떻게 보존해야 하는지 알았다.

나중에 경력이 쌓여 범죄수사과로 옮겼을 때, 대기 중인 날이면 그는 비상 가방을 준비해뒀다. 그것은 범죄 현장 테이프, 손전등과 배터리, 휴대전화 충전기, 감식 복장과 따뜻한 옷 등을 넣은 작은 배낭이었다. 자동차는 늘 연료를 가득 채워놓고 냉장고에도 포장 음식이 들어 있었다.

이번에 그에게 있는 것이라고는 처음 현장 작업에 나온 햇병아리 분석가뿐이었다.

브래드쇼는 호텔에 남아 있기를 거부했다. "나도 같이 가요." 브래드쇼가 말했고, 포는 질 게 뻔한 논쟁에 낭비해버리기에는 시간이 너무 아까웠다.

가는 길에 포는 플린에게 전화해 신고한 탑승객이 타고 있던 기차가 북쪽으로 가는 칼라일 열차였는지 확인했다. 포는 만족해 그르렁 댔다. 이는 그들이 맞는 기차선로를 따라가고 있으니 멀리 돌아갈 필요가 없다는 뜻이었다.•

    10분 뒤 두 사람은 켐프 하우 환상열석의 남은 돌들이 있는 좁은 들판 옆에 있었다. 포는 차를 세웠지만 시동을 켠 채로 리드나 그의 아버지가 있는지 기척을 찾아보았다. 그는 뭔가 찾으리라 기대하지는 않았다. 프라이스를 납치한 것은 일종의 보너스, 갬블의 브리핑에 모두의 눈이 쏠려 있는 동안 피해자 명단을 완성할 뜻밖의 기회였다. 프라이스 살해는 서둘러야 하는 일이었을 것이다. 정교한 무대 준비나 의식에 쓸 시간은 없었다. 리드가 목격당하든 말든 그것도 상관없었다. 이제 모두 그가 누군지 알았으므로.

    프라이스 살해는 최종 단계가 아니었고 리드는 가만히 기다리고 있을 리 없었다. 그래도 포는 확인했다. 리드에게는 포가 알지 못한 면이 있었고 불필요한 위험을 감수할 이유는 없었다. 포는 차에서 내려 보닛에 기어 올라간 뒤 가까운 지역을 정탐했다. 문제없어 보였다.

    포는 켐프 하우 환상열석으로 시선을 옮겼다. 그곳은 아마 컴브리

• 북쪽으로 가는 칼라일행 열차는 왼쪽 선로를 따라가는데, 켐프 하우 환상열석은 그 왼쪽 선로 가까이에 있고 그쪽에서만 보인다. 남쪽으로 가는 오른쪽 선로에서는 보이지 않는다. 즉, 신고자가 남쪽으로 가고 있었다면 포와 브래드쇼가 빙 돌아서 오른쪽 선로 쪽 도로로 가야 했다는 뜻이다.

아에서 제일 이상한 환상열석일 터였다. 오래된 무어를 배경으로 셉스톤로, 즉 A6 도로와 서해안 간선 철도를 따라 약 2킬로미터 정도 이어지는 바위 행렬의 한 부분이었다. 빅토리아 시대 사람들이 철로를 놓으면서 둘로 가르지 않았더라면, 캠프 하우 환상열석은 폭이 약 25미터 정도 되었을 것이다. 지금은 원의 절반 이상이 철도 경사면 아래 깔려 있었다. 남은 여섯 개의 핑크색 화강암은 도로에서나 철로에서나 크게 잘 보였다.

그 돌들 가운데서 뭔가가 타고 있었다.

포는 보닛에서 뛰어내려 차에 탄 뒤 차를 도로 중앙으로 이동해 아무도 그곳을 지나가지 못하게 막았다. 그는 비상등을 켰다.

브래드쇼를 보며 그가 말했다. "내가 됐다고 하기 전까지는 당신이 외부 저지선 담당 경관이에요. 내 허락이 없으면 아무도 이 들판으로 들어오지 못한다는 뜻이에요. 알겠어요?"

브래드쇼가 끄덕였다. "날 믿어도 돼요, 포."

"나도 알아요, 틸리. 곧 지원이 올 거예요. 처음 도착한 경찰차를 저쪽으로 20미터 떨어진 곳에 세우게 해요." 포가 길을 가리켰다. "그러면 길을 완벽하게 차단할 수 있을 거예요. 누가 헛소리하면 소리쳐서 날 불러요."

브래드쇼는 차에서 멀어진 뒤 개방된 입구에서 바깥쪽을 향해 섰다. 단호해 보였다. 딱하도다, 그녀와 논쟁하려는 멍청이는.

포는 잠시 시간을 들여 해야 할 일을 전부 했는지 확인했다. 재빨리 위험 평가하기, 확인. 범죄 현장 확보하기, 확인. 자원 적절하게 배치하기, 확인.

이제 가서 그게 불에 타는 양인지—컴브리아에서는 아이들이 가끔 그런 짓을 했다—불에 타는 소아성애자인지 볼 때가 됐다. 포에게 둘 중 뭐가 나은지 누군가 묻는다면, 동전을 던져야 할 판이었다.

리드로서는 속도가 미묘함보다 중요했을 것이었다. 포는 그가 들판으로 차를 몰고 들어가 곧바로 환상열석까지 다가갔으리라 짐작했다. 포는 돌담을 따라 걸었다. 자기가 택한 경로를 기록할 수단이 없을 때는 이것도 핵심 증거가 짓밟히지 않게 하는 괜찮은 방법이었다. 이 지점부터, 범죄 현장에 접근하는 사람은 모두 이 경로를 따라갈 것이었다.

아직 거리가 50미터쯤 남았을 때 6개월 이른 가이 포크스제 장난일지 모를 가능성이 사라졌다.

그것은 시신이었다.

포는 조심스레 접근했다. 피해자의 상처를 보면 목숨이 붙어 있을 가능성은 없었다. 숯이 돼버린 유해는 시커멓고 연기가 피어올랐다. 열 때문에 피부가 갈라지려 하고 있었다. 일부분은 살이 벌겋게 달아올랐다. 매캐한 냄새가 났다. 포는 토하지 않으려고 혀를 물었다. 정신을 차려야 했다. 그를 신뢰하는 사람들이 있었다.

시신의 팔이 움직여서 포는 심장이 멎을 듯한 한순간 아직도 살아 있나 하고 생각했다. 막 뛰어들어 뭔가—그게 뭔지 스스로도 모르면서—하려는데, 열 때문에 근육이 수축한 탓이라는 점이 생각났다. 열이 식을 때쯤이면 시신은 코르크 따개처럼 뒤틀려 있으리라.

DNA와 치과 기록으로 공식적으로 신원을 확인해야 할 테지만, 포는 그게 프라이스라고 확신했다. 프라이스는 엘바 플레인에 있던 시신만큼 심하게 타지 않아서, 동영상 인터뷰에서 본 특징을 알아볼 수 있었다. 리드는 너무 서두르느라 그를 말뚝에 제대로 엮지 못한 듯했다. 아마도 연소촉진제를 붓고 불붙일 정도의 시간밖에 없었으리라.

포는 시신에 다가가면서 생각을 고쳐먹었다. 리드는 서명이라 할 수 있는 표식을 남겨놓았다. 프라이스의 바지가 발목까지 내려가 있었다. 리드가 그를 거세한 것이었다. 그리고 풀에 묻은 혈액량으로 미루어, 성기가 제거되는 동안 프라이스는 살아 있었고 제대로 구속된 상태가 아니었던 듯했다. 포는 주변을 훑어보았지만 잘려 나간 살점을 찾을 수 없었다. 포는 그것이 다른 피해자들과 같은 곳, 즉 입안에 있으리라 짐작했다.

포는 뒤돌아 브래드쇼를 바라보고―그녀가 이런 걸 보지 않았으면 했다―그녀가 길가를 향해 있는 것을 확인하고 안심했다. 전화벨이 울려 전화를 받았으나, 자기 앞에 펼쳐진 참상에서 두 눈을 뗄 수 없었다.

"포입니다." 그가 말했다.

"이언 갬블이네. 도착했나?"

"그렇습니다."

"그래서?"

"나쁜 소식입니다. 몬터규 프라이스인 것 같습니다. 죽은 걸로 보입니다."

"자비로운 성모님이시여." 갬블이 속삭였다. "내가 무슨 짓을 한 거지……?"

포는 이해했다. 갬블이 프라이스를 구류하고 있었는데 이제 그가 죽어버린 것이었다. 그것도 자기 부하의 손에. 이 일이 끝나면 수사가 벌어질 것이고 갬블은 아마도 일자리를 잃을 터였다. 확실히 상급수사관은 다시 맡지 못하리라. 포는 그에게 다소 동정심을 느꼈다. 이런 사건을 다룰 준비가 제대로 되어 있는 사람은 없을 것이다. 수사팀의 일원이 연쇄살인범? 포는 그런 이야기를 들어본 적이 없었다. 리드는 수사 노선을 모조리 알고 있었다. 전략 수립에도 참여했다. 어떤 부분은 자신이 끌고 나가기도 했다. 리드는 갬블이 ANPR 카메라를 어디에 설치했는지 알았다. 어떤 환상열석이 감시되고 있는지도 알았다. 경찰이 뭘 하는지 알았고, NCA가 뭘 하는지도 알았다. 모든 걸 알았다.

거기에 도대체 무슨 수로 대응하겠는가?

그러나 갬블은 실수를 저질렀다. 이멀레이션 맨의 납치 수법을 알아내자마자 몬터규 프라이스의 보안을 두 배로 강화했어야 했다. 교도관 노동조합은 죄수 호송 밴으로 쓰던 차들이 탈주에 이용될 수 있다는 것을 이미 오래전에 지적했다. 가능성이 적기는 했으나, 갬블은 적어도 그걸 검토는 했어야 했다.

그리고 포의 말에도 좀 더 자주 귀를 기울였어야 했다. 번번이 그를 방해하려고 하지 말고. 사후 판단이란 참 멋진 것이다.

"어떻게 할까요, 총경님?" 포가 물었다. "지금 저는 현장을 지키고 있고, 틸리가 외부 저지선 역할을 하고 있습니다. 전문 지원팀이 와주면 좋겠습니다만."

"제복 경관들이 곧 갈 거네, 포. 그 친구들이 현장 확보하는 걸 감독해주겠나? 그리고 공공보호과에서 경사를 하나 그쪽으로 배치했네. 그 친구 도착하거든 그쪽에 현장을 넘기게. 다들 도착할 때까지 그 친구가 맡을 거야."

"그러겠습니다."

"그리고 포?"

"네?"

"미안하네."

"뭐가 말씀입니까?"

"전부 다."

포는 즉각 대답하지 않았다. "걱정하지 않도록 해보십시오. 이게 전대미문이라는 것만 기억하시고요. 자기 브리핑실에 앉아 있는 살인범을 다룬 상급수사관은 이제까지 없었습니다."

"고맙네, 포." 전화가 끊어졌다.

그는 브래드쇼를 힐끔 봤다. 그의 이목을 끌려고 그녀가 팔을 흔들고 있었다. 파란색으로 번쩍이는 불빛이 보였다.

수사대가 도착했다.

55

얼마 안 가 포와 브래드쇼는 필요가 없어졌다. 살인 수사라는 잘 돌아가는 기계가 상황을 장악했고, 현장에 처음 도착한 형사가 그들을 허가받지 않은 인원—저지선 안에 있을 필요가 없는 사람—으로 적절하게 분류했다. 포는 기분 나쁘지 않았다. 경찰총장이 왔더라도 비키라는 소리를 들었을 테니.

경찰과 지원 인원이 속속 도착했다. 그들은 모두 흰색 감식 복장으로 갈아입었고, 들판은 마치 움직이는 버섯이 우글거리는 듯 보였다.

포와 브래드쇼는 돕겠다고 제안했지만 사복 차림인 데다 그들을 보증해줄 사람도 없었기에 필요 없다는 말만 들었다. 몇 년 전에 뭔가 사소한 일로 포와 다투었던 쭈글쭈글하고 늙은 경위가 도착했다. 그는 포에게 그만 가보라고 단호하게 말했다. 두 사람은 걸리적거리지 않도록 포의 차로 돌아갔다.

샙 웰스로 돌아가 리드가 어디 숨어 있는지 알아내려고 하는 편이 훨씬 더 쓸모가 있었을 테지만, 포는 플린을 기다리는 편이 낫다는 것을 알았다. 어떤 시점이 되면 형사들이 그에게 사정 청취를 해야 할 것이었다. 리드가 이멀레이션 맨으로 확인되자, 포의 이름이 마이클 제임스의 가슴에 새겨진 까닭과 그 후로 그가 사건에 연관되어 있었던 이유가 더 분명해졌다. 형사들은 그가 아는 모든 것을 알고 싶어 할 터였다. 포는 희생양 찾기가 시작될 때 필요해질 정보를 알고 있었다. 누군가는 이 모든 일을 책임지게 될 것이었다.

정치적인 파문은 제쳐두고, 포는 일어난 일을 되짚어보았다. 그는 리드가 힐러리 스위프트의 손주들을 죽이지는 않으리라 생각했다. 리드가 정신이상자처럼 행동하기는 했지만 이제까지는 냉정하고 계산적이었다. 모든 일이 이유가 있어서 한 것이었다. 포는 그 아이들을 데려간 것이 전략적인 행동이라고 보았다. 일을 끝마치기 전에 발각될 경우에 대비한 카드.

포는 또 리드가 어딘가 가까이에 있다고 보았다. 리드는 프라이스를 칼라일 경찰서에서 샙으로 데려가며, 그 중간에 있는 환상열석을 모두 무시했다. 포는 리드가 몬터규 프라이스에게 불을 붙인 뒤 숨어 있던 장소로 곧장 돌아갔다고 짐작했다. 그곳은 가까울 것이었다.

아쉽게도 우편번호상으로 같은 지역에 있어도 별 도움은 되지 않았다. 샙 주변의 고원은 광대하고 외딴 곳이었다. 은신처는 어디든 될 수 있었다.

"포?"

브래드쇼가 그를 빤히 보았다. 그녀는 아랫입술을 깨물고 있었다. 포가 알게 된 바로는 뭔가 걱정거리가 있다는 신호였다. "왜 그래요, 틸리?"

"리드가 매슈 멀론이라면, 조지 리드와 그는 어떻게 가족이 된 거죠?"

정말 어떻게?

조지 리드는 이 모든 일과 어떻게 연관되는 것일까? 매슈 멀론은 어떻게 킬리언 리드가 되었는가? 답이 없는 의문은 그것뿐이 아니었다. 리드는 어떻게 퀜틴 카마이클과 그 일당의 손아귀에서 살아남았는가? 그와 조지 리드는 언제 뭔가를 하겠다고 결심했을까? 리드가 경찰이 된 후였을까, 아니면 그 전이었을까? 리드는 뭔가 해보려고 경찰이 된 것인가?

부족한 정보가 너무 많았다.

그러나 포가 리드와 알고 지낸 그 세월 동안 리드가 느꼈을 고통만은 부족하지 않았다. 그런 고통을 계속 감추고 지낼 수 있었다는 사실이 포로서는 납득하기 힘들었다. 녀석을 다시 볼 수 있을까? 리드가 진정 그의 친구였던 적이 있을까?

포는 처음부터 이 장대한 계획의 일부분이었을까?

문자 알림이 그를 생각에서 끌어냈다. 그는 화면을 내려다보며 플린의 이름이 떠 있으리라 예상했다. 모르는 번호였다. 갬블이 쓰던 것과도 달랐다. 포는 메시지를 클릭했다. 경악해서 입이 쩍 벌어졌다.

혼자 오면 애들은 살아. 갬블과 같이 오면 불에 타고. 내비에 다 왔다고 나와도 다 온 게 아냐. 1킬로미터 더 와서 좌회전해. 100미터쯤 오면 블랙할로 농장 표지판이 보일 거다. 말 그대로 길 끝이지. 주차하고 집으로 걸어와. ─킬리언

끝에는 우편번호가 있었다. 관자놀이에서 맥박이 두근거리기 시작

했다. 이것이었다. 마지막의 시작. 리드가 그를 불렀고 포는 자신이 응하리라는 걸 알았다.

가슴속에서 그는 이멀레이션 맨을 혼자서 마주하게 되리라는 걸 줄곧 알고 있었다. 그는 오케이, 한 단어로 대답하고 전송 버튼을 눌렀다. 휴대전화를 주머니에 넣고 이제 뭘 할지 생각했다. 시간이 많지 않다. 플린이 곧 도착할 텐데 그러면 빠져나갈 길이 없을 것이었다. 가려면 당장 가야 했다. 브래드쇼가 그를 이상한 눈으로 쳐다봤다. 그녀는 고개를 갸웃거리며 말없이 의문을 던졌다.

"잠깐 할 일이 생겼어요, 틸리. 여기서 기다리다가 플린 경위한테 필요한 게 있으면 도와줘요."

"어디 가는 거예요, 포? 문자는 누구한테 온 거고요?"

"나 믿어요, 틸리?"

브래드쇼가 그를 응시했다. 근시인 두 눈이 안경 안쪽에서 무섭게 타올랐다. 그녀는 고개를 끄덕였다. "믿어요, 포."

"할 일이 있는데 당신한테 말해줄 수가 없어요."

"당신은 내 친구예요. 돕게 해줘요." 브래드쇼가 어찌나 간절하게 말하는지 포는 거의 굴복할 뻔했다.

"이번에는 안 돼요, 틸리. 나 혼자서 해야 되는 일이에요."

56

리드가 준 주소는 M6 고속도로 반대편에 있었지만 위성 내비게이션이 가까이에서 도로 밑으로 통과할 수 있는 길을 안내해주었다. 포는 섐 마을을 빼면 그 지역에 그리 익숙하지 않았기에 평소 주요 도시들이 있는 북쪽으로 갈 때면 A6가 아니라 M6를 탔다. 고속도로를 아래로 건넌 지 얼마 안 되어 그는 어느새 고원으로 올라가고 있었다.

컴브리아는 주요 고속도로에서 몇백 미터만 떨어져도 일차로 도로가 나오고 길이 금방 시골길로 바뀌는 지역이었다. 포는 과연 다른 차를 한 대라도 보게 될지 의심스러웠다. 이 길을 이용하는 사람들은 고원에 사는 이들이었다. 이 길은 어딘가로 이어지는 경로가 아니었고, 포는 어느 지점에서 길이 그냥 끝나버릴 거라고 짐작했다. 양들이 울타리에 방해받지 않고 자유로이 풀을 뜯었다. 포는 M6 근처에서 캐틀 그리드*를 세 번 지나쳤지만 이 부근에서는 보지 못했다. 얼마 안 가 그는 고속도로가 저 아래에 보일 정도로 높이 올라와 있었다. 그는 랭데일 고원에 있었다. 공기가 다시 불길한 안개로 무거워지기

---

* 가축 탈출 방지용 판. 자동차는 지나갈 수 있으나 큰 동물들은 발이 빠져 건너가지 못한다.

시작했다. 머지않아 앞이 전혀 안 보이게 될 터였다. 위성 내비게이션은 8킬로미터를 더 가야 한다고 안내했다. 포는 랭데일 고원 꼭대기에 오른 뒤 올라온 길의 반대편에 있는 더 좁은 길을 따라 내려가기 시작했다. 내비게이션이 작동하기는 했지만 포는 멈춰서 AA 도로지도를 확인했다. 거기가 어디쯤인지 알고 싶었다. 그는 이제 레이븐스톤데일 커먼, 영화에 나올 듯한 오지에 있었다. 그곳에는 난생처음이었다.

도로 사정과 안개 때문에 시속 50킬로미터 이상으로는 달리기 어려웠다. 그는 내비게이션 안내를 따라갔고 목적지에 도착했다는 안내가 나올 때쯤에는 생명이 사는 행성이라는 표시라고는 전혀 찾을 수 없었다. 이제는 양도 보이지 않았다.

포는 멈춰서 리드의 지시를 확인했다.

멀리에서 삐죽빼죽한 봉우리들이 안개 위로 묘비처럼 솟아 있었다. 그러나 모습이 흐리멍덩했다. 안개가 그를 덮치면 그는 고립될 터였다. 레이븐스톤데일 커먼은 험한 바위와 자갈 비탈, 완강한 화강암 노두로 가득했다. 양이 없는 것도 그 탓이었다. 양들이 먹을 게 없었으니까. 바람이 비탈길을 타고 윙윙거리며 내려갔고 물이 흐르는 소리가 들렸다.

그게 전부였다.

으스스했다. 무어와 고원은 햄프셔에서는 도저히 얻지 못할 명료한 마음을 선사할 때가 많았지만, 지금은 꽉 막히고 억누르는 느낌이었다. 안개가 낮게 깔려 꿈결 같은 분위기가 감돌았다. 그는 정말로

격리되어 있었다.

포는 자동차 기어를 넣고 리드가 지시한 대로 따라갔다. 다음 갈림 길에서 왼쪽으로 꺾었고 몇백 미터가 지나자 블랙 할로 농장 표지판이 보였다. 리드가 말한 바로 그 자리였다. 커다란 바위들이 진입로에 서 있고 양쪽으로는 깊은 도랑이 있어 차가 농장으로 진입하는 것을 막았다. 바위를 끌고 지나간 곳에 흙이 젖어 있었다. 임시 방책은 최근에 만든 것이었다. 그는 리드가 굳이 왜 그런 걸 만들었는지 궁금했다. 포가 정문까지 차를 몰고 올라갈 작정인 것도 아니었는데. 이제 부터는 극도로 조심해야 했다.

블랙 할로 농장은 도로 끝에 있었다. 포가 주차한 곳에서 길이 끝난 것이다. 그는 시동을 끄고 주변을 둘러보았다.

농장 본채는 황량하고 거대했다. 포는 자기가 고립된 생활을 한다고 생각했지만, 이 고원에서 일한 남녀들에 비하면 거의 도시 사람이나 다름없었다. 이건 극한의 농사였다.

블랙 할로 농장은 이름에 걸맞았다. 어두운 분위기가 마치 베일처럼 그곳을 감쌌다. 두려움, 절망, 분노. 깊은 분지에 있어서 ─포는 한때 그곳이 채석장이 아니었을까 추측했다 ─ 항상 그늘이 졌다. 레이크 구역에서 벌이가 좋은 비앤비 사업으로도 절대 돈을 못 벌 법한 농장이었다. 건물은 낮고 땅딸해서, 혹독한 겨울을 버티기에는 유리했으나 미적으로는 거의 신경을 쓰지 않았다. 바위에 붙은 삿갓조개처럼 땅바닥에 딱 붙어 있었고 200년은 되어 보였다.

양 우리가 ─최악의 날씨에도 양들의 피난처가 될 수 있는, 돌로 만든 우리—본채 옆에 붙어 있었다. 포의 땅에도 양 우리가 있었다. 양 우리는 대체로 원형이거나 타원형이었고 높이는 1미터가 조금 안 되었으며 좁은 출입구가 하나만 나 있었다. 블랙 할로 농장에 있는 양 우리는 살짝 달랐다. 출입구를 넓혀놓았고 커다란 군용 위장막이 덮여 있었다.

그 안에는 아무도 찾지 못한, 감방 열 개짜리 죄수 호송 트럭이 있었다.

그 외에도 자동차 세 대가 건물 옆에 주차되어 있었다. 포가 몇 시간이나 살펴본 감방 네 개짜리 밴, 리드의 옛날 볼보, 아마도 조지 리드의 것일 낡은 벤츠.

포는 차에서 내리지 않고 이런 것들을 전부 머리에 담았다. 그는 휴대전화를 꺼냈다. 믿기지 않게, 아직 신호가 잡혔다. 이제 도착하고 보니 자기가 하는 일이 얼마나 무모한 짓인지가 실감되었다. 아무도 그가 어디에 있는지 몰랐고, 안다 하더라도 지원을 받기에는 적어도 40분은 떨어져 있었다.

그럼 그는 왜 갔는가? 갬블에게 전화해 인질 협상가나 무장대응부대에 맡기는 편이 현명한 방법이었으리라. 하지만…… 리드는 그의 친구였다. 비밀이 있는 친구지만 그래도 친구는 친구였다.

포는 어떻게 해야 할지 몰랐다.

문자 알림이 다시 울렸다. 앞서와 같은 번호였다. 세 단어로 된 메시지였다. 위험하지 않아, 포.

그래도 그는 움직이지 않았다. 차에서 내려 이판암 길을 따라 농장 본채로 걸어가면 그의 이력은 끝이었다. 무슨 일이 벌어지든 사람들은 그가 기다렸어야 한다고 말하리라.

포는 사진 속의 소년을 다시 떠올렸다. 흉터로 뒤덮인 소년. 도저히 살아남을 수 없을 것 같은 상황에서 살아남은 소년. 그의 친구. 그랬다. 리드는—지금 어떤 존재가 되었든—그의 친구였다. 누구도 그렇게 오랫동안 우정을 가장할 수는 없었다. 그리고 포는 그에게 자기 이야기를 할 기회를 줘야 했다.

문자가 또 왔다. 괜찮아, 워싱턴.

포의 턱이 굳어졌다.

워싱턴 포는 솟아오르는 감정들을 억누르며 차에서 내려 지옥을 향해 걸어갔다.

57

안개에 가로막혀 흐릿해진 해가 농장 본채 뒤편에 걸려 있었다. 건물 앞으로 그림자가 길게 드리워졌다. 주변이 수의를 입은 시체처럼 조용했다. 공기가 선선했는데도 포는 땀이 났다. 땀이 척추를 따라 흘러 등허리에 고였다.

60미터쯤 떨어진 곳에서 그는 멈춰 섰다. 그의 앞으로 40미터가 안 되는 곳에 사각형 물체들이 있었다. 그림자 때문에 그게 무엇인지 알아보기가 힘들었다. 무대 장치처럼 의도적으로 거기에 놓아둔 것이 틀림없었다. 그는 다가갔다.

관이었다.

세 개.

오, 안 돼……. 설마?

긴장해서 이마에 주름이 잡혔다. 관은 깨끗한 담요 위에 놓여 있었다. 포는 가장 가까운 관의 따뜻한 소나무 재질을 따라 손가락을 움직였다. 놋쇠 장식이 은은하게 빛났다.

그는 휴대전화의 손전등 기능을 찾아 놋쇠 장식을 비춰보았다. 심장이 터질 것만 같았다.

그의 영혼에 영원토록 새겨질 세 이름.

마이클 힐턴.

앤드루 스미스.

스콧 존스턴.

세 소년은 이제 실종된 게 아니었다.

포는 사진을 몇 장 찍은 뒤 황량하고 고요한 농장 본채를 쳐다보았다.

네 번째 소년이 기다리는 곳을.

○ ○ ○

포는 블랙 할로 농장 쪽으로 걸어갔다. 정문은 참나무로 만들어졌고, 속이 치밀하고 묵직했다. 주조된 경첩으로 벽에 매달아 놓았는데, 물건을 두 번 세 번 만드는 법 없이 오로지 한 번만 만들던 시대에 제작된 것이었다. 창문에도 똑같이 묵직한 나무로 만든 덧문이 달려 있었다. 자연적인 안뜰에는 잘 다져진 이판암이 깔려 있었다.

그것은 가정용 주택이라기보다는 요새화한 성 같았다.

가까이 다가가자 익숙한 화학물질의 악취가 코를 공격했다.

휘발유……

포의 위장이 요동쳤다. 목구멍 안쪽이 화끈거리기 시작했다. 냄새가 퍼진 정도로 미루어 본채는 소이탄처럼 폭발할 준비가 되어 있었다. 죽자 사자 달아나야 할 상황이었지만, 두 아이를 찾기 전까지는 아니었다. 포는 감방 열 개짜리 트럭 쪽을 쳐다보았다. 바퀴가 제거되어 있었다. 본채가 불탄다면 트럭도 타버릴 터였다.

아이들이 저기 있나? 그는 그쪽으로 다가갔다.

본채의 나무 덧문 중 하나가 열렸다.

리드가 2층 창문에서 모습을 보였다.

"이게 우리의 〈하이 눈〉*인 거냐, 킬리언? 아니면 매슈라고 불러야 하나?" 포가 말했다. 그는 트럭 쪽으로 계속 걸어갔다. 뭔가 더 일이 벌어지기 전에 스위프트의 손주들을 찾아야 했다.

리드가 말했다. "멈추라고 해도 안 듣겠지?"

포는 양 우리에 들어가 금속 계단을 올라 이동 감방으로 갔다. 문을 열어보았지만 잠겨 있었다. 검은색 바탕에 은색 번호판이 붙은 키패드가 안에 누가 있든 나가지 못하게 막고 있었다.

리드가 소리쳤다. "비밀번호 1-2-3-4야. 할 일 마치면 여기로 와라. 늦지 말고."

포가 번호를 입력하자 찰칵 하는 전자음이 들렸다. 그는 문을 열었다.

살면서 한 번도 맡아보지 못한 끔찍하게 부패한 냄새가 그를 때렸다. 냄새는 그의 콧구멍 안쪽에 막을 형성했고 휘발유 냄새조차 압도

- 〈하이 눈High Noon〉은 1952년에 개봉된 미국 서부 영화다. 갓 결혼한 작은 마을의 보안관 윌 케인은 은퇴하고 새로운 마을로 이주해 가정을 꾸리려고 한다. 그러나 케인이 예전에 감방에 보낸 악당이 출소하여 정오에 도착하는 열차를 타고 마을로 돌아온다는 소문이 들린다. 케인은 같은 날 정오에 출발하는 열차를 타지 않으면 혼자서라도 떠나겠다는 신부의 말을 듣지 않고, 정오에 도착하는 악당 무리와 싸운다. '결정적인 순간'이라는 뜻도 있다.

했다. 대변, 소변, 구토물이 시큼한 땀내와 썩은 사체들 냄새와 경쟁
했다. 가운데 통로 바닥은 갈색 액체로 젖어 있었다.

통로 안으로 들어가자 냄새가 더 심해졌다. 양쪽으로 감방이 다섯
개씩 있었는데 포는 두꺼운 감시창으로 안을 들여다보았으나 길고
불쾌했던 체류의 흔적 외에는 아무것도 보지 못했다.

감방은 전부 비어 있었다.

58

포는 트럭에서 빠져나와 심호흡을 했다. 성큼성큼 돌아 건물 정면으로 가서 정문을 열려고 해보았다. 문은 잠겨 있었다. 힘으로 열려고 해봤지만 어깨만 아플 뿐이었다.

"애들! 애들은 어디 있어?" 포가 소리쳤다.

"녀석들이 악의 자손인 건 알지?"

오, 하느님…….무슨 짓을 한 거냐? "어디 있냐고, 킬리언?"

"애들은 무사해, 포. 내 친구랑 윈펠 포레스트 센터 파크스에 있어. 오늘 아침에 확인해봤는데 끝내주게 잘 지내고 있더라. 그게 다 자기들 엄마가 준비한 건 줄 안다니까."

윈펠 포레스트는 컴브리아의 경찰 본부 건물인 칼턴 홀에서 5킬로미터 정도 떨어져 있었다. 리드가 거짓말하는 게 아니라면 아이들이 내내 그들 코앞에 있었다는 말이었다. 공항과 페리 터미널을 확인할 시간에 수영장을 확인했어야 하는 것이다.

"플린한테 문자 보낸다."

리드가 끄덕였다.

포는 문자를 쓰는 동안 생각이 하나 떠올랐다. "아이들 사진 유포됐는데. 누가 알아보면 어쩌려고?"

"넌 그 애들이 어떻게 생겼는지 알아?"

"당연하지."

"어떻게?"

"사진을 봤으니까……." 포가 말을 흐렸다. "바꿔치기했군. 갬블한테는 네가 애들 어머니한테 사진 받겠다고 하고서 사진이 오니까 가짜랑 바꿔치기한 거야."

"지금 내 동료들은 내가 페이스북에서 골라낸 미국인 애들을 찾고 있지."

"그러면—"

"그러면 애초에 뭣 하러 애들을 데려갔느냐고? 왜 그냥 세븐 파인스에 내버려두지 않았느냐고?"

포가 끄덕였다.

"널 여기로 오게 해야 했으니까. 내가 오라고 하면 아마 올 것 같기는 했지만, 아이들이 있으면 확실해지니까."

포는 이번에도 놀아난 것이었다.

"궁금한 게 있겠지." 리드가 말했다.

"내가 왜 여기 있는 거냐, 킬리언?"

"지금 어디까지 알고 있어?" 리드가 물었다.

"원래 그 자선 경매가 끝난 뒤에 소년 넷 다 죽을 운명이었는데 세 명만 죽었다는 거. 네 번째 소년이 어찌어찌 달아나서 복수를 하고 있다는 거." 포가 말을 이었다. "그래서 널 계속 킬리언이라고 불러야 하는 거냐, 아니면 다시 매슈라고 불렀으면 좋겠냐?"

리드가 끄덕였다. 눈물이 뺨 위로 흐르고 있었다. "매슈 멀론은 그 날 밤에 죽었어. 이제 난 킬리언 리드야."

"좋아, 킬리언. 힐러리 스위프트는 어디 있어?"

리드가 안으로 사라졌다. 포는 뭔가가 창문 쪽으로 끌려오는 소리를 들었다. 스위프트가 나타났다. 머리에 피가 묻었고 멍이 들었지만 살아 있었다. 마스킹 테이프로 재갈이 물려 있었고 공포에 질린 듯 보였다. 리드가 테이프를 떼더니 말했다. "포한테 다시 인사하셔, 힐 러리."

"도와줘요! 도와달라구요!" 스위프트가 절규했다.

"도와줘?" 리드가 말하더니 얼굴에 주먹을 날렸다. "포는 널 도우러 온 게 아니야, 힐러리."

포는 힐러리 스위프트가 죽으리라는 것을 알았다. 포가 그녀를 살리기 위해 할 수 있는 일은 아무것도 없었다. 스위프트는 26년 전에 악마와 계약을 맺었고 이건 그녀가 치러야 할 대가였다. 생각이 하나 떠올랐다. "퀜틴 카마이클 시신은 어디 있어?" 그가 물었다.

리드는 포가 아까 버려진 포대라고 짐작한 것을 향해 고갯짓을 했다. 포는 그리로 다가가 똥 묻은 신발로 자루의 주둥이를 들어 올렸다.

안에는 거의 30년 동안 소금에 전 남자의 쪼글쪼글한 시신이 들어 있었다. 지난 약 1년간 수분에 노출되어 이제야 부패하기 시작했다. 부패는 길게 늘어지는 과정이 될 터였다. 리드는 그를 오줌에 전 매트리스처럼 내버렸다. 시신의 손가락과 발가락이 보이지 않았다. 여우와 쥐 들이 이미 뜯어 먹기 시작한 모양이었다.

포는 리드가 있는 창문 쪽으로 다가갔다. 스위프트는 이제 보이지 않았다.

"들을 준비 진짜 된 거야, 포?"

준비는 안 됐지만 포는 끄덕였다.

"굳이 듣지 않아도 돼. 그동안 내가 모은 증거들, 녹음된 자백들, 전부 거기 있는 감방 네 개짜리 밴에 실린 보안 상자에 있어."

포가 말했다. "어떻게 된 건지 말해봐, 킬리언."

59

"네가 세븐 파인스에 관해 메모한 거 봤어, 포. 오드리 잭슨이 너랑 플린 경위한테 우리 넷이 자기가 본 그 어떤 애들보다 굳게 맺어져 있었다고 말한 거 알아." 리드가 말했다.

포가 계속하라고 몸짓했다.

"우린 힐러리 스위프트를 사랑했어. 다들 그랬지. 그 여자는 친절하고 헌신적이었어. 그 친구들이 내 형제였다면, 그 여자는 확실히 어머니였지. 그 여자가 우리더러 돈 좀 벌어보겠냐고 했을 때, 우리는 달려들었어. 왜 안 그랬겠어? 그 여자는 우리가 착하게 굴면 런던에 데려가서 그 돈을 쓰게 해준다고 했거든. 나중에 거기 갔을 때 시간 아끼라고 미리 엽서를 쓰게 하기까지 했지."

그렇게 해서 엽서가 발송되었던 것이다. 그래서 소년들 수색을 북쪽에서 했어야 하는데 남쪽에서 하게 됐고. 놈들 중 하나가 일 때문에 런던에 내려갈 일이 있으면 엽서를 우체통에 넣는 식으로, 찔끔찔끔 보낸 것이었다. 필적과 지문은 일치했다. 어떻게 그게 겉으로 보이는 것과 다르다고 예상할 수 있었겠는가?

리드가 다시 이야기를 시작했다. "넌 그날 밤의 진상에 접근했어, 포—게다가 내 계획보다 좀 이르게—그리고 몬터규 프라이스가 나

404

머지를 채워줬지. 경매 상품은 우리였어. 카마이클이 우리 어머니와 함께 계획한 거야. 그래서 우리가 뽐내면서 사내애들이 흥분했을 때 으레 그렇듯이 행동하는 동안, 놈들은 우리 소유권을 두고 입찰했지."

이제 해가 거의 져버렸고 그림자도 사라진 것이나 다름없었다. 보름달이 은은하고 영묘하게 빛났다. 그 빛으로도 포는 리드가 악몽을 되새기며 얼마나 고통스러워하는지 볼 수 있었다.

"카마이클은 '상품' 중 하나를 자기가 차지할 거라고 놈들한테 말했어. 영리한 자였지. 소년 세 명에 소아성애자 여섯이라니. 수요와 공급. 스위프트는 분명 아이들을 더 제공할 수 있었겠지만, 모두에게 한 명씩 돌아가면 가격은 올라가지 않았을 거야."

몬터규 프라이스도 이런 뜻을 암시한 바 있었다.

"넌 무슨 일이 일어나고 있는지 알았어?" 포가 물었다.

"낌새는 맡았지. 놈들이 킬킬거리면서 주무르기 시작했으니까. 하지만 아니, 난 그게 부자들이 술 취하면 하는 수작이겠거니 했어. 우리가 '파티'를 하러 어떤 집에 가고 나서야 실상이 드러났지. 거기서 무슨 일이 있었는지는 너도 상상할 수 있을 거다."

"맙소사." 포가 중얼거렸다. "그럼 프라이스는? 놈이 주장한 대로 무고했나?"

"아니, 그렇지 않아." 리드가 이를 드러내며 말했다. "그래서 다른 놈들이랑 마찬가지로 태워버린 거고."

포가 염려한 대로였지만, 리드가 하는 말을 들으니 가슴이 미어졌다. "경매에서 낙찰받은 남자들은 애들을 데려간 건가?"

"그래. 난 카마이클이랑 갔어. 약과 술에 취해서. 몇 주 동안 어딘지 모를 방에서 보냈지. 놈은 이따금 남자들을 데리고 와서 나랑 '놀게' 했지만, 대부분은 그냥 놈 혼자였어. 내 친구들도 비슷한 일을 겪었을 거야."

"그러니까 크루즈 끝나고 파티 할 때 친구들을 마지막으로 본 거야?"

"퍽이나." 리드가 내뱉었다. 그는 고개를 숙이더니 바닥에 있는 뭔가를 짓밟았다. 스위프트가 신음했지만 꼴깍거리며 잠잠해졌다. "아니, 놈들은 사디스트였어, 포. 우리를 몇 주 동안이나 학대한 걸로도 모자라서, 마침내 증거를 인멸할 때가 되니까 마지막으로 같이 모였지. 모두를 살인으로 옭아매려고. 내 친구들이 어디서 살해됐는지 짐작할 수 있겠냐, 포?"

포는 짐작할 필요가 없었다. "환상열석. 네 친구들은 환상열석에서 살해됐어."

60

"환상열석이야." 리드가 동의했다. "놈들은 여기서 그리 멀지 않은 외딴곳으로 우릴 데려갔어. 난 친구들이 하나하나 불에 타는 걸 강제로 지켜봐야 했지. 놈들이라고 딱히 속이 편했다고는 생각하지 않지만, 그때쯤 놈들은 몰입상승 효과인지 뭔지에 빠져 있었어. 카마이클이 배에서 전부 촬영해놨기 때문에 아무도 발을 뺄 수 없었고, 내 생각에 놈의 관점에서 보면 살인이 끔찍할수록 자기들은 안전할 거라고 여긴 것 같아. 공유된 잔혹 행위만큼 인간들을 하나로 묶는 것도 없으니까."

포는 무고한 사람들을 죽이는 괴물을 추적하는 일이라는 가정 아래 이 사건에 뛰어들었다. 그는 리드가 한 일을 용인은 할 수 없을지 모르지만 이해는 할 수 있었다. 그자들은 자기들에게 어울리는 괴물을 만들어낸 것이었다.

"넌 어떻게 살아남은 거야, 킬리언?" 놈들의 안전을 위해 아이들은 전부 죽어야 했다. 하나를 살려두는 건 전부 살려두는 것보다도 더 나빴다.

"카마이클이야. 다른 놈들이 나도 죽이라고 사정했지만 놈은 거부했어. '그건 내 거야'라고 하면서. 놈은 나를 '그거'라고 불렀어, 포."

"그래서……?"

"그러다 결국 놈은 나한테 질렸든지 아니면—내 생각으로는—배에 탔던 놈들 말에 귀를 기울이기 시작했어. 뭣 하러 살려두겠어? 위험이 너무 큰데. 한 치도 안 보이게 캄캄하고 눈이 내렸지. 어느 날 아침, 놈이 나를 깨웠어. 그러더니 케직으로 날 데려갔어. 나더러 캐슬리그 환상열석까지 산책이나 할 거라고 하더라. 내 생각엔 놈이 다른 놈들처럼 야외에서 죽이는 스릴을 맛보고 싶었던 거 같아."

"그런데 도망쳤다고?"

"아니. 놈과 나는 의회의 뜰을 통과해서 걸어갔어. 나중에 알고 보니 환상열석으로 가는 지름길이더군. 그리 가면 차를 너무 가까이 대지 않아도 됐거든. 둘이 소금 더미를 오르고 있었는데, 놈이 느닷없이 자빠지는 거야. 땅에 박기도 전에 죽었지. 곧 벌어질 일을 생각하느라 흥분해서 그랬던 거 같아."

상식에 따르자면 리드는 곧장 경찰에게 갔어야 하지만……. 그런 일은 일어나지 않았다.

"내가 왜 경찰에 달려가지 않았는지 궁금해?"

포는 아무 말도 하지 않았다. 궁금하기는 했지만 그렇게 단순한 문제였을 리가 없었다. 그토록 무거운 짐을 지고 있었으니.

"두 가지 이유 때문이었던 거 같아. 카마이클이 초대해서 날 강간한 놈들 중에 자기가 경찰이라고 한 놈이 있었어. 난 놈이 어디서 일하는지 알 수가 없었지. 그때 나는 고작 열한 살이었고 내 마음속에서 경찰은 모두 나쁜 자식들이었어. 그놈들이 무서웠지."

"다른 이유는?"

"카마이클 말이 내가 그때까지 있었던 일에 공범이라는 거야. 나는 살았는데 친구들은 그렇지 못했다고. 놈은 만약 누군가 알게 되면 나도 다른 놈들과 같이 감옥에 갈 거라고 했어."

그 나이에 그렇게 학대당한 뒤라면 뭐든 믿게 마련이었다. 카마이클은 심장마비로 쉽게 끝난 것이었다. 사악한 자식.

"그래서 내가 유일하게 생각해낼 수 있는 걸 했지. 카마이클의 지갑과 돈을 훔쳐서 튄 거야."

"그럼 카마이클은?"

"자빠진 데 내버려뒀어. 눈에 덮여서 가려졌겠지."

이것은 포가 아는 사실과 맞아떨어졌다. 눈이 왔다는 것은 모래 뿌리는 제설차가 작업하고 있었다는 뜻이었다. 포는 인부들이 굳이 눈을 치운 뒤에 소금을 트럭에 싣지는 않았으리라 짐작했다. 카마이클은 소금 더미와 같이 퍼 올려져 M6 고속도로 비축분의 일부로 하든데일 소금 저장고로 이동되었을 것이다. 그러고는 사반세기 동안 그 자리에 있었다.

"그런 다음에는 원래 몇 주 전에 하기로 되어 있던 일을 했어." 리드가 말을 이었다. "런던행 기차에 탄 거야. 그러고서 다시 브라이턴행 기차를 타고 이모를 찾아갔어."

"아니. 내가 네 파일 확인했거든. 넌 브라이턴에 이모가 없었어. 네가 기꺼이 같이 지낼 친척은 없었다고."

"포, 멍청한 소리 마. 우리는 북쪽 출신이잖아. 꼭 친척이어야 이모라고 부르는 건 아니지. 내가 만나러 간 건 엄마의 가장 친한 친구였어. 빅토리아 리드. 그 아줌마는 항상 나한테 잘해줬고 나도 아줌마를 믿었어. 아줌마라면 어떻게 해야 할지 알 거라고 생각했지."

"그래서 진짜 알디?" 포는 리드의 설명을 받아들였다. 그도 리드의 어머니를 빅토리아 이모라고 하고 아버지를 조지 삼촌이라고 했으니. 어릴 때는 그냥 그랬다.

"딱히 그렇진 않더라. 어떻게 알 수 있었겠어? 아줌마는 내가 보육원에 있었다는 것도 몰랐는데. 친아버지는 우리가 북쪽으로 이사한 뒤에 아무하고도 연락하지 않고 지냈거든. 난 그동안 무슨 일이 있었는지 두 사람에게 말했어. 전부 다. 조지는 경찰에 가자는 쪽이었지만 아줌마는 날 생각해줬어. 내 친구들을 죽인 놈들이 아니라 나를. 아줌마는 PTSD(외상 후 스트레스 장애)를 전문으로 다루는 인지행동 치료사였어. PTSD는 그때 막 연구되기 시작했고 아줌마는 내가 도움을 받지 못할 거라고 생각했지. 형사사법제도가 날 집어삼킨 다음 그때보다 더 심각한 상태로 내팽개칠 거라고 본 거야."

"그래서?"

"아줌마는 뭐가 가장 좋은 방법인지 알아낼 때까지 입을 다물고 있으라고 조지를 설득했어. 나한테 가장 좋은 방법 말이야. 긴 시간이 지나는 동안 처음으로 나를 자기들보다 먼저 생각해주는 사람을 만난 거지. 좋았어."

"그래서 그분이 널 도와줬어?"

"그래, 포. 쉽진 않았지만 아줌마는 자기가 하는 일을 잘 알았고 성자처럼 인내심이 강했어. 얼마 안 가서 내가 그때 일을 머릿속에서 계속 추체험하는 순환에 빠졌다는 걸 알아냈지. PTSD에서 그건 큰 문제였고 아줌마는 그 순환을 끊어야 했어. 난 그때 있었던 일을 다시 경험하지 않으면서도 그 일을 떠올릴 수 있어야 했지."

"그래서 이쪽으로 이사한 거야?"

"그렇다는 거 너도 알잖아, 포. 같이 학교 다녔으니까. 두 사람은 레이크 구역을 무척이나 좋아했고, 아줌마는 내가 관련 장소에 가보길 바랐어. 울스워터, 내 친구들이 살해된 환상열석, 카마이클 집. 그게 끝난 일이라는 걸 보여주려고 한 거야. 아줌마는 웨스트모어랜드 종합병원에서 인지행동 치료사로 취업했고 조지는 여기에 동물병원을 열었지."

빅토리아 리드는 자기 자식도 아닌 소년을 위해 오랫동안 살던 터전을 떠났다. 그 남편도 마찬가지였다. 포는 좋은 사람을 그리 자주 접하지 못했는데─만나면 자기가 위선자라고 느껴졌다─이제는 그들과 시간을 더 많이 보냈더라면 하는 생각이 들었다.

"그래서 넌 점점 좋아진 거야?"

"시간이 좀 걸리기는 했지만, 그래, 점점 나아졌어. 밤에 오줌을 싸지 않게 됐지. 누가 가까이 다가오거나 건드릴 때마다 움츠리지도 않게 됐고. 그 일을 추체험하지 않게 됐어."

"그리고 킬리언 리드가 된 거군." 포가 말했다.

"그때는 다들 자기가 누구라고 하면 그게 진짜라고 생각했어. 학교에서 나는 두 사람 아들로 등록됐지. 너도 만났고. 아무도 내 과거에 의문을 품지 않았지. 그리고 빅토리아가 국민건강보험에서 일했기 때문에 새로운 출생 기록을 끼워 넣는 건 간단한 일이었어."

한 사람이 그렇게 단기간에 그토록 많은 일을 겪다니, 믿기 어려웠다. 그 사람이 마침내 삶을 살아갈 기회를 얻었다는 건 기분 좋은 이야기였다. 인간의 강인함을 증명하는.

그런데 어떻게 된 거지? 포는 생각했다.

"왜 날 사랑하는 부모와 남은 생을 즐겁게 지내지 않았느냐고?"

포의 눈이 촉촉했다. 그는 차마 입을 떼지 못했다.

"그게 말이야, 그랬을 수도 있어. 정말로. 늘 계획은 그랬어. 내가 준비되면 경찰한테 가기로. 그 일을 신고하고, 형사사법제도에 걸어보기로. 하지만…… 막상 준비가 되니까, 그렇게 하고 싶지 않다는 걸 알게 됐어. 좋은 두 사람과 평화롭게 사는 게 복수보다 더 매력적으로 느껴지게 된 거야."

"그래서 어떻게 됐는데?"

"운명이 찾아온 거야, 포. 아빠랑 같이 수의사들 집회에 참석했어. 인맥 넓히기 행사들 있잖아. 끝나고 나면 식사랑 음료 마시는 그런 거. 울버스턴의 프리메이슨 홀에서 열린 행사였는데, 두둥, 누가 왔을 것 같아?"

포는 대답하지 않았다.

"씨발 그레이엄 러셀, 그 새끼였어. 으스대면서, 웃고 장난치면서, 셔츠에 온통 브랜디가 묻어 있더라."

망할…….

"내가 과거와 연관된 것들을 전부 다시 경험하지 않게 빅토리아가 기껏 도와줬는데, 그 뚱뚱하고 흐물흐물한 쓰레기 새끼를 본 순간 내 안에서 뭔가가 뚝 하고 끊어진 거야. 난 이제 프리메이슨 홀에 있는 게 아니라 카마이클의 지하실에 있었어. 러셀이 내 위에서 땀을 흘리며 들썩거렸고."

"그래서 그때 놈들을 죽이기로 결심한 거야?"

리드가 고개를 가로저었다. "아니. 그때까지도 빅토리아의 치료는 효과가 있었어."

"그럼 뭐야?"

"그 사악한 새끼가 다가오더니 아빠한테 자기를 소개하더라. 두 사람이 잡담하는 동안 난 무서워서 입도 벙긋 못 했어. 내가 듣고 있는데 놈이 이것저것 뻐기더군. 자기가 얼마나 영향력 있는지. 자기가 은퇴는 했어도 부자와 권력자 들이 얼마나 자기를 두려워하는지. 놈은 시신들이 어디 묻혀 있는지 안다고 했어. 조지는 놈이 신문사에 있던 때 얘기를 한다고 짐작했지. 부자와 권력자 들을 도청할 때 발견한 온갖 스캔들과 비밀을 말하는 줄 안 거야. 난 놈이 내 친구들 얘기를 한다는 걸 알았어."

그거라면 그렇게 되지……

"증오가 날 집어삼켜 버렸어, 포. 바로 그 자리에서 놈의 목을 따지 않는 게 내가 할 수 있는 전부였지. 나는 1분도 넘게 그 생각을 하면서 내 스테이크 나이프를 뚫어져라 쳐다봤어. 친구들 복수를 할 수 있다면 감방에 가는 것쯤은 우스웠지."

"그런데······?"

"그런데 뭔가가 날 멈춰 세웠어. 차가운 논리가 내 손을 붙잡은 거야. 한 놈만 죽이는 건 말이 안 된다고."

리드가 포를 응시했다.

"전부 다 죽일 수 있는데."

61

빅토리아 리드는 같은 해 운동신경질환을 진단받았고, 리드는 그녀가 살아 있는 동안은 아무 일도 일어나지 않을 거라고 맹세했다. 그러기에 리드는 그녀를 너무 사랑했다.

그렇다고 준비까지 하지 않은 것은 아니었다. 그는 성공할 가능성을 최대로 끌어올리기 위해 컴브리아 경찰이 되기로 결심했다. 조지는 걱정했지만—그는 리드가 수의사 일을 같이 하기를 바랐다—빅토리아는 장려했다. 사람들을 돕다 보면 치유 과정의 또 다른 단계로 나아갈 수 있을지 모른다고 생각한 것이었다. 리드는 형사 시험을 통과하는 데 전념한 뒤, 중범죄 쪽에 배속될 작정이었다. 일단 그쪽에 배치되면 반드시 거기 머무를 계획이었다. 포는 왜 리드가 경위 자리로 올라가거나 다른 흥미로운 역할로 옮기는 걸 거부하는지 의아했는데, 이제 이해가 됐다. 리드는 이번 사건 수사가 진행될 때 그 중심에서 자기가 바라는 방향으로 수사를 미묘하게 조정하면서, 자기를 추적하는 자들보다 앞서 나가려고 했던 것이다.

갬블로서는 이길 가망이 없었다.

포는 빅토리아 리드의 장례식에 참석했는데, 비록 뒤돌아보면 모든 게 선명해 보이는 법이지만 그때 리드가 슬픔을 드러내는 대신 강철 같은 결의를 드러내던 걸 기억했다. 포는 그걸 나쁜 쪽으로 해석하는 대신, 사랑하는 이가 자기 눈앞에서 쇠약해져가는 모습을 지켜보며 오래전부터 죽음에 심리적으로 대비했기 때문이라고 여겼다.

"그 일에 연루된 게 누군지 알았어?" 포가 물었다.

"러셀만. 놈을 잡아다가 나머지 놈들 이름을 알아내고 싶었지만, 조심하기로 했어. 준비가 안 됐었거든. 이상적으로는 1년 더 기다렸을 거야."

"그런데 카마이클의 시신이 발견되는 바람에……."

"그게 출발신호가 된 거지. 내가 놈의 몸에 놈의 신원을 확인할 수 있는 걸 뭔가 남겼다면—그때쯤엔 놈이 해외에서 죽었다고 놈의 자식들이 세상을 기막히게 설득한 뒤였지만—나머지 놈들이 조치를 취할 수도 있었어. 알고 보니 걱정할 필요는 없었더라. 카마이클의 신원은 결국 밝혀지지 않았으니까. 네가 나타나기 전까지는."

"그래서 바라던 것보다 일찍 시작한 거야?"

"몇 가지 일은 즉시 착수했지. 자동차와 기타 장비들을 구입하는 거. 작업할 공간도 필요했어. 아빠가 이 장소에 대해 말해준 적이 있었지. 오랫동안 농사를 짓지 않았다고 하면서. 난 몇 달 전에 어떤 절도 사건을 수사하다가 서류를 좀 훔쳐냈어. 그리고 공식 신분증이 필요할 때를 대비해서 여권을 신청해뒀지. 그걸 이용해서 이 장소를 임대하고, 1년 치 사용료를 현찰로 치렀어."

그래서 브래드쇼가 찾지 못한 거로군. 농장이 리드 이름으로 돼 있지 않았으니.

"할 수 있는 만큼 준비를 마친 다음 실행에 옮겼지."

"그레이엄 러셀을 납치한 건가?"

"그리고 조금 설득하니까 전부 불더군. 몬터규 프라이스만 빼고. 놈은 자기 실명을 쓴 적이 없었거든. 카마이클만 놈의 진짜 정체를 알았는데 그 자식은 죽은 지가 25년이 지났으니까. 난 네가 그 은행 계좌를 찾아내기 전까지 프라이스의 이름을 몰랐어. 그때쯤 놈은 무슨 일이 벌어지는지 알아차리고 숨어버렸지."

이는 러셀의 시신에만 유난히 고문한 흔적이 많이 남아 있던 사실과 맞아떨어지는 이야기였다.

"그런 다음 놈들을 찾기 시작했어."

"얼마나 걸린 거야?"

"얼마 안 걸렸어. 난 그레이엄 러셀을 죽여서 주요 수사가 착수되게 만들었어. 덕분에 예전 같았으면 들여다보기만 해도 의심을 살 만한 데이터베이스를 살펴볼 수 있는 구실이 생겼지. 난 놈들을 재빨리 찾아 관련 자료를 모조리 수집했어. 하나하나 놈들을 납치했지."

"어떻게?"

"왜 이래, 포, 경찰 배지만 있으면 문이 얼마나 쉽게 열리는지 너도 알잖아. 차 마시면서 보안 얘기를 하다가, 프로포폴을 넉넉히 먹인 뒤 밴에 집어넣는 거지. 쉬웠어."

체계적이고 자기가 하는 일을 잘 안다면 살인은 쉽다. 잡히는 것은 체계적이지 못한 살인범들이었다. "조지는 어떻게 된 거야? 그 양반 사이코패스가 아니잖아. 이런 일에 관여하려고 하지 않았을 텐데. 네가 강요한 게 아니면."

"조지? 넌 조지가 이 일에 연관돼 있다고 생각하는 거야?"

"이거 너 혼자 한 게 아니잖아, 킬리언. 공범이 있었잖아." 포는 이를 사실로 진술했다. 그는 밴과 트럭을 가리켰다. "그리고 이 차들을 구입한 주체가 스코펠 수의사 그룹이었고."

"아버지는 죽은 지 1년이 넘었어, 포. 어느 날 밤 책을 펼쳤지만 끝까지 읽지 못하게 된 거지. 내 생각엔 빅토리아가 죽은 뒤에 사는 데 그다지 흥미가 없어진 것 같아. 그분은 이 일과 아무 상관도 없어."

포는 아무 말도 하지 않았다.

"내가 아버지 사망 신고를 깜빡했을 수는 있지." 리드가 덧붙였다.

"유감이다." 포는 정말 그랬다. 조지는 좋은 남자였다.

리드가 헛기침을 하자 포는 그가 간신히 버티고 있다는 걸 알았다. "아버지는 여기 무어에 묻었어, 포. 여기서 멀지 않아. 단순한 돌무덤으로 표시해뒀어. 검시하면 언제 어떻게 죽었는지 나올 거야. 내가 그양반 회사를 기반 시설로 사용한 걸 빼면, 전혀 연관이 없어."

"그래도 너 혼자 한 건 아니야." 포가 말했다. 그는 이제까지 조지가 연쇄살인을 도왔다고 생각해 슬퍼했다. 이제 마음이 놓였다. 하지만 모든 것이 공범의 존재를 가리켰다. 조지가 아니라면 누구란 말인가?

"그래, 혼자 한 건 아니지. 도움을 받긴 했어. 하지만 그게 '누구냐' 는 중요하지 않고 지금 얘기할 일도 아니야. 하지만 네 마음이 편해지도록, 감방 네 개짜리 밴에 증거와 함께 그 정보도 준비해놨어."

"공범을 내버리는 거냐?"

리드가 어깨를 으쓱했다. 그에게는 중요하지 않은 문제인 듯했다.

"내가 약을 먹이자마자 내 공범이 놈들을 감방 네 개짜리 밴에 태워 데려갔어. 그리고 난 놈들 납치 날짜도 위장했지. 그레이엄 러셀은 프랑스에 있는 것처럼 보이게 이미 작업해뒀고. 조 로웰은 노력으로 보내고 마이클 제임스는 스코틀랜드에서 열리는 위스키 투어에 보내놨어. 그 뒤로도 이메일과 문자를 보내서 가족들이 걱정하지 않게 했고. 난 놈들을 이 농장에 그 누구도, 심지어 너도 짐작하지 못할 정도로 오랫동안 잡아뒀어. 로웰, 제임스, 오언스, 도일 전부 동시에 같이 있었다니까."

비범한 계획과 준비였다. 포는 목을 문질렀다. 목이 아프기 시작했다— 거의 20분 동안 리드를 올려다보고 있었던 것이다.

리드가 이야기를 계속했다. "아무튼 네 놈 모두 감방 열 개짜리 밴에 안전하게 잘 가둬놨어. 하지만 죽이는 것만이 목적은 아니었지. 난 자백을 받고 싶었어. 빠진 정보를 채우고 싶었고. 하지만 더 중요한 건 친구들의 시신이 어디 있냐는 거였어."

"그래서 놈들이 말해줬어? 그냥 그렇게?"

"처음엔 아니었어. 여전히 자기 평판을 생각하더라. 내가 한 놈을 본보기로 처리하자는 생각을 하고 나서야 놈들도 생각을 바꿔 먹었지."

"서배스천 도일." 포가 중얼거렸다. 어째서 도일이 공개적으로 전시되지 않고 카마이클의 관에 처박혀 있었는지 포는 계속 의아했다.

리드가 동의했다. "서배스천 도일이었어. 입을 안 열면 어떻게 되는지 다른 놈들한테 보여준 거지. 도일이 불에 타는 걸 보기 전까지 놈들은 돈으로 어떻게든 벗어날 수 있을 거라고 생각했던 모양이야. 난 계속 네 흥미를 끌려고 놈을 카마이클 관에 넣었어. 네가 계속하게 하려고."

포는 왜 자기가 끌어들여졌는지 여러모로 궁금했다. 그러나 지금은 사건을 시간순으로 듣는 편이 최선일 듯했다. "놈들이 전부 털어놨어?"

리드가 끄덕였다. "그리고 믿기 어렵겠지만 그 역겨운 새끼들은 아무도 제 상품을 완전히 놔버리려고 하지 않았더라고. 다들 자기들이 살던 데서 가까운 곳에 친구들을 묻었더군. 제임스 놈이 적어도 한 달에 한 번은 거기 들른다고 인정했지."

"되찾았어?"

"하나씩. 조심스럽게. 내 친구들이었으니까."

"스위프트는?"

리드가 인상을 찌푸렸다. "그년은 항상 마지막에 죽일 생각이었어―누구보다 지독한 배신자였으니까―다른 놈들처럼 구역질 나는 욕망이 있었던 것도 아니었어. 순전히 금전적인 목적이 다였지. 카마이클의 30만 파운드가 어디로 사라졌는지 알고 싶냐? 그 여자 수수료였어."

포도 그러리라 추측했다. 그 여자가 관여한 정도를 보면 그것만이 타당한 설명이었다. "하지만 왜 다른 놈들 납치할 때 그 여자도 데려가지 않았어? 그 여자라면 분명 패턴을 알아봤을 텐데."

"그년만은 납치한 걸 위장할 수가 없었어. 내가 준비를 마쳤을 무렵 그년은 이미 호주 여행을 예약해놨거든. 그년이 나타나지 않으면 실종자 수사가 시작됐을 테고 그럼 중범죄팀에서 담당하지 않았을 테니까 내가 조종할 수가 없게 됐을 거야."

"어떻게 그 여자가 달아나지 않을 거라고 확신했어? 무슨 일이 벌어지는지 그 여자가 몰랐을 리가 없는데."

"그년은 항상 배에 탄 것 자체를 부인했어, 기억 안 나? 그년 입장에서는 자기 말에 반박할 수 있는 사람은 다 죽었으니까. 도망치는 건 이 일을 벌이는 게 누가 됐든 그놈한테 자기 죄를 인정하는 꼴이었을 거야."

포는 그 배후에 숨은 뒤틀린 논리를 이해했다. "나한테는 얘기해줬어야지, 킬리언." 포가 나직이 말했다. "우리가 함께하면 얼마나 무시무시했을지 생각해봐. 네 친구들을 위해 정의를 구현했을 거야. 놈들한테 가망 따위 없었을 거라고."

"정의 때문에 하는 게 아냐, 포. 정의를 위한 일이었던 적은 한순간도 없어. 이건 복수야."

복수……. 포는 중국의 격언이 떠올랐다. "복수를 추구하는 자는 무덤을 두 개 파야 한다. 하나는 적을 위해 하나는 자신을 위해." 포는 남은 이야기를 거의 짐작할 수 있었다. 리드는 블랙 할로 농장을 떠날 의도가 없었다. 그 건물이 두 번째 무덤이었던 것이다.

포는 고개를 들어 리드를 응시했다. 첫날부터 자기를 괴롭히던 질문을 던졌다. 유일하게 중요한 질문. "정의를 바라는 게 아니라면, 킬리언, 뭣 하러 날 끌어들인 거야?"

리드가 내려다보며 웃음 지었다. "세 가지 이유가 있지. 첫째, 넌 내가 만난 형사들 중 최고야. 직관적이고 집요하지, 필요한 일을 하는 걸 두려워하지 않고. 누굴 화나게 하든 상관하지 않는 데다 처음 드러난 설명을 그냥 받아들이지 않아. 내가 레비슨 청문회 보복 노선을 떠오르게 해서 초기 수사 노선을 잘못 이끌었기 때문에, 수사가 제대로 따라오게 할 필요가 있었어. 두 번째 피해자가 나오고 나서도 컴브리아 경찰은 무작위적인 연쇄살인범 외엔 생각을 못 하더라. 흔한 사이코 어쩌고저쩌고하는 헛소리 말고는 동기를 찾으려고 하지 않더라니까."

"그런데 나는 찾을 거다?"

"난 네가 자랐고 일했고 지금도 사는 곳에서 사건이 벌어지면 섹션에서 네 정직을 곧바로 풀 거라고 잘못 추측했어." 리드는 말을 멈추고 웃음 지었다. "하지만 넌 여기서만큼이나 거기서도 적을 많이 만든 모양이더라, 포. 섹션이 널 복귀시키지 않길래 내가 직접 처리했지. 메시지를 보내서."

"어떤 놈 가슴에 내 이름을 새겨서."

"그놈한테 딱 어울리는 대가였어. 그리고 네가 용의자가 되지 않게 해야 했기 때문에, 네가 햄프셔에 가 있는 동안 클레멘트 오언스를 죽였어."

"고맙기도 해라." 포가 얼굴을 찌푸렸다. "나한테 엽서 보낸 거도 너지?"

"그래. 마이클 제임스 몸에 난 화상이 얼마나 깊이 파고들지 알 수가 없었거든. 퍼컨테이션 포인트가 거의 사라졌더라고. 다중단층촬영 보고서에서 네 이름 옆의 부호가 숫자 5라고 돼 있는 걸 보고, 슬쩍 찔러줘야겠다 싶었지. 네가 그걸 다시 검토해서 샙이랑 이어지는 고리를 발견하게 만들어야 했으니까. 게다가 내 다섯 번째 피해자가 너라고 생각하게 하고 싶지도 않았고."

"친절하구나." 포가 말했다.

"널 끌어들인 두 번째 이유는 마지막 놈이 누군지 도무지 알 수가 없어서였어. 놈은 카마이클 말고는 아무한테도 이름을 밝히지 않았거든. 난 너를 풀어놓는 게 놈을 찾아내는 최선의 방법이라고 확신했어."

하느님…….

포는 그걸 그런 식으로 생각해보지 않았다. 그가 은행 거래 내역을 발견한 것이 리드에게 몬터규 프라이스의 정체를 알려준 셈이나 다름없었다. 이래서야 포가 놈을 죽인 것이나 진배없었다. 아이들을 강간하고 살인한 사건의 공범에게 동정심을 느끼기는 쉽지 않았지만, 포는 자기가 실수했다는 걸 알았다. 그는 리드의 꼭두각시였던 것이다.

"그때쯤 프라이스는 이미 잠적했지. 현장 급습 때 난 놈의 집에 증거를 심어서 갬블이 놈을 제1용의자로 여겨 전국 수배를 내리게 만들었어. 놈이 잡히더라도 탄탄한 알리바이가 있어서 보석으로 빠져나갈 거라고 확신했거든. 그리고 그 순간 놈은 내 것이 되는 거고. 난 기다리기만 하면 됐어."

"그런데 놈은 잡히지 않았어. 자수해서 거래를 하려고 했지."

"그리고 그건 힐러리 스위프트가 배에 타고 있지 않았다고 수작 부리던 것도 끝장날 거고 그년도 체포될 거란 뜻이었어. 둘이 다 구류되면 둘 중 누구도 보석으로 풀려날 수가 없었어. 전체적인 이야기가 하나하나 드러날 테니까. 난 밴을 이용해서 한쪽을 납치하는 대응책을 세워뒀지만, 그건 두 번은 써먹을 수 없는 수법이었어."

"프라이스가 입을 열기 전에 스위프트를 잡아야 했던 거로군."

"우리가 샙 웰스에서 세븐 파인스로 떠나기 전에, 난 내…… 공범한테 전화해서 출발하라고 지시했어. 그도 주소를 알고 있었지. 그때쯤 난 약을 딱 맞게 준비해뒀어. 음료를 만들면서 스위프트한테는 약을 적게 넣었어. 그년이 몽롱하기는 해도 의식은 있도록. 공범이 들어와서 스위프트를 데려간 다음, 다시 돌아가서 아이들도 태워 갔지."

"그리고 30분 뒤에 우리가 깨어났어. 그 여자는 사라졌고, 너나 나나 똑같이 피해자가 된 거야." 포가 대신해서 끝맺었다. 정말 천재적이었다.

"덕분에 숨 쉴 틈이 좀 생겼어. 그래도 난 네가 바짝 추격했다는 걸 알았고, 틸리가 샙 웰스에 사진을 배치해놓은 방식은 네가 답을 알아내는 데 딱 필요한 거였어. 그 좆같은 자금 세탁 방지법—혹시라도 밴이 납치용 차라는 게 드러나면 차 관련 자료가 내 발목을 잡을 거라는 건 나도 알고 있었지만, 밴을 소유할 때의 이점이 위험에 비해 너무 컸어. 너도 그렇게 해서 얘기를 끼워 맞춘 거지?"

"일요일 납치 건이었어. 그날은 특별 법정도 열리지 않았고 죄수 호송은 엄격하게 월요일에서 금요일까지만 하니까."

"제기랄, 넌 정말 똑똑한 자식이야, 포. 정말이라니까. 그래서 밴으로 날 찾은 거야? 무지 빠르던데. 누가 샀는지 알아내려면 그보다는 오래 걸릴 줄 알았는데. GU에서 지난 2~3년 동안 시장에 내놓은 차가 거의 200대인 데다가 넌 밴의 원래 등록번호도 몰랐잖아."

"밴이 다가 아니었거든." 포가 말했다.

"어?" 리드가 말했다.

"넌 절대 재킷을 벗지 않아."

"내가 절대 재킷을……?" 그는 말하다가, 포의 말뜻을 깨달았다. 잠시 그는 아무 말도 하지 않았다. 말라버린 눈물이 다시 흐르기 시작했다. "내 팔의 상처."

"널 알고 지낸 그 오랜 시간 동안 난 한 번도 네 팔을 본 적이 없어. 단 한 번도." 포가 말했다. 그는 이제 거의 다 알았다. 하지만…… 아직도 듣지 못한 것이 있었다. 리드가 한 말은 전부 전화나 이메일로 할 수 있는 이야기였다. 무슨 까닭에선지 그는 포가 여기 오기를 바랐다.

"날 끌어들인 이유가 세 가지라고 했지, 킬리언. 넌 아직 두 개밖에 말하지 않았어. 세 번째는 뭐지?"

62

리드는 사나우리만치 강렬하게 포를 쏘아보았다. "먼저 한 가지 물어보자, 포. 솔직하게 말해."

"난 숨길 거 없어." 포가 대답했다.

"확실해?"

포가 주저했다. "확실해."

"페이턴 윌리엄스 사건은 어떻게 된 거야?"

"어떻게 된 건지 알잖아!" 포가 쏘아붙였다.

"근데 말야, 플린 경위가 나한테 물어보더라? 네가 왜 남아서 기소에 응하지 않았는지 알고 싶어 하던데. 네가 왜 그냥 나자빠져서 다들 널 밟고 지나가게 내버려두는지."

"그래서 뭐라고 한 거야?" 포가 조금은 자신 없는 목소리로 말했다.

"네 실수 때문에 한 남자가 목숨을 잃었다는 걸 받아들이지 못해서 힘들어하고 있다고 했지."

포가 끄덕였다.

"물론 거짓말이었어." 리드가 말했다.

포가 리드의 눈을 마주 보았다.

"정말은 어떻게 된 건데, 포?"

"실수한 거야."

"넌 실수 같은 거 안 해." 리드가 잠시 말을 멈췄다. "네 안에는 어둠이 있어, 포. 정상적인 수준을 넘어서는, 정의를 향한 갈망. 나도 그렇고 너도 그렇지. 그래서 너랑 내가 여태까지 친구로 지낸 거야."

포는 대답하지 않았다. 리드의 시선을 마주 볼 수가 없었다.

"틸리가 그러던데 햄프셔 사무실에서 틸리 괴롭히던 놈을 신나게 패줬다며—"

"패주기는 무슨—"

"샙 웰스 바에서 그 술 취한 놈들 중 하나한테는 심한 부상을 입혔고."

포는 아무 말도 하지 않았다. 그도 두 사건을 다르게 해결했을 수도 있다는 것은 알았다. 조녀선은 증인이 가득한 사무실에서 브래드쇼를 저능아라고 불렀고—어쨌거나 잘릴 판이었다—바에서 본 그 명청이들은 그가 NCA 배지를 보여주기가 무섭게 하던 짓을 관뒀을 것이었다.

대신 포는 폭력을 택했다.

리드 말이 옳았다. 그리고 포의 한결같은 분노는 페이턴 윌리엄스 사건 훨씬 전부터 있었다. 블랙 워치가 일시적인 분출구가 되어주기는 했으나 군은 지적인 자극을 주지 못했다. 그는 곧 지루해졌다. 그는 그 뿌리가 되는 원인을 감히 한 번도 제대로 들여다보려 하지 않았다. 대신 그걸 이용했다. 그게 있으면 유리했다. 어둠 속에 숨겨진 것을 간파하는 능력. 그 덕분에 그는 남들이 하지 못하는 것을 할 수 있었다. 생명을 살릴 수 있었다.

하지만 그 대가는?

"네가 거기 숨겨놓은 악마들을 직면하지 않는 이상"— 리드가 포의 머리를 가리키며 말했다 —"놈들은 더 극단적인 짓을 벌이라고 널 몰아붙일 거야. 그리고 어떤 시점이 되면 분노는 더 불길한 무언가로 변하겠지. 내 말을 믿어, 이런 일엔 내가 경험자니까……."

"하지만— "포가 항의했다.

"가서 너네 아빠를 만나라, 포."

"아빠를? 내가 뭘 하러? 아빠가 무슨 상관이 있다고?"

"그 자존심 좀 접고 네 이름이 왜 워싱턴인지 물어봐. 이해하는 데 도움이 될 거다."

포는 집어치우라고 말하려고 했다. 그의 인생에 대해 리드가 뭘 아느냐고. 하지만 그건 진실이 아니었다. 리드는 이따금 며칠씩 포와 포의 아빠와 함께 머물렀다. 포가 켄들에 살고 리드가 시내에서 몇 킬로미터 떨어진 곳에 살던 시절, 두 소년은 자주 상대의 집에 가서 지냈다. 리드는 포의 인생을 속속들이 알았다.

"넌 내 안에 있는 어둠을 보지 못했어. 너 자신의 어둠에 눈이 가려졌으니까. 하지만 네 아빠는 내 어둠을 알아봤어. 그걸 끌어내려고 했고, 그러려고 가끔 나한테 이런저런 얘기를 해줬지. 아마 너한테 먼저 말했어야 하는 얘기들을." 리드가 말했다.

"아빠가 무슨 얘기를 했는데, 킬리언?" 포는 리드가 아는 걸 알고 싶은지 어떤지 자신이 없었다.

"네 어머니 얘기."

"씨부랄, 어머니 얘기는 빼라!" 아무리 이런 상황이라도 넘지 말아야 할 선은 있는 법. 포는 어머니 생각조차 하고 싶지 않은데 어머니 이야기라니, 당치도 않았다. 마음속에서 포는 애초에 어머니가 없었다.

리드는 그를 무시했다. "가서 아버지 만나봐. 물어보라고. 겉보기와는 전혀 달랐어, 포."

포는 대답하지 않았다.

"부탁이니 내가 말하게 하진 마라. 네 아빠한테 들어야 되는 얘기야. 그래도 이 말은 할게. 네 어머니는 널 미워한 게 아니야, 포."

"날 버렸어. 그 여자는 날 원망한 이기적인 년이었다고."

"그렇지 않아, 포. 네 어머니는 널 사랑했어. 그것도 아주 많이." 리드가 말했다.

"개소리."

"널 사랑했기 때문에 널 떠나야 했던 거야."

리드는 뭘 아는 것일까? 포가 모르는 무엇을?

"말을 해, 아니면 난 간다, 킬리언. 지원 부를 거니까, 저 길로 누가 제일 먼저 나타나든 그 자식이랑 잘 해봐라."

"그럴 순 없어, 포. 네 아버지가 해야 된다니까."

포는 주저했다. 어머니에 관해 포가 모르는 뭔가를 아버지가 알고 있었다면, 대화를 하기는 해야 했다. 하지만…… 아버지는 왜 리드에게 말했을까? 말이 되지 않았다. 혹시…….

포가 말했다. "아빠는 용감한 사람은 아냐, 킬리언. 너도 알잖아. 나한테 안 좋은 얘기를 전해야 하는데 미룰 수 있으면, 너도 알고 나도 알듯이 아빠는 미룰 거야. 가능하다면 무한정이라도. 네가 나한테 말해주기를 기대하고 너한테 말했다고는 생각 안 해봤어? 자기는 말 못 하니까 네가 말해주기를 바랐던 거라고."

이번에는 리드가 주저했다.

"알았다, 포. 확실하냐?"

포가 끄덕였다.

"네 아버지랑 어머니가 서로 다른 사람을 만난 시기가 있었다는 거 알았어?"

포가 고개를 흔들었다. 놀랄 일은 아니었다. 그의 부모는 쾌락주의자였다. 일부일처제는 포가 그린 두 사람의 프로필에 결코 맞지 않았다. 포는 두 사람이 늘 혼인 서약 앞에서 자유분방했으리라 여겼다.

리드가 말을 이었다. "네 아빠 말로는 거의 1년 반 동안 떨어져 지냈다더라. 네 아빠는 무슨 신비주의인지 연구하러 인도 아대륙으로 갔고, 네 어머니는 핵 군축 캠페인 사람들이랑 미국으로 갔어."

포는 아버지가 인도의 한 구루 밑에서 연구했다는 걸 막연하게 알고 있었다─그들은 아버지가 영국에서 수행하던 우스꽝스러운 요가 자세는 가르치지 않았다. 어머니가 미국에 갔다는 건 몰랐다. 어머니에 대해서는 거의 아는 게 없었다.

"네 아버지는 어머니가 곤경에 처했다는 편지를 받고 영국으로 돌아와야 했다고 했어. 두 사람은 떨어져 지내기는 했지만 여전히 서로 사랑했거든. 네 아버지는 최대한 빨리 날아왔어. 두 사람이 만났을 때, 네 어머니는 임신 2개월이었어."

이 이야기는 대형 해머처럼 포를 쳤다. *아빠가 아빠가 아니었다 니……*. 그는 오랜 시간 다른 남자의 아이를 기른 것이다. 자기 혼자. 그는 성자였다. 하지만…… 그건 말이 안 됐다. 그게 사실이라면 포에 게 말하지 않을 이유가 없었다. 어머니가 문란했다는 사실은 딱히 세 상을 뒤흔들 만한 일도 아니었다. 그 시절에도 다른 사람의 아이를 기 르는 건 부끄러운 일이 아니었다. 뭔가가 더 있었다. 더 나쁜 뭔가가.

"계속해." 그가 리드에게 말했다.

"네 어머니가 미국에 있는 동안, 동행자 중 한 사람이 영국 대사관 에 있는 누군가와 잠깐 만날 기회를 얻었고, 그래서 동행자들 전부 나중에 열리는 칵테일파티에 초대됐어. 네 아빠 말을 들어보니 다들 그저 놀림감이 됐을 뿐이었더라고. '다 같이 히피들을 비웃어줍시다' 뭐 그런 거지."

"워싱턴이야?"

"뭐라고?"

"영국 대사관 말이야. 워싱턴 D.C.에 있냐고."

"그래."

"그래서 하려는 말이 뭐야? 내 친부가 무슨 외교관이었다는 거야?"

리드는 대답을 미뤘다.

"뭔데 그래, 킬리언? 내 친부가 누군지 말해봐."

리드는 여전히 말이 없었다.

"킬리언. 말해도 돼. 화 안 낼게." 포가 말했다.

리드가 아래를 내려다봤다. 눈에 눈물이 고여 있었다. "네 어머니는 강간당한 거야, 포." 그가 부드럽게 말했다. "핵무기에 반대하려고 파티에 갔는데 어떤 놈한테 강간당했다고."

충격을 받았다는 것 외에 포의 뇌에 아무 생각도 입력되지 않았다. 포는 뭔가 말하려고 입을 열었으나 아무 말도 나오지 않았다. 버려졌다는 참담한 아픔이 걷혔으나, 그 자리에 훨씬 더 나쁜 것이 들어앉았다. 죄책감. 어머니를 미워한 그 긴 세월은 헛되이 날려버린 시간이었다. 어머니가 그를 어떻게 생각했겠는가? 마치 내면의 빛이 꺼진 것처럼, 어둠이 포를 뒤덮었다. 그는 가만히 서서 그게 무슨 뜻인지 이해하려고 했다. *어머니가 강간당했다고?* 어째서 아무도 말해주지 않았지? 그는 경찰이었다. 뭔가 했을 수도 있었다. 이제 미래는 걸어갈 수 없는 길이 된 듯했다. 어디로 간단 말인가? 뭘 해야 한단 말인가?

"이제 가야겠다." 그는 떠나려고 몸을 돌렸다. 사건 생각은 싹 지워졌다.

"기다려! 그게 다가 아니야. 넌 아직 그게 어떻게 전화위복이 됐는지 못 들었다구."

좆 까는 소리! 그는 어머니가 강간당한 도시의 이름을 따서 자기 이름을 지은 이유를 듣지 못했다. 전화위복 따위 개나 주라지. 그가 알고 싶은 건 그것이었다. 그는 뒤로 돌았다.

"네 어머니는 산달까지 널 배 속에서 기른다는 생각에 끔찍해했어, 포. 널 낳고 싶어 하지 않았지. 그건 네 생각이 맞아. 하지만 네가 생각한 이유 때문이 아니야. 네 어머니는 영국에 낙태하러 돌아왔어."

"좆같이 끝내주는구만……." 포가 으르렁댔다. 붉은 폭풍이 일어나고 있었다. 이제 분노가 그의 생각을 온통 지배했다. 얼마 안 가 그를 통째로 삼킬 터였다.

"그런데 막상 병원에 가니까 그럴 수가 없었어. 네 엄마랑 아빠는―그분은 네 아빠야, 포―뭔가 좋은 게 찾아올 거라고 생각하기로 했어. 네 아빠 말로는, 어머니가 자기한테 널 기를 준비가 돼 있냐고 물어봤대. 네 어머니는 널 낳자마자 나라를 뜰 작정이었던 거야."

"그래서 그렇게 했다고?" 포가 물었다. "날 낳고서 버렸다고? 난 기다린 줄―"

"하지만 네 어머니는 널 미워할 거라는 예상과 달리 널 지독하게 사랑했어. 네 아빠는 그걸 '열렬한 사랑'이라고 했지. 아무도 예상하지 못한 유대가 곧바로 형성된 거야."

"그럼……?"

"네 아빠 말에 따르면 어머니는 네가 삶의 출발점에 대해 알게 되는 걸 절대 바라지 않았대. 그런데 자기가 네 곁에 머무르면, 자기를 강간한 남자와 네가 닮기 시작하는 순간이 올 거라는 걸 알았어. 어머니는 그렇게 되기 전에 떠나야 했어. 그렇게 됐을 때 자기 얼굴에 떠오른 표정을 너한테 보여주고 싶지 않았으니까. 그러면 자기가 무너졌을 테니까. 떠나야 했어. 하지만 떠날 수가 없었어. 널 너무 사랑했거든. 조금이라도 수월하게 떠나려면 뭔가 필요했어. 상기시켜줄 뭔가가 필요했어. 너무 늦기 전에 결정을 내리도록 강제할 필요가 있었던 거야. 안 그러면 계속 미룰 테니까."

"그래서 계속 상기할 수 있게 내 이름을 워싱턴이라고 했군." 포가 대신 이야기를 마무리했다. 누군가 그의 이름을 부를 때마다, 어머니 가슴에 비수가 꽂혔으리라. 그가 누구이고 결국 누가 될지를 끊임없이 상기시키는 것. "떠날 힘을 얻으려고 자기가 강간당한 도시를 따서 내 이름을 지은 거야."

"그래." 리드가 말했다.

"내 이름은 담뱃갑에 붙은 유해성 경고 문구 같은 거였네. 너무 집착하지 마라. 친부처럼 될 테니."

"난 그런 식으로 말하지 않겠지만."

"그럼 어떤 식으로 말할 건데?"

"좀 더 좋게." 리드가 대답했다.

포의 분노가 바람 빠진 듯 수그러들었다. 그의 이름 때문에 어머니는 커다란 희생을 무릅쓸 수 있었다. 그런데 그는 그것 때문에 부끄러워했다. 뭐, 이젠 아니다. 이제부터는 당당하게 받아들이리라.

그는 그 문제를 옆으로 제쳐두었다. 자기 혈통은 나중에 생각해도 됐다. 그의 어머니를 강간한 자가 누가 됐든 아직 살아 있다면 등골이 서늘해졌으면 했다. 그가 찾으러 갈 테니까. 몇 달이 걸릴 수도 있고 몇 년이 걸릴 수도 있지만, 언젠가 그와 그의 '아버지'는 만날 것이다.

하지만 그에게는 먼저 할 일이 있었다.

그리고 앞으로 나아가기 전에, 리드가 앞서 던진 질문에 답해야 했다. 그에게는 들을 자격이 있었다. 리드는 강간당했다. 포의 어머니도 강간당했다. 두 사람 사이에 유대가 생긴 것은 놀랄 일이 아니었다.

그러니까 리드가 페이턴 윌리엄스에 관한 진실을 듣고 싶어 한다면, 포는 말해줄 생각이었다.

　포는 뮤리엘 브리스토 가족을 방문한 날을 떠올렸다. 그들에게 전할 소식이라고는 나쁜 것뿐이었다. 용의자가 있기는 했으나 그들에게 그걸 말할 수는 없었다. 설상가상으로 페이턴 윌리엄스는 경찰이 자기를 노린다는 것을 알았다. 뮤리엘은 살아 있더라도 수분 부족으로 며칠 안에 죽을 터였다. 포는 선택해야 했다. 뮤리엘의 목숨인지 자기 이력인지.

　그리고 포는 무슨 일이 벌어질지 알았다. 어떻게 모르겠는가? 뮤리엘의 아버지는 강인한, 노동자 계층의 남자였다. 일을 주먹으로 해결하는 데 익숙한. 그리고 그의 동생에게 아주 외딴 곳에 자동차 정비소가 있었다.

　포는 페이턴 윌리엄스의 이름을 넘겨줬다. 그자가 납치되어 뮤리엘이 있는 장소를 불 때까지 고문당할 것을 알면서도.

　포는 알면서도 그렇게 했다.

　"그건 실수가 아니었어. 고의적으로 잘못된 보고서를 준 거야." 포가 말했다.

　리드는 줄곧 알았다는 듯 고개를 끄덕였다. 아마 그랬으리라. 그는 포를 그 누구보다 잘 알았다. "그렇게 한 이유는?"

　그 대답은 결코 단순하지 않았다. 포는 당시에 자기가 옳은 편이라고 자신을 설득하기 위해 생각한 변명을 줄줄이 늘어놓을 수도 있었다. 예외적인 상황이었다고. 시간도 없고 달리 방법도 없었다고.

플린은 그날 밤 공동묘지에서 포가 하려는 일이 이분법적 사고라고 비난했지만 실상은 그보다 더 복잡했다. 포는 그것이 옳은 일이었다는 신념에 흔들림이 없었다―살인범의 권리와 무고한 피해자의 권리 사이에서 선택해야 한다면, 뭐……. 그건 선택도 아니었다. 다시 과거로 돌아갈 수 있더라도 그는 똑같이 할 것이었다. 뮤리엘에게 살 기회를 주는 것, 햄프셔에서 틸리를 괴롭힌 자와 바에서 본 머저리들을 처리하는 것, 상사의 지시를 무시한 행동들―사람들이 자기 파괴적인 행위라고 보는 그 모든 행동이 그라는 사람의 일부분이었기 때문에. 언제나 그랬듯이.

실상 그가 그런 일을 한 까닭은 죄인들이 처벌받아야 하기 때문이었다.

페이턴 윌리엄스가 죽어서 그가 유감스러워했는가?

당연히 그랬다.

또 그렇게 할 것인가?

생각할 것도 없이.

"대답하지 마, 포. 이유는 이미 아니까. 넌 최근에 네가 소시오패스가 아닌지 궁금해했지. 아니야. 네가 악몽을 꾸는 걸 보면 공감할 줄 안다는 게 증명되지. 너는 남을 괴롭히는 자들을 미워한다고 말하지만 그건 표면적인 얘기일 뿐이야. 네가 미워하는 건 *부당함*이야. 그래서 너여야 했던 거고."

"무슨 소린지 모르겠는데." 포가 말했다. 머리가 빙빙 돌았다. 어머니의 비밀이 밝혀지고, 페이턴 윌리엄스가 고문당하고 살해당한 일에서 자기가 한 역할을 인정하려다 보니 버틸 수가 없었다. 이제 리드는 그를 완벽하게 읽고 있었다. 아무런 비밀도 남아 있지 않았다. 포는 줄곧 그랬던 것은 아닌지 생각했다.

"넌 내가 널 왜 그렇게 뺑이 치게 만들었다고 생각하냐, 포? 공동묘지의 시신, 무시할 줄 알면서도 주교를 가만 내버려두라는 지시. 내가 왜 그냥 어딘가에 메모를 남겨두지 않았을까? 왜 그냥 놈들을 다 죽여버리고 내가 아는 걸 너한테 말한 다음 조용히 사라지지 않았을까?"

리드는 포가 만난 정신이상자들 중에는 제일 제정신일지 모르지만, 누구의 기준으로 봐도 미친 녀석이었다.

"네놈이 여전히 똑같은 인간인지 알아야 했거든, 포. 그 농장에 사는 동안 물러진 건 아닌지 알아야 했다고. 이게 내 필생의 작품이 될 텐데 네가 교회에 도전하거나 무덤을 팔 준비가 되어 있지 않으면, 내가 그다음으로 시킬 일도 할 수 없을 테니까."

"날 시험하고 있었다고? 뭣 때문에?"

"넌 내 이야기를 전하는 거야, 포."

"그러니까 이 모든 게 나더러 네놈의 망할 전기 작가가 되라고 벌인 일이라고?" 포가 대답했다. 그는 따라가기가 버거웠다. 감각이 과부하 상태였다. 일주일 동안 캄캄한 방에 앉아 있어야 했다. 아버지와 대화를 해야 했다.

리드는 침묵했다.

포가 계속했다. "그거라면 누구라도 할 수 있었잖아. 나보다 신용도 좋고 전문성도 있는 사람들 말이야. 썩을, 왜 그냥 전부 인터넷에 올리지 않고? 음모론 쪼다들이 너 대신 다 해줄 텐데."

리드는 어깨를 으쓱했다. "나한테 없는 증거 서류들이 있었어. 네가 찾은 은행 거래 내역. 파티 초대장. 브라이틀링 건. 동영상 자백을 뒷받침하는 증거들 말이야."

리드가 옳았다. 두 사람은 같은 퍼즐의 절반을 들고 있었다. 포가 발견한 증거가 없으면, 자백은 그저 두려움에 사로잡힌 남자들이 고문자가 시키는 대로 말하는 것일 뿐이었다. 자백이 없으면 증거는 기껏해야 정황 증거에 불과했다. 이제 포는 이해했다. 그여야 했다. 그는 그 일을 할 수 있는 유일한 사람이었을 뿐 아니라, 그 일을 하려고 할 유일한 사람이었다.

"놈은 전에도 이런 파티를 열었어." 리드가 말했다.

"카마이클?"

"그래. 우리 때처럼 타락한 파티였는지는 모르지만, 좋은 일이라고는 벌어지지 않았다는 건 확실해. 내가 알기로 그런 파티에 참석한 자들 중 일부는 지금 상당한 권력을 쥐고 있어. 기득권자들은 자신을 지키려고 할 거야. 물론 그건 너도 알겠지."

웨스트민스터에 있는 자들이 그 일을 조용하고 섬세하게 처리하기를 바란다는 것은 밴 질에게 이미 들은 이야기였다. 포는 그자들이 컴브리아 경찰청장의 귀에 속삭이는 장면을 상상할 수 있었다—관련된 사람은 이제 다 죽었다, 잠자는 개를 깨우지 마라 기타 등등. 미친놈의 행동일 뿐 그 이상을 볼 필요가 없다. 그건 그렇고 당신 런던 광역경찰청 지원 건은 어떻게 되고 있나? 내가 도울 일 있으면 꼭 말해라. 부탁해볼 만한 사람 없는지 찾아볼 테니. 실상이 온전히 드러나는 일은 결코 있을 수 없었다. 언론을 통제하는 사람들, 검찰청, 법원과 경찰이 주인들의 명령에 따를 터였다. 물론, 진보적인 신문에서는 그것을 은폐 공작이라고 의심할 수도 있지만, 포가 원조하지 않으면 그들은 아무것도 찾지 못할 터였다.

리드가 조심스레 말했다. "넌 항상 어디든 증거가 이끄는 대로 따라간다고 주장했지. 그럼 묻겠는데, 너한테 증거를 주면 그게 확실히 알려지게 할 거야? 우리 이야기를 세상에 전할 거냐고, 포? 내 친구들한테 최소한 그 정도는 하고 싶다."

"확실히 전달하마, 킬리언. 낱낱이."

"고맙다, 포."

포가 올려다봤을 때 리드가 말했다. "아무한테도 말하지 말라고 했을 텐데."

차 한 대가 도로를 따라 농장으로 올라오고 있었다. 전조등이 안개를 뚫고 들어왔다.

"아무한테도 말 안 했어." 포가 대답했다. 그는 고개를 돌려 리드를 봤지만 리드는 사라지고 없었다. 다시 돌아왔을 때 리드는 혼자가 아니었다. 반쯤 정신이 나간 힐러리 스위프트가 함께였다. 둘은 이제 같이 수갑을 차고 있었다. 리드는 지포 라이터를 들고 있었다.

63

다가오는 차의 불빛이 포의 자동차를 비췄다.

"누구야?"

"도통 모르겠는데." 포가 대답했다. "하지만 맹세코 아무한테도 말 안 했다. 말했으면 벌써 왔겠지."

포는 오는 게 누구든 아직 10분은 걸릴 거라고 계산했다. 거리는 멀지 않았으나 경사가 가팔라서 일고여덟 번은 거의 헤어핀 커브를 돌아야 했다. 직선거리로는 200미터쯤이었지만 차도로는 적어도 1.5킬로미터는 남아 있었다. 둘 다 차가 그리로 오고 있다는 것을 알았다. 블랙 할로 농장은 도로 끝에 있었다.

리드가 말했다. "어차피 이젠 상관없겠지. 난 끝났으니까."

이야기에서 리드가 맡은 부분이 곧 끝나려 했다. 그는 포에게 바통을 넘겨주고 있었다.

"꼭 이럴 필요는 없어." 포가 말했다.

"내 친구들이 느낀 고통을 스위프트도 고스란히 맛봐야지."

"너는 어떤데? 네 인생을 내던지는 게 친구들의 기억을 기리는 좋은 방법은 아니잖아."

리드가 그를 응시했다. "맞아. 내가 친구들 옆에 묻히지 않게 해주

라. 그리고 내가 모은 증거 잘 챙기고. 널 친구라고 부를 수 있어서 영광이었다, 포."

그는 엄지를 그어 지포 라이터에 불을 붙이더니 어깨 뒤로 던졌다. 떨어지는 소리에 이어 나직하게 '펑' 하는 소리가 나며 오렌지색 빛이 타올랐다. 차갑고 어두운 고원을 가로지르며 그림자들이 춤추기 시작했다.

리드가 눈을 감고 뒤로 물러나 사라졌다.

힐러리 스위프트가 비명을 지르기 시작했다.

64

포는 리드가 건물에 무슨 장치를 해뒀는지 몰랐지만 그가 방화 교육을 받은 것만은 확실했다. 1분도 채 안 되어 짙은 연기가 열린 창문으로 쏟아져 나왔다.

리드가 바라는 게 무엇이든 포는 그가 죽게 내버려둘 마음이 없었다. 그렇다고 그를 체포할 마음의 준비도 되지 않았지만, 그 다리는 나중에 건널 일이었다.

포는 안으로 들어갈 길을 찾아야 했다. 그는 단단한 문을 눈으로 쟀다.

텔레비전에서는 발로 차 문을 여는 게 쉬워 보인다. 실제로 경찰은 묵직한 공성 망치를 이용하고 문의 약한 지점을, 대개 자물쇠와 경첩을 노린다. 어깨를 쓸 때는 선택 범위가 좁다.

포는 돌진했고, 고무공처럼 튕겨 나갔다.

엄청난 열기가 어깨 위쪽에서 손가락 끝까지 퍼져 나갔다. 팔을 움직이려고 해보니 손가락만 겨우 움직일 수 있었다. 어딘가가 다친 것이었다.

덧문을 단 창문들은 안쪽에서만 뺄 수 있는 금속 바를 두꺼운 벽에 박아놓았다. 그곳은 난공불락이었다.

스위프트가 여전히 비명을 질렀지만 포는 그녀가 약해지고 있다는 걸 알 수 있었다. 그는 필사적으로 다른 방법을 찾아보았다.

그는 감방 네 개짜리 밴을 쳐다봤다.

그리로 질주했다. 문은 열려 있었고 열쇠도 꽂혀 있었다. 그가 시동을 걸자 디젤 엔진이 으르렁거리며 깨어났다. 그는 조수석을 흘긋 보았다. 리드의 증거를 담은 보안 상자가 있었다. 그건 나중에 처리하리라. 포는 기어를 후진에 넣고 뒤로 물러나며 적당한 위치로 밴을 이동했다. 액셀을 콱 밟아 문을 향해 내달렸다.

여러 가지가 동시에 일어났다. 밴이 문을 들이받으며 운전석 에어백이 포의 얼굴을 때렸다. 에어백을 고정하는 플라스틱 뚜껑이 포의 코를 쳐 부러뜨렸다. 망가진 엔진이 내는 소리가 무지막지했다. 포는 밴에서 비틀거리며 나와 정문이 뚫린 것을 보았다.

포는 분석 마비˙에 사로잡힌 적이 한 번도 없었다. 그는 밴의 보닛으로 기어 올라가 불타는 농가의 산산조각 난 문을 통과했다.

포가 건물에 들어서자 막 열린 문으로 신선한 산소가 공급되어 불길이 용광로처럼 치솟았다.

열기가 어마어마했다.

한 치 앞도 보이지 않았다.

˙ 과도한 생각이나 분석 때문에 마비 상태에 빠져 행동하지 못하게 되는 현상.

포는 숨을 쉴 수가 없었고 자신이 어디로 가는지도 몰랐다.

포는 각오를 다졌다. 친구가 위에 있었다.

그는 불에 대해 뭔가를, 보이스카우트 어린이 단원이던 때 배운 것을 떠올렸다. 연기는 위로 올라간다. 낮을수록 공기가 깨끗하고 시원하다. 포는 무릎을 꿇고 기기 시작했다. 연기 때문에 눈물이 흘렀고 포는 눈을 꽉 감았다.

포는 손을 뻗어 더듬거리며 위치를 파악하려고 하다가, 곧바로 계단에 부딪혔다. 그는 서둘러 일어나며, 반쯤 보이는 채로 기어가느니 안 보이는 채로 뛰어가는 편이 나을 거라 계산했다.

포는 난간을 붙잡고, 광택제가 부글부글 끓으며 손에 들러붙는 걸 무시하고 한 번에 두 계단씩 올라갔다. 그가 달리기를 멈추기도 전에 계단이 끝나는 바람에 포는 사지로 쓰러졌다. 이미 거의 30초 동안 숨을 쉬지 않았고 그 위에서 숨을 쉴 가능성은 없었다. 재빨리 처리하든지 아예 하지 말든지 둘 중 하나였다.

스위프트가 더는 비명을 지르지 않아 포는 어느 쪽으로 가야 할지 알 수 없었다.

포는 앞으로 움직이며, 벽을 찾아 방향을 잡으려고 했다. 빠르게 격자 탐색*을 하려고 했다. 스위프트와 리드가 어디에 누워 있든지,

---

* 뭔가를 수색할 때 격자 모양으로 차례차례 확인하는 방법으로, 여기서 포는 리드의 위치를 그런 방법으로 파악하려고 했다.

둘을 합하면 적어도 양쪽으로 1미터는 넘으리라 계산했다. 포는 오른쪽으로 몇 걸음 움직이다 손으로 주철 라디에이터를 건드렸다. 그것은 지글지글 타는 번철보다 뜨거웠다. 포는 움찔하며 손을 떼었다. 심하게 화상을 입었다는 걸 알았지만 계속 움직여야 했다.

포는 방을 반쯤 가로질렀을 때 그들을 발견했다. 두 몸. 포가 팔을 뻗어보니 그들은 아직 일부분은 타고 있었고 어떤 부분은 바짝 타서 버석거렸다. 리드가 둘 모두에게 연소촉진제를 들이부은 게 틀림없었다.

둘은 죽었다.

포는 둘의 사이를 더듬었다. 그가 염려한 대로였다. 둘은 아직 수갑으로 묶여 있었다. 삶에서 그러했듯이 죽음에서도 묶인 채로. 포는 그게 애초부터 리드가 계획한 일이었을지 궁금했다.

포는 그를 그곳에 내버려둘 수 없었다. 리드가 친구들 옆에 묻히고 싶지 않다고 했더라도 그를 묻어주기는 해야 했다. 포와 브래드쇼만 장례식에 참석하는 한이 있어도.

포는 두 사람의 발을 잡고 끌어당기기 시작했지만, 멀쩡한 팔이 하나뿐이었고 숨도 거의 남아 있지 않아서 느리고 힘겨웠다. 포는 끙끙대며 용을 썼다.

계단에 다다랐다.

둘을 굴려야 할 터였다. 타는 듯한 폐를 무시하고, 포는 둘을 계단 끄트머리까지 끌고 갔다.

거의 다 왔다.

정말 거의 다.

하지만 오래된 건물에는 드러난 목재 보가 있고 목재는 금방 탄다.

귀가 찢어질 듯 갈라지는 소리가 나더니 불꽃이 수없이 튀어 방이 폭죽 내부처럼 보였다. 포가 위를 올려다보니 하늘이 보였다. 지붕 일부가 붕괴된 것이었다. 산소에 굶주리던 불이 확 솟아오르며 더 밝게 탔다. 이미 그슬린 그의 피부에 열기가 더 강하게 느껴졌다. 불길이 지붕 위로 솟구치며 하늘로 내달렸다.

또 한 번 삐걱대는 소리가 났고, 지붕이 무너졌다.

불타는 목재가 쏟아지며 포를 뒤덮었다. 포는 두려움 탓에 유독가스를 한껏 들이마셨다. 의식이 약해지기 시작하는 걸 느꼈고 자신을 구할 시간이 얼마 안 남았다는 것을 알았다. 무거운 팔로 힘겹게 움직이며, 그는 불타는 잔해에서 벗어났다. 계단을 향해 기어가기 시작했으나 사지가 납처럼 무거웠다.

잠들어 버리자는 생각이 묘하게 매혹적으로 느껴졌다.

웬 목소리가 맹렬한 불길을 뚫고 들어왔다.

"포! 포! 어디예요, 포?"

뭔가가 그의 발을 건드렸다. 그는 아래를 내려다보고 본능적으로 발을 뺐다. 환각을 보고 있었다. 그게 분명했다. 그의 악몽에 나타나는 진흙 괴물, 골렘이 발을 붙잡은 것이다. 그것이 포를 지옥까지 끌어내리려고 했다. 그는 공황에 빠져 헉 하고 숨을 내쉬었고, 폐에 그나마 남아 있던 숨이 빠져나가고 말았다.

방이 빙글빙글 돌았다. 골렘이 그를 잡으리라. 그는 괴물의 손이 다시 다리에 닿는 걸 느꼈다.

눈알이 불거지고 숨을 쉬려고 껙껙거렸다. 더는 어찌 되든 상관없었다.

워싱턴 포는 타버린 양손에 머리를 묻고, 두 눈을 감고 기절했다.

65

포는 소리를 들었다. 소리는 얼마 전부터 들려왔지만 의식이 가물거려 무슨 소리인지 알아듣지는 못했다. 포는 눈을 뜨고 싶었으나 눈이 풀로 붙여놓은 것 같았다.

포는 거기가 어디인지 알아내려고 했다.

삑삑대는 소리, 웅웅대는 소리, 사람들이 낮게 말하는 소리. 그는 침대에 있었다. 깨끗한 침대 시트가 까끌거렸고 발을 너무 꽉 죄었다. 공기에서 레몬 살균제 냄새가 났다.

포는 병원에 있으면 거기가 병원이라는 사실을 알 수 있었다.

포는 다시 눈을 뜨려고 했지만 여전히 떠지지가 않았다. 손가락으로 강제로 뜨게 하려고 해봤지만 손가락이 부드러운 천에 두껍게 감겨 있었다. 아마도 붕대인 것 같았다. 양손이 욱신거렸는데, 불에 타던 계단 난간 때문인 게 거의 확실했다. 아니면 주철 라디에이터거나. 아니면 불에 타던 시신이거나. 아니면 무너지는 지붕이거나. 포는 손을 쓰려던 걸 포기하고, 극심한 고통을 무시한 채 강제로 눈을 떴다. 딱지가 찢기며 눈이 더 벌어졌다. 에는 듯한 통증에 포는 비명을 질렀다. 가느다란 빛이 그의 시선을 꿰뚫었다. 녹은 쇳물을 머릿속으로 들이붓는 느낌이었다.

포는 일어나 앉으려 했으나 힘이 없었다. 내려다보니 양손에 정말 붕대가 감겨 있었다. 담즙색 액체가 스며 나와 있었다. 아마 요오드이 리라.

씨부럴 대체 어떻게 된 거야?

진정제의 묵직한 감각 때문에 생각하기가 힘들었다. 포는 베개에 기대 눈을 감았다.

깨어나보니 두통이 살짝 가라앉았다. 포는 다시 눈을 뜨려고 했고 이번에는 다 뜰 수 있었다. 그는 몸을 한번 점검했다. 피부는 붕대가 감겼거나 그냥 드러나 있거나 까져 있었다. 코는 부목이 대어져 있었 다. 오른손 손등에는 분할기가 달린 삽입관이 붙어 있었다. 포는 정맥 주사 스탠드를 쳐다봤다. 식염수 주머니가 반쯤 차 있었다. 더 작은 주 머니는 짐작하기에 항생제가 들어 있을 듯했는데, 거의 비어 있었다.

병동 불빛이 약하게만 켜져 있었고 바깥은 어두웠다. 그는 병동의 2인실에 혼자 있었다. 침대에는 그가 굴러떨어지지 않게 옆면에 레 일이 있었다.

그는 거기 얼마나 있었던 건지 궁금했다.

심각하게 목이 말랐지만 물이 손에 닿지 않았다. 포는 환자 경보기 를 쥐고 버튼을 눌렀다. 문이 열리더니 제복 차림의 간호사가 들어왔 다. 그녀는 포에게 웃음 지었다.

"레딩엄 자매라고 해요. 기분이 어떠세요?" 간호사는 불그레한 얼 굴에 강한 스코틀랜드 말씨로 혀를 굴렸다.

"어떻게 된 거죠?" 포가 꺽꺽거렸다. 자기 목소리를 알아볼 수가 없었다. 목구멍에 돌조각이 잔뜩 들어 있는 소리 같았다.

"여기는 웨스트모어랜드 병원 HDU*예요, 포 씨. 화상을 입었어요. 살아 있는 게 다행이에요."

"HDU요?"

"고위험병실요. 정말 위험한 상태는 아니지만 화상은 감염이 쉽게 일어나요. 피부가 회복되기 시작할 때까지는 이렇게 하는 편이 살균 상태를 유지하는 데 가장 좋답니다."

"제가 여기 얼마나 있었죠?"

"거의 이틀 됐어요. 바깥에 포 씨 보려고 기다리는 사람들이 줄을 서 있는데, 만나보실래요?"

포는 일어나 앉아, 구토가 일어나려는 걸 참으며 고개를 끄덕였다.

레딩엄 자매가 줄을 섰다고 말한 것과는 달리 한 사람이 문을 열고 들어왔다. 스테퍼니 플린이었다.

그녀는 공식적인 투피스 바지 정장 차림으로 돌아가 있었다. 포만큼이나 피곤해 보였다.

"기분은 좀 어때, 포?"

---

* HDU(High Dependency Unit): 집중치료보다는 약하지만 보통 환자보다 좀 더 면밀하게 보살펴야 하는 환자가 있는 병실.

"어떻게 된 거야, 플린?" 그의 목소리는 거의 속삭임이나 다름없었다. 그는 물을 향해 몸짓했다. 플린은 플라스틱 비커를 채웠다. 거기에 빨대를 꽂은 뒤 포가 마실 수 있도록 가까이 들고 있었다. 그렇게 맛있는 음료수는 처음이었다.

"어디까지 기억해?" 플린이 물었다.

포는 리드가 포 어머니에 관해 말한 것을 기억했고, 불에 타던 방을 기억했다. 불타는 건물에서 리드와 스위프트를 끌어내리려고 하던 일이 모호하게 떠올랐다. 또 진흙 괴물도 생각났지만 그건 혼자 간직하기로 했다.

"별로." 그가 인정했다. 조각조각 기억이 나기는 했지만 뒤죽박죽이고 정돈이 안 된 상태였다. "애들은……."

"잘 살아 있고 당신이 말한 데 있었어. 지금은 애들 어머니랑 같이 있고 뭔가 안 좋은 일이 일어났다는 것도 몰라."

"애들 데려간 남자는?"

"야구 모자 쓰고 선글라스를 꼈대."

"망할."

"그래. 몽타주 화가가 애들이랑 얘기를 해봤는데 쓸 만한 게 없어. 애들 데리고 센터 파크스에 간 여자는 정식 등록된 보모였고. 그 여자는 리드가 고용했지만 애들 어머니가 요청한 걸로 보이게 해놨어. 이메일에는 어머니가 자기 영국 도착하기 전에 애들은 좋은 시간 보내게 해주고 할머니는 쉬는 시간 보내게 해주는 거라고 쓰여 있었어. 리드는 애들을 자기 아파트에 있게 하다가 짬이 났을 때 보모한테 데려다췄고. 보모는 애들 데리고 곧장 센터 파크스로 갔어. 그 여자는 무고해."

말이 되는 이야기였다. 리드는 포로 하여금 애들이 위험하다고 생각하게 할 필요가 있었지만, 자신이 괴물들 손에서 그런 일을 겪었기에 애들을 다치게 하고 싶지는 않았던 것이다.

"상자가 있었어. 금속 상자. 앞좌석에 ─"

"불타는 건물로 몰고 들어간 밴에?"

"어떻게 됐어?"

"밴이랑 똑같이 됐지. 숯덩이." 플린이 대답했다. "그게 뭔지는 모르겠지만 분명 대박이었는지, 과학수사대가 발견했을 때 청장이 직접 가져갔대."

"그래서?"

"공식적인 입장은 아무것도 건지지 못했다는 거야. 전부 새카맣게 타버렸다는 거지. 우리가 봐도 되냐고 물어보기는 했는데, 이제 컴브리아 문제라고 정중하게 거절당했어."

포는 양손에 머리를 묻고 앞뒤로 몸을 흔들었다. 얼마 안 있어 미친 듯이 흐느꼈다.

플린이 간호사를 불렀다. 대신 의사가 왔다. 의사가 약물 중 하나를 조정하자, 포는 곧 울음이 잦아들더니 잠이 들었다.

"녀석은 살인을 저지르기는 했지만 나름대로 이유가 있었어, 스테프." 포가 말했다. 세 시간 뒤에 깨어나보니 목이 마르고 배가 등에 붙은 느낌이었다.

"상자에 뭐가 있었는데, 포?" 플린이 물었다. "뭐길래 다들 그렇게 걱정하는 거야?"

그 후 30분 동안 포는 농장에서 리드와 한 대화를 들려주었다. 자기 어머니와 이름의 기원에 대해서는 빼고.

플린은 질문을 몇 개 하더니 포가 조지 리드의 무덤에 관해 이야기하자 짧게 통화를 했다. 그 외에는 포가 이야기하게 내버려두었다.

포가 이야기를 마치고 말했다. "성명을 발표하고 싶어. 그저 풍문으로 치부되고 끝나겠지만 난 킬리언 쪽 이야기를 발표할 책임이 있어."

"그렇게 되면 당혹스러워할 사람과 집단이 많아, 포. 그리고 증인도 없고, 뒷받침할 증거도 없는 데다 핵심 인물이 다 죽은 마당이라, 검찰청에서 이미 기소하지 않을 거라고 말했어. 기소할 사람이 없다고."

"몬터규 프라이스의 자백은?"

"이미 은폐됐지."

"어떻게?"

"엄밀히 말해서 그건 프라이스가 거래할 목적으로 제공한 정보일 뿐이었고, 그가 기소되기 전에 리드한테 납치당했기 때문에, 가족 변호사 측에서는 기록을 전부 파기하지 않으면 소송하겠다고 했어. 컴브리아 쪽에서 프라이스의 진술서와 동영상 인터뷰를 오늘 아침에 그쪽에 넘겼고, 우리 쪽 사본도 파기하라고 했어."

"리드 친구들의 시신은?"

"다 리드가 한 거지. 잠정적인 가설은 ─ 아니면 적어도 그들이 지어내는 개소리에 맞는 가설은—리드가 어릴 때 친구들을 죽였고, 그 때의 전율을 다시 경험하려고 새로운 살인을 저질렀다는 거야."

"개자식들." 포가 속삭였다.

"은폐의 냄새가 나기는 해." 플린이 인정했다. "나도 좀 파봤는데 카마이클의 호의를 이용한 사람들 중 일부는…… 영향력이 있다고 할까? 그리고 카마이클이 특정 행사를 위해 은행 계좌를 개설했다면, 전에도 그러지 않았을 거라고 누가 말할 수 있겠어? 거기까지 들춰내려고 하는 사람은 아무도 없지."

"어쩌면 누군가는 해야 할지도." 포가 말했다.

"당신이 기절해 있는 동안, 법무부 장관이 컴브리아 경찰, 그중에서도 특히 컴브리아 경찰청장을 꼬집어 '이런 힘겨운 시기에' 근면하고 전문가답게 일해줘서 고맙다고 치하하는 성명을 발표했어. 이멀레이션 맨이 정신적인 문제가 있는 경찰관이었다며, 피해자 가족을 위해 기도한다고. 장관은 퀜틴 카마이클을 콕 집더니, 이타주의의 본보기라고 하면서 그런 게 이 나라를 위대하게 만든다나 뭐라나 하며 지껄였지."

포는 경악하여 플린을 빤히 쳐다봤다. 제대로 들은 건지 믿을 수가 없었다.

"우리가 할 수 있는 건 말 그대로 아무것도 없어. 당신이 리드가 한 얘기를 공식적으로 발표할 준비가 돼 있다고 해도 아무 일도 일어나지 않을 거야. 난 당신이 공식 입장과 다른 이야기를 한마디라도 하면 잘릴 거라고 전하라는 명령을 받았어. 그리고 당신은 직장과 연금을 잃을 뿐 아니라, 이 나라에서 가장 큰 권력과 연줄이 있는 가문들한테 사냥당할 거야. 그자들은 당신이 가진 모든 것에 소송을 걸 거야."

플린이 옳았다. 증거가 없이는 헛짓거리일 뿐이었다. 자백이 없으면 포의 증거는 무가치했다. 그에게는 이야기의 반쪽이 있었지만, 그것은 엉뚱한 반쪽이었다.

"우리는 진실을 알아, 포. 그건 의미가 있잖아." 플린이 덧붙였다.

"그 정도로는 녀석한테 부족해, 스테프."

"그야 그렇지만 그 이상은 안 될 거야."

포는 자기가 경솔하게 타블로이드와 인터뷰를 한다고 해도, 그 이야기를 은폐하고 있는 자들이 바로 언론을 통제하는 자들이라는 것을 알고 있었다. 포의 이야기는 결코 실리지 않을 터였다.

포는 그 문제를 나중에 생각하기로 했지만 더는 NCA 일원으로 남지 않기로 결심했다. 그는 조직을 떠나 혼자서 파고 다닐 생각이었다. 뭔가 구체적인 증거를 찾을 수 있는지 알아보기로. 친구 리드를 위해 그 정도는 해야 했다. 또 일정 기간 떨어져 지내며 자기 어머니 문제를 어떻게 할지도 생각해야 했다. 먼저 아버지와 이야기를 해야 했고, 아버지를 찾는 것 자체도 일종의 일이 될 터였다.

"나 들어가서 밴 질 부장한테 전화해야 하는데, 포, 그 전에 더 알고 싶은 거 있어?"

"있어, 스테프. 깨어난 뒤로 계속 궁금하던 게 있어." 포가 말했다.

플린이 고개를 기울였다.

"씨부럴 내가 도대체 어떻게 살아 있는 거야?"

66

플린은 먼저 전화를 몇 통 해야 했고 포도 상처를 다시 처치해야 했다. 두 사람은 한 시간 뒤에 다시 논의하기로 했다.

"얼마나 뜨거운지 돌이 깨지고 유리가 녹을 정도였어." 플린이 돌아오자 포가 말했다. 포는 붕대 감은 손을 들었다. "시신을 만지는 것만으로도 3도 화상을 입을 정도였다고."

플린이 말했다. "우리도 알아. 나도 초기 화재 보고서를 봤어. 집이 연소촉진제로 뒤덮였다던데. 불이 꺼졌을 때는 빈껍데기밖에 안 남았어."

"꺼졌다고?"

"신고받은 지 30분 안에 소방차가 들어갔는데 농장 가까이는 접근할 수가 없었어. 왜냐하면 —"

"길을 막고 있던 돌들 때문에." 그래서 돌을 거기다가 끌어다 놓은 것이었다. "누가 전화했는데? 게다가 불타는 건물에 누워 있기에 30분은 너무 긴 거 같은데."

"누가 전화했을 것 같아?"

포는 생각해보았다. 리드가 하지는 않았으리라. 리드는 자기가 만든 용광로에서 죽을 작정이었다. 재는 재로 어쩌고저쩌고. 그리고 그

456

외에 포가 어디 있었는지는 아무도 몰랐다.

단, 누군가는 알았다……:

포는 안개를 뚫고 구불구불한 길을 따라 농장으로 다가오던 전조등을 기억했다. 포는 누가 운전하는지 보지 못했다. 차가 다가오는 걸 보자마자 리드가 집에 불을 붙였기 때문에. 그러나 누군가가 오고 있었다.

브래드쇼를 빼면 모두 그가 몬터규 프라이스 살해 장소를 떠난 뒤 샙 웰스로 돌아갔다고 가정했을 터였다. 하지만 브래드쇼는 그가 어디 있는지 알아낼 수가 없었다.

알아낼 수 있었나?

포는 어깨를 으쓱했다.

"목덜미를 붙잡고 당신을 거기서 끌어낸 사람이기도 해. 틸리. 이 순간 우리의 현실 속 영웅."

"하지만…… 내가 어디 있는지 어떻게 알았지?"

"당신 블랙베리."

이런 깜찍한 것! 애슐리 배럿은 포에게 서명하라고 하면서, 블랙베리에 '프로텍트' 앱이 켜져 있다고 설명했다. 컴브리아로 돌아가는 길에 포는 브래드쇼에게 그걸 꺼달라고 했다. 브래드쇼는 껐다고 말했다.

"당신이 그걸 꺼달라고 했을 때 브래드쇼는 당신을 아직 잘 몰라서 그냥 껐다고 말만 한 거였어. *끄지* 않았기를 천만다행이지. 당신이 뭔가 멍청한 짓을 하러 간다는 걸 알고서 브래드쇼는 당신을 따라갔어."

"어떻게 거기까지 간 거지? 운전도 못 하는데."

"당신이 명령에 불복종하는 게 틸리한테도 옳았나 보지. 틸리가 전화하더니 당신이 앞뒤 안 가리고 혼자 가버렸다고 하는 거야. 난 곧 도착할 테니까 그대로 있으라고 했지. 틸리는 급하다고 했어. 제복 경찰한테 차를 얻어 타고 호텔로 돌아간 뒤, 자기 휴대전화로 당신 블랙베리를 추적해서 거기까지 따라간 거야. 30분 정도 뒤처졌다고 생각했대."

"그걸로는 어떻게—"

"당신 사륜 바이크야, 포. 틸리는 그걸 타고 거기까지 올라간 거야."

하느님 맙소사……

포는 할 말을 잃었다.

"틸리 괜찮은 거야?" 그 말로는 브래드쇼가 그를 위해 한 일의 크기가 전달되지 않는 것 같았다. 그를 위해 무릅쓴 위험의 크기가.

"괜찮아. 연기를 좀 마셨기 때문에 폐가 정상으로 돌아오는 데 시간이 좀 걸렸고, 당신 끌어내느라 양손에 경미하게 화상을 입기는 했지만, 벌써 퇴원했거든. 어머니가 와서 집에 데리고 가겠다고 하셨는데 거절하던걸."

"아냐, 그건 말이 안 돼. 지붕이 무너졌고 불길이 어마어마했다고, 스테프. 제대로 된 호흡 장비랑 보호 장비 없이는 그 누구라도 계단을 올라올 수가 없었다니까."

"틸리는 바보가 아니야, 포. 당신과는 달리 틸리는 아무 생각도 없이 뛰어들지 않았다고."

"그럼 어떻게……?"

"구글에 검색했지."

"말이 돼!"

"틸리는 차분함을 유지하면서 어떻게 해야 할지 잠깐 검색한 거야. 그러다가 뭔가 축축한 걸로 몸을 감싸라는 글을 봤어. 글에서 추천한 젖은 담요가 없어서 임시변통으로 머리를 굴리다가 결국―"

"진흙이야." 포가 말했다. 진흙을 몸에 바른 것이다. 그러니까 골렘 괴물은 없었다. 브래드쇼가 있었을 뿐. 포는 눈에 눈물이 차오르는 걸 느꼈지만 플린 앞에서 울고 싶지는 않았다. 그는 브래드쇼를 생각했다. 마르고 근시에, 새로운 세상을 경험하며 어리둥절해하던 모습을. 브래드쇼가 샙 웰스 라운지에 앉아 있는데 그 술 취한 머저리들이 추근대던 때를. 그때 브래드쇼는 용기를 보여주었다. 포가 그들을 쫓아냈을지는 모르지만, 놈들이 그렇게 군 까닭은 브래드쇼가 놈들이 원하는 대로 하기를 거부했기 때문이었다. 그 사건은 서투른 외면 안쪽에 뭔가 특별한 것이 숨어 있다는 것을 처음 드러낸 일이었다.

"이건 정말 어떻게 고맙다고 해야 되지?"

바깥에서 소리가 나서 두 사람 다 고개를 돌렸다. 브래드쇼가 문가에 서 있었다. 그녀는 수줍게 웃고 있었다. 포에게 손을 살짝 흔들었다. 양손에는 밴드가 붙어 있었고 두 눈은 연기가 낀 듯 뿌옇게 빨갰다. 카고 바지는 늘 입던 대로였지만 이번에는 평소처럼 영화나 슈퍼히어로 티셔츠 대신 포가 켄들에서 사 준 티셔츠를 입고 있었다. '너드 파워'라고 쓰인 티셔츠. 포가 어디를 보고 있는지 보더니 브래드쇼는 양손 엄지를 치켜올렸다.

"안녕, 포. 좀 어때요?" 브래드쇼가 물었다.

눈물이 뺨을 타고 흐르기 시작하더니 곧 그는 대놓고 울었다. 꾸밈 없는 날것 그대로의 울음이었다. 그 흐느낌은 브래드쇼와 그녀의 용기 때문만이 아니었다. 리드 때문이기도 했고, 정의를 실현하지 못했다는 패배감 때문이기도 했다.

플린이 조용히 일어나더니 병실에서 나갔다.

브래드쇼가 침대 옆 의자에 앉았다. 그녀는 포가 울음을 그칠 때까지 기다렸다.

"미안해요." 포가 말하며 눈을 훔쳤다.

"괜찮아요, 포. 스테퍼니 플린 경위님이 킬리언 리드가 당신에게 한 얘기를 전해줬어요. 정말 슬픈 일이고, 그를 생각하면 안타까워요."

"나도 그래요, 틸리."

포에게 뭔가 떠올랐다. 바에서 그 무뢰배들을 쫓은 뒤 그가 한 말. "틸리, 내가 이번에는 당신이 날 구할 차례라고 말했던 것 때문에 그 불타는 건물에 뛰어든 건 설마 아니겠죠?"

브래드쇼는 꿰뚫어 보는 눈길로 그를 빤히 보았다. 평소 같았으면 그를 너무 불편하게 만들었을 눈길로. 이번에 그는 마주 보고 있었다.

"그렇게 생각해요, 포?"

"솔직하게요, 틸리? 나도 내가 무슨 생각을 하는지 모르겠어요. 가장 친한 친구가 알고 보니 연쇄살인범이었잖아요. 지금으로선 그다지 내가 똑똑한 것 같진 않네요."

"하지만 당신은 똑똑해요, 포! 당신이 알아낸 것들을 좀 봐요."

"우리가 알아낸 거죠, 틸리."

"그럼 우리가 알아냈다고 하죠. 그리고 아니에요, 포, 당신이 바에서 한 말 때문에 거기까지 따라간 게 아니라고요. 그때 당신은 어색해서 경박하게 굴었던 거잖아요. 당신 가끔 그래요."

"내가 그래요?"

"그래요, 포."

"그러면……."

"말했잖아요. 당신은 내 친구라고."

그 말을 들으니 달리 별로 할 말이 없었다.

한 시간 뒤에 플린이 두 사람을 보러 들어왔다. 둘은 푹 잠들어 있었다.

67

포는 웨스트모어랜드 병원에서 억지로 하루 더 머무른 뒤에야 집에 돌아갈 수 있었다. 의사들은 처음에는 포의 목구멍이 손상되었을까 걱정했으나 목이 낫기 시작하자 기꺼이 퇴원시켜 주었다. 그들은 구역 간호사에게 하루 한 번 그의 집에 방문해 붕대를 교체하게 하라고 했다. 포는 스스로 외래 병동에 들르는 것으로 합의를 봤다. 누구에게든 의료 장비가 잔뜩 든 가방을 메고 무어를 3킬로미터나 걸어서 오라고 요청하는 건 너무한 처사라고 생각했다.

다음 며칠 동안 포는 전화를 과하게 많이 받았다. 밴 질이 전화해 포에게 고맙다고 하며, 여러 가지 일이 있었지만 그를 경위 자리로 복귀시켜 주겠다고 제안했다. 이번에는 임시직이 아니었다. 포는 거절했다.

"그 자리는 플린이 맡아야 합니다, 부장님. 경위로서는 저보다 플린이 훨씬 낫습니다. 이번 사건이 해결된 것도 플린이 기강을 잘 잡아서 저희가 할 일을 하게 만든 덕분이고요. 저는 항상 나무밖에 못 보지만 플린은 숲 전체를 보죠."

밴 질이 동의했다. 포는 자기가 거절할 것을 알고 그 자리를 제안한 게 아닌가 하고 의심했다.

"나한테 하고 싶은 말 혹시 없나, 포 경사?" 부장이 마지막으로 물었다.

포는 부장이 리드의 자백을 가리키고 있다는 것을 알았다. 밴 질은 포가 그에 관해 뭔가 하려고 하는지 알고 싶어 하는 것이었다.

"아니요, 없습니다." 포가 대답했다. 그는 페이턴 윌리엄스 건이 실수가 아니었다고 말하고 싶었다. 그가 의도적으로 그 원본 서류를 가족 파일에 집어넣었다고, 그러면 무슨 일이 벌어질지 알면서도 그랬다고. 어떤 결과든 받아들이려고 했다고. 포는 뮤리엘 브리스토의 목숨을 구했을지는 모르지만, 그의 행동 때문에 한 남자가 죽었다. 포는 어두운 비밀을 붙들고 있으려고 하면 어떤 일이 벌어지는지 목격했고, 리드처럼 되고 싶지 않았다. 하지만 그는 결국 아무 말도 하지 않았다. 이제 와서 인정한다는 건 이기적인 일이었다. 이미 끝난 사건들이 재개될 터였다. 항소심이 열리고. 그의 신뢰성에 의문이 제기될 것이었다. 살인범들도 풀려나리라.

그 짐은 그가 혼자 짊어질 몫이었다.

차장 핸슨이 전화하더니 최근에 포를 힘들게 만들어서 미안하다고 입에 발린 말을 건넸다. 두 사람이 어색하게 잡담을 몇 마디 나눈 뒤 핸슨이 전화를 건 진짜 이유를 드러냈다. 진부하고 뻔한 이야기들뿐이었다. 모르는 게 약일 때도 있다느니, 이력을 망칠 필요는 없다느니, 잠자는 개를 깨울 필요는 없다느니. 결론은 이것이었다. 차장도 포의 의도를 알고 싶어 했다는 것.

포는 무슨 소리인지 모르는 척했고 핸슨으로서는 까놓고 물어볼

배짱이 없었다. 결국 핸슨이 불쑥 내뱉었다. "그 자백이라고 하는 것 말이네, 포 경사, 그건 광인의 폭언일 뿐이었네. 그게 다라고."

칼라일 주교도 전화했고, 포는 자기들을 그렇게 많이 도와준 그에게 다소 동정심이 일었다. 올드워터는 그가 사랑하는 교회에 얼마나 피해가 갈지 알고 싶어 했다. 결국 올드워터는 포에게 양심에 따르라고 말했다.

포는 2주간 쉬면서 저녁이면 에드거를 데리고 길게 산보를 나갔다. 그슬린 폐도 나았고 목소리도 돌아왔다. 두 손도 나았다. 플린이 가끔 전화했다. 그녀는 자기들이 하는 일을 주기적으로 알려주려고 전화한 척했다. 실제로는 포가 잘 있는지 점검하는 것이었다. 포는 고마운 마음이었지만 그걸 어떻게 말해야 할지 알 수 없었다.

브래드쇼는 하루에 20~30통이나 이메일을 보냈다. 매번 포를 웃음 짓게 하는 메일이었다. 그녀는 본업으로 다시 돌아갔지만 포와 다시 현장에 나갈 일이 너무 기다려진다고 했다. 운전하는 법을 배우고 있고, 면허 시험에 통과하는 대로 그와 에드거에게 찾아갈 계획이라고 했다. 리드가 죽었으니, 브래드쇼가 아마도 포의 가장 친한 친구일 터였다. 두 사람은 양극단이었다—브래드쇼의 밝음과 그의 어두움—하지만 그런 우정이 가장 강한 경우도 있었다. 브래드쇼는 그에게 언제 업무에 복귀할 건지 물었다.

포는 대답할 수가 없었다. 복귀할지 어떨지도 알지 못했다. 그는 먼저 리드에게 의리를 지킬 수 있을지 시도해보고 싶었다. 그런 뒤에는 아버지와 이야기해야 했다. 그는 아버지에게 메일을 보내 영국에 돌아오면 연락하라고 했다. 지금까지는 답장이 없었지만 그건 괜찮았다. 이미 오랫동안 기다렸고 좀 더 기다리는 건 문제가 아니었으니까. 하지만 청산은 할 작정이었다. 언젠가 그는 자기 어머니를 강간한 남자와 단둘이 한 방에 있게 될 것이다. 워싱턴에서 히피가 여러 명 참석한 외교 행사가 그렇게 많이 열렸을 리는 없었다. 누군가는 뭔가 기억하리라. 포는 한 번도 뭔가를 많이 갖춘 뒤에 수사를 시작한 적이 없었고, 그보다도 훨씬 적은 단서로 강간 사건에 착수한 적도 있었다.

농장에서 나온 증거들이 분석되었다. 리드의 피해자들 전원의 DNA가 큰 감방 트럭에서 발견되었다. 소변, 구토물, 혈액, 대변이 대다수 감방에서 나왔다. 무슨 까닭인지 한 감방은 살균 처리가 돼 있었다. 갬블은 피해자들이 마지막 여정을 떠날 때까지 갇혀 있던 장소가 그 농장이라는 이야기를 납득했다. 조지 리드의 무덤은 리드가 말한 대로 블랙 할로 농장에서 몇백 미터 떨어진 곳에서 발견됐다. 리드는 사실대로 말했다―검시해보니 조지가 연쇄살인이 벌어지기 한참 전에 죽었다는 사실이 드러난 것이었다. 사인은 뇌졸중이었다. 컴브리아 경찰은 살인에 연루된 다른 한 명을 찾고 있었다. 교묘히 빠져나간, 리드의 정체 모를 공범을. 포는 경찰이 찾을 수 있을지 의심스러웠다. 공범의 정체가 다른 증거와 함께 사라졌고 경찰에서는 추적할 아무 단서도 없었으니. 경찰은 계속 찾을 테지만―다른 방법이 없었다―플린은 별로 기대하지 않는다고 사적으로 털어놓았다.

DNA 검사 결과에 따르면 농장 본채 위층에서 발견된 시신은 스위프트와 리드였다.

화재 보고서에는 농장 건물에서 독성 물질이 제거되어 있었다고 기록돼 있었는데, 이로써 포가 예상한 만큼 연기가 시커멓지 않았던 이유가 해명되었다. 갬블이 짐작하기로 리드는 스위프트가 연기를 마시고 죽기보다 불에 타서 죽는 쪽을 바랐을 터였다.

포와 갬블은 이번만은 의견을 같이했다. 성질 괴팍한 총경 갬블은 리드를 잘 알았고 농장에서 벌어진 일에 관한 포의 설명을 믿었다. 갬블은 진실을 밝히려고 나름대로 최선을 다했다. 청장의 바람과는 달리, 그는 리드가 발견한 세 소년의 유해에 전부 부검을 명령했다. 그러나 시간과 불길에는 지고 말았다. 사법 부검의는 소년들이 리드의 피해자들 중 누군가와 접촉했다고 볼 수 있는 증거를 아무것도 발견하지 못했다. 사인 심리에는 살인 판결이 난 것으로 기록되었다.

소년들은 포가 시신 발굴을 했던 공동묘지에 묻혔다. 그러나 K구획은 안 된다고, 포가 고집을 부렸다. 장례식에는 참석자가 많았다. 이 소식은 뉴스에서 광범위하게 다뤘다. 런던에서 사람들이 찾아와 카메라에 대고 뻔한 소리를 빙빙 둘러대며 하더니, 차에 타고는 최대한 빠르게 돌아갔다.

사건이 거의 종료되자, 리드의 피해자들 시신이—엄밀히 말해 검시관의 소유지만—가족들에게 돌아갔다. 포는 TV에서 장대한 장례식이 연달아 열리는 것을 보았다. 결국 그는 보다가 꺼뒤버렸다. 내무부 장관이 직접 카마이클 장례식에 참석했다. 듣자 하니 서로 오랫동

466

안 알고 지낸 모양이었다. 한 자선 행사에서 만났는데…….

리드의 장례식은 전혀 달랐다. 그는 더 작고 관리도 잘되지 않는 묘지에 매장되었고, 아무도 포가 요청한 일을 맡으려는 장의사가 없어서 결국 지역 의회에서 제공하는 관에 들어갔다. 장례에는 포와 플린, 브래드쇼가 참석했다. 컴브리아 경찰에서는 오로지 갬블만 왔다.

포는 기이할 만큼 무감정했다.

장례식이 끝나고 갬블이 포를 찾아와 이제 자기는 거기서 손을 떼겠다고 말했다. 그는 은퇴가 가까웠고, 해고당하지 않은 것이 행운이라고 생각한 데다 아직도 자녀들이 대학에 다녔다. 포는 이해했다. 그 자들은 무고한 인생을 이미 충분히 망쳐놓았다.

언론과 여론 조작자들은 시키는 대로 하며 리드를 더욱 추악한 악마로 묘사했다. 그들은 사실을 왜곡했고, 이야기를 재구성해서 공식적으로는 리드가 어릴 때 저지른 살인을 다시 저지르고 있다는 입장을 확고히 했다. 포는 그것이 걱정스러울 정도로 그럴듯하다고 생각했다. 그런 뒤 그들은 입을 다물었다. 타블로이드 언론이 혈당 충만한 두 살배기 과잉행동 아이처럼 주의 집중 시간이 짧을지는 모르지만, 경찰관이 유력자들을 거세하고 불에 태워 죽인 사건이 사흘짜리 이야기에 그칠 리는 없었다. 필시 거기에 매달리지 말라는 지시가 내려갔으리라.

진보적인 언론은 구린내를 맡기는 했지만 증거가 없었으므로 잠자코 있었다. 관련된 가문들이 너무 강력했다. 카마이클가는 심지어 컴브리아 경찰과 NCA에 소송을 제기하겠다고 협박했다. 밴 질이 포에게 전화해 걱정하지 말라고 했다. "감히 그런 빌어먹을 짓은 못 할 거네. 그자들도 우리만큼이나 배후 세력을 두려워하니까. 덩컨 카마이클 입을 막으려고 그자에게 자선 활동 명목으로 기사 작위를 줄 거네. 그게 이 인간들한테 침묵을 사는 방법이지."

포는 신물이 올라왔고 더는 그런 이야기를 듣고 있을 수가 없었다.

플린이 전화해서 컴브리아 경찰청장 레너드 태핑이 런던광역경찰청의 공석인 차장 자리에 최종 후보로 올랐다는 소식을 전한, 각별히 우울해지는 통화를 마친 뒤 포는 그 사건에서 손을 떼기로 결심했다. 계속해봐야 그에게 아무 도움도 되지 않았고, 아무 소용도 없었다. 증거는 불에 타버렸다. 아니면 나중에 처분되었다. 어느 쪽이든 관계없었다. 결과는 같았으니.

허드윅 농장 벽에 핀으로 붙여놓은 정보를 모두 떼어내기로 결정한 뒤 포는 정말 끝났다는 걸 실감했다. 그는 뭔가 기억하는 데 실마리가 될까 해서 그것을 내버려두고 있었다. 그런 일은 일어나지 않았다. 몇 시간씩 그걸 빤히 쳐다볼 때가 많았는데도.

포는 빈 상자를 하나 가져다가 함께 일한 마지막 조각들을 분해하기 시작했다. 사진, 지도, 전문가 의견 들이 있었다. 브래드쇼가 작성한 분석 문서와 여기저기서 받은 포스트잇 메모도 — 그들이 수사하는 동안 찾은 것들 전부가.

마지막으로 떼어낸 것은 리드가 샙 웰스로 포에게 보낸 엽서 사본을 브래드쇼가 보호 필름에 넣은 것이었다 — 뒤쪽에 퍼컨테이션 포인트가 있는 그 엽서. 그것 덕분에 그들은 마이클 제임스의 가슴에서 퍼컨테이션 마크를 발견할 수 있었다.

수사에 발동이 걸리도록 해준 그 엽서.

포는 자료 더미 위에 그걸 던졌다.

엽서가 팔랑이며 그림이 위로 나오게 떨어졌다.

포는 그걸 빤히 쳐다봤다.

68

포는 그림이 막연하게 기억났다. 필요한 정보가 뒤에 있어서 그들은 앞쪽에 별로 주목하지 않았다. 그때는 무관했으니까. 이제 포는 자신이 없었다.

그림은 컵에 넘칠락 말락 하게 찬 커피였다. 시간이 남아도는 바리스타가 거품으로 디자인해 놓았다.

포는 거품 디자인을 노려보았다.

그것은 비둘기였다. 국제적인 평화의 상징. 초콜릿 파우더인 듯한 가루로 표현되어 있었다.

포는 저도 모르게 숨을 멈췄다. 이것은 리드가 보낸 엽서였고, 리드는 뭔가를 할 때 아무 이유 없이 하는 법이 없었다. 그는 단서와 퍼즐을 남겨두었다. 이번에도 그런 것일까?

포는 사진을 계속 응시하며 거기서 정보를 끌어내려고 애썼다. 비둘기가 있고, 비둘기는 평화와 연관되어 있다. 커피 한 잔. 그는 마치 만트라처럼 그것들을 마음속으로 되뇌었다.

비둘기.

평화.

커피.

비둘기.

평화.

커…… 씨부랄!

리드가 커피를 한 봉지 가져다췄는데!

포는 후다닥 부엌으로 건너갔다. 주전자 위에 걸린 선반에서 물건들을 휙 끄집어 내렸다. 리드는 그때 마시고 있던 커피를 대신하라고 그 커피를 가져왔다고 했다. 거기 있었다. 새로 간 커피로 가득한 갈색 봉지.

결코 찾지 못할 줄 알면서도 체를 찾다가, 포는 커다란 냄비로 만족하기로 했다. 그는 봉지를 뜯고 내용물을 냄비에 쏟았다. 금속성의 떨그럭 소리로 자기 생각이 맞았다는 걸 알았다. 그는 뒤적이다가 물건을 찾았다.

물건들. 정확히 두 개였다.

하나는 USB였고 다른 하나는 금속 배지였다.

포는 책상으로 걸어가 노트북을 켰다. 전원이 들어오자 그는 USB를 꽂았다. 새로운 창이 열렸다. 안에는 폴더가 잔뜩 있었다. 피해자마다 폴더가 따로 있는 모양이었다. 한 폴더는 이름이 없었다. 그는 이름 붙은 폴더들을 화면에 보이는 순서대로 열었다.

각각에는 동영상 파일, 음성 파일, 문서가 있었다. 리드가 놈들에 관해 모은 것 전부였다. 그가 놈들에게 억지로 인정하게 만든 것들 모두. 그가 모았지만 공유하지 못했던 증거 일체.

포는 웃음 지었다. 리드는 경찰을 신뢰하지 않았다. 너무나 치밀하게 계획했기에 그 자료를 운에 맡길 수는 없었다.

물론 그는 백업을 준비해뒀다.

포는 금속 배지를 집어 들었다. 에나멜로 칠한 견장이었다. 그는 수사에서 그 마크를 본 적이 있었다. 울스워터에서 크루즈를 운행하다가 문을 닫은 회사, '운이 따르는 느낌인가요?' 행사에서 배를 제공한 회사의 로고였다.

회사 로고 위쪽에 단어가 쓰여 있었다.

선장.

포가 그것을 뜯어보는데 깨달음이 찾아왔다.

그날 밤 배에 탄 남자들은 전부 조직의 간부거나 그보다 높은 자들이었다. 힐러리 스위프트는 사회복지사였고 나머지는 아이들이었다.

그렇다면 누가 배를 운전했을까?

그것이 비록 음식을 직접 조달한 행사이기는 했지만 누군가는 배를 몰고 호수를 돌아야 했을 것이다. 그것까지 그들이 직접 했을 리는 없었다. 경매에 참석한 여섯 남자가 있었고, 키마이클과 스위프트가 있었고, 소년 넷이 있었다.

그리고 배의 선장이 있었다.

분명히 모든 것을 봤을 텐데 한마디도 하지 않은 사람. 그리고 리드 입장에서 그는 다른 모두와 마찬가지로 책임이 있었다.

어떻게 다들 그걸 여태까지 놓치고 있었을까?

리드는 놓치지 않았다. 그 남자의 배지를 갖고 있었다.

하지만 그는 어디에 있는가?

누구인가?

배의 소유주는 아니었다. 브래드쇼는 소유주가 자연사했다고 확인해주었다.

포는 노트북으로 돌아갔다. 아직 열지 않은 폴더가 하나 남아 있었다. 이름 없는 폴더.

그것은 동영상 인터뷰였다. 두 남자. 하나는 복면을 썼는데, 포는 만약 일이 일찌감치 틀어질 때를 대비해 정체를 숨기려고 리드가 뒤집어쓴 것이라고 짐작했다. 다른 남자는 알아볼 수 없었다. 그는 수사 과정에서 드러나지 않은 인물이었다. 50대 후반이나 60대로, 뱃사람처럼 보였다. 피부가 마구용 가죽 같았고 얼굴에서 세계 지도가 보이는 듯했다. 야외에서 일하는 남자처럼 혈색이 좋았고 노동자처럼 건장했다.

포는 재생을 눌렀다. 동영상은 거의 한 시간 정도 이어졌다. 그는 배를 몰아 울스워터를 한 바퀴 돈 바로 그 남자였다. 그는 카메라에 대고, 처음에는 '운이 따르는 느낌인가요?' 크루즈에서 무슨 일이 있을지 몰랐지만 경매 때 뭔가 벌어진 것을 알게 되었다고 말했다. 그는 입을 다무는 대가로 만 파운드를 받았고, 유력자들을 화나게 한다는 두려움과 돈이 합쳐져 한마디도 벙끗하지 않았다.

남자가 리드에게 모든 걸 자백한 뒤 둘은 거래를 했다. 남자는 모든 일이 끝날 때까지 감방 열 개짜리 트럭에 머무르며, 리드의 심부름을 할 때만 거기서 나가기로 했다. 심부름이란 딱히 불법적인 일은 아니었다. 주로 차를 모는 일이었다. 포는 그레이엄 러셀의 차를 몰고 프랑스로 가서 차를 버려두고 온 사람도 바로 그 남자이리라 짐작했다. 또 바로 이 미지의 남자가 힐러리 스위프트와 손주들을 데리고 간 사람이라는 것도 확신했다. 남자는 나이가 좀 들기는 했지만 평생 배를 몰았기에 억세고 강했다—살짝 약에 취한 스위프트로서는 도저히 상대가 되지 않았을 터였다.

남자가 그렇게만 하면 그 동영상 자백은—그리고 소년들 살인에서 그가 맡은 역할은—결코 빛을 볼 날이 없을 것이었다. 그는 집에 갈 수 있었다. 그러나…… 리드를 실망시키면, 두 가지 일이 일어날 것이었다. 다른 놈들과 같은 운명을 맞이할 뿐만 아니라 가문의 명예도 실추된다. 남자는 주저하지 않고 동의했다. 어떡해서든 리드를 기쁘게 하려는 듯 보였다.

포는 리드의 공범을 알았다.

또 한 가지 생각이 포의 머리를 스치고 지나갔다. 감방 열 개짜리 트럭에서 감방 하나만은 완벽하게 살균되어 있었다. 그것이 이 남자가 머무르던 감방이었을까? 예전에 포가 사건을 검토하던 때에는 답 없는 의문이 너무 많아서 군데군데 빠진 페이지가 있는 책을 읽는 느낌이었다. 이제는 좀 더 앞뒤가 연결됐다.

감방 하나가 완벽하게 살균된 이유는 무엇인가?

리드는 왜 스위프트와 함께 불에 타기로 했는가?

그는 왜 친구들과 같이 묻히고 싶어 하지 않았는가?

마지못해 동참한 공범이 나타나자 모든 것을 다른 관점에서 보게 됐다.

리드는 약속한 대로 했나? 즉, 남자가 자기 역할을 다했을 때 그를 놓아주었을까? 아니면 그를 죽인 뒤 필요해질 때까지 시신을 보관했을까?

그날 밤 농장에서 일어난 일에 대해 정말로 아는 게 무엇인가? 공식 입장은 포의 목격자 증언을 따다가 만들어낸 것이었다. 하지만 그건 포의 관점일 뿐이었다. 그게 진실이라는 뜻은 아니었다.

모든 것이 환영에 불과했다면?

리드가 지포 라이터를 던지고 뒤로 물러났을 때, 포는 그가 넘어져서 죽음을 기다린다고 가정했다. 하지만 리드는 다른 누군가와 자신을 바꿔치기할 시간이 있었을지도 모른다. 빠듯했겠지만 불가능하지는 않았다.

그리고 블랙 할로 농장 본채는 뒤쪽에 창문이 하나 있었다. 포는 불 때문에 지붕이 날아갔을 때 그걸 보았다.

그런 속임수의 증거는 보통 사건이 일어나고 한참 뒤에도 발견할 수 있었다. 보통은. 하지만 농장으로 가는 길이 막혀 있어서 불이 오랫동안 꺼지지 않았다…….

형사들은 모두 자기 DNA를 제출하므로 범죄 현장에서 그것이 나와도 무시되지만, 샘플을 채취할 공범이 있다면 리드가 뭘 제출했는지 누가 알 수 있겠는가? 포는 리드가 DNA 샘플을 조작했을 수도 있다는 것을 의심하지 않았다. 리드는 갬블과 그의 팀이 자신의 아파트에서도 DNA를 수집하리라는 것을 알았다. 머리카락, 버려진 면봉,

칫솔 따위. 전부 수사 초기에 리드가 제출한 샘플과 일치했다. 그것은 블랙 할로 농장에 있던 시신이 킬리언 리드라는, 반박할 수 없는 증거였다.

하지만…… 트럭의 감방 하나가 깨끗하게 살균된 이유는 무엇인가?

리드가 모두를 속였을 수도 있을까?

포는 배를 운전하던 남자를 생각해봤다. 리드는 정말 그를 돌아가게 해주려고 했을까? 그 남자는 무슨 일이 벌어졌는지 알았고 입막음으로 돈도 받았다. 포는 리드가 그런 남자를 살게 내버려 뒀으리라고는 생각하지 않았다. 관계된 자는 모두 죽어야 했으리라. 남자는 초기 공범이었을 뿐 아니라 마지막에 리드에게 시신 알리바이까지 제공한 것은 아닐까? 포가 불타는 농장에서 끌어내려고 한 사람은 리드가 아니라 공범이었을까? 그것은 하나의 가설이었지만 그가 결코 입증할 수 없는 가설이었다.

그리고 그렇게 하여, 포는 출발점으로 돌아갔다. 비둘기로.

그의 친구는 마침내 평화를 얻었을까?

저 어딘가에 있는 것일까? 해를 마음껏 쬐며, 웨이트리스들과 시시덕거리며. 친구들과 잔을 부딪치며.

행복하게.

포는 플린에게 말해야 했다. 휴대전화에 손을 뻗었다. 손가락이 통화 아이콘 위에서 맴돌았다. 플린은 알 자격이 있었다. 그녀라면 어찌해야 할지 알리라.

아니, 알까? 누구인들 그럴까?

포는 블랙베리를 내던졌다.

이번만은 핸슨 차장도 포가 기꺼이 따를 만한 조언을 해주었다.

잠자는 개를 깨우지 마라.

69

포는 M5 고속도로에서 좀 떨어진 한 카페에 앉았다. 대중교통을 이용해 남쪽으로 이동한 뒤 장기 주차장에서 차를 한 대 훔쳤다. 운이 좋으면 소유주 모르게 다시 되돌려놓을 수 있을지 몰랐다. 포는 차를 한 주전자 홀짝였다. 양손에는 싸구려 태블릿을 들고 있었다. 몇 년간 이어진 경기 침체에 이어 우후죽순으로 생기는 현찰 거래 가게 중 하나에서 그걸 중고로 샀다. 그는 IP주소를 역추적하기가 얼마나 쉬운지도 몰랐고 위험을 감수할 수도 없었다. 브래드쇼에게 어떻게 하면 흔적을 감추는지 물어볼 수도 있었지만 그건 우정을 이용하는 처사가 될 터였다. 그가 하려는 일에 뭔가 부작용이 일어날지 모르기에, 누구도 그 일에 끌어들이고 싶지 않았다.

포는 세 시간이 넘도록 앉아서 화면을 응시했다.

그는 리드의 증거 전체를 작은 크기의 파일 하나로 압축해, 이메일에 첨부할 수 있게 만들었다. 공범 파일만 빼고 모두.

이메일 첨부 파일에는 사건의 중요한 부분이 빠져 있었다. 은행 정보와 몬터규 프라이스가 거래하려던 인터뷰 동영상이 있으면 유용했겠지만 리드가 증거를 수집할 때는 그것들이 없었다. 그래도……

포가 지금 보내려고 하는 것은 플린이 말한 퍼즐의 나머지 반쪽이었고, 이번에는 *적절한* 반쪽이었다.

이메일은 포가 찾을 수 있는 편집장, 기자, 프리랜서 기자, 블로거 전체에게 전송될 예정이었다. 국내뿐 아니라 해외 신문사까지. 합하면 거의 100명에 달했다.

포가 했다는 증거는 없을 것이었다. 사실 그가 될 수가 없었다. 그는 앰뷸런스에 실려 농장을 떠날 때 의식이 없는 상태였다. 포의 옷은 새카맣게 타버렸고, 그들이 조사해야 한다며 가져가버렸다. 컴브리아 경찰은 포가 블랙 할로 농장에서 아무런 증거도 지니지 못한 채 나왔다는 것을 확실히 알고 있었다. 모두 이메일을 보낸 사람이 미지의 공범이라고 짐작하리라. 공식적으로는 그가 무대에 남은 유일한 배우였다. 컴브리아는 아직도 그자를 찾고 있었지만 포는 그들이 제 꼬리를 쫓고 있다는 것을 알았다. 그리고 리드를 저버리지 않고 그들에게 그걸 알려줄 방법은 없었다.

만일 그가 전송을 누른다면, 5분 안에 거의 100명이 증거를 볼 터였다. 아침이면 그 숫자는 수천 명이 되리라.

조사가 시작될 것이다. 그럴 수밖에 없었다. 대중이 그걸 요구할 테니. 그는 더 아무것도 할 필요가 없을 것이다. 그들이 찾은 모든 것—카마이클과 스위프트의 크루즈, 브라이틀링 시계, 비밀 은행 계좌, 리드의 구두 증언—포는 법에 따라 그것들을 모두 전달해야 할 것이다. 컴브리아에서 누군가가 몬터규 프라이스 인터뷰를 유출할 것이다. 비밀로 남아 있기에는 그걸 본 사람이 너무 많았다. 포는 증인으로 소환될 것이다. 그는 선서를 하고 증언하라는 명을 받을 것이다.

사람들은 귀를 기울일 것이다.

그는 친구를 실망시키지 않으리라.

전송을 누른다면.

손가락이 맴돌았다. 문제는 그다음에 무슨 일이 벌어질지 모른다
는 점이었다. 브래드쇼가 말한 나비가 머리에 다시 떠올랐다. 그가 예
측할 수 없는 결과들이 일어날 것이다. 각료 두 명이 이미 TV에 나와
리드의 광기 외에 다른 범죄는 없었다고 대중에게 확언했다. 다시 그
런 은폐는 먹히지 않을 터였다. 대중 소요 사태가 벌어지리라. 민주주
의는 오로지 그것이 작동하도록 내버려둘 때만 기능했다.

이메일을 전송하는 것은 무모한 일이었다.

하지만…… 포는 리드를 생각하고 친구가 그에게 건 신뢰를 생각
했다. 그는 플린과 브래드쇼를 생각하고 26년 전에 벌어진 일을 밝
히려고 함께했던 과정을 생각했다. 그는 실제로 벌어진 일을 은폐하
는 데 연루된 모든 사람을 생각했다. 그는 자기 친구를 괴물이라고
몰아가려고 기를 쓰는 비열한 정치가들을 생각했다. 에드먼드 버크
는 말했다. "악이 승리하는 데 필요한 것은 좋은 사람들이 아무것도
하지 않는 것뿐이다."

그리고…… 덩컨 카마이클은 그를 '고약한 망나니'라고 했다. 포는
그런 모욕을 그냥 넘기는 사내가 아니었다.

"너를 위해서다, 킬리언." 그가 속삭였다.

포는 전송을 누르고, 뒤로 기대고는 다가올 미래를 기다렸다.

옮긴이의 말

영어에는 이런 표현이 있다. "be dealt a bad hand." 곧이곧대로 하자면 '나쁜 손을 받았다'고 할 수 있겠는데, 여기서 '손'은 포커 같은 카드놀이에서 '손에 쥔 패'를 가리킨다. 그러니까 좀 더 풀이하면 나쁜 패를 받아서 게임에서 이길 가망은 별로 없다는 이야기다. 이 책의 원서에는 "a bad hand" 대신에 "a shit hand"라는 표현이 쓰였는데, 그냥 '나쁜 패' 정도가 아니라 '똥 같은 패'라는 뜻이다. 이쯤 되면 이길 가망이 별로 없기는커녕 어떻게 하면 조금이라도 덜 잃느냐의 문제가 된다. 한마디로 ( )된 것이다. 혹시나 해서 말하는데 괄호 안에 들어갈 글자는 남성의 성기를 속되게 부르는, 'ㅈ'으로 시작되는 말이다.

누군가가 이런 똥 패를 받고 태어나 지독하게 불운한 어린 시절을 보냈다면, 언젠가는 그런 불행에서 벗어나 그럭저럭 괜찮은 인생을 살 수 있을까?

이 소설에는 그런 망한 패를 받은 네 소년의 이야기가 나온다. 시

• 이 글에는 스포일러가 포함되어 있다.

481

궁창보다 더 암울한 상황에 처한 아이들. 이 소년들은 어떤 삶을 살아가게 될까? 과연 지옥 같은 고난에도 불구하고 희망을 말할 수 있을까?

다른 한편으로 이것은 관계에 서투르고 동료들에게 미움받지만 수사관으로서 감은 누구보다 뛰어난 중년 남자와 천재적인 지능을 타고났으나 온실 속에서 자란 괴짜 아가씨가 전대미문의 잔혹한 연쇄살인 사건을 파헤치는 이야기다.

뛰어난 수사관이지만 입바른 성향 때문에 동료와 상사 들에게 밉보이는 워싱턴 포. 그는 나쁜 놈을 잡아들이는 데 집착한다. 그러다가 결국 위험한 짓을 저질렀고 그 탓에 현재 정직 상태다. 고향인 컴브리아로 돌아가, 오래된 집이 딸린 드넓은 고원 부지를 헐값에 사 그곳에서 하루하루 보내는 데 만족하고 있다. 그러던 어느 날 예전 자기 부하였던 플린이 찾아와 그에게 복직하라고 한다. 최근에 벌어진 끔찍스러운 연쇄살인 사건에 합류하라고. 당장이라도 일을 관두려고 마음먹고 있던 포는 내켜하지 않았으나, 시신의 가슴에 자기 이름이 새겨진 것을 보고 결국은 수사에 합류한다.

그런 그와 콤비를 이루는 것은 천재인지 바보인지 알 수 없는 틸리 브래드쇼다. 틸리는 "한 세대에 한 명" 나올까 말까 하는 지능을 타고나 열여섯에 옥스퍼드에서 첫 학위를 따고 박사학위를 두 개 취득했으나, 바로 그 지능 탓에 '세상'을 모르고 자라 상대방의 말을 문자 그대로 받아들이고 무슨 말이든 의심하지 않는 어리숙한 면이 있다.

어둡고 냉소적인 포와 밝고 순수한 틸리, 전혀 어울릴 것 같지 않은 조합이고 실제로 처음에 두 사람은 만나자마자 충돌한다. 단, 둘 사이에는 뜻밖의 공통점이 있다. 둘 다 사람들의 성미를 건드리고, 둘 다 강박적이다. 함께 수사해나가는 과정에서 둘은 최고의 파트너이자 친구가 되고, 이것이 사건 해결에 중추적인 역할을 하기에 이른다.

홈스에게 왓슨이 있었고 푸아로에게 헤이스팅스가 있었듯이, 포에게는 틸리가 있었다. 홈스와 왓슨, 푸아로와 헤이스팅스가 비슷한 조합이라면 (대단한 탐정과 어리숙한 조수) 포와 틸리는 결이 좀 다르다. 탐정 역할인 포보다 틸리가 훨씬 더 똑똑하고, 빛과 어둠처럼 성격도 상반되며, 보조하는 쪽보다 탐정인 포가 더 행동파다. 하지만 이런 둘의 궁합은 홈스와 왓슨, 푸아로와 헤이스팅스 못지않게 잘 맞는다.

이 틸리라는 인물은 내가 이제까지 본 소설 속의 여러 등장인물 중에서도 손에 꼽을 정도로 매력적이다. 아무리 남다른 지능으로 일찍 대학에 들어가 연구만 했다 해도 이 정도로 순수하게 크기는 쉽지 않은데, 아무래도 타고난 성격도 작용한 게 아닐까 싶다. 덕분에 틸리는 본의 아니게 주변 사람들을 웃게 만든다. 능력 면에서야 두말할 나위 없이 최상급이어서 한 번 보고 들은 것은 그대로 머리에 저장하고 데이터를 다루는 쪽에서도 따를 자가 없다. 이래저래 스티그 라르손이 쓴 '밀레니엄 시리즈'의 여주인공 리스베트가 평온한 환경에서 자랐다면 이와 좀 비슷했을 수도 있겠다는 생각도 든다. 읽으면서 묘하게 현실감이 느껴지는 인물이라서 실제 모델이 있나 했는데, 작가가 자기 아내를 모델로 했다고 밝혔단다.

이뿐 아니라 작가는 이 시리즈에 자기 경험을 곳곳에 녹여 넣은 듯

싶다. 이야기의 배경이 되는 컴브리아 카운티는 그가 태어나고 보호관찰관으로 일한 곳이고 현재 그가 사는 곳이기도 하다. 작가는 16년 간 보호관찰관으로 일하면서 경찰 쪽과 사회복지 쪽도 두루 경험했고, 포가 그랬듯이 어린 나이에 군에 들어갔으며, 포와 마찬가지로 스프링어 스패니얼과 함께 살고 있다.

위싱턴 포 시리즈는 1편인 이 작품으로 영국추리작가협회(CWA)에서 그해 최고의 범죄소설 작품에 주는 '골드 대거상(CWA Gold Dagger)'을 받았다. 2편과 3편도 수상 후보에 올랐고, 4편은 CWA에서 최고의 스릴러소설에 주는 '이언 플레밍 스틸 대거상(CWA Ian Fleming Steel Dagger)'을 받았을 뿐 아니라 역시 명망 있는 상인 '식스턴 올드 피큘리어 올해의 범죄소설상(Theakston Old Peculier Crime Novel of the year)' 후보에도 올랐다. 2023년 현재 5편까지 출간되어 있고, TV 드라마로도 제작될 예정이다. 6편도 이미 계약되어 2024년 봄에 출간된다고 한다.

M. W. 크레이븐은 이 시리즈로 일약 스타 작가가 되었고, 미국을 무대로 한 새로운 시리즈도 집필 중이다. 전직 보안관이 주인공으로 등장하는 시리즈의 첫 권 《Fearless》는 올여름에 출간될 예정인데, 반응이 사뭇 뜨거운지 출간하기도 전에 메이저 제작사에서 TV 드라마 제작에 들어갔다고 한다.

이 소설을 처음 읽었을 때 나는 시쳇말로 눈을 떼기가 어려울 정도로 몰입하여 책장을 바삐 넘겼다. 포의 냉소적인 면과 틸리의 순진한 면 때문에 쿡쿡거리며 웃었고, 흥미진진한 인물과 사건 전개를 따라

가다 보니 어느새 후반부에 와 있었다. 범인이 밝혀지는가 했는데 아직도 페이지가 꽤 남은 것을 보고, 뭔가 반전이 있는 건가 생각했다. 다 읽고 나서는 고개를 끄덕거리며 만족스러운 웃음을 입에 머금고 있었다. 그렇게 푹 빠져서 읽은 것은 참 오랜만이었다. 그러고는 생각했다.

'이 정도 작품이라면 한국에서도 출간해야지. 이런 책을 내지 않는 건 독자들에게 실례지.'

나는 곧바로 출간 제안서를 작성했다. 이제까지 내가 쓴 제안서 중 가장 줄거리가 자세했다. 쓰면서 나 스스로도 '이렇게 긴 제안서라니 미쳤구나' 하고 생각했다. 그만큼 세세하게 보여주고 싶었다.

누가 이 책을 거부하겠느냐는 내 예상과는 달리 이 제안은 적잖이 퇴짜를 맞았고 거의 포기할 단계까지 갔지만, 다행히도 알아봐주는 출판사를 만날 수 있었다. 이 자리를 빌려, 이 책을 내기로 결정해준 분들에게 감사한 마음을 전한다.

책을 다 읽은 독자라면 알겠지만 이 소설은 '누가 했느냐Who done it'나 '어떻게 했느냐How done it'보다는 '왜 했느냐Why done it'에 좀 더 초점을 맞춘 이야기다. 후반부에서는 그 '동기'의 배경이 되는 이야기를 들려주면서 동시에 시리즈의 주인공인 포의 비밀도 어느 정도 드러낸다. 포 자신도 몰랐던, 자기 이름과 얽힌 이야기가 밝혀지는 것이다. 아마도 포는 앞으로 몇 편에 걸쳐서 그 문제를 파헤치게 될 것 같다.

나도 이제까지 미스터리 소설을 적잖이 읽었지만 이만큼 매력적인 '연쇄살인범'을 또 본 적이 있었나 하는 생각이다. 심하다 싶은 똥 패를 받고 태어났고, 조금 나아지는가 했으나 끝도 없는 수렁에 빠져 친구들을 다 잃었고, 구사일생으로 살았으나 트라우마에 허덕이며 겨우겨우 일상을 되찾는가 했는데 다시 악몽 같은 어둠에 삼켜지고……. 분노에 자신을 내던지지 않은 것만으로도 신기한 상황에서 그는 누구보다 냉정하고 인내심 있게 계획을 세우고 그걸 하나하나 실행에 옮긴다. 셜록 홈스까지는 아니어도 수사관으로서는 일류라고 할 만한 포와 천재 분석가 틸리의 조합조차, 그의 예측 능력과 치밀한 계획 앞에서는 '뛰어봤자 부처님 손바닥 위'가 되고 만다. 이 책의 원제인 'The Puppet Show', 그러니까 '꼭두각시놀음'을 준비한 것이 바로 그이니, 더 무슨 말을 하겠는가. 게다가 그가 친구들에게 보이는 의리는 또 어떻고. 인간적으로는 진정 비범한 자라고 할 수 있겠는데, 그런 그가 이런 비극적인 일의 주인공이라는 것이 아이러니하다고 해야 할지, 더없이 현실적이라고 해야 할지…….

그나저나 이야기를 잘 끌고 나가다가도 마지막에서 망치는 경우가 수두룩하게 많은데, 이 작가는 마무리를 (이야기의 분위기와는 어울리지 않는 표현이지만) 상쾌하게 지은 느낌이다. 과연 그가 살았을까 죽었을까 하는 것과 포가 버튼을 누른 뒤 어떤 일이 벌어질까 하는 것도 재미있는 이야깃거리가 되겠지만, 나는 그보다도 이런 인물을 이 한 편에서밖에 보지 못한다는 게 아쉽다.

이 책을 기획하면서 순수하게 독자로서 궁금해져서 이 시리즈의 다른 편들도 읽어보았는데 전부 특유의 몰입감을 느낄 수 있었다. 이 작가가 왜 대형 작가로 뜨고 있는지 알 것 같았다. 일본 쪽도 그렇지만 특히 영미 유럽 쪽 소설을 읽다 보면 나로서는 '군더더기'라고 느껴지는 부분이 꽤 자주 보이는데, 이 작가는 여러모로 균형 감각이 뛰어난 것 같다. 어두운 이야기를 무겁고 칙칙하지 않으면서 그렇다고 촐랑거리듯 가볍지도 않게 풀어나가는 솜씨가 탁월한 듯하다. 나는 지금 미국을 무대로 한 다른 시리즈(앞서 말한《Fearless》)를 기다리고 있는데, 이 시리즈도 기대한 만큼 재미있어서 한국에 소개할 수 있으면 좋겠다.

마지막으로, 번역 작업을 하면서 작가에게 메일을 많이도 보내 이런저런 질문을 던졌는데 그가 한국 택배보다 신속하고 (어떤 때는 자고 일어나면 답이 와 있기도 했다) 친절하게 답해줘서 정말 고마웠다. 그 후로도 내가 작가와 메일을 주고받으면서 조금 가까워져, '한국 독자에게 보내는 인사말'을 써달라고 부탁했을 때도 작가는 흔쾌히 수락했다. 작가는 내가 보낸 메일에서 한국에 흥미를 느꼈는지, 한국에 가보고 싶다, 책이 잘되어 초대받을 수 있으면 좋겠다는 말을 여러 번 했다. 그가 올 수 있을지 없을지는 독자들 손에 달려 있다.

이 책을 선택하고 끝까지 읽어준 독자들께 감사드린다. 부디 이 책을 읽는 동안 잠시라도 번뇌에서 벗어날 수 있었기를……

2023년 3월
김해온

퍼핏 쇼

초판 1쇄 인쇄 2023년 3월 21일
초판 1쇄 발행 2023년 4월 6일

지은이 M. W. 크레이븐
옮긴이 김해온
펴낸이 이승현

출판2 본부장 박태근
스토리 독자 팀장 김소연
편집 조은혜
디자인 김태수

펴낸곳 ㈜위즈덤하우스   **출판등록** 2000년 5월 23일 제13-1071호
주소 서울특별시 마포구 양화로 19 합정오피스빌딩 17층
전화 02) 2179-5600   **홈페이지** www.wisdomhouse.co.kr

ISBN 979-11-6812-612-1 03840